攜帶中文系列

精編簡明成語辭典

五南圖書出版公司 印行

編輯的話

攜帶中文，去學中文，提升自己的競爭力！

美國投資大師羅傑斯曾寫給女兒十二封信，每封信都有值得銘記於心的箴言。其中，第七封信是：「這是中國的世紀，去學中文！——參與一個偉大國家的再現，購買這個國家的未來！」

這位素來有「華爾街金童」、「華爾街的印第安那瓊斯」封號的投資大師，老早就洞悉「學中文」的重要性。

「**去學中文**」！這是一句多麼具震撼力的話。但是，國內每個人都從小開始學中文，一點也不覺得中文有什麼難，也絲毫不認為需要好好的「**去學中文**」。

真的如此嗎？以下七個問題，倒可以測試你需不需要再學中文：

一．「ㄌㄨˇ」肉飯，括號中的字怎麼寫？

二．懸梁刺「ㄍㄨˇ」，括號中的字你知道正確寫法嗎？

三．烘「焙」蛋糕，括號中的字怎麼讀？

四．「涮涮」鍋，括號中的字你知道正確讀音嗎？

五．「漲」、「脹」、「撿」、「檢」、「揀」這五個字，你分得清楚嗎？

六．我們要有「破釜沉舟」或「踏破鐵鞋」的決心？

七．「揮汗成雨」和「汗如雨下」，哪句成語可以比喻人數眾多？

以上七道題目都是簡單的中文常識，然而，相信很多人都一頭霧水，不知道答案。網路上有個經典笑話，可證明中文程度低落，一定會鬧笑話：

某學生請假的理由是「出殯」，老師糾正他，出殯是往生的人，不是活著的人。學生聽了，點點頭，修改請假理由。老師一看，差點昏了過去，原來假單上寫著：「陪葬」。

為了提升大家的中文程度，進而提升自我競爭力，「五南辭書編輯小組」特策畫「攜帶中文系列」共十餘冊，既實用又好查好用。其五大特色簡述如下：

一．**方便攜帶**：輕巧修長，裝入袋、擺抽屜、放書架都適合。

二．**容易查閱**：附注音索引、總筆畫索引，好查好用，不知道部首也可以查得到。

三．**內文實用**：符合學生和一般社會人士使用。

四．**價格實惠**：平價工具書，不會造成預算負擔。

五．**系列呈現**：有字典、辭典、成語、熟語（包括格言、諺語、俗語、歇後語）、造句、寫作分類詞彙、詞彙解析等等，內容完整，幫助你學好中文。

「去學中文」！投資大師羅傑斯的話猶言在耳，學好中文，才有競爭力！否則，常常讀錯音、寫錯字、用錯詞語或成語，又重演了古人「臨難『母狗』免」，或今人「罄竹難書」的笑話，豈不尷尬？舉例來說，我們要照顧父母的「下半生」，一旦寫成「下半身」，任誰看了滿腦子都是問號；問人「心願」是什麼，如果寫成「遺願」，一定會被瞪白眼；上司出差，本應祝他「一路順風」，你若講成「一路好走」，相信到時候，是上司「叫你走」！老人家過生日，應祝壽星「鶴壽千歲」，你若講成「駕鶴西歸」，恐怕壽星當場會氣得「一命嗚呼」。

上述例子雖然是笑話，卻也在在證實了「學中文」的重要性，以及需要性。「攜帶中文系列」讓你隨身帶著中文走，利用時間學中文，了解中文，熟稔的運用中文，大大提升自己的競爭力！

目錄

總筆畫順序索引

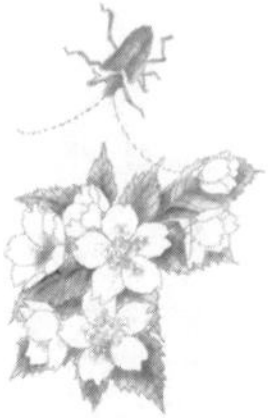

注音順序索引

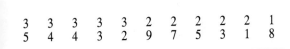

ㄅ

ㄆ

ㄇ

ㄈ

ㄉ

ㄊ

鐵證如山	384
鐵石心腸	383
挑肥揀瘦	192
挑撥離間	192
天馬行空	63
天翻地覆	64
天南地北	62
天怒人怨	62
天理不容	63
天倫之樂	62
天高地厚	63
天花亂墜	62
天昏地暗	62
天荒地老	63
天經地義	64
天之驕子	61
天誅地滅	64
天生麗質	61
天壤之別	64
天造地設	64
天作之合	62
天衣無縫	61
天涯海角	63
添油加醋	258
甜言蜜語	261
亭亭玉立	182
鋌而走險	352
聽天由命	388
突飛猛進	202
突如其來	201
徒勞無功	220
兔死狗烹	154
兔死狐悲	154
拖泥帶水	167
脫胎換骨	266
脫口而出	266
脫穎而出	267
唾面自乾	276
唾手可得	276
推波助瀾	250
推己及人	250
推心置腹	250
推陳出新	251
推三阻四	250
退避三舍	234
恫瘝在抱	191
通情達理	270
通宵達旦	270
同病相憐	103
同流合汙	103
同甘共苦	102
同舟共濟	102

來日方長	153
雷霆萬鈞	321
雷厲風行	321
牢不可破	145
勞民傷財	274
勞苦功高	274
勞師動眾	274
勞燕分飛	274
老馬識途	123
老謀深算	124
老當益壯	123
老態龍鍾	124
老奸巨猾	123
老氣橫秋	123
老生常談	123
老嫗能解	123
漏網之魚	328
露出馬腳	384
濫竽充數	364
狼狽不堪	226
狼狽為奸	226
狼吞虎嚥	226
狼心狗肺	226
冷嘲熱諷	132
冷言冷語	132
冷眼旁觀	132
離經叛道	373
離情別緒	373
離鄉背井	373
理直氣壯	261
禮尚往來	372
力不從心	25
力透紙背	26
力爭上游	26
力挽狂瀾	26
立竿見影	97
利欲薰心	133
勵精圖治	363
歷歷在目	355
聊勝於無	266
寥寥無幾	324
瞭如指掌	365
料事如神	222
流芳百世	196
流年不利	196
流離失所	196
流連忘返	196
流言蜚語	196
柳綠桃紅	195
柳暗花明	195
六親不認	58
六神無主	58

ㄍ

ㄎ

胡言亂語 203
虎頭蛇尾 177
虎口餘生 177
虎視眈眈 177
戶限為穿 70
怙惡不悛 182
花團錦簇 177
花枝招展 177
花言巧語 176
華而不實 295
譁眾取寵 377
化險為夷 60

畫餅充飢 291
畫地自限 290
畫龍點睛 292
畫虎類狗 291
畫蛇添足 291
話不投機 318
火上加油 76
火樹銀花 77
火傘高張 77
貨真價實 269
禍不單行 331
禍起蕭牆 331

禍從天降 332
禍從口出 332
豁然貫通 369
揮汗成雨 279
揮金如土 280
回天乏術 108
回光返照 108
回心轉意 108
悔不當初 220
諱莫如深 358
諱疾忌醫 358
繪聲繪影 377

歡天喜地 387
歡聲雷動 387
緩不濟急 347
患得患失 246
患難與共 246
煥然一新 311
渾渾噩噩 284
渾水摸魚 283
渾然天成 284
魂不附體 337
魂不守舍 337
混淆視聽 258

ㄑ

ㄓ

擲地有聲	371
咫尺天涯	186
指鹿為馬	192
指桑罵槐	192
紙上談兵	230
紙醉金迷	230
趾高氣揚	269
志同道合	140
炙手可熱	173
智勇雙全	281
置之度外	314
置若罔聞	314
折衝尊俎	142
債臺高築	304
招兵買馬	164
招搖撞騙	164
昭然若揭	194
朝不保夕	282
朝令暮改	282
朝秦暮楚	282
朝思暮想	282
朝三暮四	281
周而復始	158
沾沾自喜	172
瞻前顧後	371
斬釘截鐵	252
斬草除根	252
嶄露頭角	325
戰戰兢兢	353
真知灼見	227
針鋒相對	234
振臂一呼	221
振聾發聵	221
振振有辭	221
震古鑠今	350
震耳欲聾	350
張燈結綵	244
張冠李戴	244
張口結舌	244
掌上明珠	278
仗義執言	81
爭先恐後	173
蒸蒸日上	334
正本清源	91
正襟危坐	91
正中下懷	91
珠聯璧合	226
蛛絲馬跡	297

ㄔ

殺雞警猴	258
殺雞取卵	257
殺氣騰騰	257
殺彘教子	257
殺身成仁	257
殺一警百	257
鎩羽而歸	380
舌敝脣焦	128
舌粲蓮花	128
捨本逐末	251
捨近求遠	252
捨生取義	251
捨我其誰	252
設身處地	268
稍縱即逝	293
韶光荏苒	337
少見多怪	65
少不更事	65
收視反聽	115
熟能生巧	345
手不輟筆	70
手不釋卷	70
手忙腳亂	70
手到擒來	71
手足無措	71
手舞足蹈	71
守口如瓶	114
守株待兔	114
首當其衝	213
首屈一指	213
受寵若驚	157
壽終正寢	323
山明水秀	42
山高水長	43
山窮水盡	43
山珍海味	42
姍姍來遲	161
閃爍其辭	235
善體人意	295
身敗名裂	150
身體力行	150
身無長物	150
深謀遠慮	260
深居簡出	259
深入淺出	259
深思熟慮	259
深惡痛絕	260
深文周納	259

神乎其技	229
神魂顛倒	228
神機妙算	229
神清氣爽	228
神出鬼沒	229
神采飛揚	228
甚囂塵上	198
慎終追遠	308
商賈輻輳	241
傷風敗俗	305
傷天害理	305
賞心樂事	348
賞心悅目	348
上下其手	30
上行下效	30
生不逢辰	93
生吞活剝	93
生靈塗炭	94
生龍活虎	93
生花妙筆	93
聲名狼藉	366
聲東擊西	366
聲淚俱下	367
聲嘶力竭	367
聲色俱厲	366
聲色犬馬	366
殊途同歸	224
數典忘祖	342
束之高閣	143
束手就擒	143
束手無策	143
樹大招風	354
說來話長	336
說三道四	335
碩果僅存	331
碩學名儒	331
率爾操觚	260
水到渠成	75
水落石出	76
水光山色	75
水泄不通	76
水漲船高	76
水深火熱	76
水乳交融	75
順藤摸瓜	303
順理成章	302
順手牽羊	302
順水推舟	302

日

ㄗ

ㄜ

ㄞ

ㄠ

ㄡ

ㄢ

一望而知	12
怡然自得	164
移風易俗	264
移花接木	264
貽笑大方	299
貽人口實	299
遺臭萬年	359
頤指氣使	361
以偏概全	79
以德報怨	80
以毒攻毒	79
以退為進	79
以蠡測海	80
以鄰為壑	80
以卵投石	78
以管窺天	79
以己度人	78
以訛傳訛	79
以逸待勞	79
以牙還牙	78
倚門倚閭	215
倚老賣老	215
一般見識	11
一板一眼	9
一筆抹煞	13
一波三折	9
一拍即合	9
一盤散沙	16
一貧如洗	12
一馬當先	11
一毛不拔	3
一鳴驚人	16
一帆風順	5
一反常態	1
一刀兩斷	1
一塌糊塗	14
一勞永逸	12
一覽無遺	19
一了百了	1
一乾二淨	11
一鼓作氣	14
一口咬定	1
一孔之見	1
一呼百諾	8
一哄而散	9
一舉兩得	17
一決雌雄	6
一蹶不振	18

一丘之貉 3
一席之地 10
一心兩用 2
一心一意 2
一廂情願 13
一知半解 9
一擲千金 17
一針見血 11
一朝一夕 13
一籌莫展 19
一塵不染 15
一場春夢 12
一成不變 5
一石兩鳥 4
一時半刻 10
一手遮天 2
一聲不響 17
一絲不苟 13
一掃而空 11
一衣帶水 6
一言難盡 7
一言九鼎 7
一言為定 7
一無所有 13
一五一十 1
一文不名 2
一文不值 2
一往情深 8
一網打盡 15
一語道破 15
一語中的 15
亦步亦趨 97
衣錦還鄉 130
易如反掌 167
異口同聲 261
異曲同工 261
異想天開 261
意氣用事 307
意興闌珊 307
義不容辭 315
義憤填膺 315
義無反顧 315
毅然決然 345
鴉雀無聲 351
牙牙學語 77
睚眥必報 322
啞然失笑 241
雅俗共賞 301

ㄨ

ㄩ

一畫

一了百了（ㄧˋ ㄌㄧㄠˇ ㄅㄞˇ ㄌㄧㄠˇ）　**近：**一通百通　**反：**沒完沒了

釋義 比喻事情的一部分解決了，其他的也跟著解決。

範例 不要以為一味逃避，事情就能「一了百了」，必須積極面對才行。

一刀兩斷（ㄧˋ ㄉㄠ ㄌㄧㄤˇ ㄉㄨㄢˋ）　**近：**割席絕交　**反：**藕斷絲連

釋義 原指一刀將原來相連的東西切成兩段。後比喻堅決地斷絕雙方的關係。

範例 我和他早已經「一刀兩斷」，互不往來了。

一口咬定（ㄧˋ ㄎㄡˇ ㄧㄠˇ ㄉㄧㄥˋ）　**近：**矢口不移

釋義 比喻心中有了既定的想法後，就不再改變。

範例 你明明沒有證據，怎麼可以「一口咬定」這件事是他做的呢？

不要誤用 「一口咬定」強調堅持自己的想法和判斷，絕不改變；「斬釘截鐵」則是強調說話或行事很果斷，沒有半點猶豫。

一五一十（ㄧˋ ㄨˇ ㄧˋ ㄕˊ）

釋義 指數數。比喻敘述周詳，無所遺漏。

範例 他「一五一十」將事情發生的經過說了出來。

一介不取（ㄧˊ ㄐㄧㄝˋ ㄅㄨˋ ㄑㄩˇ）

釋義 形容為人廉潔，不取非分的東西。

範例 「一介不取」的清廉官員，才能獲得人民的信任。

一反常態（ㄧˋ ㄈㄢˇ ㄔㄤˊ ㄊㄞˋ）　**近：**一改故轍　**反：**一如既往

釋義 態度和平常表現完全相反。形容發生和平常截然不同的變化。

範例 老愛板著臉的他今天「一反常態」地笑臉迎人，令大夥感到詫異不已。

一孔之見（ㄧˋ ㄎㄨㄥˇ ㄓ ㄐㄧㄢˋ）　**近：**一管之見　**反：**遠見卓識

釋義 從一個小洞中所能看見的。比喻片面、主觀的見解。

範例 我們不能憑著「一孔之見」，就套用於所有事物，這樣太主觀了。

不要誤用 「一孔之見」強調見解狹隘；「一得之見」則用來謙稱見解膚淺。

一心一意

近：全心全意

反：三心二意

釋義 形容專心全意，毫無雜念。

範例 喜歡繪畫的他「一心一意」想考上美術系，將來當個畫家。

一心兩用

釋義 心思分散，同時做兩件事。形容心思不集中。

範例 做事情如果「一心兩用」，效果就會不理想。

一手遮天

近：掩人耳目

反：光明正大

釋義 一隻手擋住天空。比喻瞞上欺下的惡劣行為。

範例 那些黑心商人欺上瞞下、「一手遮天」的惡劣行徑，被媒體批露了。

不要誤用 「一手遮天」特指仗恃權勢，欺上瞞下；「瞞天過海」則是玩弄花招，欺瞞別人，適用對象較廣。

一文不名

近：赤貧如洗

反：家財萬貫

釋義 身邊連一文錢都沒有。形容非常貧窮。

範例 很多藝術家生前都是「一文不名」，死後才成名。

一文不值

近：半文不值

反：價值連城

釋義 連一文錢的價值也沒有。比喻沒有半點價值。

範例 你總是把別人的作品評得「一文不值」，自己寫的又好到哪裡去呢？

一日三秋

釋義 一天沒有見面，就好像

過了三年沒見一樣。形容離別後思念的心情非常深切。

範例 熱戀的兩人一天沒有見面，就有「一日三秋」之感。

不要誤用 「一日三秋」只適合形容思念殷切；「度日如年」則常形容各種日子不好過的感受。

一日千里（ㄖˋ ㄑㄧㄢ ㄌㄧˇ）

近：日新月異
反：江河日下

釋義 形容交通工具行進的速度很快。也比喻進步發展迅速。

範例 科技的發展「一日千里」，資訊也是瞬息萬變。

一木難支（ㄇㄨˋ ㄋㄢˊ ㄓ）

近：獨木難支

釋義 一根木頭難以支撐整座大廈。比喻艱鉅的任務，不是一個人能獨立完成的。

範例 這項任務非常複雜艱鉅，「一木難支」，必須大家合作才行。

一毛不拔（ㄇㄠˊ ㄅㄨˋ ㄅㄚˊ）

近：愛財如命
反：罄其所有

釋義 連一根毫毛也不願意拔下來。形容人極端吝嗇。

範例 他是個「一毛不拔」的鐵公雞，大家都不喜歡和他來往。

不要誤用 「一毛不拔」偏重於行為；「愛財如命」則偏重於性格。

一丘之貉（ㄑㄧㄡ ㄓ ㄏㄜˊ）

近：狐群狗黨
反：涇渭分明

釋義 比喻都是同一類的人，都一樣糟糕，沒有什麼差別。

範例 那些人真是「一丘之貉」，每天聚在一起，不是喝酒就是講八卦，沒做過什麼有意義的事。

一目了然（ㄇㄨˋ ㄌㄧㄠˇ ㄖㄢˊ）

近：一望而知
反：霧裡看花

釋義 形容只要一看就可以清楚明白。

範例 看著這張地圖，捷運周邊所有公車站牌的分布「一目了然」。

不要誤用 「一目了然」偏重

於一眼就看得明白透澈，基於觀看對象的清晰；「一覽無遺」則偏重於一眼就看見全部，基於觀看角度、方法的正確。

一目十行（ㄧˊ ㄇㄨˋ ㄕˊ ㄏㄤˊ） **近**：十行俱下 **反**：尋行數墨

釋義 讀書時，一眼就能看十行文字。形容讀書的速度很快。

範例 他有「一目十行」的本事，所以小小年紀就閱讀了很多書。

一石兩鳥（ㄧˋ ㄕˊ ㄌㄧㄤˇ ㄋㄧㄠˇ） **近**：一箭雙鵰 **反**：徒勞無功

釋義 用一顆石頭，就打中兩隻鳥。比喻做一件事可以同時獲得兩種好處。

範例 我們這次的研習活動，不但能打響社團知名度，又招收到許多新成員，真是「一石兩鳥」。

文史趣談 彈丸不是石頭

看到「一石兩鳥」，常讓人以為古人都拿石頭當彈丸打鳥。其實石頭形狀不規則、飛行路線難以預測，並不好用，古人多是把小泥團燒成彈子，所以有「飛土逐肉」之說。《西京雜記》裡記載：漢武帝時的寵臣韓嫣，甚至用金子鑄成彈丸，每次攜帶彈弓出遊，都會有人跟在後面搶著把金彈丸撿回家，這種行為實在太奢侈了。

一字千金（ㄧˊ ㄗˋ ㄑㄧㄢ ㄐㄧㄣ） **近**：字字珠璣

釋義 一個字有千兩黃金的價值。形容作品價值非常高。

範例 這篇文章雖然只有短短兩百字，但「一字千金」，內涵豐富。

文史趣談 最貴的校對費

現在寫書，誰敢誇口說找到一個錯字就重金獎賞呢？但戰國時的呂不韋就有這種本事。《史記》記載：秦國宰相呂不韋曾叫門下的三千位食客，編寫一本包羅萬象的巨著，叫《呂氏春秋》，還把書公布在城門口，宣告只要能增刪一個字，就能獲得千兩黃金。但到最後都沒有人來指正，恐怕也是畏懼呂不韋的權勢吧。

一帆風順 ㄧˊ ㄈㄢ ㄈㄥ ㄕㄨㄣˋ

近：無往不利
反：一波三折

釋義 比喻一切都很順利（多用為對遠行人的祝福）。

範例 沒有人能一輩子「一帆風順」，難免會遇到一些挫折阻礙。

不要誤用 「一帆風順」表示中途沒有阻擋、挫折，著重過程；「無往不利」則表示做任何事都順利，主要是環境的配合。

文史趣談 順風逆風都用帆

船如果有了帆，就能利用風力加速推進。中國古代造船技術發達，在戰國時就懂得使用帆。而中國的船帆屬於「縱帆」，除了順風時，在逆風或風向不定時也可以行駛，比起歐洲人常用的「橫帆」（只能用在順風狀態）更適合遠洋航行，明朝鄭和下西洋的「寶船」上就有多達十二張帆——想像起來實在非常壯觀呢。

一成不變 ㄧˋ ㄔㄥˊ ㄅㄨˋ ㄅㄧㄢˋ

近：因循守舊
反：變化多端

釋義 原指刑法一經制定就不可改變。後用來比喻墨守成法，完全不知變通。

範例 他每天穿衣服都是「一成不變」的格子襯衫加牛仔褲。

不要誤用 「一成不變」著重於事物本身沒有變化，多用來形容做事方式或抽象的精神、想法；「原封不動」則著重於外界力量對事物不加改變的行為。

文史趣談 找東西的笨方法

關於不知變通，《呂氏春秋》中有個「刻舟求劍」的趣味故事：有個楚國人要過河到對岸去辦事。船一路搖來晃去，他竟不小心把佩劍掉進河裡。因為急著趕路，他沒有下水去撈，而是在劍掉下去的那個地方的船邊上做個記號，想等忙完回來再依著記號去找。但是腦筋不靈光的他卻忘了船會移動，那個記號一點作用也沒有呀。

一衣帶水

近：一水之隔
反：天涯海角

釋義　形容兩地之間相隔著像帶子一樣窄的水流。後來泛指江、河等水面不足以限制人的交通、來往。或形容兩地距離很近。

範例　中、日兩國是「一衣帶水」的鄰邦，自古以來就關係密切，人民往來頻繁。

文史趣談　小小衣帶作用大

古代的衣服沒有拉鍊，最初時也沒有鈕釦，為了不讓衣服散開，就必須用「衣帶」繫住。衣帶還是禮貌的象徵，跟別人見面的時候如果不束帶，就會被認為很失禮。官員也習慣將記事的笏（手板）插在腰帶間，便於攜帶。而《論語》中子張曾將老師的話「書諸紳」（寫在腰帶上），可見腰帶在緊急時還能夠當筆記本呢。

一技之長

近：看家本領
反：一無所長

釋義　指擁有某種特殊技能、專長。

範例　人人都要培養「一技之長」，才能在社會上生存。

一步登天

近：平步登天
反：循序漸進

釋義　踏一步就登上天。比喻沒有經過努力，很輕易就達到極高的地位或程度。

範例　作事要腳踏實地，不能總是幻想「一步登天」。

一決雌雄

近：一決高下
反：退避三舍

釋義　比喻雙方比出勝負、高下。

範例　我對明天將和去年的冠軍隊伍「一決雌雄」，感到既興奮又緊張。

一見如故（ㄧˊ ㄐㄧㄢˋ ㄖㄨˊ ㄍㄨˋ）

近：一面如舊
反：反面不識

釋義 初次見面感覺就像認識很久的老朋友一樣。

範例 他們倆「一見如故」，好像上輩子就認識了。

一見鍾情（ㄧˊ ㄐㄧㄢˋ ㄓㄨㄥ ㄑㄧㄥˊ）

近：一見傾心
反：蕭郎陌路

釋義 形容兩人一見面就產生了感情。

範例 他倆「一見鍾情」，交往三個月就論及婚嫁。

不要誤用 「一見鍾情」指一見面就有了很深的感情，語意較重；「一見傾心」指一見面就起了愛慕之心，語意稍輕。

一言九鼎（ㄧˋ ㄧㄢˊ ㄐㄧㄡˇ ㄉㄧㄥˇ）

近：一見傾心
反：蕭郎陌路

釋義 一句話抵得上九座鼎的重量。形容說話很有分量，大家都會聽從。或表示說出來的話絕不改變。

範例 他說話向來「一言九鼎」，絕不食言而肥。

文史趣談 最搶手的鍋子

「鼎」是一種烹煮食物的金屬器具。據說大禹建立夏朝之後，將天下分為九個州，並蒐集各州的青銅，鑄造成九個大鼎。這九個大鼎，傳到商朝、周朝，一直是國家政權的象徵，也是君王傳授帝位的重器。周王室衰落後，諸侯爭奪天下，也企圖奪得九鼎以號令其他諸侯，看來這九個大鍋子還真是搶手呢。

一言為定（ㄧˋ ㄧㄢˊ ㄨㄟˊ ㄉㄧㄥˋ）

近：說一不二
反：言而無信

釋義 一句話說定了，就不再更改或反悔。

範例 我倆「一言為定」，十年後的今天，不管發生什麼變化都要來這裡相見。

不要誤用 「一言為定」強調雙方信守約定；「說一不二」則多指個人說話算數。

一言難盡（ㄧˋ ㄧㄢˊ ㄋㄢˊ ㄐㄧㄣˋ）

近：說來話長
反：一言蔽之

釋義 一句話不能把事情的狀

況都說完。形容事情曲折複雜，不是簡單一句話可以說得完的。

範例：關於他們兩人最後為什麼會形同陌路，唉，真是「一言難盡」。

一事無成（ㄧˊ ㄕˋ ㄨˊ ㄔㄥˊ）　**近：**一無所成　**反：**一舉成功

釋義：形容人虛度光陰，毫無成就。

範例：每個人都需要做好生涯規劃，逐步實行，才不會到頭來「一事無成」。

一刻千金（ㄧˊ ㄎㄜˋ ㄑㄧㄢ ㄐㄧㄣ）　**近：**千金一刻

釋義：一刻鐘就有千兩黃金的價值。比喻時間寶貴。

範例：倒數三天就要考試了，這段時間對學生來說是「一刻千金」。

一呼百諾（ㄧˋ ㄏㄨ ㄅㄞˇ ㄋㄨㄛˋ）　**近：**一呼百應　**反：**無人問津

釋義：一人呼喚，有百人應諾。形容響應的人很多。或指人權勢顯赫，侍從很多。

範例：他在團體裡「一呼百諾」，非常有群眾魅力和號召力。

一命嗚呼（ㄧˊ ㄇㄧㄥˋ ㄨ ㄏㄨ）　**近：**一命歸西

釋義：指死亡（多含譏貶或詼諧口氣）。

範例：那個人因為喝酒過量以致「一命嗚呼」，讓朋友震驚不已。

一往情深（ㄧˋ ㄨㄤˇ ㄑㄧㄥˊ ㄕㄣ）　**近：**情深潭水　**反：**寡情薄義

釋義：指對人或對事有著深厚的情感，且不改變。

範例：我對她「一往情深」，真希望能夠知道更多關於她的事情。

一念之差（ㄧˊ ㄋㄧㄢˋ ㄓ ㄔㄚ）

釋義：一個念頭錯了，因此引發嚴重的後果。

範例：他當初因為「一念之差」，財迷心竅，結果吃上侵占官司。

一拍即合

近：不謀而合

反：格格不入

釋義 一拍擊就合於曲子的節奏。比喻人很容易、自然地結合起來。

範例 他倆都是標準的電影迷，談起電影話題是「一拍即合」。

一板一眼

近：一絲不苟

反：敷衍了事

釋義 比喻做事踏實，有條不紊。

範例 認真的他做事總是「一板一眼」，絲毫不馬虎。

文史趣談 板子有眼睛嗎？

你知道「板眼」是什麼嗎？那可不是說板子上有眼睛喔。其實它原本指的是中國傳統戲曲的節拍，在每一小節中的強拍敲擊鼓板（打拍子用的拍板），稱為「板」，敲擊弱拍和次強拍則稱為「眼」。因為都是按照音樂很有次序的打節拍，所以「板眼」後來也用來形容人做事情很有條理。

一波三折

近：好事多磨

反：一帆風順

釋義 原來是形容寫字時筆法的曲折頓挫。後用來比喻事情進行時阻礙很多。

範例 這次的畢業旅行「一波三折」，幸好最後還是成行了。

一知半解

近：不求甚解

反：融會貫通

釋義 形容知道得少，理解得不深、不透澈。

範例 做學問要能融會貫通，不能只是「一知半解」。

一哄而散

近：作鳥獸散

反：接踵而至

釋義 形容人們一邊吵鬧著，很快就散去了。

範例 聽說贈品已兌換完畢，原本排隊的人潮頓時「一哄而散」。

一面之詞

近：片面之詞

釋義：單方面的說詞。雙方各自說有利於自己的言詞。

範例：不能憑著偏頗的「一面之詞」，就判斷某件事情的對或錯。

一面之雅 **近**：一面之緣

釋義：只見過一次面的交情。形容交情不深。

範例：我和他之間不過是「一面之雅」，這麼深入的問題我無法回答。

一席之地

釋義：比喻一小塊地方。

範例：演藝圈競爭激烈，想在其中取得「一席之地」並不容易。

一時半刻

釋義：很短的時間。

範例：這本書內容非常艱澀，不是「一時半刻」可以閱讀完的。

一氣呵成 **近**：一鼓作氣 **反**：一波三折

釋義：一口氣就完成。形容文藝作品結構完整、敘述流暢。也比喻工作一口氣做完，中間不停頓。

範例：他的作品最大的特色，就是「一氣呵成」，首尾圓融相應。

不要誤用　「一氣呵成」偏重流暢，可用於形容各種事物；「一揮而就」則形容迅速，只能用於書畫和寫文章。

一笑置之 **近**：付之一笑

釋義：笑一笑把它放在放在一旁。表示不必認真對待。

範例：這個問題非常嚴重，牽連甚廣，你怎麼能夠「一笑置之」呢？

一脈相承 **近**：一脈相連 **反**：半路出家

釋義：一個血統或派別世代承襲流傳下來。比喻人與人或事物之間是由同一個系統傳承而來（多指學說、思想或行為）。

範例：這兩位詩人的創作風格

是「一脈相承」的。

不要誤用 「一脈相承」偏重於後對前的繼承；「衣缽相傳」偏重於前對後傳授。

一般見識（ㄧˋ ㄅㄢ ㄐㄧㄢˋ ㄕˋ）

釋義 同樣淺薄地看待事物。

範例 你是讀過書的，不必與那個人「一般見識」。

一針見血（ㄧˋ ㄓㄣ ㄐㄧㄢˋ ㄒㄧㄝˇ）

近：一語中的
反：言不及義

釋義 比喻文章、言論簡明扼要，能把握重點。

範例 她這番「一針見血」的言論，句句正中紅心，說得對方啞口無言。

不要誤用 「一針見血」偏重形容切中要害；「言簡意賅」則偏重指意思完備。

文史趣談 小針妙用大

「針」除了可以用來縫衣服、繡花，更是古代醫生不可缺少的工具。早期人們是用石頭磨製成尖狀，用來挑開膿疱或是放血。後來隨著科技進步，醫生改成用金針、銀針，並懂得將它們按病況刺入人體的不同穴道，達到不同的治療效果。由於「針」可以治病，所以也引申用以比喻議論或規勸。

一馬當先（ㄧˋ ㄇㄚˇ ㄉㄤ ㄒㄧㄢ）

近：身先士卒
反：甘為人後

釋義 比喻走在最前面，起帶頭作用的。

範例 隊長「一馬當先」往前跑去，所有隊員也立刻跟上。

不要誤用 「一馬當先」可用於人和其他事物；「身先士卒」只限用於領導人。

一乾二淨（ㄧˋ ㄍㄢ ㄦˋ ㄐㄧㄥˋ）

釋義 形容乾淨澈底，一點兒也不剩。

範例 大夥肚子太餓了，才一眨眼工夫，就把桌上的食物吃得「一乾二淨」。

一掃而空（ㄧˋ ㄙㄠˇ ㄦˊ ㄎㄨㄥ）

釋義 掃得一點也不留。比喻完全清除乾淨。

範例 剛買回來的蛋糕，三兩

下就被弟妹們「一掃而空」。

一敗塗地　**近**：一蹶不振　**反**：大獲全勝

釋義 形容情況很糟糕，已經沒有辦法挽救。

範例 我隊在這場球賽中輸得「一敗塗地」，教練臉色非常難看。

一望而知　**近**：一目了然　**反**：渾然不知

釋義 看一眼就知道全部的事物。比喻事情顯露，一眼就能看穿。

範例 從他的態度「一望而知」，他根本就對這個活動不感興趣。

不要誤用 「一望而知」強調看一眼就明白事情的概況；「洞燭機先」則強調事情未發生前，即能預先察知。

一貧如洗　**近**：囊空如洗　**反**：腰纏萬貫

釋義 窮苦得像被大水洗過那樣，什麼也不留。

範例 即使「一貧如洗」也不能自毀人格，做出偷雞摸狗的事情。

不要誤用 「一貧如洗」多著眼於個人；「家徒四壁」則著眼於家庭。

一傅眾咻

釋義 一個人在教導，許多人在旁邊擾亂。表示做事時幫助的人少，阻礙的人多。

範例 在這「一傅眾咻」的環境下，要學好他國語言是非常困難的。

一勞永逸　**近**：暫勞永逸　**反**：苟安一時

釋義 費一次勞力就可以得到永久的安逸。

範例 做事前要先找到最適合的方法，才能「一勞永逸」，不會白費力氣。

一場春夢

釋義 就像做了一場春夢一樣。比喻人世變化無常。

範例 人生的名利權位，到頭

來不過是「一場春夢」，何必強求呢？

一廂情願　近：如意算盤　反：兩廂情願

釋義：指單方面主觀的願望，不考慮另一方面是否願意或客觀條件是否允許。

範例：這件事與其「一廂情願」認為對方會幫忙，不如靠自己的力量去完成。

一朝一夕　近：一時半刻　反：窮年累月

釋義：一日一夜。形容時間極為短促。

範例：飆車族之所以會這麼囂張，絕非「一朝一夕」造成。

一無所有　近：一貧如洗　反：應有盡有

釋義：什麼都沒有。

範例：他因為賭博敗光家產，現在已經是「一無所有」了。

不要誤用　「一無所有」可廣泛形容各方面缺乏；「一貧如洗」則只能用在形容貧窮的程度上。

一筆抹煞　近：一筆勾銷

釋義：用一支筆就將全部的優點或事實作廢。形容否決別人的優點和努力。

範例：因為犯了一個小錯誤，就「一筆抹煞」他的優點，實在太不理性了。

不要誤用　「一筆抹殺」的重點在全盤否定；「一筆勾消」的重點則在取消。

一絲不苟　近：一絲不亂　反：馬馬虎虎

釋義：形容一個人做事認真、仔細，一點也不馬虎。

範例：他辦起事來「一絲不苟」，因此深受上司信任。

一視同仁　近：不分畛域　反：厚此薄彼

釋義：表示對人不分厚薄，一律同等看待。

範例：老闆對待所有職員必須「一視同仁」，若偏心袒護就會惹人閒話。

一塌糊塗

釋義　形容情況混亂或糟糕到極點。

範例　弟弟不小心打翻顏料，把書桌弄得「一塌糊塗」。

一意孤行　近：獨斷獨行　反：言聽計從

釋義　不理會別人的意見，按照個人的想法去做。

範例　身為領導者，必須懂得採納眾人的意見，最忌「一意孤行」。

一概而論　近：等量齊觀　反：另眼相待

釋義　不問事物或問題的性質，全部用同一個標準來評論或看待。

範例　這兩件事的性質、情況並不相同，怎麼能夠「一概而論」？

一落千丈　近：一潰千里　反：突飛猛進

釋義　原來是形容琴聲突然由高向低降落。後來泛指景況、地位、聲望、情緒等急遽下降。

範例　自從他沉迷網路遊戲，課業成績也跟著「一落千丈」。

一葉知秋　近：見微知著

釋義　從一片樹葉的凋落，便知道秋天將要來到。比喻從細微的跡象可以看出形勢的變化。或指由部分現象推知全體。

範例　古人說「一葉知秋」，這個新制度確實不完善，應該盡早解決。

一鼓作氣　近：打鐵趁熱　反：再衰三竭

釋義　形容趁氣勢強盛時全力去做，才容易成功。

範例　可以「一鼓作氣」乘勢完成的事情，何必拖拖拉拉？

文史趣談　擊三次鼓的秘密

《左傳》記載：春秋時代，齊國曾攻打魯國。魯國軍師曹劌指揮軍隊，一直等到齊軍連續敲了三次鼓後，才下令士兵出擊，結果把齊軍打得落花流水。原來，第一次擊鼓最可以激勵軍隊的士氣，擊了三次鼓還不行動，就失去昂揚的鬥志了。曹劌懂得這樣的作戰技巧，打敗強大的齊軍，實在是位非常有智慧的軍師呢。

一塵不染

近：六根清淨
反：同流合汙

釋義 指人品純潔，沒有沾染壞習氣。常用來形容非常的乾淨。

範例 月光透過白紗帘，灑入「一塵不染」的房間，渲染一室空寂寧靜的氛圍。

一碧萬頃

釋義 一整片遼闊的青綠色。多形容水面或天空。

範例 洞庭湖「一碧萬頃」，是著名的觀光景點。

一網打盡

近：一掃而空
反：漏網之魚

釋義 用一張網全部捉住。比喻全部逮住或澈底消滅。

範例 那些不肖獵人，居然想趁候鳥過境時「一網打盡」，實在可惡。

一語中的

近：一語道破
反：言不及義

釋義 一句話就說中了事情的重點，就像射箭，一箭就射中了靶心。

範例 對方能「一語中的」地指出我的錯誤，我應該心存感激，立即改正。

一語道破

近：一語破的
反：離題萬里

釋義 一句話就把真相或道理說穿。

範例 經過老師的「一語道破」，大家終於突破瓶頸，趕上工作進度。

不要誤用 「一語道破」指直接道出真相；「一針見血」則指直接切中要害。

一鳴驚人　**近：**一飛沖天　**反：**沒沒無聞

釋義 比喻平時默默無聞，突然間有驚人的表現。

範例 他在那場比賽中「一鳴驚人」，大家才知道有他這號厲害人物。

不要誤用 「一鳴驚人」偏重於有驚人之舉；「一舉成名」則偏重有了名聲。

文史趣談 **三年不飛的怪鳥**

《史記》記載：春秋時代的齊威王只愛享樂，三年都不上朝。大臣淳于髡就故意問威王說：「有隻怪鳥，連續三年不飛也不鳴，這是什麼鳥啊？」齊威王聽出淳于髡的意思，就回答：「那隻怪鳥現在要一飛沖天，一鳴驚人了。」齊威王果然從此勵精圖治。淳于髡能讓君王覺醒、改進，是使國家日漸強盛的大功臣呢。

一暴十寒　**反：**持之以恆

釋義 晒一天，凍十天。比喻學習或工作缺乏恆心。

範例 這樣「一暴十寒」，沒有恆心，怎麼可能把事情做好呢？

一盤散沙　**反：**同心同德

釋義 像一盤散掉的沙子一樣。比喻力量分散、不團結。

範例 猶如「一盤散沙」般沒有向心力的球隊，絕對無法獲得好成績。

一箭雙鵰　**近：**一舉兩得　**反：**徒勞無功

釋義 射出一支箭就射中兩隻鵰。比喻做一件事，可以達到兩項目標。

範例 他這個計畫可以有「一箭雙鵰」的效果。

不要誤用 「一箭雙鵰」比喻同時達到兩個目標；「一舉兩得」則比喻同時取得兩種好處。

文史趣談 **「射鵰」是高手**

鵰，是一種屬於鷹類的大型鳥類，非常凶猛，以捕食小動物為生。由於鵰視力極佳又善於飛翔，所以很難射下來。因此「射鵰」就用來比喻人非常善於射箭，例如漢朝名將李廣，就被匈奴人認為是「射鵰者」。而才能出眾的能手也被稱為「射鵰者」，例如「詩家射鵰手」就是指寫詩好手，不是說詩人很會打獵喔。

一諾千金（ㄧˊ ㄋㄨㄛˋ ㄑㄧㄢ ㄐㄧㄣ）

近：一言為定
反：輕諾寡信

釋義 一個承諾有千金那麼值錢。形容信守承諾，說話算數。

範例 他向來「一諾千金」，答應的事從來不曾反悔，所以得到大家的信任。

一應俱全（ㄧˋ ㄧㄥ ㄐㄩˋ ㄑㄩㄢˊ）

近：應有盡有
反：一無所有

釋義 形容一切都具備，應有盡有。

範例 百貨公司裡各種款式的服裝「一應俱全」。

一聲不響（ㄧˋ ㄕㄥ ㄅㄨˋ ㄒㄧㄤˇ）

釋義 形容沒有任何聲音，很安靜。也比喻沒有交代事情或說話。

範例 大家還爭執不下，他就「一聲不響」的把那件事給辦完了。

一舉兩得（ㄧˋ ㄐㄩˇ ㄌㄧㄤˇ ㄉㄜˊ）

近：一石兩鳥
反：顧此失彼

釋義 做一件事而得到兩方面的收穫。

範例 舊衣回收不但可以幫助別人，又能避免浪費，真是「一舉兩得」。

一擲千金（ㄧˊ ㄓˋ ㄑㄧㄢ ㄐㄧㄣ）

近：揮金如土
反：量入為出

釋義 賭博時一注就投下千金那麼多。形容不愛惜金錢。

範例 那位富二代「一擲千金」的荒唐行為，看得旁人直搖頭。

不要誤用 「一擲千金」偏重指一次花錢數目很大，或投入的賭注大；「揮金如土」則重在形容對錢財輕視，隨意花費。

一瀉千里（ㄧˊ ㄒㄧㄝˋ ㄑㄧㄢ ㄌㄧˇ）

近：一日千里
反：停滯不前

釋義 形容江河奔流直下。也比喻文章或曲調的氣勢流暢、奔放。

範例 這條河流自山間奔流而下，「一瀉千里」，十分壯觀。

不要誤用 「一瀉千里」強調速度快和距離遠，有氣勢磅礴的意味，用於具體事物；「一落千丈」則強調跌落的深度，在描述氣勢頹敗，用於抽象事物。

一竅不通（ㄧˊ ㄑㄧㄠˋ ㄅㄨˋ ㄊㄨㄥ）

近：一無所知
反：無所不知

釋義 一個孔竅都不通。比喻人頑固不通情理。也指對某事完全不懂。

範例 原本對電腦「一竅不通」的爺爺，參加社區大學的課程後，如今已是個電腦高手了。

不要誤用 「一竅不通」比喻愚鈍、不懂，偏重個人心智方面；「一無所知」則形容閉塞、毫不知情，對事實沒有認知的程度。

文史趣談 **寧願不開竅**

《莊子》裡有這樣一個故事：南海神儵、北海神忽，經常到中央神渾沌家去遊玩聊天。渾沌對儵和忽很好，他們就商量著要報答渾沌。儵和忽想說人人都有七竅，可以看、聽、呼吸和吃，渾沌卻沒有，他們就決定每天幫渾沌鑿一個竅。沒想到這樣過了七天，渾沌竟然死掉了。看來不是每個人都適合「開竅」呢。

一蹶不振（ㄧˋ ㄐㄩㄝˊ ㄅㄨˋ ㄓㄣˋ）

近：一敗塗地
反：東山再起

釋義 一次跌倒就爬不起來。比喻受了挫折就再也振作不起來。

範例 他自從經商失敗後，便「一蹶不振」，成天過著行屍走肉般的日子。

不要誤用 「一蹶不振」強調失敗造成的身心狀況；「一敗

塗地」則強調敗得很慘。

一蹴而就（ㄧˊ ㄘㄨˋ ㄦˊ ㄐㄧㄡˋ）

近：一舉成功　**反：**欲速不達

釋義 腳一踏就可以成功。形容輕而易舉。

範例 所有偉人的成功，都非「一蹴而就」，而是靠著對事局的敏感度與不斷的努力。

一籌莫展（ㄧˋ ㄔㄡˊ ㄇㄛˋ ㄓㄢˇ）

近：無計可施　**反：**計出萬全

釋義 一根算籌也擺布不開。比喻一點辦法也想不出來。

範例 事到如今，大家都已「一籌莫展」，只能等待時間去改變現況了。

不要誤用 「一籌莫展」偏重於指本身想不出任何辦法；「束手無策」則偏重於對困境沒有能力解決。

文史趣談 古代的計算機

現代人算數可以用計算機，只要按幾個鈕，答案很快就出來了。但古代還沒有發明計算機，古人要如何算數呢？答案是用「算籌」。那是一種用竹片或木片製成的籤狀物，上面寫有數字，將眾多算籌放在面前依所求問題排列、移動，就能夠幫助計算。所以「籌」也有算計、策劃的意思。

一觸即發（ㄧˋ ㄔㄨˋ ㄐㄧˊ ㄈㄚ）

近：劍拔弩張　**反：**引而不發

釋義 形容事態已發展到十分危險急迫的階段。

範例 雙方情勢已「一觸即發」，想讓他們握手言和，恐怕不是那麼容易。

不要誤用 「一觸即發」著重局勢的緊繃、急迫；「劍拔弩張」則偏於形容氣勢的逼人。

一覽無遺（ㄧˋ ㄌㄢˇ ㄨˊ ㄧˊ）

近：盡收眼底

釋義 形容事物很簡單，一下子就看得清清楚楚，沒有任何遺漏。

範例 站在山頂往下眺望，整座城市的夜景「一覽無遺」，就像銀河在腳下流動一樣燦爛美麗。

不要誤用 「盡收眼底」強調

全部看見，僅限於俯瞰、遠眺景物；「一覽無遺」則不限於任何事物。

二畫

七上八下（ㄑㄧ ㄕㄤˋ ㄅㄚ ㄒㄧㄚˋ）　**近**：忐忑不安　**反**：穩如泰山

釋義　形容心神不寧、慌亂不安的樣子。

範例　突然被老師約談，他心裡不禁「七上八下」，不知道發生了什麼事。

七手八腳（ㄑㄧ ㄕㄡˇ ㄅㄚ ㄐㄧㄠˇ）　**近**：手忙腳亂　**反**：秩序井然

釋義　形容大家一起動手，手忙腳亂的樣子。

釋義　大家「七手八腳」的把營養午餐抬回教室。

不要誤用　「七手八腳」偏重人多忙亂的樣子，用於多人；「手忙腳亂」則側重沒有條理，也可用於一個人。

七拼八湊（ㄑㄧ ㄆㄧㄣ ㄅㄚ ㄘㄡˋ）　**近**：東拼西湊

釋義　把零碎的東西勉強湊合在一起。

範例　那些「七拼八湊」的報告，全部被老師打了回票。

七零八落（ㄑㄧ ㄌㄧㄥˊ ㄅㄚ ㄌㄨㄛˋ）　**近**：零零散散　**反**：井井有條

釋義　形容零零散散，不集中的樣子。

範例　一場大雨把廣場上的花打得「七零八落」，滿地都是溼透的花瓣。

七嘴八舌（ㄑㄧ ㄗㄨㄟˇ ㄅㄚ ㄕㄜˊ）　**近**：人多嘴雜　**反**：異口同聲

釋義　形容你一句，我一句，人多嘴雜。或形容眾人議論紛紛。

範例　大家「七嘴八舌」的提出意見，結果說了半天也沒討論出個結果來。

七竅生煙（ㄑㄧ ㄑㄧㄠˋ ㄕㄥ ㄧㄢ）　**近**：火冒三丈　**反**：心平氣和

釋義　形容氣憤到了極點，好像耳目口鼻都要冒出火來。

範例　你把他最喜歡的漫畫書弄丟了，他當然氣得「七竅生煙」。

九牛一毛 ㄐㄧㄡˇ ㄋㄧㄡˊ ㄧˋ ㄇㄠˊ

近：微不足道
反：盈千累萬

釋義 指占極大數量中的小部分。

範例 這些捐款對那位大企業家來說不過是「九牛一毛」，卻能夠幫助許多弱勢民眾改善生活。

不要誤用 「九牛一毛」比喻極少的數量；「滄海一粟」則形容非常渺小。

九死一生 ㄐㄧㄡˇ ㄙˇ ㄧˋ ㄕㄥ

近：死裡逃生
反：安然無事

釋義 形容情況極危險的境遇。或指經歷多次生死關頭而倖存。

範例 歷經了「九死一生」的山難經驗，隊員間的友情益發堅固。

不要誤用 「九死一生」偏重在歷經了死亡危險而存活；「大難不死」偏重在經歷了大災難而保全性命；「死裡逃生」則側重於能從險境中逃脫。

九霄雲外 ㄐㄧㄡˇ ㄒㄧㄠ ㄩㄣˊ ㄨㄞˋ

近：萬里高空
反：近在咫尺

釋義 比喻無限遠的地方。或比喻無影無蹤。

範例 望著眼前的美景，剛才登山的辛苦都被拋到「九霄雲外」去了。

文史趣談 咦，天有多高？

你知道天究竟有多高嗎？現代人都知道，在大氣層之外，還有無邊無垠的宇宙，但在古代神話中卻認為天有九層。所以天的極高處就叫「九霄」、「九天」或「九重霄」、「九重天」，而地下極深之處則叫「九泉」，它也是傳說中人死後成為鬼魂的居處，也被稱為「九重泉」。

人人自危 ㄖㄣˊ ㄖㄣˊ ㄗˋ ㄨㄟˊ

近：人心惶惶
反：泰然自若

釋義 每個人都感到自己有危險。

範例 新流感疫情爆發，民眾是談虎色變，「人人自危」。

人山人海

近：人海人山

釋義：形容聚集在一起的人非常多。

範例：連續假期碰上大晴天，各大觀光景點都是「人山人海」。

人才濟濟

釋義：形容到處都是賢才。

範例：政府智庫裡「人才濟濟」，可以提供各種治國建言與策略。

不要誤用：「人才濟濟」強調現在已經有很多人才；「人才輩出」則偏重於人才一批一批地湧現。

人之常情

近：人皆有之

反：詭譎怪誕

釋義：一般人多具有的感情、言行或想法。

範例：任誰都喜歡美的東西，這是「人之常情」。

人云亦云

近：隨聲附和

反：各持己見

釋義：人家怎麼說，自己也怎麼說。形容沒有主見，只會附和別人的意見。

範例：我們要適時表達意見，不能總是「人云亦云」。

不要誤用：「人云亦云」偏重形容沒有主見；「吠形吠聲」則偏重不辨真假。

文史趣談　愛學人說話的應聲蟲

沒有主見、老是人云亦云的人，會被稱作是「應聲蟲」，在《遯齋閑覽》中就記載這樣的故事：宋朝人楊勉，肚子裡有隻應聲蟲，他只要開口說話，蟲就會學著講話。一位道士告訴他，只要拿一本草藥書，逐一念出藥名，念到應聲蟲不敢應和的那種藥，買來服用，就能夠治好這個病。楊勉照著做，終於把蟲趕走了。

人心惶惶

釋義：人們內心都驚恐不安。

範例：那些人唯恐天下不亂，

散布不負責任的言語搞得「人心惶惶」。

不要誤用 「人心惶惶」形容驚慌不安的樣子，語意較輕；「人人自危」則指當事人感到自身危險，語意較重。

人仰馬翻（ㄖㄣˊ ㄧㄤˇ ㄇㄚˇ ㄈㄢ） **近**：一塌糊塗

釋義 人馬都翻倒在地。形容慘敗的狼狽相。也比喻亂得一塌糊塗，難以收拾。

範例 為了宴請大批貴賓，一上午廚房裡都是「人仰馬翻」的狀況，主廚更忙得連上廁所都沒時間。

不要誤用 「人仰馬翻」偏重形容戰敗的狼狽相；「潰不成軍」偏重形容慘敗時隊伍散亂的樣子，「轍亂旗靡」則偏重形容潰逃慌亂的樣子。「人仰馬翻」可形容做事慌亂的情形，後兩者則不能。

人多嘴雜（ㄖㄣˊ ㄉㄨㄛ ㄗㄨㄟˇ ㄗㄚˊ） **近**：人多口雜

釋義 形容許多人在一起，意見繁雜，各言其是。

範例 「人多嘴雜」，太多意見反而會把事情弄得更複雜。

人死留名（ㄖㄣˊ ㄙˇ ㄌㄧㄡˊ ㄇㄧㄥˊ） **近**：豹死留皮 **反**：同泥腐朽

釋義 指人在生前建立了功績，可以留名於後世。

範例 為了「人死留名」，所以古人多勉勵人在生前要立德、立言、立功。

人老珠黃（ㄖㄣˊ ㄌㄠˇ ㄓㄨ ㄏㄨㄤˊ）

釋義 人老衰殘容易被輕視，就像珠子久了會變黃，不如以往值錢。

範例 就算年輕時再美貌，也總有「人老珠黃」的一天。

人定勝天（ㄖㄣˊ ㄉㄧㄥˋ ㄕㄥˋ ㄊㄧㄢ） **近**：事在人為 **反**：聽天由命

釋義 人的力量可以戰勝自然，改變命運。

範例 秉持「人定勝天」的想法，花了許多時間，這條橫貫公路終於開鑿完成。

人神共憤（ㄖㄣˊ ㄕㄣˊ ㄍㄨㄥˋ ㄈㄣˋ） **近**：神人共憤

釋義 形容民憤極大。

範例：那個人囂張、鴨霸的行為，已經達到「人神共憤」的地步。

人間仙境（ㄖㄣˊ ㄐㄧㄢ ㄒㄧㄢ ㄐㄧㄥˋ）

釋義：形容景色優美的地方。

範例：此地山水美景如詩如畫，真是一處「人間仙境」。

人微言輕（ㄖㄣˊ ㄨㄟ ㄧㄢˊ ㄑㄧㄥ）　**近**：身輕言微　**反**：舉足輕重

釋義：指人的社會地位低下，說話就不起作用。

範例：他在這個單位還是新人，不免「人微言輕」，講話沒有份量。

人滿為患（ㄖㄣˊ ㄇㄢˇ ㄨㄟˊ ㄏㄨㄢˋ）

釋義：形容人數太多而造成問題。

範例：觀光地區廁所太少，每每「人滿為患」，民眾是怨聲載道。

人盡其才（ㄖㄣˊ ㄐㄧㄣˋ ㄑㄧˊ ㄘㄞˊ）　**近**：野無遺賢　**反**：學無所用

釋義：每個人都能充分發揮，貢獻自己的才能。

範例：大同社會的理想是「人盡其才」，地盡其利，物盡其用，貨暢其流。

人聲鼎沸（ㄖㄣˊ ㄕㄥ ㄉㄧㄥˇ ㄈㄟˋ）　**近**：沸沸揚揚　**反**：萬籟俱寂

釋義：鬧哄哄的，就像鍋裡的開水沸騰般發出聲音。形容非常吵雜。

範例：市集裡「人聲鼎沸」，攤販的叫賣聲此起彼落，非常熱鬧。

入不敷出（ㄖㄨˋ ㄅㄨˋ ㄈㄨ ㄔㄨ）　**近**：寅吃卯糧　**反**：腰纏萬貫

釋義：收入不夠支出。形容經濟困難，錢財不夠使用。

範例：他因為不懂得理財，領到薪水就亂花，結果經常「入不敷出」。

不要誤用：「入不敷出」表示造成困窘局面的原因；「寅吃卯糧」則是應付困窘局面的下策。

入木三分（ㄖㄨˋ ㄇㄨˋ ㄙㄢ ㄈㄣ） **近**：力透紙背 **反**：不著邊際

釋義 原形容書法筆力遒勁。後比喻見解、議論的深刻。或強調描寫得十分酷似。

範例 這幅書法作品筆力雄渾，「入木三分」，獲得評審一致讚賞。

不要誤用 「入木三分」可用於見解、議論、書法、人物性格的刻畫等方面；「鞭辟入裡」則一般用於議論。

文史趣談 **書法大師的超級功力**

大家都知道「書聖」王羲之的書法是非常有名的，但他的筆力到底雄渾強勁到什麼境界呢？據《書斷》一書記載：有一次，皇帝在北郊舉行祭祀儀式，必須更換已經寫了祝文的木板，當工人削去王羲之寫過的舊木板時，發現他的筆跡竟然透入木板有三分那麼深呢。由此可見，王羲之的字是多麼有力。

入室操戈（ㄖㄨˋ ㄕˋ ㄘㄠ ㄍㄜ）

釋義 進我的屋子，拿起我的武器來攻擊我。比喻就對方的論點來反駁對方。

範例 必須「入室操戈」，針對對方論點漏洞加以攻擊，才能贏得這場辯論。

入境隨俗（ㄖㄨˋ ㄐㄧㄥˋ ㄙㄨㄟˊ ㄙㄨˊ） **近**：入鄉問俗

釋義 到一個新地方要問清楚當地的禁忌、習俗，順應當地的風俗習慣。

範例 出國旅遊就要「入境隨俗」，才不會造成尷尬、衝突的局面。

八面玲瓏（ㄅㄚ ㄇㄧㄢˋ ㄌㄧㄥˊ ㄌㄨㄥˊ） **近**：左右逢源

釋義 原指窗戶寬敞明亮。後多用以形容為人處事手腕圓滑，處事周密、面面俱到。

範例 她處事向來「八面玲瓏」，能退能進，擔任公關再適合不過了。

力不從心（ㄌㄧˋ ㄅㄨˋ ㄘㄨㄥˊ ㄒㄧㄣ） **近**：力不能及 **反**：得心應手

釋義 心裡想做但力量不夠。

釋義 年紀大了，健康狀況逐漸走下坡，做很多事都感到「力不從心」。

不要誤用 「力不從心」強調心裡想做卻做不到；「力不能及」則是單純的能力不足。

力爭上游（ㄌㄧˋ ㄓㄥ ㄕㄤˋ ㄧㄡˊ）

近：不為人後
反：甘處下游

釋義 比喻盡力求取上進。

範例 這位輪椅舞蹈家「力爭上游」的故事，鼓舞、感動了許多人。

力挽狂瀾（ㄌㄧˋ ㄨㄢˇ ㄎㄨㄤˊ ㄌㄢˊ）

近：扭轉乾坤
反：大勢已去

釋義 比喻盡力挽回頹敗的局勢。

範例 面對這樣頹敗的局勢，有幾個人願意挺身而出，「力挽狂瀾」？

不要誤用 「力狂挽瀾」強調要挽回險惡的局勢；「扭轉乾坤」則是指澈底使局面改觀。

力透紙背（ㄌㄧˋ ㄊㄡˋ ㄓˇ ㄅㄟˋ）

近：入木三分
反：輕描淡寫

釋義 形容書法遒勁有力。也形容寫文章的功力深厚，造語精煉。

範例 這幅書法剛健遒勁，「力透紙背」，可以想像作者應該也是個豪邁的人。

文史趣談 紙的由來

在紙還沒有發明以前，你知道古人的文章或書信都寫在什麼東西上嗎？一種是木板，稱為「牘」；一種是竹片，稱為「簡」，再高級一點則是用「縑帛」。但是木板、竹片攜帶不便，縑帛又太貴，所以東漢的蔡倫才想辦法用樹皮、魚網等造出了紙。經過不斷改良，方便又便宜的紙就成為人們最重要的書寫材料了。

十全十美（ㄕˊ ㄑㄩㄢˊ ㄕˊ ㄇㄟˇ）

近：盡善盡美
反：美中不足

釋義 全部都是完整美好的。形容一切完美，沒有缺點。

範例 人沒有「十全十美」的，多少都會有些小缺點。

不要誤用 「十全十美」重在形容條件、設備等齊全美好；「完美無缺」重在形容完善、沒有缺點。

十拿九穩（ㄕˊ ㄋㄚˊ ㄐㄧㄡˇ ㄨㄣˇ）

近：萬無一失
反：模稜兩可

釋義 形容做事非常準確或很有把握。

範例 因為事前準備充分，這次的演講比賽，我可是「十拿九穩」呢。

不要誤用 「十拿九穩」著重於有所得，形容有絕對的把握，成功機率很高；「萬無一失」則著重於無所失，指勝算很大，非常保險、穩當。

十惡不赦（ㄕˊ ㄜˋ ㄅㄨˋ ㄕㄜˋ）

近：罪不容誅
反：功德無量

釋義 形容罪惡滔天，不能赦免。

範例 那個「十惡不赦」的大壞蛋，終於受到應有的法律制裁。

文史趣談 你犯了幾惡？

佛教有所謂「十惡」的說法，指的是殺生、偷盜、邪淫、妄語（說謊）、兩舌（挑撥離間）、惡口（說惡毒的話）、綺語（說有關色情的話）、貪欲、瞋恚（憤怒怨恨）、邪見（荒謬的見解），都是不好、會造成惡果的行為。所以平常我們一定要謹言慎行，隨時自我修養，否則一天下來不知道要犯幾「惡」呢。

十萬火急（ㄕˊ ㄨㄢˋ ㄏㄨㄛˇ ㄐㄧˊ）

近：刻不容緩

釋義 形容事情非常緊急。

範例 這件事「十萬火急」，片刻也不能耽誤，必須馬上辦理。

不要誤用 「十萬火急」強調事情非常緊急；「刻不容緩」則強調必須立即行動，不容許耽擱。

三畫

三人成虎（ㄙㄢ ㄖㄣˊ ㄔㄥˊ ㄏㄨˇ）

釋義 比喻謠言再三重複，就

會讓人以為那就是真的。

範例 「三人成虎」的故事，告訴我們謠言的可怕。

三心二意（ㄙㄢ ㄒㄧㄣ ㄦˋ ㄧˋ）

近： 心猿意馬　**反：** 一心一意

釋義 同時有兩三種想法。形容人猶豫不決，難以拿定主意。

範例 看到眼前各式各樣的蛋糕，不免讓人「三心二意」，不知該選哪種好。

三令五申（ㄙㄢ ㄌㄧㄥˋ ㄨˇ ㄕㄣ）

近： 耳提面命

釋義 一而再、再而三地命令告誡。

範例 校長「三令五申」強調要守校規，然而還是有人不當作一回事。

不要誤用 「三令五申」指申明的次數多；「三復斯言」指對含義體會、思索的次數多。

三生有幸（ㄙㄢ ㄕㄥ ㄧㄡˇ ㄒㄧㄥˋ）

近： 福星高照　**反：** 在劫難逃

釋義 經歷三生積修而來的福分。比喻非常難得的好運氣（多用以稱頌交到良友）。

範例 能夠被當代知名的雕塑大師收為徒弟，我真是「三生有幸」。

三姑六婆（ㄙㄢ ㄍㄨ ㄌㄧㄡˋ ㄆㄛˊ）

釋義 泛指走門串戶，像三姑六婆一類的婦女。指舊時職業不高尚的婦女，常藉著進出別人家的機會，說長道短、造謠生事。現指喜歡搬弄是非、揭人隱私的人。

範例 那些專愛說長道短、無事生非的「三姑六婆」，就像嗡嗡叫的蒼蠅一樣惹人討厭。

文史趣談 古代被歧視的職業婦女

我們常聽到「三姑六婆」，但到底是哪三姑、哪六婆呢？三姑指的是尼姑、道姑、卦姑（算命的），六婆則指牙婆（買賣人口的）、媒婆、師婆（巫婆）、虔婆（老鴇）、藥婆、穩婆（接生婆）。由於這些都不是高尚職業，在婦女不宜拋頭露面的古代，她們更加被歧視、排擠，所以才會有說長道短、挑撥離間這類負面的批評。

三長兩短（ㄙㄢ ㄔㄤˊ ㄌㄧㄤˇ ㄉㄨㄢˇ）　近：一差兩錯

釋義 指意外的災禍或事故（多用作「災患」、「死亡」等不幸事件的委婉語）。

範例 現代人已有預立遺囑的觀念，萬一有個「三長兩短」，才可以省卻紛爭。

文史趣談 三長兩短的棺材

你是否曾好奇，「三長兩短」與災禍或死亡有什麼關係呢？原來，古代的棺材蓋棺之後不是用釘子固定，而是以皮條把棺底和棺蓋綑在一起，橫的方向要綑三道，縱的方向要綑兩道，這樣才牢固。所以用「三長兩短」代指出意外，就是從古代綑棺材演變來的。

三思而行（ㄙㄢ ㄙ ㄦˊ ㄒㄧㄥˊ）　近：謹言慎行　反：輕舉妄動

釋義 指反覆考慮之後才去做。

範例 他做事謹慎，凡事都「三思而行」，絕不衝動行事。

三教九流（ㄙㄢ ㄐㄧㄠˋ ㄐㄧㄡˇ ㄌㄧㄡˊ）　近：九流十家

釋義 泛指宗教、學術中的各種流派。現在多指從事各行各業的人。

範例 他因為結交了不少「三教九流」的朋友，閱歷也比別人豐富。

文史趣談 「小說家」不入流嗎？

古代先秦到漢初的期間，各種學說流派紛起，有所謂的「九流十家」。「九流」指的是儒、道、陰陽家、法家、名家、墨家、縱橫家、雜家、農家，「十家」則是在九流之外多一家「小說家」。為什麼小說家「不入流」呢？因為當時的小說家指的不是作家，而是記錄「街談巷語，道聽塗說」的人，所以不被重視。

三番兩次（ㄙㄢ ㄈㄢ ㄌㄧㄤˇ ㄘˋ）　近：三回五次

釋義 形容多次，不只一次。

釋義 他「三番兩次」上門借錢，都被回絕了。

三緘其口（ㄙㄢ ㄐㄧㄢ ㄑㄧˊ ㄎㄡˇ）

釋義 在嘴上加了三道封條。比喻說話謹慎。或形容一句話也不肯說。

範例 那位藝人對自己和女友分手的的詳情「三緘其口」，令人更加好奇。

三頭六臂（ㄙㄢ ㄊㄡˊ ㄌㄧㄡˋ ㄅㄧˋ）

近：神通廣大
反：鼯鼠技窮

釋義 原指佛教的金剛夜叉威嚴的法相。後用以比喻人神通廣大，本領高強。

範例 縱使有「三頭六臂」的本事，也不能起死回生。

下不為例（ㄒㄧㄚˋ ㄅㄨˋ ㄨㄟˊ ㄌㄧˋ）

近：後不為例

釋義 這次做了以後，下次絕不能這樣做。表示只能夠通融這一次。

範例 這是我最後一次幫你忙，「下不為例」了。

下筆成章（ㄒㄧㄚˋ ㄅㄧˇ ㄔㄥˊ ㄓㄤ）

近：下筆立就
反：腸枯思竭

釋義 一揮動筆，就寫成文章。形容文思敏捷，作文不假思索。

範例 他文思敏捷，「下筆成章」，每天都有新的作品。

上下其手（ㄕㄤˋ ㄒㄧㄚˋ ㄑㄧˊ ㄕㄡˇ）

近：徇私舞弊
反：奉公守法

釋義 比喻玩弄手法，暗中作弊。

範例 警方研判這起竊盜案是內部人員「上下其手」，公司高層也打算展開澈底清查。

上行下效（ㄕㄤˋ ㄒㄧㄥˊ ㄒㄧㄚˋ ㄒㄧㄠˋ）

釋義 上位的人怎麼做，在下面的人就會跟著怎麼做。

範例 身為領導人，不能忽視「上行下效」的力量，必須隨時注意自己的一言一行。

亡羊補牢（ㄨㄤˊ ㄧㄤˊ ㄅㄨˇ ㄌㄠˊ）

反：防患未然

釋義 比喻出了差錯立刻補救，還不算太晚。

範例 不怕犯錯後「亡羊補牢」，最怕的是連設法補救的動作都沒有。

文史趣談　及時補救不算遲

你一定聽過「亡羊補牢」這個成語，但羊死掉了跟修補牢籠有什麼關係呢？原來「亡」在這裡指的是丟失、迷失；「牢」在這裡指的是關養牲畜的欄圈，所以這句成語的意思是說：羊跑掉了再來修補破掉的羊圈圍欄。雖然損失一頭羊，但及時補救就能避免更多羊從破洞跑出去，所以還不算太遲。

亡命之徒（ㄨㄤˊ ㄇㄧㄥˋ ㄓ ㄊㄨˊ）　**近：**不法之徒

釋義 原指化名逃亡在外的人。後指犯法作惡而不顧性命的人。

範例 這幫「亡命之徒」昨夜在街頭火併，死傷非常慘重。

不要誤用 「亡命之徒」指不顧性命犯法作惡的人；「不逞之徒」則指心懷不滿而伺機搗亂的人。

千山萬水（ㄑㄧㄢ ㄕㄢ ㄨㄢˋ ㄕㄨㄟˇ）

釋義 比喻所經路途非常艱險、遙遠。

範例 為了找尋傳說中的香格里拉，那位旅行家即使走遍「千山萬水」也在所不辭。

千方百計（ㄑㄧㄢ ㄈㄤ ㄅㄞˇ ㄐㄧˋ）　**近：**費盡心機　**反：**一無計可施

釋義 想盡一切辦法、計謀。

範例 他「千方百計」才取得這張證明，你千萬要好好保存喔。

千里迢迢（ㄑㄧㄢ ㄌㄧˇ ㄊㄧㄠˊ ㄊㄧㄠˊ）　**近：**山遙路遠　**反：**近在咫尺

釋義 形容路途非常遙遠。

範例 他「千里迢迢」從美國趕回來，就是為了見爺爺最後一面。

千里鵝毛（ㄑㄧㄢ ㄌㄧˇ ㄜˊ ㄇㄠˊ）　**近：**物薄情厚　**反：**束帛加璧

釋義 從千里之外送來一片鵝毛。比喻禮物不貴重但蘊含深厚情意。

範例 「千里鵝毛」的深厚情誼，比貴重禮物更加感人。

文史趣談

最輕盈又最貴重的禮物

你聽說過有人拿鵝毛當作送給皇帝的禮物嗎？據《路史》記載：唐太宗時，雲南藩國的使者緬伯高前來朝見，還帶了一隻天鵝當作禮物。半路上，天鵝居然趁機飛走，只留下一根羽毛。緬伯高只好帶著鵝毛朝見唐太宗，並獻上一首詩，有兩句說：「禮輕情意重，千里送鵝毛」。太宗感受到緬伯高的誠意，就原諒了他。

千鈞一髮（ㄑㄧㄢ ㄐㄩㄣ ㄧ ㄈㄚˇ）

近：危在旦夕
反：安如泰山

釋義 用一根頭髮懸掛著三萬斤重的東西。比喻非常危急。

範例 在這「千鈞一髮」之際，警方將企圖跳樓自殺的女子從窗口拉回房間，才免除一場悲劇。

不要誤用 「千鈞一髮」強調緊急的程度；「危如累卵」強調危險的程度。

千載難逢（ㄑㄧㄢ ㄗㄞˇ ㄋㄢˊ ㄈㄥˊ）

近：百年不遇
反：司空見慣

釋義 一千年也難得遇到。形容機會非常難得。

範例 這個「千載難逢」的天文奇景，吸引了大批民眾到天文臺觀賞。

千端萬緒（ㄑㄧㄢ ㄉㄨㄢ ㄨㄢˋ ㄒㄩˋ）

近：錯綜複雜
反：有條不紊

釋義 形容事物繁複錯雜，不易整理出一個頭緒。

範例 此事「千端萬緒」，要我怎麼跟你解釋清楚呢？

千瘡百孔（ㄑㄧㄢ ㄔㄨㄤ ㄅㄞˇ ㄎㄨㄥˇ）

近：百孔千瘡
反：完美無缺

釋義 破洞很多，難以計數。比喻被破壞得非常嚴重。或比喻弊病很多。

範例 因為沒有噴灑農藥，這片菜園裡的農作物都被蟲啃得「千瘡百孔」。

千篇一律（ㄑㄧㄢ ㄆㄧㄢ ㄧˊ ㄌㄩˋ）

近：如出一轍
反：千變萬化

釋義 形容詩文的內容或說話、做事毫無變化。

範例 這種「千篇一律」的文章，我也寫得出來，根本不值得一讀。

千錘百煉（ㄑㄧㄢ ㄔㄨㄟˊ ㄅㄞˇ ㄌㄧㄢˋ）

釋義 打鐵煉鋼，除去雜質。比喻歷經艱苦、長時間的嚴格考驗。

範例 這裡的每位選手都經歷過「千錘百煉」，才能有今日的成就。

不要誤用 「千錘百煉」比喻經過長期艱苦考驗；「身經百戰」則形容經過的戰鬥很多。

千巖競秀（ㄑㄧㄢ ㄧㄢˊ ㄐㄧㄥˋ ㄒㄧㄡˋ）

釋義 很多山爭相比美的樣子。形容群山壯麗。

範例 登上玉山山頂，「千巖競秀」的美景，讓人感動不已。

千變萬化（ㄑㄧㄢ ㄅㄧㄢˋ ㄨㄢˋ ㄏㄨㄚˋ）

近：變化多端
反：一成不變

釋義 形容變化無窮。

範例 山區的雲海景致「千變萬化」，讓許多登山客流連忘返。

不要誤用 「千變萬化」偏重形容變化之多；「瞬息萬變」強調變化之快；「千差萬別」則強調區別之大。

口血未乾（ㄎㄡˇ ㄒㄧㄝˇ ㄨㄟˋ ㄍㄢ）

反：信誓旦旦

釋義 盟誓訂約時抹在口邊的血還沒乾。表示訂約不久，隨即毀約、背信（多用於責備背約）。

範例 他「口血未乾」就背信毀約，我們千萬別再和他合作。

不要誤用 「口血未乾」多指口頭訂立的盟約；而「墨汁未乾」則指書面簽訂的協定或聲明。

文史趣談 血的約定

我們說訂立盟約是「歃血為盟」，很快毀約是「口血未乾」，到底為什麼盟誓訂約的時候要喝血酒或把血塗在嘴邊呢？因為「血」普遍被認為是生命的象徵，流血讓人聯想到死亡。訂約時殺牲畜取血，給人一種強烈、恐怖的印象，顯示這場約定非常慎重，不可輕易背信毀約。如今的幫派份子入盟，也有類似的儀式。

口沫橫飛 ㄎㄡˇ ㄇㄛˋ ㄏㄥˊ ㄈㄟ

釋義 形容人很會說話。

範例 演講者在臺上講得「口沫橫飛」，臺下聽眾卻睡成一片。

口是心非 ㄎㄡˇ ㄕˋ ㄒㄧㄣ ㄈㄟ

近：陽奉陰違

反：心口如一

釋義 嘴巴說是，心裡想的不是。指想的和說的不一樣。

範例 他向來「口是心非」，嘴巴說的是一套，背地裡做的又是另一套。

不要誤用 「口是心非」泛指人心口不一；「陽奉陰違」則指表面上順從，背地裡違逆，通常用於下對上。

口若懸河 ㄎㄡˇ ㄖㄨㄛˋ ㄒㄩㄢˊ ㄏㄜˊ

近：滔滔不絕

反：張口結舌

釋義 說話像河水一樣滔滔不絕。比喻口才好。

範例 他平時「口若懸河」，但在心儀的人面前，就變得拙嘴笨舌了。

不要誤用 「口若懸河」只形容說話流利；「滔滔不絕」則除了形容說話外，還可以形容水不停地流。

口碑載道 ㄎㄡˇ ㄅㄟ ㄗㄞˋ ㄉㄠˋ

近：有口皆碑

反：怨聲載道

釋義 形容處處受到稱頌。

範例 這場歌舞劇「口碑載道」，劇團決定加碼演出。

口蜜腹劍 ㄎㄡˇ ㄇㄧˋ ㄈㄨˋ ㄐㄧㄢˋ

近：笑裡藏刀

反：表裡如一

釋義 嘴巴甜的像糖蜜，肚裡卻暗藏一把利劍。比喻嘴巴說得動聽，其實內心狡詐陰險。

範例 歷史上，小人「口蜜腹劍」，陷害忠良的惡行時有所聞。

不要誤用 「口蜜腹劍」形容嘴巴甜、心腸狠；「笑裡藏刀」指外貌和善、心裡狠毒；「兩面三刀」則指玩弄手段，挑撥是非。

口說無憑（ㄎㄡˇ ㄕㄨㄛ ㄨˊ ㄆㄧㄥˊ）

釋義 指只有口說，沒有實物為證，不足採信。

範例 雖然你答應我了，但「口說無憑」，還是先立個字據吧。

大刀闊斧（ㄉㄚˋ ㄉㄠ ㄎㄨㄛˋ ㄈㄨˇ）

近：雷厲風行
反：畏首畏尾

釋義 比喻辦事果斷而有魄力。或比喻人凡事能求根本解決之道。

範例 他一接手公司，就進行「大刀闊斧」的改革。

不要誤用 「大刀闊斧」著重表示做事果斷、有魄力，「雷厲風行」則偏重在表示行事迅速、嚴格，大多用於政令的貫徹執行方面。

大公無私（ㄉㄚˋ ㄍㄨㄥ ㄨˊ ㄙ）

近：大公至正
反：損公肥私

釋義 形容人非常公正、沒有私心。

範例 領導人必須有「大公無私」的胸襟氣度，否則難以服人。

不要誤用 「大公無私」多用在平常時，形容人非常公正、毫無私心；「鐵面無私」則多用在處理問題時，著重於不畏權勢、不講情面。

文史趣談 忙碌的新郎

中國歷史上最無私的人是誰呢？治水的大禹絕對可以排上前幾名。帝堯的時候，黃河氾濫成災，禹雖然才結婚不久，但接到君王的命令，就立即投入治水工程。十三年中四處奔波，據《孟子》記載，禹曾三次路過家門，居然都沒有趁機回去探望自己的妻子和孩子。他這樣為百姓謀幸福，全心奉獻的行為，實在太偉大了。

大名鼎鼎（ㄉㄚˋ ㄇㄧㄥˊ ㄉㄧㄥˇ ㄉㄧㄥˇ）

近：赫赫有名
反：默默無聞

釋義 形容極富盛名。

範例 他是位「大名鼎鼎」的畫家，辦過許多場個人畫展。

不要誤用 「大名鼎鼎」一般用於人，偶爾用於事物，但不能用於抽象的概念；「赫赫有名」則可形容具體的人或抽象的事物。

大而化之（ㄉㄚˋ ㄦˊ ㄏㄨㄚˋ ㄓ）

釋義 原指大而能化。現形容做事隨便、不謹慎。

範例 他的個性如此「大而化之」，真不應該交給他細緻的工作。

大吹大擂（ㄉㄚˋ ㄔㄨㄟ ㄉㄚˋ ㄌㄟˊ）

近：自吹自擂
反：不矜不伐

釋義 表示大肆張揚吹噓。

範例 他其實沒什麼本事，有一點小成就便「大吹大擂」，四處宣揚。

大快人心（ㄉㄚˋ ㄎㄨㄞˋ ㄖㄣˊ ㄒㄧㄣ）

近：額手稱慶
反：怨聲載道

釋義 指惡人或惡行受到懲罰，讓人們心裡感到非常痛快。

範例 那個犯案累累的歹徒終於被逮捕了，真是「大快人心」。

大快朵頤（ㄉㄚˋ ㄎㄨㄞˋ ㄉㄨㄛˇ ㄧˊ）

反：食不知味

釋義 形容享受美食時，吃得十分暢快的樣子。

範例 熱騰騰的烤鴨泛著油亮的色澤，陣陣香氣撲鼻而來，讓人忍不住想馬上「大快朵頤」。

大材小用（ㄉㄚˋ ㄘㄞˊ ㄒㄧㄠˇ ㄩㄥˋ）

近：牛刀割雞
反：小材大用

釋義 比喻才高位低，不能充分發揮作用。

範例 他曾是五星級飯店的廚師，現在卻要他在巷口小麵館工作，未免太「大材小用」了。

大言不慚（ㄉㄚˋ ㄧㄢˊ ㄅㄨˋ ㄘㄢˊ）

近：口出狂言

釋義 說話誇大，完全不知道害羞。

範例 他不過看了幾場電影，就「大言不慚」地說自己可以當影評了。

大放厥詞（ㄉㄚˋ ㄈㄤˋ ㄐㄩㄝˊ ㄘˊ）　**近：**大發議論　**反：**竊竊私語

釋義 原指盡力鋪陳詞藻，現多指大發議論（含貶義）。

範例 他在專家面前「大放厥詞」的行為，根本是班門弄斧。

不要誤用 「大放厥詞」含有貶義；「大發議論」則為中性成語，不一定含貶義。

大相逕庭（ㄉㄚˋ ㄒㄧㄤ ㄐㄧㄥˋ ㄊㄧㄥˊ）　**近：**天壤之別　**反：**大同小異

釋義 形容彼此相距十分懸殊。

範例 前後兩任導師的帶班作風「大相逕庭」，同學一時難以適應。

不要誤用 「大相逕庭」含有彼此矛盾的意思；而「天壤之別」則只單純強調差別很大。

大庭廣眾（ㄉㄚˋ ㄊㄧㄥˊ ㄍㄨㄤˇ ㄓㄨㄥˋ）　**近：**眾目睽睽

釋義 人很多而公開的場所。

範例 情侶在「大庭廣眾」的場合卿卿我我，難免引來路人側目。

不要誤用 「大庭廣眾」僅指人多的公開場合；「眾目睽睽」則強調眾人都在注意地看。

大書特書（ㄉㄚˋ ㄕㄨ ㄊㄜˋ ㄕㄨ）　**反：**何足掛齒

釋義 指事件重要，值得特別記載、評論。

範例 登陸月球的一大步，改寫人類科技的新頁，值得「大書特書」。

大逆不道（ㄉㄚˋ ㄋㄧˋ ㄅㄨˋ ㄉㄠˋ）　**近：**犯上作亂　**反：**赤膽忠心

釋義 比喻罪大惡極。

範例 據專家統計，很多犯下「大逆不道」惡行的人，其實常出自問題家庭。

大張旗鼓（ㄉㄚˋ ㄓㄤ ㄑㄧˊ ㄍㄨˇ）　**近：**揚鑼搗鼓　**反：**偃旗息鼓

釋義 大規模地擺開旗鼓。比喻聲勢和規模盛大。

範例 他之前生意失敗，但最近又「大張旗鼓」，準備東山再起。

文史趣談　**擊鼓鳴金好威風**

古代軍隊作戰，沒有無線電對講機傳訊號，所以士兵們前進或後退都要靠「擊鼓」、「鳴金」。鼓，通常作為進攻的信號，所謂「一鼓作氣」，表示敲第一通鼓的時候士氣最旺盛。金（鑼），通常作為後退的信號，所謂「鳴金收兵」，表示敲鑼要軍隊盡速退回陣營。而除了指揮之外，鼓、金也有壯大聲威的作用呢。

大喜過望 ㄉㄚˋ ㄒㄧˇ ㄍㄨㄛˋ ㄨㄤˋ

近：喜出望外
反：大失所望

釋義 超過自己原來的希望。指出乎意料的歡喜。

範例 奶奶看到失蹤三天的孫子平安歸來，「大喜過望」，流下開心的眼淚。

不要誤用 「大喜過望」指結果比希望的還好，是早有期望的；「喜出望外」都則指出乎意料之外的驚喜，是沒有想到的。

大惑不解 ㄉㄚˋ ㄏㄨㄛˋ ㄅㄨˋ ㄐㄧㄝˇ

近：百思莫解
反：茅塞頓開

釋義 原意是說極糊塗的人一輩子不懂道理。後來表示感到非常迷惑，無法了解真相。

範例 你為什麼捨近求遠，不找熟人幫忙?真令人「大惑不解」。

不要誤用 「大惑不解」指心有迷惑而無法理解；「百思不解」則是反覆思考後仍然找不出答案。

大智若愚 ㄉㄚˋ ㄓˋ ㄖㄨㄛˋ ㄩˊ

近：大巧若拙

釋義 真正聰明的人表面上好像很愚笨。

範例 你們別看他愣頭愣腦的樣子，其實他是「大智若愚」，滿腹才學。

不要誤用 「大智若愚」適用於有學識、智慧的人；「大巧若拙」適用於靈巧、反應迅速的人。

大發雷霆 ㄉㄚˋ ㄈㄚ ㄌㄟˊ ㄊㄧㄥˊ

近：勃然大怒
反：心平氣和

釋義 比喻大發脾氣，怒聲斥責。

範例 爸爸因為弟弟玩具丟滿地而「大發雷霆」。

不要誤用 「大發雷霆」偏重形容聲音，為發怒時高聲斥責；「怒不可遏」則偏重形容憤怒的情緒，指其從表情上不可遏止地流露出來。

大雅之堂 ㄉㄚˋ ㄧㄚˇ ㄓ ㄊㄤˊ

釋義 風雅人物聚會的廳堂。也比喻高雅的境界。

範例 她希望自己的作品有一天也能在美術館那樣的「大雅之堂」展覽。

大勢已去 ㄉㄚˋ ㄕˋ ㄧˇ ㄑㄩˋ

釋義 對自己有利的情勢已經消失了。形容情勢敗壞到難以彌補的地步。

範例 教練眼見「大勢已去」，不禁流露出懊惱的神情。

大勢所趨 ㄉㄚˋ ㄕˋ ㄙㄨㄛˇ ㄑㄩ

近：如水赴壑
反：大勢已去

釋義 整個時局、潮流發展的趨向。

範例 辦公流程全面電子化已是「大勢所趨」。

大搖大擺 ㄉㄚˋ ㄧㄠˊ ㄉㄚˋ ㄅㄞˇ

釋義 走路時身體搖搖擺擺。形容傲慢自大的姿態。

範例 那個不速之客「大搖大擺」的闖進會場，被警衛請了出去。

大腹便便 ㄉㄚˋ ㄈㄨˋ ㄆㄧㄢˊ ㄆㄧㄢˊ

近：腦滿腸肥
反：形銷骨立

釋義 形容人肚子突出。

範例 我們在公車上看到「大腹便便」的孕婦，一定要懂得讓座。

不要誤用 「大腹便便」只表示肚子突出，可形容胖子或孕婦；「腦滿腸肥」除了指身體肥胖外，更含飽食終日、無所用心之意，有貶義。

文史趣談 **白天睡覺的老師**

據《後漢書》記載：東漢的邊韶以教書為業。有一次，學生們看見邊韶在白天閉目養神，就嘲笑他：「邊老師，腹便便，懶讀書，愛睡覺。」邊韶聽見了，便說：「我腹便便是滿腹經綸，愛睡覺是在思考經書上的事情。而你們嘲弄師長，可不是經書教的吧？」看來這位邊老師，反應還挺快的呢。

大模大樣 ㄉㄚˋ ㄇㄛˊ ㄉㄚˋ ㄧㄤˋ

釋義 形容人狂傲自大的樣子。

範例 那個人「大模大樣」的走進來，一點也不把旁人放在眼裡。

大器晚成 ㄉㄚˋ ㄑㄧˋ ㄨㄢˇ ㄔㄥˊ　**反：**老大無成

釋義 大材需要長時間才能成器。指人老了才建立事業或才有可觀的成就。

範例 許多名人之所以「大器晚成」，都是因為年少時沒有好的發展環境。

大興土木 ㄉㄚˋ ㄒㄧㄥ ㄊㄨˇ ㄇㄨˋ

釋義 大規模地興建工程（多指蓋房子）。

範例 學校趁著暑假「大興土木」，準備擴建校舍。

大謬不然 ㄉㄚˋ ㄇㄧㄡˋ ㄅㄨˋ ㄖㄢˊ　**近：**荒謬絕倫　**反：**無庸置疑

釋義 形容事情非常荒謬，與事實相差很遠。

範例 什麼，撿到別人遺失東西，一定要失主給失物價值十分之一的酬庸?這種觀念「大謬不然」，令人搖頭。

大難臨頭 ㄉㄚˋ ㄋㄢˋ ㄌㄧㄣˊ ㄊㄡˊ　**近：**大禍臨頭

釋義 大災難降臨到身上。

範例 螳螂只顧著想吃眼前的蟬，卻不知「大難臨頭」，後面還有隻黃雀等著吃牠。

大驚小怪 ㄉㄚˋ ㄐㄧㄥ ㄒㄧㄠˇ ㄍㄨㄞˋ　**近：**少見多怪　**反：**見怪不怪

釋義 形容對於不足為奇的事情過分驚訝。

範例 這種服裝是現在最流行的款式，有什麼好「大驚小怪」呢？

不要誤用 「大驚小怪」指對不足為奇的事情過分驚訝，反應過度；「少見多怪」則指對很平常的事情也感到新奇，有見識少的意思。

大驚失色

釋義 形容極度驚恐，臉色因此變得蒼白。

範例 突如其來的強烈地震，讓百貨公司裡的顧客和銷售員都「大驚失色」。

子虛烏有　**反：**千真萬確

釋義 指不真實的或不存在的人、事。

範例 那件事根本是「子虛烏有」，有判斷力的人絕不會輕易相信。

孑然一身　**近：**形影相弔

釋義 只有孤獨的一個身影。形容孤孤單單的一個人。

範例 「孑然一身」對某些人來說是孤獨，對某些人來說卻是毫無牽掛。

小心翼翼　**近：**戰戰兢兢　**反：**漫不經心

釋義 形容舉動十分恭敬、謹慎，一點也不敢疏忽。

範例 搬運人員「小心翼翼」的護送著文物，就怕一不小心會造成重大損失。

不要誤用 「小心翼翼」含有恭敬的意思；「戰戰兢兢」則含有害怕的意思。

小巧玲瓏　**近：**小巧可愛　**反：**碩大無朋

釋義 形容器物的形體精巧、可愛。

範例 現在許多甜點都做得「小巧玲瓏」，既賞心悅目，吃了也不會造成太大負擔。

不要誤用 「小巧玲瓏」形容物體小而精細；「玲瓏剔透」除了形容物體精巧外，還帶有清澄透明的感覺；「嬌小玲瓏」則用於形容人的身材矮小可愛。

小家碧玉　**反：**大家閨秀

釋義 指出身小戶人家的美麗少女。

範例：那些在伸展舞臺上落落大方走秀的超級名模，在未出道前都是「小家碧玉」。

小鳥依人（ㄒㄧㄠˇ ㄋㄧㄠˇ ㄧ ㄖㄣˊ）

釋義：像小鳥那樣依偎著人。比喻少女或小孩怯弱可愛的樣子。

範例：那位青春偶像「小鳥依人」的模樣，非常惹人憐愛。

小題大作（ㄒㄧㄠˇ ㄊㄧˊ ㄉㄚˋ ㄗㄨㄛˋ）　**反：**大題小作

釋義：比喻把小事渲染成大事來處理。

範例：這事情其實沒什麼，不必「小題大作」，弄得越來越複雜。

尸位素餐（ㄕ ㄨㄟˋ ㄙㄨˋ ㄘㄢ）　**近：**竊位素餐　**反：**克盡厥職

釋義：形容空占職位，不做事情。也用於自謙，表示沒做什麼事情。

範例：處在任何職位都不能「尸位素餐」，否則就是對自己不負責任。

不要誤用　「尸位素餐」指空占職位卻不積極做事；「玩忽職守」則指工作草率馬虎，不負責任。

文史趣談　**尸，不是殭屍**

周朝人祭祀祖先的時候，會找一個人來當作「尸」——這可不是殭屍喔。「尸」其實是代替死者受祭拜、享用祭品的人，也就是神靈的容器。當「尸」的人必須是同姓、同宗族的孫子，經過占卜吉利才可以出任，受祭之前還要齋戒沐浴，維持身心的潔淨。這是非常神聖的工作，千萬不要跟恐怖的殭屍搞混。

山明水秀（ㄕㄢ ㄇㄧㄥˊ ㄕㄨㄟˇ ㄒㄧㄡˋ）　**近：**山青水綠

釋義：形容山水秀麗，風景優美。

範例：這片「山明水秀」的美景，是當地人最大的驕傲。

山珍海味（ㄕㄢ ㄓㄣ ㄏㄞˇ ㄨㄟˋ）　**近：**珍肴異饌　**反：**粗茶淡飯

釋義：海陸所產的珍貴食品。

範例：現代人天天「山珍海

味」，導致營養過剩而產生許多文明病。

山高水長（ㄕㄢ ㄍㄠ ㄕㄨㄟˇ ㄔㄤˊ）

釋義 原比喻人品高潔，像山和水一樣永久流傳。後也比喻恩德、情誼的深厚。

範例 我倆的交情「山高水長」，絕不會因為時間、距離而改變。

山窮水盡（ㄕㄢ ㄑㄩㄥˊ ㄕㄨㄟˇ ㄐㄧㄣˋ） **近：**走投無路 **反：**絕處逢生

釋義 山和水都到了盡頭。比喻陷入絕境，已經沒有路可以走了。

範例 即使「山窮水盡」，只要不放棄希望，仍有絕處逢生的可能。

不要誤用 「山窮水盡」重在形容陷入絕境；「日暮途遠」則著重已經到了沒落、滅亡的階段。

川流不息（ㄔㄨㄢ ㄌㄧㄡˊ ㄅㄨˋ ㄒㄧ） **近：**絡繹不絕

釋義 像流水般不停止。比喻來往的人或車輛、船隻很頻繁。

範例 這條大馬路是當地主要幹道，因此車潮總是「川流不息」。

不要誤用 「川流不息」形容人車來來往往，強調連續不斷，但不一定往同一方向；「絡繹不絕」則強調人、車往同一方向接連行進。

工力悉敵（ㄍㄨㄥ ㄌㄧˋ ㄒㄧ ㄉㄧˊ） **近：**旗鼓相當 **反：**高下懸殊

釋義 表示雙方程度相等，不分上下。

範例 他倆的演奏技巧「工力悉敵」，一起合作演出，獲得聽眾的廣大迴響。

不要誤用 「工力悉敵」多指工夫和才能不分上下；「旗鼓相當」和「勢均力敵」則多指勢力和力量相當。

才高八斗（ㄘㄞˊ ㄍㄠ ㄅㄚ ㄉㄡˇ） **近：**滿腹經綸 **反：**胸無點墨

釋義 形容才學淵博，文才很高。

範例 人外有人，天外有天，

不能自認「才高八斗」而不知謙虛。

不要誤用 「才高八斗」專指有出眾的文才；「真才實學」指有真正的本領，「博學多才」則指有豐富的學識、本事高強，後兩者不偏限於文才。

文史趣談 **掌管考運的魁斗**

讀書的人一定都聽說過，「魁星」（也叫魁斗）這位神明。祂是二十八星宿之一，被塑造成一個鬼在踢「斗」（一種古代酒器）的形象，據說主掌文運。所以希望有好文才、好考運的人，常會到廟裡去祭拜祂。但是「才高八斗」絕對不是「臨時抱佛腳」得來的，讀書不能全然靠神明幫忙，還是要自己努力才行呢。

才疏學淺（ㄘㄞˊ ㄕㄨ ㄒㄩㄝˊ ㄑㄧㄢˇ）

近：不學無術　**反：**學富五車

釋義 謙稱自己的才能、學識都非常空疏淺薄。

範例 我「才疏學淺」，在這方面不過是初窺門徑而已，還請您多多指教。

四畫

不一而足（ㄅㄨˋ ㄧ ㄦˊ ㄗㄨˊ）

近：不勝枚舉　**反：**絕無僅有

釋義 同類的事物或情況不止這一件或一次。

範例 近來這種駭人聽聞的案件「不一而足」，讓人對治安更為憂心。

不二法門（ㄅㄨˋ ㄦˋ ㄈㄚˇ ㄇㄣˊ）

釋義 佛教原指達到絕對真理的方法。現在比喻處事最好的或獨一無二的方法。

範例 不斷練習，是讓技藝更加熟練的「不二法門」。

不分軒輊（ㄅㄨˋ ㄈㄣ ㄒㄩㄢ ㄓˋ）

近：伯仲之間　**反：**天差地別

釋義 不分高低、輕重。現在多用來比喻兩人不分高下，實力相當。

範例 這兩位球員球技「不分軒輊」，纏鬥很久還是分不出勝負。

不毛之地（ㄅㄨˋ ㄇㄠˊ ㄓ ㄉㄧˋ）

近：不食之地
反：魚米之鄉

釋義 指荒涼、貧瘠的土地或未被開發的地區。

範例 只有耐旱植物才能在這片「不毛之地」上生長。

不可一世（ㄅㄨˋ ㄎㄜˇ ㄧˊ ㄕˋ）

近：妄自尊大
反：虛懷若谷

釋義 形容狂妄到了極點，自以為在當代沒人能比得上他。

範例 真正有智慧的人，絕不會仗著一點小聰明就擺出一副「不可一世」的樣子。

不可名狀（ㄅㄨˋ ㄎㄜˇ ㄇㄧㄥˊ ㄓㄨㄤˋ）

近：莫可名狀
反：不言而喻

釋義 不能夠用言語形容。

範例 阿里山的雲海千變萬化，給人的感動與衝擊是「不可名狀」的。

不可思議（ㄅㄨˋ ㄎㄜˇ ㄙ ㄧˋ）

近：匪夷所思
反：可想而知

釋義 極為神奇奧妙，不是一般人能想像理解的。

範例 世界上存在許多科學無法解釋、「不可思議」的事情。

不要誤用 「不可思議」適用於神奇奧妙的事物或深奧的道理；「不堪設想」則適用於將帶來危險或不良後果的事物。

不可救藥（ㄅㄨˋ ㄎㄜˇ ㄐㄧㄡˋ ㄧㄠˋ）

近：無藥可救
反：藥到病除

釋義 比喻事情嚴重到不能挽救的地步。

範例 發現一點小問題就要想辦法解決，拖到「不可救藥」就後悔莫及了。

不可理喻（ㄅㄨˋ ㄎㄜˇ ㄌㄧˇ ㄩˋ）

近：蠻橫無理
反：通情達理

釋義 不能夠用道理來使對方明白。形容人態度專橫，不講道理。

範例 對於那種「不可理喻」的人，我們不妨保持距離，避免發生衝突。

不可開交（ㄅㄨˋ ㄎㄜˇ ㄎㄞ ㄐㄧㄠ）

釋義　形容無法解決或擺脫。

範例　適逢連續假日，偏偏三個工讀生同時生病請假，讓餐廳老闆忙得「不可開交」。

不打自招（ㄅㄨˋ ㄉㄚˇ ㄗˋ ㄓㄠ）　**近**：自認不諱　**反**：枉勘虛招

釋義　原指還沒動用刑罰，自己就先招認了罪行。現在比喻無意中透露了自己的壞主意或暴露自己的缺點。

範例　我都還沒問是誰吃掉桌上蛋糕呢，你竟然就「不打自招」了。

不甘示弱（ㄅㄨˋ ㄍㄢ ㄕˋ ㄖㄨㄛˋ）　**近**：不甘人後　**反**：自愧不如

釋義　不甘心表示自己比別人差。

範例　聽到對方啦啦隊震天價響的加油聲，我方也「不甘示弱」地搖旗吶喊。

不由分說（ㄅㄨˋ ㄧㄡˊ ㄈㄣ ㄕㄨㄛ）　**近**：不容置辯

釋義　不容許辯解。

範例　媽媽「不由分說」沒收了他新買的電視遊樂器，讓他大感委屈。

不由自主（ㄅㄨˋ ㄧㄡˊ ㄗˋ ㄓㄨˇ）　**近**：身不由己

釋義　由不得自己作主，無法控制自己。

範例　聽到如此熱情的音樂，臺下許多歌迷都「不由自主」地手舞足蹈起來。

不要誤用　「不由自主」則包含無法控制自己及作不得主兩方面的意思；「身不由己」偏重在無法支配自己的行動；「不能自已」則著重指不能控制、約束自己。

不白之冤（ㄅㄨˋ ㄅㄞˊ ㄓ ㄩㄢ）　**近**：冤沉海底

釋義　無法申訴而被迫背負的冤屈。

範例　我們想洗清他的「不白之冤」，還缺乏關鍵證物。

不亦樂乎（ㄅㄨˋ ㄧˋ ㄌㄜˋ ㄏㄨ）　**近**：其樂無窮

釋義　感到非常高興。今多用

來形容十分盡興。

範例：貪嘴的弟弟面對眼前成堆的甜點、飲料，吃得「不亦樂乎」。

不共戴天 ㄅㄨˋ ㄍㄨㄥˋ ㄉㄞˋ ㄊㄧㄢ

近：你死我活
反：水乳交融

釋義：不能在同一個天底下生活。形容仇恨極深，兩者無法共存。

範例：他們之間有著「不共戴天」的仇恨，當然不可能出席同個場合。

不要誤用 「不共戴天」著重在形容仇恨之深，多用在敵人之間；「勢不兩立」則著重在形容極端對立的狀態，不專指仇恨。

不同凡響 ㄅㄨˋ ㄊㄨㄥˊ ㄈㄢˊ ㄒㄧㄤˇ

近：出類拔萃
反：不足為奇

釋義：形容事物特別出色，超出一般的水準。

範例：學過聲樂的人唱起歌來果然婉轉動聽，繞梁三日，「不同凡響」呢。

不要誤用 「不同凡響」側重在表現得很出色；「與眾不同」則側重於講話、行為很特立獨行。

不自量力 ㄅㄨˋ ㄗˋ ㄌㄧㄤˋ ㄌㄧˋ

近：蚍蜉撼樹
反：量力而行

釋義：不衡量自己的能力，去做達不到的事。指高估自己的能力。

範例：現在不好好讀書，竟然誇口說以後要當總統，未免太「不自量力」。

不見經傳 ㄅㄨˋ ㄐㄧㄢˋ ㄐㄧㄥ ㄓㄨㄢˋ

近：湮沒無聞
反：名垂青史

釋義：經傳中沒有記載。比喻缺乏根據。也指人或物沒有名氣。

範例：雖然這是間「不見經傳」的小工廠，但許多知名廠牌的商品，其實都是請這裡代工的。

不足為奇 ㄅㄨˋ ㄗㄨˊ ㄨㄟˊ ㄑㄧˊ

近：司空見慣
反：與眾不同

釋義：不值得奇怪，沒什麼了不起的。多指事物或現象很普通。

範例 他從小學二年級就開始學書法，這次會拿到書法比賽冠軍也「不足為奇」。

不足掛齒（ㄅㄨˋ ㄗㄨˊ ㄍㄨㄚˋ ㄔˇ）

近： 微不足道 **反：** 大書特書

釋義 形容事情很小，不值一提。

範例 朋友之間原本就應該互相幫助，這點舉手之勞，實在「不足掛齒」。

不卑不亢（ㄅㄨˋ ㄅㄟ ㄅㄨˋ ㄎㄤˋ）

近： 有禮有節 **反：** 妄自尊大

釋義 態度恰如其分，既不驕傲，也不卑下。

範例 他「不卑不亢」的態度，博得面試官的好感，順利的取得了那份工作。

不屈不撓（ㄅㄨˋ ㄑㄩ ㄅㄨˋ ㄋㄠˊ）

近： 百折不撓 **反：** 知難而退

釋義 不屈服、不低頭。

範例 我們只要本著「不屈不撓」的精神，就能夠突破困境，從失敗中站起來。

不要誤用 「不屈不撓」僅指不肯屈服，沒有點出前提；「百折不撓」則特指不斷遭到挫折仍不屈服。

不拘小節（ㄅㄨˋ ㄐㄩ ㄒㄧㄠˇ ㄐㄧㄝˊ）

近： 落拓不羈

釋義 不拘泥於生活上煩瑣的小事情。比喻待人處世不拘泥於小事，或不注重生活細事。

範例 他為人「不拘小節」，大家都覺得跟他在一起很輕鬆愉快。

不知去向（ㄅㄨˋ ㄓ ㄑㄩˋ ㄒㄧㄤˋ）

釋義 不知道人的去處。比喻完全沒有某人或某物的消息。

範例 小狗溜出門後就「不知去向」，找了好幾天都沒找著。

不知所云（ㄅㄨˋ ㄓ ㄙㄨㄛˇ ㄩㄣˊ）

近： 語無倫次 **反：** 條清理晰

釋義 思路混亂，說話為文抓不到重點，叫人摸不著頭緒。

範例 許多人一緊張，就會語無倫次、「不知所云」。

不要誤用 「不知所云」偏重

表達不清或談話沒有內容；「語無倫次」則形容言語紊亂沒有條理。

不知所措 ㄅㄨˋ ㄓ ㄙㄨㄛˇ ㄘㄨㄛˋ　**近**：手足無措　**反**：不慌不忙

釋義 不知道怎麼辦才好。形容受窘或驚慌。

範例 面對老師突如其來的隨堂抽問，我的腦海一片空白，頓時「不知所措」。

不要誤用 「不知所措」著重形容行為舉止的慌亂；「六神無主」則偏重形容內心的慌亂不已。

不近人情 ㄅㄨˋ ㄐㄧㄣˋ ㄖㄣˊ ㄑㄧㄥˊ　**近**：不近情理　**反**：通情達理

釋義 指性情或行為怪異，不合常理。

範例 做事要講規矩，但也不能太「不近人情」，必須看實際情況調整。

不省人事 ㄅㄨˋ ㄒㄧㄥˇ ㄖㄣˊ ㄕˋ　**近**：昏迷不醒、

釋義 因昏迷而失去知覺。也指不懂得人情世故。

範例 如果喝酒喝到「不省人事」，不僅耽誤工作，也危害身體健康。

不約而同 ㄅㄨˋ ㄩㄝ ㄦˊ ㄊㄨㄥˊ　**近**：不謀而合

釋義 事先沒有約定而彼此的看法或行動卻完全一致。

範例 我和她「不約而同」選擇在同一家餐廳過生日。

不要誤用 「不約而同」重在事前沒有相約，多指具體行動；「不謀而合」則著重在事前沒有商量，多指想法、看法。

不苟言笑 ㄅㄨˋ ㄍㄡˇ ㄧㄢˊ ㄒㄧㄠˋ　**近**：笑比河清　**反**：嘻皮笑臉

釋義 不隨便談笑說話。形容態度穩重莊嚴。

範例 老闆平時總是「不苟言笑」，私底下卻有親和的一面。

不計其數 ㄅㄨˋ ㄐㄧˋ ㄑㄧˊ ㄕㄨˋ

釋義 不能完整地計算出數量。形容數量太多以致無法計算。

範例：世界上還有「不計其數」的神秘物種，等待人類發現。

不修邊幅（ㄅㄨˋ ㄒㄧㄡ ㄅㄧㄢ ㄈㄨˊ）　**近**：粗服亂頭　**反**：衣冠楚楚

釋義：形容不拘小節。也比喻不注意衣衫、儀容的整潔。

範例：平時在家可以「不修邊幅」，但若需出席正式場合，一定要注意服裝禮儀。

不倫不類（ㄅㄨˋ ㄌㄨㄣˊ ㄅㄨˋ ㄌㄟˋ）　**近**：不三不四

釋義：既不像這一類，也不像那類。形容事物的外表或人的行為不正派或不合常態。

範例：在這種嚴肅的場合安排搞笑的表演，未免有些「不倫不類」。

不要誤用　「不倫不類」多指和當下情況無法搭配，多用於事物；「不三不四」則含有不正派的意思，多用於人。

不屑一顧（ㄅㄨˋ ㄒㄧㄝˋ ㄧ ㄍㄨˋ）　**近**：嗤之以鼻　**反**：刮目相看

釋義：形容對某事物看不起，認為不值得一看。

範例：吃慣了山珍海味的大富豪對家常小菜難免「不屑一顧」。

不恥下問（ㄅㄨˋ ㄔˇ ㄒㄧㄚˋ ㄨㄣˋ）　**近**：虛懷若谷　**反**：目空一切

釋義：不會認為向比自己差的人請教，是一件可恥的事。表示樂於向別人請教。

範例：那位知名學者「不恥下問」的好學態度，值得我們學習。

不要誤用　「不恥下問」是主動向人請教或徵求意見，以改進自己的做事方法等；「虛懷若谷」則形容心胸廣闊，能包容別人或接受別人的意見。

不假思索（ㄅㄨˋ ㄐㄧㄚˇ ㄙ ㄙㄨㄛˇ）

釋義：形容反應很快，不需要反覆考量。

範例：她的文思敏捷，「不假思索」就能寫出好文章。

不偏不倚（ㄅㄨˋ ㄆㄧㄢ ㄅㄨˋ ㄧˇ）　**近**：中庸之道

釋義：不偏向任何一方。或指

剛剛好。

範例 那顆球「不偏不倚」的掉進池塘裡，大家正煩惱該怎麼撿回來。

不動聲色（ㄅㄨˋ ㄉㄨㄥˋ ㄕㄥ ㄙㄜˋ）

近：若無其事
反：喜怒於色

釋義 不說話也沒有什麼表情。形容非常沉著鎮靜。

範例 他表面上「不動聲色」，心裡卻焦急不已。

不要誤用 「不動聲色」重在語言、表情沒有變化；「若無其事」則重在行動舉止沒有改變。

不情之請（ㄅㄨˋ ㄑㄧㄥˊ ㄓ ㄑㄧㄥˇ）

釋義 不近人情的要求（通常用作要求別人幫忙的客氣話）。

範例 這是我的「不情之請」，還請您不吝伸出援手。

不教而誅（ㄅㄨˋ ㄐㄧㄠˋ ㄦˊ ㄓㄨ）

釋義 事先不教化百姓，告訴他們什麼是錯的，但他們只要一觸犯就加以處罰。

範例 法律必須明文規定，不能「不教而誅」。

不速之客（ㄅㄨˋ ㄙㄨˋ ㄓ ㄎㄜˋ）

釋義 沒有經過邀請而自己來的客人。指意想不到，貿然來訪的客人。

範例 那位「不速之客」的出現，讓現場秩序變得一片混亂。

不脛而走（ㄅㄨˋ ㄐㄧㄥˋ ㄦˊ ㄗㄡˇ）

近：無脛而行
反：秘而不宣

釋義 沒有腿卻跑得很快。比喻事物用不著推行，就迅速地傳播、流行開來。

範例 那位女星閃電結婚的消息「不脛而走」，成為娛樂新聞的頭條。

不勞而獲（ㄅㄨˋ ㄌㄠˊ ㄦˊ ㄏㄨㄛˋ）

近：坐享其成
反：自食其力

釋義 原指不費勞力而獲得收成。現多指自己不付出努力而享受別人的成果。

範例 世上沒有「不勞而獲」的事，鈔票不會從天上自己掉下來。

不勝其煩（ㄅㄨˋ ㄕㄥ ㄑㄧˊ ㄈㄢˊ）

近：不堪其擾
反：不厭其煩

釋義 形容非常繁擾，令人不能忍受。

範例 自從他中頭獎的消息走漏後，每天都有朋友上門借錢，令他「不勝其煩」。

不勝枚舉（ㄅㄨˋ ㄕㄥ ㄇㄟˊ ㄐㄩˇ）

近：不計其數
反：屈指可數

釋義 形容數目很多，不能一一個一個列舉出來。

範例 像他這樣白手起家的例子「不勝枚舉」，激勵了許多有理想的年輕人。

不要誤用 「不勝枚舉」特指無法一一列舉；「不可勝數」則形容無法計算。

不寒而慄（ㄅㄨˋ ㄏㄢˊ ㄦˊ ㄌㄧˋ）

近：心驚膽戰
反：了無懼色

釋義 天氣不冷，卻一直發抖。形容內心非常的害怕。

範例 鬼屋裡陰風慘慘，恐怖的氣氛讓人「不寒而慄」。

文史趣談 恐怖的酷吏

《史記》記載，西漢時有很多執法嚴厲的「酷吏」，讓人心驚膽戰。其中有個叫義縱的酷吏，剛上任定襄地區的太守，就把監獄裡的兩百多名囚犯（不管罪刑輕重）全判死刑，連去探監的親朋好友約兩百多人也全部殺掉。從此，當地人們因為害怕義縱，即使天氣不冷，也不自覺的全身發抖。酷吏真是太可怕了。

不期而遇（ㄅㄨˋ ㄑㄧˊ ㄦˊ ㄩˋ）

近：不期而會
反：失之交臂

釋義 沒有事先約定卻在無意間碰上。

範例 在街上和許久不見的老同學「不期而遇」，真是難得。

不要誤用 「不期而遇」多指認識的人未經約定而偶然相遇；「萍水相逢」則強調原先不認識的人偶然相逢。

不痛不癢（ㄅㄨˋ ㄊㄨㄥˋ ㄅㄨˋ ㄧㄤˇ）

近：不關痛癢
反：至關緊要

釋義 形容事情無關緊要。或指做事不澈底。

範例 這麼少的罰金對不肖業者來說是「不痛不癢」，他們不可能因此提升產品品質。

不著邊際（ㄅㄨˋ ㄓㄨㄛˊ ㄅㄧㄢ ㄐㄧˋ）

近：漫無邊際
反：切中要害

釋義 摸不到邊。比喻說話或做事不切合實際情況。

範例 撰寫研究論文必須針對主題，切忌「不著邊際」。

不義之財（ㄅㄨˋ ㄧˋ ㄓ ㄘㄞˊ）

釋義 不應該得到的財物。或指來路不明的財物。

範例 你如果收了這筆「不義之財」，將來恐怕永無寧日。

不落窠臼（ㄅㄨˋ ㄌㄨㄛˋ ㄎㄜ ㄐㄧㄡˋ）

近：別具一格
反：如法炮製

釋義 比喻不落俗套，有獨創風格。

範例 這件藝術品設計別出心裁、「不落窠臼」，吸引所有觀賞者的目光。

不厭其煩（ㄅㄨˋ ㄧㄢˋ ㄑㄧˊ ㄈㄢˊ）

近：不憚其煩

釋義 不嫌費事、煩瑣。

範例 媽媽「不厭其煩」地教導我們，要學會對自己的言行負責。

不學無術（ㄅㄨˋ ㄒㄩㄝˊ ㄨˊ ㄕㄨˋ）

近：胸無點墨
反：博學多才

釋義 譏諷人沒有學問或本領。

範例 「不學無術」就對專業領域的事物妄加批評，只會惹人笑話而已。

不要誤用 「不學無術」除了形容學識淺薄，還兼指沒有本事或能力；「胸無點墨」則只能強調沒有學問。

不謀而合（ㄅㄨˋ ㄇㄡˊ ㄦˊ ㄏㄜˊ）

近：不約而同
反：齟齬不合

釋義 事前沒有經過商量而彼此的意見或行動一致。

範例 我倆的想法「不謀而合」，決定一起合作創業。

不遺餘力（ㄅㄨˋ ㄧˊ ㄩˊ ㄌㄧˋ）

近：全力以赴
反：拈輕怕重

釋義 毫無保留地把所有的力量全部使出來。

範例 他對推動無毒農業「不遺餘力」，也得到許多民眾的支持。

不要誤用 「不遺餘力」指使出全部力量；「盡心竭力」則除了盡全力之外，還有投入全部精神、心思的意思。

不翼而飛（ㄅㄨˋ ㄧˋ ㄦˊ ㄈㄟ）

近：無翼而飛　**反**：失而復得

釋義 沒有翅膀卻突然飛走了。比喻東西無故遺失。

範例 他上個洗手間回來，沒想到座位上的錢包就「不翼而飛」了。

不識一丁（ㄅㄨˋ ㄕˋ ㄧ ㄉㄧㄥ）

近：不識之無　**反**：學富五車

釋義 連最簡單的「丁」字也不認識。一說「丁」是「个」字之誤，形容人一個字也不認識。

範例 隨著終身教育的推動，「不識一丁」的文盲也越來越少了。

不要誤用 「不識一丁」偏重形容人不識字；「胸無點墨」則偏重形容人沒有半點學問、知識。

不識大體（ㄅㄨˋ ㄕˋ ㄉㄚˋ ㄊㄧˇ）

近：不明大體　**反**：顧全大局

釋義 不懂得有關大局的道理。

範例 在這個非常時期，大家都要懂得顧全大局，不可以「不識大體」，只顧自己。

不識時務（ㄅㄨˋ ㄕˋ ㄕˊ ㄨˋ）

近：不合時宜　**反**：識時達務

釋義 取笑人不知趣。或比喻不懂得掌握對自己有利的形勢。

範例 他受到上司的舉荐，居然還說要再考慮，大家都覺得未免太「不識時務」了。

不關痛癢（ㄅㄨˋ ㄍㄨㄢ ㄊㄨㄥˋ ㄧㄤˇ）

近：無關痛癢

釋義 比喻一件事無關緊要，沒有利害關係。

範例 寫論文必須找有研究價

值的論題，不能寫些「不關痛癢」的東西。

不露聲色（ㄅㄨˋ ㄌㄨˋ ㄕㄥ ㄙㄜˋ）　**近**：不動聲色　**反**：怒形於色

釋義 不讓心裡想的主意從表情上流露出來。

範例 我只是表面上「不露聲色」罷了，其實私底下早已採取相應的行動。

不要誤用 「不露聲色」偏重在語言、表情的表現；「行若無事」則著重在行動舉止的表現。

中流砥柱（ㄓㄨㄥ ㄌㄧㄡˊ ㄉㄧˇ ㄓㄨˋ）　**近**：一柱擎天　**反**：隨波逐流

釋義 就像砥柱山屹立在黃河的急流之中。比喻能夠擔當重任的人。

範例 每個時代都會有些「中流砥柱」的人物，為維護正義與真理而努力。

中飽私囊（ㄓㄨㄥ ㄅㄠˇ ㄙ ㄋㄤˊ）

釋義 經手辦事的人從中貪汙。

範例 檢調單位查出，承辦這件工程的人員侵吞工程款項，「中飽私囊」。

丰姿綽約（ㄈㄥ ㄗ ㄔㄨㄛˋ ㄩㄝ）

釋義 形容女子體態豐腴柔美的樣子。

範例 新娘「丰姿綽約」，賓客們都恭喜新郎好福氣。

予取予求（ㄩˇ ㄑㄩˇ ㄩˇ ㄑㄧㄡˊ）

釋義 從我這兒拿，從我這兒要。本指自我處求取財物。後指無限制地任意取求。

範例 每個人都必須堅持自己的原則，不能讓別人「予取予求」。

井井有條（ㄐㄧㄥˇ ㄐㄧㄥˇ ㄧㄡˇ ㄊㄧㄠˊ）　**近**：有條有理　**反**：雜亂無章

釋義 形容有條有理，絲毫不亂。

範例 我在爸媽的教導下，無論是房間、玩具、書包都整理得「井井有條」。

不要誤用 「井井有條」側重

形容整齊有序；「有條不紊」偏重形容條理分明。

井底之蛙（ㄐㄧㄥˇ ㄉㄧˇ ㄓ ㄨㄚ）　**近：**孤陋寡聞　**反：**見多識廣

釋義 比喻見識淺薄的人。

範例 我們要隨時吸收新資訊，與時俱進，切莫成為「井底之蛙」。

不要誤用 「井底之蛙」比喻見識短淺的人；「井蛙之見」則形容人見識短淺。

井然有序（ㄐㄧㄥˇ ㄖㄢˊ ㄧㄡˇ ㄒㄩˋ）

釋義 形容條理分明，排列整齊。

範例 他做事總是不慌不忙，一切都料理得「井然有序」，所以能贏得他人信賴。

五日京兆（ㄨˇ ㄖˋ ㄐㄧㄥ ㄓㄠˋ）

釋義 只當五天京兆尹的官。比喻任職時間短暫。

範例 即使是「五日京兆」，也必須做什麼像什麼，做好分內的工作。

文史趣談 **當五天的官**

《漢書》記載：漢宣帝的時候，京兆尹（相當於首都市長）張敞的好友因為觸怒皇帝被判刑，許多親近的人都受到牽累，但張敞還未受處分。有一天，張敞派一位捕快去辦案，捕快不聽令，還私下對人說：「反正張敞只剩五天京兆尹可當了。」張敞聽說了，立刻把那個捕快判刑——即使任職時間短暫，張敞還是能做事呢。

五光十色（ㄨˇ ㄍㄨㄤ ㄕˊ ㄙㄜˋ）　**近：**五彩繽紛　**反：**暗淡無光

釋義 形容色彩繽紛、顏色豔麗、花樣繁複。

範例 百貨公司裡，「五光十色」的流行服飾看得人眼花撩亂。

不要誤用 「五光十色」著重指色澤豔麗多樣；「氣象萬千」則著重形容景象的壯麗繽紛。

五花八門（ㄨˇ ㄏㄨㄚ ㄅㄚ ㄇㄣˊ）　**近：**形形色色　**反：**單調刻板

釋義：指古代兵法中變化很多的五行陣和八門陣。比喻事物變化多端、形形色色。

範例：這些「五花八門」的小飾品，是他多年來旅行各地的紀念。

不要誤用：「五花八門」偏重形容事物種類、變化繁多；「五光十色」、「五彩繽紛」則指色彩繁複。

五體投地（ㄨˇ ㄊㄧˇ ㄊㄡˊ ㄉㄧˋ）

近：心悅誠服
反：不甘示弱

釋義：兩肘、雙膝和頭部著地，是佛教最隆重的儀式。比喻敬佩到極點。

範例：他的遠見與膽識，讓大夥佩服得「五體投地」。

不要誤用：「頂禮膜拜」多用在表示非常崇拜；「五體投地」則表示非常佩服。

仁至義盡（ㄖㄣˊ ㄓˋ ㄧˋ ㄐㄧㄣˋ）

近：情至意盡
反：袖手旁觀

釋義：原指竭盡仁義之道。現在多指對人的幫助已做到最大程度。

範例：我對他已「仁至義盡」了，接下來要靠他自己好好努力。

今非昔比（ㄐㄧㄣ ㄈㄟ ㄒㄧˊ ㄅㄧˇ）

近：昔不如今

釋義：現在已經不是過去所能比的了。形容變化很大。

範例：當年這裡可是知名的商圈，但「今非昔比」，早已不復往日的繁華了。

允文允武（ㄩㄣˇ ㄨㄣˊ ㄩㄣˇ ㄨˇ）

近：文武雙全
反：百無一能

釋義：形容能文能武，文武兼備。

範例：他在父母用心的栽培下，成為「允文允武」的全方位人才。

內憂外患（ㄋㄟˋ ㄧㄡ ㄨㄞˋ ㄏㄨㄢˋ）

近：內外交困
反：四海昇平

釋義：指國家內部的動亂和外來的侵略。

範例：國家一旦處於「內憂外患」的局面，受到最大影響的，還是老百姓。

不要誤用：「內憂外患」偏重

指內部有動亂，又有外來的侵擾，一般只用於國家、集團；「內外交困」則形容內部和對外關係同時出現困難，除了用於國家、集團，也可以用於家庭。

六神無主（ㄌㄡˋ ㄕㄣˊ ㄨˊ ㄓㄨˇ）　**近**：張惶失措　**反**：泰然處之

釋義 形容心慌意亂，不知所措。

釋義 聽說兒子在上學途中發生車禍，讓他驚慌得「六神無主」。

不要誤用 「六神無主」偏重形容驚慌、著急，因不知如何是好而不安；「心驚肉跳」則偏重指恐懼，因預感有災禍降臨而深感不安。

文史趣談　**人體裡的六神**

你知道為什麼形容人驚慌失措會說「六神無主」嗎？原來古人認為，人的身體裡面最主要的六個器官，心、肺、肝、腎、脾、膽都有主宰的神，稱為「六神」，如果六神都很安定，各司其職，人的情緒、行動等就會很穩定。今天我們都知道五臟六腑中並沒有神在運作，但如果它們不健康，也會影響人的生理及情緒呢。

六親不認（ㄌㄡˋ ㄑㄧㄣ ㄅㄨˋ ㄖㄣˋ）　**近**：鐵面無私

釋義 形容人忘親背祖。現也指照章辦事，不講情面，不徇私情。

範例 他辦起案來「六親不認」，就算是親朋好友違法，也是照抓不誤。

不要誤用 「六親不認」除了形容辦事公正、不講情面外，還可形容為人卑劣、無情無義；「鐵面無私」則單純形容公正無私。

分一杯羹（ㄈㄣ ㄧˋ ㄅㄟ ㄍㄥ）　**近**：分我杯羹

釋義 表示分享利益。

範例 自從他中了大樂透後，許多以前避不見面的親戚紛紛想來「分一杯羹」。

文史趣談　**狡猾的劉邦**

根據《史記》記載：楚漢相

爭時，劉邦曾圍困項羽的軍隊。項羽為了逼迫劉邦退兵，就捉了劉邦的父親，威脅說再不撤兵就要把他父親煮成肉羹。老奸巨猾的劉邦，不但不著急，反而說：「當年楚懷王要我們當兄弟，所以我爸就是你爸，你要把老爸煮成肉羹，那就分我一杯吧。」面對劉邦的痞樣，項羽縱使氣得牙癢癢，也無可奈何。

分庭抗禮

近：平分秋色

釋義 比喻彼此以平等的禮節相待。或形容雙方旗鼓相當。

範例 兩位藝術家的雕塑作品各有特色，足以「分庭抗禮」。

不要誤用 「分庭抗禮」含有分列兩旁、相對站立的意思，可以用來形容互相競爭、對抗；「平起平坐」則只強調同起同坐，地位相等，沒有互相抗衡的意味。

分崩離析

近：四分五裂
反：同心同德

釋義 形容國家或團體、組織分裂瓦解。

範例 因為政黨間的惡性鬥爭，以及偏激團體的乘勢作亂，這個國家在內政方面，已稱得上是「分崩離析」了。

不要誤用 「分崩離析」強調組織內部之間的分裂、不團結；「土崩瓦解」強調整個組織結構澈底潰敗、垮臺；「四分五裂」則多用於形容一般性事物的毀壞。

分道揚鑣

近：各奔東西
反：志同道合

釋義 形容分路而行。比喻彼此志趣不同而各行其是。

範例 他們曾因為理念不和而「分道揚鑣」，沒想到三十年後，居然又回頭尋求合作的可能。

不要誤用 「分道揚鑣」常用在志趣、情感等不合而分開；而「各奔前程」則著重在目標不同，各自努力。

勾心鬥角

近：明爭暗鬥
反：坦誠相見

釋義 原形容宮室的簷角互相勾連，形成精巧複雜的結構。今比喻各耍心機，算計對方。

範例 古代宮廷中的后妃，經常為了爭奪皇上的寵愛而「勾心鬥角」，也因此發生許多悲劇。

不要誤用 「勾心鬥角」側重暗中耍心機，設計對方；「爾虞我詐」則側重於彼此互相欺騙。

勾魂攝魄 ㄍㄡ ㄏㄨㄣˊ ㄕㄜˋ ㄆㄛˋ

釋義 指人的心神被吸取捕捉。形容女子魅力極大，令人失神著迷。

範例 那位印度女舞者眼神「勾魂攝魄」，十分動人。

化險為夷 ㄏㄨㄚˋ ㄒㄧㄢˇ ㄨㄟˊ ㄧˊ

近：轉危為安　**反**：風雲突變

釋義 使危險轉為平安。

範例 幸虧嚮導經驗豐富，多次「化險為夷」，我們才能平安下山。

匹夫之勇 ㄆㄧˇ ㄈㄨ ㄓ ㄩㄥˇ

近：血氣之勇　**反**：智勇雙全

釋義 形容人做事不用腦筋，非常衝動。

範例 他仗著「匹夫之勇」，竟想獨自對付龐大的犯罪集團，實在太過衝動了。

反目成仇 ㄈㄢˇ ㄇㄨˋ ㄔㄥˊ ㄔㄡˊ

釋義 形容親友或夫妻不和。

範例 那家三兄弟因為父親的遺產分配問題「反目成仇」。

反求諸己 ㄈㄢˇ ㄑㄧㄡˊ ㄓㄨ ㄐㄧˇ

近：反躬自省　**反**：委過他人

釋義 自我反省。

範例 事情失敗應先「反求諸己」，而非責怪他人。

反客為主 ㄈㄢˇ ㄎㄜˋ ㄨㄟˊ ㄓㄨˇ

近：喧賓奪主

釋義 客人反過來成為主人。比喻違反主客關係。或指本應被動卻反為主動。

範例 那位配角的表現非常搶眼，「反客為主」，主角反而讓人覺得印象模糊。

不要誤用 「反客為主」可以比喻由被動變成主動；「喧賓

奪主」則含有由客位奪取主位的意思。

反脣相稽 ㄈㄢˇ ㄔㄨㄣˊ ㄒㄧㄤ ㄐㄧ

釋義 反過來責問對方。

範例 他實在欺人太甚，怪不得別人「反脣相稽」。

反璞歸真 ㄈㄢˇ ㄆㄨˊ ㄍㄨㄟ ㄓㄣ

近：還淳反樸

釋義 比喻回到原始的、簡單質樸的自然狀態。

範例 近百年來人類文明急速發展，似乎達到極點，現今已有「反璞歸真」的趨勢。

反覆無常 ㄈㄢˇ ㄈㄨˋ ㄨˊ ㄔㄤˊ

近：朝三暮四

反：始終如一

釋義 一會兒這樣，一會兒又那樣。形容多變而沒有恆定。

範例 他向來「反覆無常」，就算是他答應過的事，你也別太認真。

不要誤用 「反覆無常」形容變化不定；「翻雲覆雨」則含有玩弄權術、興風作浪的意思。

天之驕子 ㄊㄧㄢ ㄓ ㄐㄧㄠ ㄗˇ

釋義 指特別幸運、受寵的人。

範例 能夠住在好山好水的花蓮，我覺得自己真是幸福的「天之驕子」。

天生麗質 ㄊㄧㄢ ㄕㄥ ㄌㄧˋ ㄓˊ

釋義 指與生俱有美麗本質。形容女子美麗動人。

範例 電視上那些女明星不一定都是「天生麗質」，有些是靠巧妙的化妝術。

天衣無縫 ㄊㄧㄢ ㄧ ㄨˊ ㄈㄥˋ

近：渾然天成

反：破綻百出

釋義 比喻詩文完美無缺或計畫周詳，沒有缺點。

範例 他模仿名人的技術可說是「天衣無縫」，大家都對那神似度百分百的扮妝、言語佩服不已。

不要誤用 「天衣無縫」著重指渾然一體、嚴密無缺點，多用於事物、詩文等；「完美無缺」則著重形容完善美好，可用於人或事物。

天作之合（ㄊㄧㄢ ㄗㄨㄛˋ ㄓ ㄏㄜˊ）　**近：**佳偶天成　**反：**彩鳳隨鴉

釋義 婚姻完美如老天爺所選配的（為祝賀別人婚姻美滿的賀辭）。

範例 那兩位年輕人因為喜愛單車運動而相識、結婚，真是「天作之合」。

天昏地暗（ㄊㄧㄢ ㄏㄨㄣ ㄉㄧˋ ㄢˋ）　**近：**昏天暗地　**反：**天朗氣清

釋義 形容天色昏暗。

範例 大雷雨將至，窗外一片「天昏地暗」。

不要誤用 「天昏地暗」多是單純的形容天色昏暗；「昏天黑地」則較常用來比喻社會的黑暗。

天花亂墜（ㄊㄧㄢ ㄏㄨㄚ ㄌㄨㄢˋ ㄓㄨㄟˋ）　**近：**娓娓動聽　**反：**語不驚人

釋義 佛教神話，梁武帝時雲光法師講經，感動了上天，天上紛紛撒下花來。形容說話言詞巧妙動聽。今多指言詞過分誇張，不切實際。

範例 你別聽那位推銷員說得「天花亂墜」，目的不過是要你掏錢購買商品罷了。

不要誤用 「天花亂墜」多指說話過分誇張、不切實際；「娓娓動聽」則強調說話時的形象委婉、懇切。

天南地北（ㄊㄧㄢ ㄋㄢˊ ㄉㄧˋ ㄅㄟˇ）

釋義 形容兩地相距非常遙遠。也形容談話什麼都可聊。

範例 姊姊每次跟同學講手機都「天南地北」聊個不停，不曉得長話短說。

天怒人怨（ㄊㄧㄢ ㄋㄨˋ ㄖㄣˊ ㄩㄢˋ）　**近：**人神共憤　**反：**頌聲載道

釋義 形容為害十分嚴重，引起普遍憤怒。比喻執政者暴虐無道，引起普遍的怨恨。

範例 商朝的紂王殘暴不仁，「天怒人怨」，最後終於被推翻了。

天倫之樂（ㄊㄧㄢ ㄌㄨㄣˊ ㄓ ㄌㄜˋ）　**反：**妻離子散

釋義 家庭中親人團聚的歡樂。

範例 人到晚年，往往覺得能夠享受「天倫之樂」，就是最大的幸福。

天荒地老（ㄊㄧㄢ ㄏㄨㄤ ㄉㄧˋ ㄌㄠˇ）

近： 天長地久
反： 彈指之間

釋義 形容經過的時間非常長久。

範例 按照這樣的速度，做到「天荒地老」還是無法完成這項工程。

天馬行空（ㄊㄧㄢ ㄇㄚˇ ㄒㄧㄥˊ ㄎㄨㄥ）

近： 無拘無束

釋義 天馬在空中飛翔奔馳。比喻才思奔放、不受拘束。

範例 這次兒童畫展的作品，每幅都展現出小孩子「天馬行空」的幻想。

不要誤用 「天馬行空」多用來比喻詩文、書法的奔放飄逸；「無拘無束」、「縱橫馳騁」則多用來形容行動、作風的自由奔放。

天高地厚（ㄊㄧㄢ ㄍㄠ ㄉㄧˋ ㄏㄡˋ）

釋義 比喻事情的嚴重性、困難度。現在多用「不知天高地厚」比喻不知人情、事理的輕重、利害。

範例 他去過阿里山後，便揚言下次要征服喜馬拉雅山，真是不知「天高地厚」。

不要誤用 「天高地厚」可比喻人情、事情的利害、輕重；「天覆地載」則指範圍廣大，也可形容恩澤深厚。

天涯海角（ㄊㄧㄢ ㄧㄚˊ ㄏㄞˇ ㄐㄧㄠˇ）

釋義 指在天的邊際和海的一角。形容偏遠地區或兩地相距甚遠。

範例 我倆至此分別，往後「天涯海角」，要再見面恐怕不是那麼容易了。

不要誤用 「天涯海角」指非常遙遠的地方；「天南地北」則形容兩者相距很遠，或指談話漫無邊際。

天理不容（ㄊㄧㄢ ㄌㄧˇ ㄅㄨˋ ㄖㄨㄥˊ）

釋義 連公理都不允許。形容人做出極惡劣的壞事。

範例 那個惡劣駕駛故意阻擋救護車的行為，實是「天理不容」。

天造地設　**近**：渾然天成

釋義　猶如天地自然生成。比喻事物配合得非常理想。

範例　他們真是「天造地設」的一對，不只興趣相投，還有夫妻臉呢。

天經地義　**近**：毋庸置疑　**反**：豈有此理

釋義　比喻天地間不可更改的真理。也指理所當然，不容置疑。

範例　子女孝順父母是「天經地義」的事，不應計較報酬。

不要誤用　「天經地義」強調本該如此、完全不可改變，有絕對的正當性，語意較重；「理所當然」則指按道理應當如此，語意較輕。

天誅地滅　**近**：天地不容　**反**：罪不當誅

釋義　行為是天地所不容，因而應該被消滅，多用於誓言或咒罵人。

範例　他鄭重發誓：如果違背了約定，必遭「天誅地滅」。

天翻地覆　**近**：天塌地陷

釋義　形容變動極大。或指秩序大亂。

範例　幾個來作客的小孩子，把家裡攪得「天翻地覆」。

天壤之別　**近**：差若天淵　**反**：毫無二致

釋義　比喻像天和地一樣相差很遠，差別極大。

範例　他倆一個高壯、一個瘦弱，一個好動、一個好靜，不論在長相或性格上都有「天壤之別」。

夫唱婦隨　**近**：相敬如賓　**反**：琴瑟不調

釋義　丈夫說什麼，妻子就完全隨和。比喻夫妻相處非常和睦，步調一致。

範例　這對夫妻一個是醫生、一個是護士，「夫唱婦隨」，真令人羨慕。

孔武有力（ㄎㄨㄥˇ ㄨˇ ㄧㄡˇ ㄌㄧˋ）

近：扛鼎拔山
反：弱不禁風

釋義 形容人非常威武而有力量。

範例 這位「孔武有力」的工人，不費吹灰之力就扛起一箱器材，就像拿起一束稻草般那樣輕鬆。

少不更事（ㄕㄠˇ ㄅㄨˋ ㄍㄥ ㄕˋ）

近：羽毛未豐
反：老成持重

釋義 形容人年紀輕，經歷的世事不多。

範例 他因為不甘心被批評是「少不更事」，所以更積極的學習、求教。

不要誤用 「少不更事」指年紀輕、閱歷少；「羽毛未豐」則比喻年幼、不成熟。

少見多怪（ㄕㄠˇ ㄐㄧㄢˋ ㄉㄨㄛ ㄍㄨㄞˋ）

近：大驚小怪
反：司空見慣

釋義 見識少的人，遇事便以為可怪。後常用來嘲諷人見識短淺。

範例 各地習俗大不同，像日本人就認為烏鴉是吉祥的鳥類，你別「少見多怪」了。

不要誤用 「少見多怪」偏重指人見識短淺；「蜀犬吠日」則用於譏諷人無知，貶義較重。

引人入勝（ㄧㄣˇ ㄖㄣˊ ㄖㄨˋ ㄕㄥˋ）

反：索然寡味

釋義 引人進入美妙的境地。現在多指風景名勝或文藝作品非常吸引人。

範例 這幅山水畫筆致靈動，栩栩如生，「引人入勝」。

引狼入室（ㄧㄣˇ ㄌㄤˊ ㄖㄨˋ ㄕˋ）

近：開門揖盜

釋義 把壞人引到家裡，比喻自招禍患。

範例 他原以為自己做了善事，沒想到卻「引狼入室」，多年積蓄都被盜竊一空，真是欲哭無淚。

不要誤用 「引狼入室」常是先前不清楚對方的底細；「開門揖盜」則多早已明知對方是壞人。

引經據典（ㄧㄣˇ ㄐㄧㄥ ㄐㄩˋ ㄉㄧㄢˇ）

近： 引古援今

反： 不見經傳

釋義 引用經典中的話作為說話、作文的依據。

範例 寫作時「引經據典」，可以增強說服力。

不要誤用 「引經據典」強調引用資料的權威性；「旁徵博引」則強調引用範圍的廣泛。

心力交瘁（ㄒㄧㄣ ㄌㄧˋ ㄐㄧㄠ ㄘㄨㄟˋ）

近： 精疲力盡

反： 精神抖擻

釋義 精神和體力都極度勞累，表示付出最大的心力。

範例 同時面對工作壓力與同事間的惡鬥，讓他「心力交瘁」。

心不在焉（ㄒㄧㄣ ㄅㄨˋ ㄗㄞˋ ㄧㄢ）

近： 漫不經心

反： 全神貫注

釋義 心神不定，形容精神不集中。

範例 他上課老是東張西望，「心不在焉」，對老師上課的內容也提不起興趣。

心心相印（ㄒㄧㄣ ㄒㄧㄣ ㄒㄧㄤ ㄧㄣˋ）

近： 心有靈犀

反： 同床異夢

釋義 指彼此心意不用說明，就能互相了解。多形容男女間心意相通。

範例 我倆「心心相印」，這些八卦流言破壞不了我們之間的情感。

心手相應（ㄒㄧㄣ ㄕㄡˇ ㄒㄧㄤ ㄧㄥˋ）

近： 揮灑自如

反： 所謀輒左

釋義 原指寫字時運筆熟練，隨心所欲，後也用來形容技藝熟練。

範例 這位兩岸知名的書法大師當眾揮毫，果然筆力遒勁，「心手相應」。

心安理得（ㄒㄧㄣ ㄢ ㄌㄧˇ ㄉㄜˊ）

釋義 處事不愧良心，於情於理也站得住腳。形容處事得當，對別人及自己都沒有遺憾。

範例 人生在世最重要的，就是要過得「心安理得」，俯仰無愧。

心有餘悸

釋義 仍然感到驚懼。形容恐懼不能完全消除。

範例 剛剛發生的小車禍雖無大礙，卻讓她「心有餘悸」。

心血來潮　**近：**靈機一動

釋義 比喻一時興起，心裡突然產生了某種想法。

範例 她一時「心血來潮」，把家裡內內外外澈底打掃了一番。

不要誤用 「心血來潮」產生的是某個念頭，多為平常一時興起；「靈機一動」產生的是主意、辦法，一般是在面臨問題時臨時出現的。

心直口快　**近：**直腸直肚

釋義 形容性情直爽，話不經考慮就說出來。

範例 他一向「心直口快」，也因此得罪不少人。

不要誤用 「心直口快」偏重形容性情直爽，有話就說；「快人快語」則指人個性豪邁，說話爽快、痛快。

心花怒放　**近：**欣喜若狂　**反：**心如死灰

釋義 形容快樂、興奮到了極點。

範例 他聽到偶像即將到學校表演的消息，「心花怒放」，興奮得睡不著覺。

心急如焚　**近：**心焦如火　**反：**從容不迫

釋義 心裡急得像火燒一樣。

範例 媽媽打哥哥的手機，但是一整天都沒有人接，「心急如焚」下，跑到警察局報案。

心狠手辣

釋義 心地凶狠，手段毒辣。形容人凶狠殘暴。

範例 連續劇中「心狠手辣」的壞人角色，總讓觀眾看得咬牙切齒。

心悅誠服　**近：**心服口服

釋義 真心誠意地信服。

範例 他的一席話說得合情合

理，使對方「心悅誠服」。

不要誤用 「心悅誠服」指打從心底真心信服，偏重不虛假；「心服口服」指心口一致地服氣；「五體投地」指極端地崇拜、敬服，強調程度深；「甘拜下風」則偏重在自認不如對方。

心浮氣躁（ㄒㄧㄣ ㄈㄨˊ ㄑㄧˋ ㄗㄠˋ）

釋義 形容心神浮動，脾氣急躁。

範例 夏季炙熱難耐，容易讓人「心浮氣躁」。

心高氣傲（ㄒㄧㄣ ㄍㄠ ㄑㄧˋ ㄠˋ）　**近：**心高氣硬

釋義 心性孤高，傲氣十足。

範例 他少年得志，難免「心高氣傲」。

心無旁騖（ㄒㄧㄣ ㄨˊ ㄆㄤˊ ㄨˋ）

釋義 形容心無雜念。

範例 你在那邊跑來跑去，又叫又跳，教人怎麼「心無旁騖」地唸書？

心亂如麻（ㄒㄧㄣ ㄌㄨㄢˋ ㄖㄨˊ ㄇㄚˊ）　**近：**心緒如麻

釋義 心緒煩亂，就像一團理不清的亂麻。

範例 他現在「心亂如麻」，火氣很大，你還是不要去打擾他比較好。

心照不宣（ㄒㄧㄣ ㄓㄠˋ ㄅㄨˋ ㄒㄩㄢ）　**近：**心領神會

釋義 彼此心裡明白，不用說出來。

範例 對於這件事，他們彼此「心照不宣」，也不需要再多加解釋了。

不要誤用 「心照不宣」多指雙方心裡互相明白；「心領神會」則通常指一方明白了另一方的意思。

心猿意馬（ㄒㄧㄣ ㄩㄢˊ ㄧˋ ㄇㄚˇ）　**近：**見異思遷　**反：**專心一致

釋義 形容心思、意念不定，就如猿猴輕躁、快馬奔馳一樣。

範例 「心猿意馬」讓他錯失了許多機會，因此年紀不小了，仍然一事無成。

不要誤用 「心猿意馬」是忽而想這、忽而想那，心思變化

四畫

無常；「心不在焉」指心思不在這裡，形容思想不集中；「見異思遷」則是受其他事物影響而改變心意。

心腹之患　**近：**心腹大患

釋義：比喻隱藏在要害部位的禍害。

範例：心胸狹窄的人常視表現出色的人為「心腹之患」。

心馳神往

釋義：形容整個心神飛快的被吸引過去，一心嚮往。

範例：南洋島國優美的藍天碧海，令人「心馳神往」。

心領神會　**近：**神會心契　**反：**大惑不解

釋義：不用對方明說，心裡已經徹底領悟理解了。

範例：對於老師的教誨，他早已「心領神會」。

心廣體胖　**近：**心寬體胖　**反：**瘦骨嶙峋

釋義：本指人內心無愧，心胸開闊，身體自然舒泰安適。現多表示人因心裡安逸，無所牽掛而自然趨於肥胖。

範例：他總以「心廣體胖」為藉口，毫不約束自己的食量，縱容自己繼續發福。

心曠神怡　**近：**心開色喜　**反：**心慌意亂

釋義：心情開朗，精神愉快。

範例：春天清晨的微風，帶著青草甜甜的香氣，令人「心曠神怡」。

心癢難撓　**近：**心癢難抓

釋義：形容心裡出現某種欲念而按捺不住。

範例：看到公園裡有人在鬥牛，讓喜歡打籃球的他「心癢難撓」。

心驚膽戰　**近：**提心吊膽　**反：**神色不驚

釋義：形容恐懼、害怕到了極

點。

範例 每個遊客走在這座搖搖晃晃的吊橋上，都不禁「心驚膽戰」。

不要誤用 「心驚膽戰」多強調既害怕又驚慌；「提心吊膽」除了害怕之外，更強調擔憂、不放心。

戶限為穿（ㄏㄨˋ ㄒㄧㄢˋ ㄨㄟˊ ㄔㄨㄢ）

近：門庭若市　**反**：門可羅雀

釋義 踏破了門檻。形容進出來訪的人很多。

範例 他自從當上大官，每天上門拜訪的客人不計其數，足以用「戶限為穿」來形容。

手不輟筆（ㄕㄡˇ ㄅㄨˋ ㄔㄨㄛˋ ㄅㄧˇ）

釋義 手沒有停下來，一直動筆寫字。形容人勤於寫作。

範例 那位作家即使臥病在床，依然「手不輟筆」，創作之勤令人讚佩。

手不釋卷（ㄕㄡˇ ㄅㄨˋ ㄕˋ ㄐㄩㄢˋ）

近：韋編三絕

釋義 手裡的書捨不得放下。形容勤學不倦。或形容看書入迷。

範例 他因為「手不釋卷」，所以一畢業就考上研究所。

不要誤用 「手不釋卷」強調學習之勤奮；「學而不厭」則強調好學而不厭倦。

文史趣談 愛讀書的皇帝

覺得讀書是件苦差事嗎？其實讀書非常有趣，古代有很多皇帝也很喜歡讀書呢。比如宋太宗就曾經命人編了一部一千卷的大書，即使日理萬機，仍規定自己每天要看二、三卷。若來不及看完，事後還要找時間補上，「開卷有益」就是宋太宗的名言。看看連皇帝都這樣手不釋卷，我們是不是也更該努力呢？

手忙腳亂（ㄕㄡˇ ㄇㄤˊ ㄐㄧㄠˇ ㄌㄨㄢˋ）

釋義 指手腳忙亂的樣子。形容做事慌亂，毫無頭緒。

範例 新手爸媽面對哭鬧的小嬰兒，難免「手忙腳亂」，不知如何是好。

手足無措 ㄕㄡˇ ㄗㄨˊ ㄨˊ ㄘㄨㄛˋ

近：不知所措

反：鎮定自若

釋義 手腳都不知道該放在哪兒好。形容慌張得不知如何是好。

範例 第一次上臺演講，難免「手足無措」，多幾次經驗就不會那麼緊張了。

不要誤用 「手足無措」重在表示不知怎麼辦好；「措手不及」則重在表示來不及應付。

手到擒來 ㄕㄡˇ ㄉㄠˋ ㄑㄧㄣˊ ㄌㄞˊ

近：唾手可得

反：大海撈針

釋義 比喻情事情能隨心所欲，毫不費力就成功了。

範例 捕蛇對這位經驗豐富的消防員來說是「手到擒來」，非常容易。

不要誤用 「手到擒來」常用於形容不需多費力就可得到成果；「唾手可得」則常用於東西得來很容易。

手舞足蹈 ㄕㄡˇ ㄨˇ ㄗㄨˊ ㄉㄠˋ

近：欣喜若狂

反：悶悶不樂

釋義 形容非常高興時不覺手足舞動的樣子。

範例 同學們聽說全班都考上國立大學的消息，高興得「手舞足蹈」。

不要誤用 「手舞足蹈」重在表現開心的動作；「興高采烈」重在形容高興的心情。

支支吾吾 ㄓ ㄓ ㄨˊ ㄨˊ

釋義 形容話說得不清楚。

範例 聽他「支支吾吾」了半天，也沒說出個所以然。

支離破碎 ㄓ ㄌㄧˊ ㄆㄛˋ ㄙㄨㄟˋ

近：殘缺不全

反：完整無缺

釋義 形容四分五裂，殘破不全的樣子。

範例 那些被蛀書蟲啃得「支離破碎」的文件，必須請專家出馬才能修復。

文人相輕 ㄨㄣˊ ㄖㄣˊ ㄒㄧㄤ ㄑㄧㄥ

釋義 文人總以為自己的文章高人一等而互相輕視，彼此瞧不起。

範例 那兩位作家每每拒絕出現在同一場合，恐怕是因為「文人相輕」。

文武雙全（ㄨㄣˊ ㄨˇ ㄕㄨㄤ ㄑㄩㄢˊ）

釋義 形容具備文武雙方面的才能。

範例 他是個「文武雙全」的人才，所以許多公司都爭著想聘用他。

不要誤用 「文武雙全」指文才與武德兼備；「智勇雙全」、「有勇有謀」則形容既勇敢又有智謀。

文思泉湧（ㄨㄣˊ ㄙ ㄑㄩㄢˊ ㄩㄥˇ）

釋義 寫作的思緒就像泉水一樣，源源不斷。形容思路無阻礙。

範例 從事文藝創作的人，總希望自己隨時都能「文思泉湧」。

文風不動（ㄨㄣˊ ㄈㄥ ㄅㄨˋ ㄉㄨㄥˋ）

反：搖搖欲墜

釋義 絲毫不動搖。

範例 那位氣功大師下盤穩固，好幾位民眾推他，他依舊「文風不動」的站在原地。

文過飾非（ㄨㄣˊ ㄍㄨㄛˋ ㄕˋ ㄈㄟ）

近：掩非飾過
反：聞過則喜

釋義 用假話掩飾自己的過失、錯誤。

範例 勇敢的人會坦然承認錯誤，不會「文過飾非」。

文質彬彬（ㄨㄣˊ ㄓˊ ㄅㄧㄣ ㄅㄧㄣ）

近：溫文爾雅
反：俗不可耐

釋義 形容人舉止文雅，斯文有禮。

範例 看他「文質彬彬」的模樣，第一眼就給人好印象。

斤斤計較（ㄐㄧㄣ ㄐㄧㄣ ㄐㄧˋ ㄐㄧㄠˋ）

近：錙銖必較
反：慷慨解囊

釋義 形容連一絲一毫的細微瑣事也要計較。

範例 沒有人喜歡跟「斤斤計較」的人做朋友。

不要誤用 「斤斤計較」廣泛用在計較細小的事物上；「錙銖必較」則多用於計較錢財方面。

方枘圓鑿（ㄈㄤ ㄖㄨㄟˋ ㄩㄢˊ ㄗㄠˊ）

釋義 方正的榫頭，圓形的榫眼。形容兩物不能相合。

範例 這兩人的性格截然不同，「方枘圓鑿」，怎能長久相處？

不要誤用 「方枘圓鑿」偏重在不能相合，沒有相抵觸的意思，「格格不入」則偏重在形容互相抵觸。

方興未艾（ㄈㄤ ㄒㄧㄥ ㄨㄟˋ ㄞˋ）

近：如日中天
反：江河日下

釋義 形容形勢或事物正在興盛、蓬勃地發展。

範例 整型熱潮「方興未艾」，每天都可以看到相關的宣傳廣告。

不要誤用 「方興未艾」偏重指發展勢力還未停止；「蒸蒸日上」則偏重在形容發展速度快。

日上三竿（ㄖˋ ㄕㄤˋ ㄙㄢ ㄍㄢ）

近：日高三竿

釋義 太陽已經升得有三根竹竿那樣高了。形容時間不早了。

範例 弟弟很愛賴床，每天都要睡到「日上三竿」才肯起來。

日理萬機（ㄖˋ ㄌㄧˇ ㄨㄢˋ ㄐㄧ）

近：一日萬機
反：尸位素餐

釋義 原指帝王每天處理紛繁的政務。現多用以形容政務繁忙不已。

範例 國家元首「日理萬機」，因此要特別注意健康狀況。

日新月異（ㄖˋ ㄒㄧㄣ ㄩㄝˋ ㄧˋ）

近：一日千里
反：一成不變

釋義 每日每月都有新的變化。形容發展、進步很快，不斷出現新貌。

範例 現代科技「日新月異」，許多過去無法達成的夢想，如今都一一實現了。

日積月累（ㄖˋ ㄐㄧ ㄩㄝˋ ㄌㄟˇ）

近：聚沙成塔
反：日削月朘

釋義 形容長時間不斷的積累。

範例：學問是靠「日積月累」的功夫，豈是一蹴可幾？

不要誤用：「日積月累」強調長期積累的過程；「積少成多」則強調越積越多的數量。

日薄西山（ㄖˋ ㄅㄛˊ ㄒㄧ ㄕㄢ）　**近**：桑榆暮景　**反**：旭日東升

釋義：太陽迫近西山，即將落下。比喻人年老即將死亡。

範例：老人熱切渴望在「日薄西山」前，能與家人多相聚，享受含飴弄孫的樂趣。

木已成舟（ㄇㄨˋ ㄧˇ ㄔㄥˊ ㄓㄡ）　**近**：米已成炊　**反**：未定之天

釋義：木頭已經做成船。比喻事情已成定局，不能挽回了。

範例：這件事「木已成舟」，早就成定局了，你應該坦然的去面對，別再沮喪。

比比皆是（ㄅㄧˇ ㄅㄧˇ ㄐㄧㄝ ㄕˋ）　**近**：觸目皆是　**反**：屈指可數

釋義：形容非常普遍，到處都是。

範例：現在失業率極高，高才低就的情況「比比皆是」。

不要誤用：「比比皆是」形容到處都是；「觸目皆是」強調放眼所及都是；「俯拾即是」則有非常容易得到的意思。

比肩繼踵（ㄅㄧˇ ㄐㄧㄢ ㄐㄧˋ ㄓㄨㄥˇ）　**近**：摩肩接踵

釋義：形容人多擁擠的樣子。

範例：年貨大街上，人人「比肩繼踵」，熱鬧的情景，充分顯示出城市的生命與活力。

毛骨悚然（ㄇㄠˊ ㄍㄨˇ ㄙㄨㄥˇ ㄖㄢˊ）　**近**：不寒而慄　**反**：安之若素

釋義：毛髮豎起，脊骨發冷。形容驚懼的樣子。

範例：夜半的暗巷裡傳來淒厲的狗叫，不禁令人「毛骨悚然」。

毛遂自荐（ㄇㄠˊ ㄙㄨㄟˋ ㄗˋ ㄐㄧㄢˋ）　**近**：自告奮勇　**反**：婉言謝絕

釋義：毛遂向平原君自我推荐。比喻自告奮勇，向別人介紹自己的長處。

範例：他「毛遂自荐」，願意

當這次園遊會的負責人，果然辦得有聲有色。

不要誤用　「毛遂自荐」是自認有能力而向別人推荐自己；「自告奮勇」指自己主動提出要去擔當某件事情，多在一般情況下行動；「挺身而出」則多用在較困難、危急的情況下做出行動。

文史趣談　**厲害的外交家**

《史記》記載：戰國時，秦國派兵包圍了趙國的首都，趙國宰相平原君要挑選門客陪他一起到楚國去求救。有個叫毛遂的門客，自告奮勇要求同去。楚王原本一直猶豫不肯出兵，毛遂就提劍進了宮殿，對楚王曉以利害，最後楚王終於同意和趙國聯手，一起對抗秦國。毛遂就這樣挽救了趙國，真是一位了不起的外交家呀。

水光山色 ㄕㄨㄟˇ ㄍㄨㄤ ㄕㄢ ㄙㄜˋ

近：水色山光

釋義　形容山青水秀，風景如畫。

範例　南投日月潭的「水光山色」，是觀光客到臺灣不能錯過的美景。

不要誤用　「山光水色」形容自然風景的美麗；「錦繡河山」則形容美好的國土。

水乳交融 ㄕㄨㄟˇ ㄖㄨˇ ㄐㄧㄠ ㄖㄨㄥˊ

近：如膠似漆

反：水火不容

釋義　水和乳汁融合在一起。比喻關係融洽。或形容思想、感情結合得十分緊密。

範例　她倆是「水乳交融」的好麻吉，不管做什麼事都同進同出。

不要誤用　「水乳交融」偏重關係融洽；「如膠似漆」則偏重情感濃烈化不開。

水到渠成 ㄕㄨㄟˇ ㄉㄠˋ ㄑㄩˊ ㄔㄥˊ

近：瓜熟蒂落

釋義　水流到的地方自然就會形成溝渠。比喻時機成熟，事情自然會順利完成。

範例　這起規畫案無論是人力或物力都很充裕，只要大家配合，一定能「水到渠成」。

不要誤用　「水到渠成」多指經過充分的努力，最後順勢達到成功；「瓜熟蒂落」則多指時機成熟後自然而然的成功。

水泄不通 ㄕㄨㄟˇ ㄒㄧㄝˋ ㄅㄨˋ ㄊㄨㄥ

近：水息不通

釋義 幾乎連水都流不出去。形容十分擁擠，也形容包圍得非常嚴密。

範例 參觀達利藝術展的人潮絡繹不絕，將展場擠得「水泄不通」。

水深火熱 ㄕㄨㄟˇ ㄕㄣ ㄏㄨㄛˇ ㄖㄜˋ

近：火熱湯沸

反：安居樂業

釋義 比喻生活痛苦，活不下去。

範例 生活在「水深火熱」戰亂中的人民，最渴望的就是和平。

不要誤用 「水深火熱」專指人民受苦受難；「暗無天日」則可泛指社會各方面，範圍較廣。

水落石出 ㄕㄨㄟˇ ㄌㄨㄛˋ ㄕˊ ㄔㄨ

近：真相大白

反：沉冤莫白

釋義 本來是寫自然景色，後轉用以比喻事情的真相終於明朗。

範例 案子交給這位經驗豐富的調查員處理，相信很快就能「水落石出」。

不要誤用 「水落石出」強調到了一定時機，事情的真相自然清楚；「真相大白」則強調被掩飾的真實情況能澈底地顯現。

水漲船高 ㄕㄨㄟˇ ㄓㄤˇ ㄔㄨㄢˊ ㄍㄠ

近：泥多佛大

釋義 水位增高，船也就跟著升高。比喻隨著所憑藉對象的增長而提升。

範例 這地區自從捷運通車後，附近的地價也跟著「水漲船高」。

火上加油 ㄏㄨㄛˇ ㄕㄤˋ ㄐㄧㄚ ㄧㄡˊ

近：煽風點火

反：冷水澆頭

釋義 比喻增加別人的憤怒或使事態更加擴張或惡化。

範例 他正在氣頭上，你又拿這件事去跟他說，不是「火上加油」嗎？

不要誤用 「火上加油」使事態擴大的可以是人，也可以是事物；「煽風點火」則多限於人的言語挑撥、煽動。

火傘高張（ㄏㄨㄛˇ ㄙㄢˇ ㄍㄠ ㄓㄤ）

釋義 火紅的太陽高掛在天空。形容天氣酷熱。

範例 七、八月正值酷暑，每天「火傘高張」，稍微活動就熱得滿身大汗。

火樹銀花（ㄏㄨㄛˇ ㄕㄨˋ ㄧㄣˊ ㄏㄨㄚ）

近：燈火輝煌
反：暗淡無光

釋義 形容焰火燦爛、繁盛的景象。

範例 跨年時的煙火燦爛輝煌，「火樹銀花」照亮夜空，帶來新希望。

牙牙學語（ㄧㄚˊ ㄧㄚˊ ㄒㄩㄝˊ ㄩˇ）

釋義 指嬰兒學語。

範例 小姪女目前還在「牙牙學語」階段。

牛刀小試（ㄋㄧㄡˊ ㄉㄠ ㄒㄧㄠˇ ㄕˋ）

釋義 比喻大才初次任職，就已顯露出才幹。

範例 這個工作對他來說不過是「牛刀小試」罷了。

牛衣對泣（ㄋㄧㄡˊ ㄧ ㄉㄨㄟˋ ㄑㄧˋ）

釋義 蓋著用草麻編製成的牛衣，相對哭泣。形容貧賤夫妻同處困境、相對悲泣的情景。

範例 他倆面對突如其來的嚴重打擊，一時手足無措，「牛衣對泣」，不知如何面對。

牛鬼蛇神（ㄋㄧㄡˊ ㄍㄨㄟˇ ㄕㄜˊ ㄕㄣˊ）

近：妖魔鬼怪
反：正人君子

釋義 頭似牛的鬼，身似蛇的妖魔。泛指妖魔鬼怪。也比喻各種惡人。

範例 學校裡總有些「牛鬼蛇神」，喜歡欺負同學，讓老師很頭痛。

不要誤用 「牛鬼蛇神」泛指各類醜物或壞人，語意範圍較廣；「城狐社鼠」則專指有所依恃的壞人。

世外桃源 ㄕˋ ㄨㄞˋ ㄊㄠˊ ㄩㄢˊ　**近：**人間仙境　**反：**人間煉獄

釋義 比喻清靜美好的地方，或嚮往的世界。

範例 沒想到穿過那片森林，眼前竟是「世外桃源」般的美麗村莊。

世風日下 ㄕˋ ㄈㄥ ㄖˋ ㄒㄧㄚˋ

釋義 形容社會風氣愈來愈敗壞。

範例 「世風日下」，治安敗壞，讓他不放心孩子一個人上學。

世態炎涼 ㄕˋ ㄊㄞˋ ㄧㄢˊ ㄌㄧㄤˊ　**近：**世情冷暖　**反：**民淳俗厚

釋義 形容世俗情態的冷暖與人心的反覆無常。

範例 「世態炎涼」，往昔純樸熱情的民風，已隨著科技發展逐漸失落。

不要誤用 「世態炎涼」指社會中充滿了趨炎附勢的人；「世風日下」則指社會整體風氣越來越壞。

以己度人 ㄧˇ ㄐㄧˇ ㄉㄨㄛˋ ㄖㄣˊ　**近：**以眼還眼　**反：**逆來順受

釋義 用自己的想法去猜測別人的心意。

範例 個人性格不同，你不能「以己度人」，不考慮別人的狀況。

不要誤用 「以己度人」多指錯誤、主觀地揣測別人的心思，含貶義；「推己及人」則指設身處地為別人著想，體諒別人，含褒義。

以牙還牙 ㄧˇ ㄧㄚˊ ㄏㄨㄢˊ ㄧㄚˊ

釋義 比喻報復時針鋒相對地攻擊對方。

範例 「以牙還牙」、以眼還眼並不是積極的解決之道，只會造成更多仇恨。

以卵投石 ㄧˇ ㄌㄨㄢˇ ㄊㄡˊ ㄕˊ　**近：**螳臂當車　**反：**泰山壓卵

釋義 拿蛋去碰石頭。比喻自不量力，以弱攻強。

範例 你想獨自跑去找黑道份子談判，根本是「以卵投石」，自不量力嘛。

以毒攻毒（ㄧˇ ㄉㄨˊ ㄍㄨㄥ ㄉㄨˊ）　**近：**以暴易暴

釋義 原指用毒藥治療毒瘡等病。後比喻用同樣惡毒的方法制服對方。

範例 民間偏方有的會採「以毒攻毒」的方法，治療疑難雜症，但不保證有效。

以退為進（ㄧˇ ㄊㄨㄟˋ ㄨㄟˊ ㄐㄧㄣˋ）

釋義 原指以謙遜取得德行的進步。後指以退讓作為爭取晉升的手段。

範例 目前競爭激烈，我看不如「以退為進」，視情況變化再做決定。

以偏概全（ㄧˇ ㄆㄧㄢ ㄍㄞˋ ㄑㄩㄢˊ）

釋義 以片面去掩蓋全體。

範例 那不過是他個人的行為，你豈能「以偏概全」，認為其他人都不好？

以訛傳訛（ㄧˇ ㄜˊ ㄔㄨㄢˊ ㄜˊ）　**近：**謬種流傳　**反：**言之鑿鑿

釋義 把錯誤的消息再傳出去，比喻謠言越傳離事實愈遠。

範例 那位女明星面對外界「以訛傳訛」說她全身整型，決定召開記者會澄清謠言。

以逸待勞（ㄧˇ ㄧˋ ㄉㄞˋ ㄌㄠˊ）　**近：**靜以待敵　**反：**疲於奔命

釋義 自己安靜地養精蓄銳，等待敵人疲勞後，乘機出擊取勝。

範例 有時候要懂得「以逸待勞」，才能降低成本而得到更大收穫。

不要誤用 「以逸待勞」指自身養精蓄銳，等待敵人疲勞再乘機取勝；「守株待兔」則多比喻存著僥倖心理，希望得到意外收穫。

以管窺天（ㄧˇ ㄍㄨㄢˇ ㄎㄨㄟ ㄊㄧㄢ）　**近：**用管窺天

釋義 從竹管的小孔看天空。比喻所見極為片面狹隘。

範例 必須多充實知識，增廣見聞，才能避免「以管窺天」的缺失。

以德報怨（ㄧˇ ㄉㄜˊ ㄅㄠˋ ㄩㄢˋ）

近：澆瓜之惠
反：恩將仇報

釋義 以恩德來報答別人對我的仇怨。

範例 他採取「以德報怨」的方式，終於使雙方化敵為友。

以鄰為壑（ㄧˇ ㄌㄧㄣˊ ㄨㄟˊ ㄏㄨㄛˋ）

近：嫁禍於人
反：李代桃僵

釋義 把鄰國當作大水坑，把本國的洪水排洩到那裡去。比喻把困難或災禍轉嫁給別人。

範例 遠親不如近鄰，實在不應該「以鄰為壑」，把垃圾堆到別人家門口。

不要誤用 「以鄰為壑」指把困難、禍害等轉嫁給別人；「嫁禍於人」則指把禍害轉嫁給別人，自己不願承擔。

以蠡測海（ㄧˇ ㄌㄧˊ ㄘㄜˋ ㄏㄞˇ）

釋義 用瓢來量海水。比喻見識淺薄。

範例 在宇宙廣大的知識殿堂中，我們都不過是「以蠡測海」罷了。

付之一炬（ㄈㄨˋ ㄓ ㄧˊ ㄐㄩˋ）

近：付之祝融
反：完好無損

釋義 表示物品被火燒盡或某些事的成果全部被毀壞。

範例 一場無情大火，讓百坪廠房「付之一炬」，老闆欲哭無淚。

付之一笑（ㄈㄨˋ ㄓ ㄧˊ ㄒㄧㄠˋ）

近：一笑置之
反：斤斤計較

釋義 用微笑來回答、對待。形容絲毫不在意，不值得隨對方起舞。

範例 無論對方如何挑釁，修養極佳的他也都「付之一笑」，毫不理會。

付諸東流（ㄈㄨˋ ㄓㄨ ㄉㄨㄥ ㄌㄧㄡˊ）

近：毀於一旦
反：功德圓滿

釋義 扔往向東流的江河之中，一去不再回來。比喻希望落空或前功盡棄。

範例 他二十多年來努力的成果，全在這場風災中「付諸東流」了。

仗義執言（ㄓㄤˋ ㄧˋ ㄓˊ ㄧㄢˊ）　**近：**秉公直言

釋義 秉持正義說公道話。

範例 他這種喜歡「仗義執言」的個性，雖然交到不少朋友，卻也常惹來麻煩。

令人髮指（ㄌㄧㄥˋ ㄖㄣˊ ㄈㄚˇ ㄓˇ）　**近：**怒髮衝冠　**反：**一笑置之

釋義 使人頭髮都豎了起來。形容讓人憤怒到極點。

範例 恐怖份子這種「令人髮指」的暴行，應該要受到法律制裁。

兄弟鬩牆（ㄒㄩㄥ ㄉㄧˋ ㄒㄧˋ ㄑㄧㄤˊ）　**近：**骨肉相殘　**反：**兄友弟恭

釋義 兄弟失和，在家爭吵不休。比喻內部不和睦，互相爭鬥。

範例 隔壁鄰居「兄弟鬩牆」的事件，我們要引以為借鏡。

出人意表（ㄔㄨ ㄖㄣˊ ㄧˋ ㄅㄧㄠˇ）　**近：**出人意料

釋義 出乎人們意料之外。

範例 那位諧星言行總是「出人意表」，常常逗得觀眾哈哈大笑。

出人頭地（ㄔㄨ ㄖㄣˊ ㄊㄡˊ ㄉㄧˋ）　**近：**超群絕倫　**反：**庸庸碌碌

釋義 意思是讓這個人高出一頭。後用來形容超越眾人而顯露於當世。

範例 父母總希望子女能「出人頭地」，闖出一番大事業。

不要誤用

「出人頭地」指一個人的前途、成就、地位超越眾人；「出類拔萃」、「高人一等」則常指一個人的某種本領、技能、才華超越常人。

文史趣談　**不是人頭落地**

有人歪解成語，把「出人頭地」說成「一出門，頭就掉到地上」，那是多麼驚悚呀！其實這則成語，源自北宋文壇領袖歐陽脩的書信內容：喜歡提攜後進的歐陽脩讀到蘇軾的文章，大為驚喜，很欣賞他的才能，所以寫信對好友梅堯臣說：「我要避開他，好讓他出人頭地。」指的是讓他在眾人中脫穎而出，可不是人頭落地唷。

出口成章（ㄔㄨˇ ㄎㄡˇ ㄔㄥˊ ㄓㄤ）　**近：**咳唾成珠　**反：**腸枯思竭

釋義 說的話都成為規範。現多形容學問淵博，談吐很有內涵。

範例 他學問淵博，又有深厚的修養，所以能「出口成章」，讓大家都很佩服。

不要誤用 「出口成章」形容口才好；「下筆成章」指文思敏捷。

出生入死（ㄔㄨ ㄕㄥ ㄖㄨˋ ㄙˇ）　**近：**赴湯蹈火　**反：**貪生怕死

釋義 原意指從出生到死亡。後來形容冒著生命危險，隨時有犧牲的可能。

範例 戰地記者冒著「出生入死」的危險，將前線戰況呈現在全球觀眾面前。

不要誤用 「出生入死」強調不顧生命危險，程度較深；「赴湯蹈火」則指不避艱險，程度較淺。

出其不意（ㄔㄨ ㄑㄧˊ ㄅㄨˋ ㄧˋ）　**近：**出乎意料　**反：**不出所料

釋義 原指作戰時，趁敵方不注意時進行襲擊。後來也泛指趁對方沒有防備時行動。

範例 我軍「出其不意」，從後方包抄襲擊，打得敵軍落花流水。

不要誤用 「出其不意」指出乎對方意料之外，有特定對象，可表示在敵人意料不到的時機出擊；「出人意表」則是出於人們意料之外，不能用在趁機襲擊。

出奇制勝（ㄔㄨ ㄑㄧˊ ㄓˋ ㄕㄥˋ）

釋義 指用別人想不到的計謀來取得勝利。

範例 他利用地形的特性，「出奇制勝」，漂亮的擊退了敵軍。

不要誤用 「出奇制勝」偏重在戰略上出乎敵人意料而取得勝利；「克敵制勝」指打敗敵人，取得勝利；「旗開得勝」則偏重在一開始就取得勝利。

出神入化（ㄔㄨ ㄕㄣˊ ㄖㄨˋ ㄏㄨㄚˋ）

近：神乎其技
反：出乖露醜

釋義 形容文章、藝術或技藝達到了非常高超神妙的境界。

範例 憑著「出神入化」的彩妝技巧，即使原本相貌平凡，也能變得美豔動人。

出爾反爾（ㄔㄨ ㄦˇ ㄈㄢˇ ㄦˇ）

近：反覆無常
反：一言九鼎

釋義 原意是你怎樣對人，別人就怎樣對你。今多比喻人的言行前後矛盾，反覆無常。

範例 他說話總是「出爾反爾」，難怪交不到朋友。

不要誤用 「出爾反爾」著重個人言行的前後矛盾；「反覆無常」重在表示變動不定，可形容個性、行為或事物的變化；「言而無信」強調說話不算數；「朝三暮四」則形容心意或行為反覆無常。

出類拔萃（ㄔㄨ ㄌㄟˋ ㄅㄚˊ ㄘㄨㄟˋ）

近：冠絕古今
反：碌碌無能

釋義 形容品德、才能等超出一般人。

範例 參加這次模範學生選拔的代表，都是各班「出類拔萃」的精英。

不要誤用 「出類拔萃」可形容人，也可形容詩文或藝術品等；「超群出眾」則只能形容人的才智出眾。

功成身退（ㄍㄨㄥ ㄔㄥˊ ㄕㄣ ㄊㄨㄟˋ）

近：急流勇退

釋義 建立大功勞後就自行引退，毫不戀棧。

範例 他在危急時挺身而出，又在事成時「功成身退」，著實令人敬佩。

不要誤用 「功成身退」指立了功、達成任務後主動引退；「急流勇退」偏重在事業順遂、仕途得意時主動引退，明哲保身，多用在官場；「功成不居」則指成功了，不把功勞歸於自己。

功高震主（ㄍㄨㄥ ㄍㄠ ㄓㄣˋ ㄓㄨˇ）

釋義 臣子的功勞太大，反而使君王感到恐懼，容易引來殺機。

範例 為人臣子應明白「功高震主」的道理，要懂得謙退。

功敗垂成（ㄍㄨㄥ ㄅㄞˋ ㄔㄨㄟˊ ㄔㄥˊ）

近：前功盡棄
反：大功告成

釋義 事情將要成功的時候，卻遭到了失敗。含有惋惜的意思。

範例 那位舉重選手在最後一舉的時候失手，「功敗垂成」，真是可惜。

不要誤用 「功敗垂成」指臨近成功卻失敗了，是從時間上說；「功虧一簣」則指差一點卻未成功，是就功力上說。

功虧一簣（ㄍㄨㄥ ㄎㄨㄟ ㄧˊ ㄎㄨㄟˋ）

近：功敗垂成
反：大功告成

釋義 比喻事情只差最後一點沒有完成。

範例 關鍵性的失誤，常讓事情「功虧一簣」，所以必須格外謹慎。

包羅萬象（ㄅㄠ ㄌㄨㄛˊ ㄨㄢˋ ㄒㄧㄤˋ）

近：應有盡有
反：掛一漏萬

釋義 形容內容豐富、應有盡有。

範例 百科全書的內容「包羅萬象」。

不要誤用 「包羅萬象」側重在事物內容的豐富、繁雜；「應有盡有」則側重在內容的齊全、完備。

半斤八兩（ㄅㄢˋ ㄐㄧㄣ ㄅㄚ ㄌㄧㄤˇ）

近：旗鼓相當
反：天差地遠

釋義 八兩即半斤，輕重相等。比喻彼此不分上下。

範例 你倆「半斤八兩」，不要只會嘲笑對方。

半信半疑（ㄅㄢˋ ㄒㄧㄣˋ ㄅㄢˋ ㄧˊ）

近：將信將疑
反：深信不疑

釋義 有一點相信，又有一點懷疑。

範例 這座森林裡有妖怪的傳聞，讓人「半信半疑」。

半推半就（ㄅㄢˋ ㄊㄨㄟ ㄅㄢˋ ㄐㄧㄡˋ）

近：欲拒還迎
反：心應口應

釋義 心中同意，表面卻裝做不答應，假意推辭。

範例 他在「半推半就」下，被大家推舉為這次活動的負責人。

半途而廢（ㄅㄢˋ ㄊㄨˊ ㄦˊ ㄈㄟˋ）

近：功虧一簣　**反**：持之以恆

釋義 比喻沒有恆心，事情沒做完就停止了。

範例 凡事只有持之以恆，絕不「半途而廢」，才有可能成功。

不要誤用 「半途而廢」適用面較廣，工作、事業、學習、研究上都可使用，多帶有惋惜的意味；「淺嘗輒止」則多用於學習或研究上，沒有惋惜的意味。

半路出家（ㄅㄢˋ ㄌㄨˋ ㄔㄨ ㄐㄧㄚ）

近：半路修行　**反**：科班出身

釋義 年紀很大了才去當和尚或尼姑。比喻不是本行出身，中途才學著做某一行。

範例 她雖是「半路出家」，但演奏技巧直逼科班出身的鋼琴家。

可歌可泣（ㄎㄜˇ ㄍㄜ ㄎㄜˇ ㄑㄧˋ）

近：可歌可涕

釋義 形容英勇悲壯的事跡感人極深。

範例 「可歌可泣」的霧社事件，如今成了當紅的電影題材。

古色古香（ㄍㄨˇ ㄙㄜˋ ㄍㄨˇ ㄒㄧㄤ）

近：古意盎然

釋義 古雅的風貌、意趣。多用來形容書畫、器物和建築等古意盎然。

範例 這座「古色古香」的建築物是間私人圖書館呢。

古道熱腸（ㄍㄨˇ ㄉㄠˋ ㄖㄜˋ ㄔㄤˊ）

近：滿腔熱忱　**反**：冷若冰霜

釋義 形容待人真摯、熱情，樂於幫助別人。

範例 「古道熱腸」的他，從事公益活動總是不遺餘力。

司空見慣（ㄙ ㄎㄨㄥ ㄐㄧㄢˋ ㄍㄨㄢˋ）

近：習以為常　**反**：少見多怪

釋義 比喻經常看到，一點也不新奇。

範例 對於他的奇裝異服，班上同學早已「司空見慣」，見怪不怪了。

另起爐灶 ㄌㄧㄥˋ ㄑㄧˇ ㄌㄨˊ ㄗㄠˋ

近：另闢蹊徑
反：重彈舊調

釋義 比喻重新做起，開創新局。也比喻另立門戶。

範例 既然覺得待在這兒不適合，不如「另起爐灶」，說不定也能闖出一片天。

另眼相看 ㄌㄧㄥˋ ㄧㄢˇ ㄒㄧㄤ ㄎㄢˋ

近：另眼看待
反：一視同仁

釋義 形容對某人、某事特別重視。也形容對方已不同於往日，應用不同態度對待。

範例 他積極的態度與以往的懶散判若兩人，我們要對他「另眼相看」了。

文史趣談 黑眼珠和白眼珠

對討厭的人，我們會賞他「白眼」，而對人重視或喜愛，則說是「青眼」、「青睞」，這是從三國魏的阮籍就開始了呢。《世說新語》記載：阮籍遇到假惺惺的世俗禮法之士，就會翻白眼珠看他，遇到和他一樣放蕩不羈的真性情人物，就會用黑眼珠看他。嵇康在阮籍守喪的時候帶酒和琴來拜訪，就因此得到他的青眼相對了。

史不絕書 ㄕˇ ㄅㄨˋ ㄐㄩㄝˊ ㄕㄨ

近：不乏其例
反：史無前例

釋義 歷史上不斷有這類的記載。形容歷史上經常發生類似的事情。

範例 施行暴政者，終將自取滅亡，這種事是「史不絕書」。

不要誤用 「史不絕書」指歷史上常有記載的；「數見不鮮」則形容時常可以看到的，不一定曾記載於史書，所指範圍較廣。

叱吒風雲 ㄔˋ ㄓㄚˋ ㄈㄥ ㄩㄣˊ

近：氣吞山河
反：微不足道

釋義 怒喝一聲，就使風雲變

色。形容聲勢威力極大，足以左右世局。

範例 有誰想得到，這位落魄的老者當年在商場上曾是個「叱吒風雲」的人物。

四分五裂 ㄙˋ ㄈㄣ ㄨˇ ㄌㄧㄝˋ　**近：**支離破碎　**反：**完整無缺

釋義 形容分散、支離破碎。

範例 花瓶被頑皮的小貓撞倒在地，摔得「四分五裂」。

外強中乾 ㄨㄞˋ ㄑㄧㄤˊ ㄓㄨㄥ ㄍㄢ　**近：**虛有其表　**反：**外弱內強

釋義 形容外表看起來強壯，其實非常的虛弱。

範例 別聽他講話大聲，其實「外強中乾」，一點實力也沒有。

失之交臂 ㄕ ㄓ ㄐㄧㄠ ㄅㄧˋ　**近：**交臂失之

釋義 兩人雖很接近，卻仍錯失了認識的機會。比喻原有很好的機會去接近某人某物，卻錯過了。

範例 這次她好不容易回國，我卻剛好出國，「失之交臂」，甚感遺憾。

不要誤用 「失之交臂」偏重因未察覺而錯失機會；「坐失良機」則偏重因過度等待、觀望而失去機會。

失而復得 ㄕ ㄦˊ ㄈㄨˋ ㄉㄜˊ

釋義 失去後又重新得到。

範例 遺落在機場的錢包「失而復得」，讓那位外籍旅客大喜過望。

失魂落魄 ㄕ ㄏㄨㄣˊ ㄌㄨㄛˋ ㄆㄛˋ　**近：**喪魂失魄　**反：**安之若素

釋義 形容心神紊亂不寧，精神恍惚不定。

範例 自從兒子走失後，他每天茶飯不思，「失魂落魄」。

不要誤用 「失魂落魄」形容因受了極大的震驚而喪失意識、神情失常，程度較重；「魂不守舍」則形容由於受到某種外因影響而精神恍惚，程度較輕。

巧言令色 ㄑㄧㄠˇ ㄧㄢˊ ㄌㄧㄥˋ ㄙㄜˋ　**近：**巧言善色　**反：**正言厲色

釋義 話說得很動聽，臉色裝得很和善，一副討人喜歡的樣子。

範例 我們與他相處久了才發現，他是個「巧言令色」、虛偽不實的人。

巧取豪奪 ㄑㄧㄠˇ ㄑㄩˇ ㄏㄠˊ ㄉㄨㄛˊ

近：一介不取

釋義 用欺騙和武力的手段來奪取別人的財物。

範例 面對財團的「巧取豪奪」，老先生不知道還能守著這塊祖先的土地多久。

文史趣談 高明的詐騙手法

現代有不擇手段的詐騙集團，其實宋朝大畫家米芾就是箇中老手呢。米芾很愛收藏古畫，也常向人借古畫來臨摹，但是他一借到珍貴的古畫就捨不得還，每次都會用自己精妙的畫技，臨摹一幅仿冒品還給對方。好友蘇軾曾為米芾「巧偷豪奪」的行為辯解說是因為太痴迷藝術，其實那根本和詐騙集團沒兩樣呀！

巧奪天工 ㄑㄧㄠˇ ㄉㄨㄛˊ ㄊㄧㄢ ㄍㄨㄥ

近：鬼斧神工
反：平淡無奇

釋義 人工的精巧勝過天然生成的東西。形容技藝精妙。

範例 這座跨谷吊橋「巧奪天工」，與四周景色完美結合，毫不突兀。

不要誤用 「巧奪天工」多用於形容人工藝品；「鬼斧神工」多用於形容自然景觀，有時也可指工藝表現；「出神入化」則形容人的技術。

左支右絀 ㄗㄨㄛˇ ㄓ ㄧㄡˋ ㄔㄨˋ

近：捉襟見肘

釋義 本指射箭時左臂撐弓、屈右臂扣弦的技法。後轉指應付了左面，右面又感到不夠。表示財力或能力不足，窮於應付。

範例 若不懂得理財，等到需要用大錢時，就會顯得「左支右絀」。

左右逢源 ㄗㄨㄛˇ ㄧㄡˋ ㄈㄥˊ ㄩㄢˊ

近：得心應手
反：左右為難

釋義 原來是說功夫到家後，自然取之不竭，用之不盡。後來比喻做事順利無礙、無往不利。

範例 只有多多加強自己的實力，將來工作才能「左右逢源」，無往不利。

平分秋色（ㄆㄧㄥˊ ㄈㄣ ㄑㄧㄡ ㄙㄜˋ）

近：旗鼓相當
反：天差地遠

釋義 本是共賞秋景的意思，後來指平均各得一半。形容兩人或兩方的實力差不多，難以分出高下。

範例 他們兩人的作品可說是「平分秋色」，讓評審難以抉擇。

平白無故（ㄆㄧㄥˊ ㄅㄞˊ ㄨˊ ㄍㄨˋ）

近：無緣無故
反：事出有因

釋義 事情的發生毫無原因，指無緣無故。

範例 他「平白無故」被老闆叫去罵了一頓，心裡非常的委屈。

平步青雲（ㄆㄧㄥˊ ㄅㄨˋ ㄑㄧㄥ ㄩㄣˊ）

近：飛黃騰達
反：一落千丈

釋義 比喻不費力氣，很順利的達到高位。

範例 他靠著長官推荐「平步青雲」，不免遭人妒忌。

不要誤用 「平步青雲」只指職務、地位的上升；「扶搖直上」則還可指數字、數量或其他事物的直線上升，範圍較廣。

平易近人（ㄆㄧㄥˊ ㄧˋ ㄐㄧㄣˋ ㄖㄣˊ）

近：平易近民
反：盛氣凌人

釋義 態度和靄可親，容易與人親近。

範例 那位歌星雖然享譽國際，卻非常「平易近人」。

不要誤用 「平易近人」指人沒有架子，通常用在上司或有聲望的名人、學者；「和藹可親」則指態度溫和，多用在長輩。

打草驚蛇（ㄉㄚˇ ㄘㄠˇ ㄐㄧㄥ ㄕㄜˊ）

釋義 原來比喻懲罰某人，以警告他人。後多比喻行動不謹慎，致使對方有了防備。

範例 警方嚴密封鎖消息，就

怕「打草驚蛇」，讓嫌犯跑掉。

打退堂鼓 ㄉㄚˇ ㄊㄨㄟˋ ㄊㄤˊ ㄍㄨˇ

釋義 古時官吏在大堂上辦完公事後，要擊鼓退堂。今用以比喻退縮、放棄。

範例 他看到告示牌說離山頂還有十公里，就決定「打退堂鼓」了。

打鐵趁熱 ㄉㄚˇ ㄊㄧㄝˇ ㄔㄣˋ ㄖㄜˋ

釋義 趁著鐵燒紅的時候趕緊錘打。比喻趁著有利的時機或條件，趕緊去做。

範例 「打鐵趁熱」，不趁著剛學會時馬上應用，很快就會忘光了。

本末倒置 ㄅㄣˇ ㄇㄛˋ ㄉㄠˋ ㄓˋ

近：捨本逐末
反：崇本抑末

釋義 比喻把先後、輕重的位置弄顛倒了。

範例 不好好唸書，卻忙著求神問卜，真是「本末倒置」。

不要誤用 「本末倒置」可用在事物、因果關係的錯置；「輕重倒置」則僅用於事物。

未卜先知 ㄨㄟˋ ㄅㄨˇ ㄒㄧㄢ ㄓ

近：料事如神

釋義 尚未占卜前就先知道結果。指能預知未來的事，形容有先見之明。

範例 他「未卜先知」，帶了雨傘出門，才沒有被突如其來的雷陣雨淋濕。

未老先衰 ㄨㄟˋ ㄌㄠˇ ㄒㄧㄢ ㄕㄨㄞ

釋義 指年紀雖然不大，身體各種功能卻已經開始衰退。形容人雖然年輕，卻因為病痛或憂愁而顯得衰老。

範例 因為長期的熬夜工作，使那位職員「未老先衰」。

未雨綢繆 ㄨㄟˋ ㄩˇ ㄔㄡˊ ㄇㄡˊ

近：曲突徙薪
反：臨渴掘井

釋義 趁還沒有下雨前，先修理好門窗。比喻事先做好準備工作。

範例 因為事前的「未雨綢繆」，登山隊才能避免迷路，安然返抵營地。

不要誤用 「未雨綢繆」單純

比喻要事先作好準備；「防患未然」強調於未發生之時防止禍患；「有備無患」則強調有準備就可以避免禍患。

正中下懷 ㄓㄥˋ ㄓㄨㄥ ㄒㄧㄚˋ ㄏㄨㄞˊ　**近**：正中其懷　**反**：大失所望

釋義 正好符合自己的心意。

範例 我正想找機會約大家吃飯，抽到這幾張免費餐券是「正中下懷」。

正本清源 ㄓㄥˋ ㄅㄣˇ ㄑㄧㄥ ㄩㄢˊ　**近**：端本正源

釋義 從根本上加以整頓，從源頭上加以清理。表示從根本上澈底解決問題。

範例 要根絕霸凌事件，必須「正本清源」，先從家庭教育做起。

不要誤用 「正本清源」偏重澄清本源，澈底解決問題；「撥亂反正」則偏重改正混亂狀態回歸到正軌上。

正襟危坐 ㄓㄥˋ ㄐㄧㄣ ㄨㄟˊ ㄗㄨㄛˋ　**近**：整衣危坐　**反**：嘻皮笑臉

釋義 整一整衣襟，端正地坐著。形容嚴肅恭敬的樣子。

範例 所有等待面試的人都「正襟危坐」，內心緊張不已。

民不聊生 ㄇㄧㄣˊ ㄅㄨˋ ㄌㄧㄠˊ ㄕㄥ　**近**：生靈塗炭　**反**：民康物阜

釋義 人民生活困苦，無以維生。

範例 中東地區常發生戰爭，造成「民不聊生」，在這朝不慮夕的情況下，人民求基本的溫飽都很困難。

不要誤用 「民不聊生」指人民無法生活；「生靈塗炭」則偏重人民遭受災難。

民胞物與 ㄇㄧㄣˊ ㄅㄠ ㄨˋ ㄩˇ

釋義 視人民如同胞，將動物視為同類。比喻博愛。

範例 領導人要有「民胞物與」的襟懷，才能使國家安定，人民安樂。

民脂民膏 ㄇㄧㄣˊ ㄓ ㄇㄧㄣˊ ㄍㄠ

釋義 比喻人民用血汗換來的財富，多指人民供輸給官方的財物。

範例 那些任意搜刮「民脂民膏」的貪官，使得民怨沸騰。

永垂不朽 ㄩㄥˇ ㄔㄨㄟˊ ㄅㄨˋ ㄒㄧㄡˇ **近：**流芳百世 **反：**遺臭萬年

釋義 形容光輝事蹟或偉大的精神能長久流傳，永不磨滅。

範例 這位民運領袖雖然去世了，但他的精神卻「永垂不朽」，永遠被大家懷念。

文史趣談 青色竹子上的豐功偉績

人的事蹟若能被記載在歷史上，就能永垂不朽，所以許多古人都希望能名垂青史。但為什麼要稱史書為「青史」呢？因為遠古時期沒有紙張，人們都把歷史大事記載在竹簡上，竹子是青色的，故稱。又因為竹簡製作過程中，必須用火把竹片裡的水分完全烤乾，此時竹皮會像流汗般冒出水分，所以史書又被稱為「汗青」。

永浴愛河 ㄩㄥˇ ㄩˋ ㄞˋ ㄏㄜˊ

釋義 指永遠沉浸在愛情中。祝福人婚姻美滿。

範例 每對新人都希望能白頭偕老，「永浴愛河」。

玉石俱焚 ㄩˋ ㄕˊ ㄐㄩˋ ㄈㄣˊ **近：**同歸於盡

釋義 玉和石頭一同燒毀。比喻不論好壞同歸於盡。

範例 得不到自己心上人的愛，就企圖「玉石俱焚」，是非常不理性的行為。

玉樹臨風 ㄩˋ ㄕㄨˋ ㄌㄧㄣˊ ㄈㄥ

釋義 高雅的風度，就像玉樹迎風搖曳般，姿態是多麼的美好。形容男子風度瀟灑，儀態優雅。

範例 武俠小說中的主角往往都生得「玉樹臨風」，也結下不少風流冤債。

瓜田李下 ㄍㄨㄚ ㄊㄧㄢˊ ㄌㄧˇ ㄒㄧㄚˋ

釋義 經過瓜田彎腰穿鞋，走過李樹下舉手整理帽子，就容易被誤會要偷李偷瓜。比喻容易發生嫌疑的處境。

範例 為避免「瓜田李下」的

嫌疑，你還是等他回來再處理這批東西吧。

甘之如飴（ㄍㄢ ㄓ ㄖㄨˊ ㄧˊ）　**反：**悔之不及

釋義 把它看得像糖一樣甜。比喻雖處艱困的環境，卻能安心樂意，不以為苦。

範例 能夠和心愛的人在一起，即使生活再困苦，他也「甘之如飴」。

甘拜下風（ㄍㄢ ㄅㄞˋ ㄒㄧㄚˋ ㄈㄥ）　**近：**五體投地　**反：**不甘示弱

釋義 表示真心佩服，自認不如對方，願居下位。

範例 她的體操動作完美、流暢、確實，不僅讓裁判讚嘆不已，也令對手「甘拜下風」。

不要誤用 「甘拜下風」偏重在自認為不如對方，真心佩服；「甘居人後」則多指真心的佩服別人，也可形容甘願落在別人之後，不求進步。

生不逢辰（ㄕㄥ ㄅㄨˋ ㄈㄥˊ ㄔㄣˊ）　**近：**時乖命蹇　**反：**生逢其時

釋義 感嘆時運不佳，不斷遇到挫折。

範例 沒有經過努力，就只會怪罪大環境，說自己「生不逢辰」，怎麼可能有成就呢？

生吞活剝（ㄕㄥ ㄊㄨㄣ ㄏㄨㄛˊ ㄅㄛ）　**近：**生搬硬套　**反：**融會貫通

釋義 比喻不能瞭解或吸收別人的言論，只生硬地抄襲或模仿。

範例 他這篇文章根本是「生吞活剝」別人的作品，難怪會受到批評。

生花妙筆（ㄕㄥ ㄏㄨㄚ ㄇㄧㄠˋ ㄅㄧˇ）　**近：**夢筆生花

釋義 筆頭上開出花來，用來讚美別人文章寫得好。

範例 許多部落客憑著「生花妙筆」，把旅行的所見所聞化作網誌，供網友瀏覽。

生龍活虎（ㄕㄥ ㄌㄨㄥˊ ㄏㄨㄛˊ ㄏㄨˇ）　**近：**龍騰虎躍　**反：**死氣沉沉

釋義 比喻身手矯健，生氣勃勃。

範例 他在球場上「生龍活虎」，在課堂上卻總是無精打采，反差真大。

生靈塗炭　近：水深火熱　反：安居樂業

釋義：形容人民像陷在爛泥裡、掉在炭火裡那麼的痛苦。

範例：戰火之中，「生靈塗炭」，百姓生活格外艱苦。

白手起家　近：赤手起家　反：傾家蕩產

釋義：比喻沒有基礎憑藉，靠自己的力量創立一番新事業。

範例：許多大企業家都是「白手起家」，靠著努力不懈闖出一片天。

白雲蒼狗　近：變幻無常　反：一成不變

釋義：比喻世事變化無常。

範例：世事變化莫測，「白雲蒼狗」，轉眼人事已非。

不要誤用：「白雲蒼狗」重在表示人事變幻無常；「滄海桑田」則重在強調世事、景物變化之巨大。

白駒過隙　近：日月如梭　反：以日為年

釋義：光陰的駿馬在細小的縫隙間飛快地越過。比喻時間過得很快。

範例：「白駒過隙」，一晃眼，當初的三歲小兒已經長成高俊挺拔的青年了。

白頭偕老

釋義：夫妻恩愛到老。常用為賀人新婚的祝福語。

範例：希望新人們能「白頭偕老」，永遠幸福。

皮裡春秋　反：骨鯁直言

釋義：形容表面上不作任何批評而心中自有褒貶。

範例：這篇文章表面只是敘述故事，實際上作者「皮裡春秋」，暗含譏刺。

目不見睫

釋義：眼睛看不見自己的睫毛。比喻沒有自知之明。

範例：很多人容易犯下「目不見睫」的毛病，一味的批評對方，卻未能發覺自己的缺點。

目不轉睛 ㄇㄨˋ ㄅㄨˋ ㄓㄨㄢˇ ㄐㄧㄥ

近：全神貫注　**反**：東張西望

釋義：形容注意力很集中，看得非常專注。

範例：那套華貴的手工禮服，讓現場民眾看得「目不轉睛」。

目不暇給 ㄇㄨˋ ㄅㄨˋ ㄒㄧㄚˊ ㄐㄧˇ

近：美不勝收　**反**：盡收眼底

釋義：眼睛無暇應付。形容景物或東西很多很美，來不及仔細觀賞。

範例：目前網路商店的規模與實體商店已經相差無幾，販售項目之豐富多元，令人「目不暇給」。

目不識丁 ㄇㄨˋ ㄅㄨˋ ㄕˋ ㄉㄧㄥ

近：一丁不識　**反**：學富五車

釋義：形容人不識字。

範例：現代社會真正「目不識丁」的文盲已經非常少見了。

目中無人 ㄇㄨˋ ㄓㄨㄥ ㄨˊ ㄖㄣˊ

近：目空一切　**反**：虛懷若谷

釋義：形容非常驕傲自大，眼裡看不起別人。

範例：現代父母對孩子過分溺愛，養成許多「目中無人」的小霸王。

不要誤用　「目中無人」指不把別人看在眼裡；「旁若無人」則除了形容自大外，還可以形容態度大方、自然。

目光如豆 ㄇㄨˋ ㄍㄨㄤ ㄖㄨˊ ㄉㄡˋ

近：鼠目寸光　**反**：高瞻遠矚

釋義：眼光像豆子那樣小。形容見識短淺，胸襟狹窄。

範例：「目光如豆」的人，總是計較於眼前利益，而不考慮長遠的未來。

目空一切 ㄇㄨˋ ㄎㄨㄥ ㄧˊ ㄑㄧㄝˋ

近：目中無人　**反**：虛懷若谷

釋義：一切都不放在眼裡。形容妄自尊大。

範例：他那「目空一切」的態度很惹人反感。

不要誤用 「目空一切」指一切都不放在眼裡，語意較重；「目中無人」則形容看不起人，語意較輕。

目無全牛（ㄇㄨˋ ㄨˊ ㄑㄩㄢˊ ㄋㄧㄡˊ）

近：游刃有餘
反：黔驢之技

釋義 巧妙的廚子殺牛時，眼中看到的不是完整的牛，而是牛的筋絡結構。比喻技藝到了極其純熟的地步。

範例 那位名廚從事餐飲工作已有三十年歷史，早就到達「目無全牛」的境界。

文史趣談 **實在太神了**

世界上神妙的技藝很多，有的實在讓人覺得不可思議。《莊子》中就有這樣一個功夫了得的廚師，他在文惠君面前宰牛，刀在牛骨中滑動的聲音像音樂，動作優美地像跳舞。他還說自己眼中看到的已經不是整條牛，而是牛的骨節筋絡，他的刀就在其間遊走，竟然用了十九年都還很鋒利呢。這實在太神了！

目瞪口呆（ㄇㄨˋ ㄉㄥˋ ㄎㄡˇ ㄉㄞ）

近：瞠目結舌
反：神色自若

釋義 眼睛發直，說不出話來。形容因吃驚或害怕而發愣的樣子。

範例 魔術師突然從舞臺上憑空消失，嚇得大家「目瞪口呆」。

石沉大海（ㄕˊ ㄔㄣˊ ㄉㄚˋ ㄏㄞˇ）

近：杳如黃鶴
反：合浦還珠

釋義 比喻不見蹤影或得不到一點消息。

範例 失業率居高不下，很多畢業生投出幾十封求職信都「石沉大海」。

石破天驚（ㄕˊ ㄆㄛˋ ㄊㄧㄢ ㄐㄧㄥ）

近：驚天動地

釋義 原來指箜篌的聲音高亢激昂，出人意外。後比喻某事或文章令人感到驚奇。

範例 這個「石破天驚」的新聞，揭露國內教育體系的重大弊病。

不要誤用 「石破天驚」強調新奇而驚人；「驚天動地」則

強調聲勢大。

立竿見影（ㄌㄧˋ ㄍㄢ ㄐㄧㄢˋ ㄧㄥˇ）　近：手到擒來　反：海底撈針

釋義　把竹竿豎在太陽光下，立刻就看到影子。比喻收效迅速。

範例　據說那種魔術襪對雕塑腿型有「立竿見影」之效，少女們趨之若鶩。

六畫

交頭接耳（ㄐㄧㄠ ㄊㄡˊ ㄐㄧㄝ ㄦˇ）　近：竊竊私語　反：高談闊論

釋義　形容兩個人互相在耳邊低聲說話。

範例　人事變動的消息傳來，辦公室裡人人「交頭接耳」，商量因應的對策。

文史趣談　防止講悄悄話的方法

老師上課時，不希望同學在底下講悄悄話，古代皇帝上朝，也很討厭官員們在底下交頭接耳。宋太祖趙匡胤，為了防止官員在朝廷上偷偷講話，就下令在官員的官帽兩邊，分別加一個約一尺多長像翅膀一樣的東西。這樣官員們交頭接耳時候，帽子就會搖晃，甚至碰撞掉落，很容易就被皇帝發現了。

亦步亦趨（ㄧˋ ㄅㄨˋ ㄧˋ ㄑㄩ）　近：鸚鵡學舌　反：標新立異

釋義　人家慢走就跟著慢走，人家快走就跟著快走，形容處處模仿、追隨他人。

範例　在文創產業中，不能夠「亦步亦趨」，應該要建立自己獨特的風格。

休戚相關（ㄒㄧㄡ ㄑㄧ ㄒㄧㄤ ㄍㄨㄢ）　近：休戚與共　反：漠不相關

釋義　彼此之間的憂喜、禍福都有連帶關係。形容彼此的關係密切，利害一致。

範例　這兩家公司之間「休戚相關」，一家營運出問題，另一家也會受影響。

不要誤用　「休戚相關」強調彼此關係密切，禍福相連；「休戚與共」則強調共同承受苦與樂。

任重道遠　近：負重致遠　反：避重就輕

釋義　負擔沉重，路程遙遠。比喻擔負的責任重大，而且要經歷長期的艱苦奮鬥。

範例　那位外交官這次代表國家申請加入世界組織，可說是「任重道遠」。

任勞任怨　近：埋頭苦幹　反：好逸惡勞

釋義　負責任，不辭勞苦，不怕別人埋怨。

範例　那位認真的職員總是「任勞任怨」的完成上司指派的工作。

仰人鼻息　近：仰俯由人　反：獨立自主

釋義　仰賴別人呼出的空氣生活下去。比喻完全依賴別人，自己沒有獨立的能力。

範例　他厭惡這種「仰人鼻息」的上班族生活，決定自己出來創業。

不要誤用　「仰人鼻息」偏重於不能自主，必須由人支配，看人臉色；「寄人籬下」則偏重於依附、依靠別人，無法自立。

光怪陸離　近：陸離光怪

釋義　形容奇形怪狀、五顏六色。也形容事物離奇古怪。

範例　每天新聞上都有許多「光怪陸離」的社會現象，讓人感慨不已。

光明磊落　近：光風霽月　反：詭計多端

釋義　形容胸懷坦白，心地光明。

範例　他為人誠懇，行事一向「光明磊落」，絕不會在背後重傷別人。

不要誤用　「光明磊落」偏重形容人的品格；「光明正大」則偏重形容行為。

先入為主　近：先入之見

釋義　以先聽見的話或先得知的意見為主，而排斥或不相信後來的意見。

範例：我和他相處之後，發現他並沒有傳說中的壞脾氣，這恐怕都是你「先入為主」的看法。

先見之明 ㄒㄧㄢ ㄐㄧㄢˋ ㄓ ㄇㄧㄥˊ

近：遠見卓識
反：鼠目寸光

釋義：能事先預料事物發展的判斷力。

範例：今天所發生的事，都被你一一料中，你果然有「先見之明」。

先睹為快 ㄒㄧㄢ ㄉㄨˇ ㄨㄟˊ ㄎㄨㄞˋ

釋義：形容想趕快看到的急切心情。

範例：這部小說上市前，先在網路上發布第一章，讓讀者「先睹為快」。

先斬後奏 ㄒㄧㄢ ㄓㄢˇ ㄏㄡˋ ㄗㄡˋ

近：先行後聞
反：承風希旨

釋義：先把人處決，再向上報告。比喻事情未經請示，先把事情處理完成，再向上級報告。

範例：為避免耽誤工作進度，這次恐怕只能「先斬後奏」了。

先發制人 ㄒㄧㄢ ㄈㄚ ㄓˋ ㄖㄣˊ

釋義：指先發動攻擊來制服別人。

範例：比賽一開始他就「先發制人」，連續幾個殺球，打亂對手步調。

不要誤用：「先發制人」指先下手制服別人；「先聲奪人」則指用聲勢壓倒對方。

先憂後樂 ㄒㄧㄢ ㄧㄡ ㄏㄡˋ ㄌㄜˋ

近：先苦後樂

釋義：憂慮在天下人之前，而安樂在天下人之後。形容對人民疾苦的關心。也指事先能費心思慮，則事後容易得到安樂。

範例：凡事都能優先考慮人民利益，「先憂後樂」的官員，才是受人愛戴的好官。

先聲奪人 ㄒㄧㄢ ㄕㄥ ㄉㄨㄛˊ ㄖㄣˊ

近：先發制人
反：後發制人

釋義：作戰時，先以強大的聲

勢來打擊敵人的士氣。後比喻做事搶先別人一步。

範例 那位選手「先聲奪人」搶下分數，讓對手完全失去信心。

全神貫注 ㄑㄩㄢˊ ㄕㄣˊ ㄍㄨㄢˋ ㄓㄨˋ

釋義 將全部精神都集中注入。形容思緒集中。

範例 操作這些危險機械必須「全神貫注」，才不會發生意外。

再接再厲 ㄗㄞˋ ㄐㄧㄝ ㄗㄞˋ ㄌㄧˋ

近：不屈不撓
反：停滯不前

釋義 交戰一次即返回馬上磨刀，準備再戰。比喻一次又一次地繼續努力，勇往直前，毫不放鬆。

範例 這次只算是取得初步成果，必須「再接再厲」，才能贏得最後勝利。

不要誤用 「再接再厲」，「不屈不撓」、「馬不停蹄」，都有勇往直前不放鬆的意思。但「再接再厲」偏重指繼續努力，「不屈不撓」偏重指勇往直前，「馬不停蹄」偏重指不斷趕路。

冰山一角 ㄅㄧㄥ ㄕㄢ ㄧˋ ㄐㄧㄠˇ

釋義 冰山中的一個角落。形容事情只呈現在表面上的一小部分。

範例 關於不肖官員收受廠商回扣的問題，這起事件不過是「冰山一角」。

冰消瓦解 ㄅㄧㄥ ㄒㄧㄠ ㄨㄚˇ ㄐㄧㄝˇ

近：瓦解冰消

釋義 就像冰融化、瓦分解一樣。比喻事情完全消失或崩潰。

範例 經過徹夜長談，他倆間的誤會已「冰消瓦解」，和好如初。

不要誤用 「冰消瓦解」不但比喻事物崩潰，也可指問題解除；「土崩瓦解」則多用來比喻澈底垮臺，不可收拾。

冰清玉潔 ㄅㄧㄥ ㄑㄧㄥ ㄩˋ ㄐㄧㄝˊ

近：冰清玉潤
反：寡廉鮮恥

釋義 像冰一樣清純，如玉一般潔白。形容人的操守清白高潔。

範例 那位女演員氣質清新，出道以來一直扮演「冰清玉潔」的少女角色。

冰雪聰明

釋義 比喻人的素質明慧。

範例 那孩子看來「冰雪聰明」，想不到卻會做出這種笨事。

匠心獨運

近：別出心裁
反：襲人故技

釋義 形容獨特的藝術巧思。

範例 這位陶藝家「匠心獨運」，運用特殊物質改變了釉料的色澤，使作品與眾不同。

危在旦夕

近：朝不保夕
反：安如泰山

釋義 危險就在眼前，隨時會降臨。

範例 那個被大浪沖走的民眾在海中載浮載沉，「危在旦夕」。

危如累卵

近：岌岌可危
反：穩如泰山

釋義 危險得像堆積起來的蛋一樣，容易倒下來。比喻情況很危險。

範例 颱風過後，那片山壁上的石塊看來「危如累卵」，隨時可能崩塌。

不要誤用 「危如累卵」著重指危險的程度，多用於地方的防守、房屋的傾塌等事物，不用於人的生命；「危在旦夕」則著重指危險很快就要發生。

危言聳聽

近：聳人聽聞

釋義 故意說些驚人的話，讓人聽了感到震驚、害怕。

範例 世界末日將至的預言，很多都是「危言聳聽」，不必太過驚慌。

不要誤用 「危言聳聽」指的是以故意歪曲、捏造、無中生有的事情使人害怕；「駭人聽聞」則指驚人的殘暴事件。

危機四伏

釋義 處處都隱藏著危機。

範例：電影中描述警探的生活，總是「危機四伏」，隨時都要繃緊神經。

同仇敵愾 ㄊㄨㄥˊ ㄔㄡˊ ㄉㄧˊ ㄎㄞˋ

近：戮力同心　**反**：自相殘殺

釋義：齊心一致地對付共同的敵人。

範例：對於對手犯規造成的傷害，隊員們「同仇敵愾」，誓言要討回公道。

同日而語 ㄊㄨㄥˊ ㄖˋ ㄦˊ ㄩˇ

近：一概而論　**反**：另眼看待

釋義：比喻相提並論。

範例：三十年前的社會狀況，較之現今，已經不可「同日而語」了。

不要誤用　「同日而語」多用在否定句，往往指時間上的差異；「相提並論」則強調指放在一起談論比較，不分彼此上下。

同甘共苦 ㄊㄨㄥˊ ㄍㄢ ㄍㄨㄥˋ ㄎㄨˇ

近：休戚與共　**反**：明爭暗鬥

釋義：比喻同歡樂，共患難。

範例：真正的好朋友要能「同甘共苦」，而不是整天一起吃喝玩樂。

不要誤用　「同甘共苦」指有福同享，有難同當；「同舟共濟」則偏重患難與共。

同舟共濟 ㄊㄨㄥˊ ㄓㄡ ㄍㄨㄥˋ ㄐㄧˋ

近：和衷共濟　**反**：離心離德

釋義：一起坐一條船過河。比喻利害相同，患難與共。

範例：風災後的重建工作，全民必須「同舟共濟」，一起努力。

同床異夢 ㄊㄨㄥˊ ㄔㄨㄤˊ ㄧˋ ㄇㄥˋ

近：貌合神離　**反**：心心相印

釋義：比喻同做一件事，卻各有各的打算。或形容夫妻間感情不睦。

範例：他倆表面上合作無間，其實早已「同床異夢」。

同室操戈 ㄊㄨㄥˊ ㄕˋ ㄘㄠ ㄍㄜ

近：自相殘殺　**反**：同舟共濟

釋義：一家人動刀相殘。比喻兄弟爭吵或內部紛爭。

範例 他們同屬一個團隊，怎能為了拚個人業績而「同室操戈」？

文史趣談 不好用的兵器

人們常以「干戈」代指戰爭，到底「戈」是種什麼樣的武器呢？戈是一種有木製長柄的兵器，前端用繩縛著一把約八吋長的青銅刃，尾端則有可以插在地上的銅鐏。這種兵器可用於橫擊，也能用於鉤殺，但因為不夠靈活，後來逐漸被淘汰或作為儀式之用，約盛行在商朝到戰國時期間，秦以後就慢慢不用了。

同流合汙（ㄊㄨㄥˊ ㄌㄧㄡˊ ㄏㄜˊ ㄨ）

近： 沆瀣一氣
反： 潔身自愛

釋義 言行與混濁的風俗、世道相合。後指跟隨壞人一起做壞事。

範例 那位官員拒絕與大家「同流合汙」，卻反遭流言陷害，真不知公理何在。

不要誤用 「同流合汙」偏重於一起做壞事；「隨波逐流」則偏重於沒有主見。

同病相憐（ㄊㄨㄥˊ ㄅㄧㄥˋ ㄒㄧㄤ ㄌㄧㄢˊ）

近： 物傷其類

釋義 比喻因遭遇到相同的不幸或痛苦而互相同情。

範例 他們都曾經多次落榜，「同病相憐」，乾脆組成讀書會，一起切磋努力。

不要誤用 「同病相憐」多指有同樣不幸遭遇的雙方互相同情；「物傷其類」則指因同類遭到不幸而悲傷。

各有千秋（ㄍㄜˋ ㄧㄡˇ ㄑㄧㄢ ㄑㄧㄡ）

近： 各有所長

釋義 比喻各有專長，各有優點。

範例 這幾位音樂家的曲風「各有千秋」，各自擁有相當的支持者。

各行其是（ㄍㄜˋ ㄒㄧㄥˊ ㄑㄧˊ ㄕˋ）

近： 各自為政
反： 團結一致

釋義 各人按自己的意見做。形容思想、行動不一致。

範例 團體中人人「各行其是」，沒有向心力，就會像一盤散沙。

不要誤用 「各行其是」用在

各人思想、行動不一致；「自以為是」則用在不聽別人意見，堅持自己的想法和做法。

各執一詞（ㄍㄜˋ ㄓˊ ㄧˋ ㄘˊ）　近：各執己見　反：異口同聲

釋義 各人堅持自己的說法，且都認為自己的意見正確。

範例 兩位車禍事主到了警局後「各執一詞」，互相指責對方違規。

向壁虛造（ㄒㄧㄤˋ ㄅㄧˋ ㄒㄩ ㄗㄠˋ）

釋義 比喻用主觀的意識，憑空捏造。

範例 新聞必須經過實地採訪，不能夠「向壁虛造」。

名山事業（ㄇㄧㄥˊ ㄕㄢ ㄕˋ ㄧㄝˋ）

釋義 指著作事業。

範例 「名山事業」必須謹慎為之，否則必將誤人子弟。

名不副實（ㄇㄧㄥˊ ㄅㄨˋ ㄈㄨˋ ㄕˊ）　近：名過其實　反：名不虛傳

釋義 名聲和實際才學不一致。指人空有虛名。

範例 這家餐廳廣告打很大，卻又貴又難吃，根本「名不副實」。

不要誤用 「名不副實」表示實際跟名聲（多指好名）不相稱；「有名無實」則表示空有名聲（好、壞名皆可），並無實際。兩者的「名」可以指名義、名聲或名稱，「徒有虛名」的「名」則多指好的名義、名聲，一般不指名稱。

名不虛傳（ㄇㄧㄥˊ ㄅㄨˋ ㄒㄩ ㄔㄨㄢˊ）　近：名副其實　反：徒有其名

釋義 比喻名聲和事實相符，不是空有虛名。

範例 這家老店的招牌牛肉麵料多實在，「名不虛傳」，難怪每天都高朋滿座。

名正言順（ㄇㄧㄥˊ ㄓㄥˋ ㄧㄢˊ ㄕㄨㄣˋ）　近：理直氣壯　反：理屈詞窮

釋義 名義正當，說話才能道理順當，站得住腳。後指做事理由正當而充分，含有理直氣壯的意思。

範例 他球技高超，有領導力，又懂得鼓舞士氣，擔任隊長職務是「名正言順」。

名列前茅 ㄇㄧㄥˊ ㄌㄧㄝˋ ㄑㄧㄢˊ ㄇㄠˊ

近：首屈一指
反：敬陪末座

釋義 比喻名次列在前面。

範例 他非常用功，學業成績總是「名列前茅」。

不要誤用 「名列前茅」表示名次在前，可能是第一，也可能是第二或第三，可用於多種事情或場合；「獨占鰲頭」則專指排名第一，一般只用於考試、比賽之類的事情或場合。

名存實亡 ㄇㄧㄥˊ ㄘㄨㄣˊ ㄕˊ ㄨㄤˊ

近：有名無實
反：名實相副

釋義 只留下空名，實際上已不存在了。

範例 這個社團已經很久沒有舉辦活動，可說是「名存實亡」了。

不要誤用 「名存實亡」表示原有的實際內容現在已經不存在，只剩下空名了，「名」多指名義；「有名無實」表示本來就沒有實際內容，「名」既可指名義，也可指名聲。

名副其實 ㄇㄧㄥˊ ㄈㄨˋ ㄑㄧˊ ㄕˊ

近：名不虛傳
反：名不副實

釋義 名聲或名稱與實際內涵一致。

範例 他是「名副其實」的鐵道達人，所有關於火車的知識，他都瞭若指掌。

不要誤用 「名不虛傳」的「名」多指好名聲，而「名實相副」、「名副其實」的「名」可以指名聲，也可指名稱、名分等，且好壞都可以用。

名落孫山 ㄇㄧㄥˊ ㄌㄨㄛˋ ㄙㄨㄣ ㄕㄢ

近：榜上無名
反：金榜題名

釋義 比喻考試沒有被錄取。

範例 他每天閉關苦讀，就是為了一雪去年「名落孫山」的恥辱。

文史趣談 其實落榜了

在尷尬的情況下該怎麼說出真相呢？《過庭錄》記載：宋朝

文人孫山和同鄉人的兒子作伴，一起去考試。放榜後，孫山吊車尾上榜，先回家鄉，同鄉人的兒子卻落榜了。一到家，同鄉人急著探問兒子的成績，孫山說：「我孫山是最後一名錄取，令郎的名字還在孫山之外。」他的回答真委婉，不知同鄉人是否聽懂了？

名聞遐邇（ㄇㄧㄥˊ ㄨㄣˊ ㄒㄧㄚˊ ㄦˇ）　**近：**名揚四海　**反：**默默無聞

釋義　聲名傳揚到各地，遠近皆知。

範例　日月潭的美景「名聞遐邇」，許多國內外觀光客都慕名而來。

吃裡扒外（ㄔ ㄌㄧˇ ㄆㄚˊ ㄨㄞˋ）　**反：**忠心耿耿

釋義　形容不忠於所屬團體，反而暗地裡幫助別人。

範例　這傢伙「吃裡扒外」，把公司新產品的研發機密洩露給競爭對手。

因小失大（ㄧㄣ ㄒㄧㄠˇ ㄕ ㄉㄚˋ）　**近：**爭雞失羊

釋義　為了小利而誤了大事。

範例　他為了想省小錢，結果多花了三倍時間才到達目的地，真是「因小失大」。

不要誤用　「因小失大」指因為貪圖小利而造成大損失；「得不償失」則指得到的及不上失去的。

因利乘便（ㄧㄣ ㄌㄧˋ ㄔㄥˊ ㄅㄧㄢˋ）　**近：**順水推舟

釋義　憑藉時勢的便利做事。

範例　他之前並未抱定走這行的決心，完全是「因利乘便」，順應時勢。

因材施教（ㄧㄣ ㄘㄞˊ ㄕ ㄐㄧㄠˋ）　**近：**因人制宜

釋義　依照受教者的程度、性情不同，而採取不同的方法，施行不同的教育。

範例　老師必須徹底了解每位學生的性格與家庭背景，才有辦法「因材施教」。

因事制宜（ㄧㄣ ㄕˋ ㄓˋ ㄧˊ）　**近：**隨機應變　**反：**刻舟求劍

釋義　根據不同的事情而採取

適當的措施，比喻能不拘泥成規、靈活辦事。

範例 處理事情時要懂得「因事制宜」，不能全部套用同一種方法。

因陋就簡（ㄧㄣ ㄌㄡˋ ㄐㄧㄡˋ ㄐㄧㄢˇ）

釋義 遷就既有的簡陋條件，勉強著用。比喻迫於環境或經濟，只好將就著使用，不講究品質。

範例 活動經費不足，大家只好「因陋就簡」，拿舊窗簾製做戲服。

因勢利導（ㄧㄣ ㄕˋ ㄌㄧˋ ㄉㄠˇ）　**近**：引船就岸　**反**：逆水行舟

釋義 順著事物自然發展的趨勢加以利用引導。

範例 工程師就著地質特性「因勢利導」，終於解決該地長期的水患問題。

因禍為福（ㄧㄣ ㄏㄨㄛˋ ㄨㄟˊ ㄈㄨˊ）　**近**：轉禍為福　**反**：福倚禍伏

釋義 遭遇災禍，卻因為某種原因轉禍為福。

範例 這座老橋因地震塌陷，在村長的奔波下，「因禍為福」，政府決定撥款蓋新橋。

不要誤用 「因禍為福」多指因人為處理得當，而能轉禍為福；「因禍得福」則指偶然的時來運轉。

文史趣談 老翁的智慧

世上禍福無常，《淮南子》中「塞翁失馬」故事就說明了這個道理：有個老翁的馬跑了，他認為可能是件好事，後來那匹馬果然帶了好多駿馬回來，老翁卻覺得說不定是壞事。次日，他的兒子為了騎新來的馬而跌斷腿，老翁說那或許是種幸運。隔年戰亂，他的兒子因為斷腿不用去打仗，逃過死劫，老翁的話竟都應驗了。

因噎廢食（ㄧㄣ ㄧㄝ ㄈㄟˋ ㄕˊ）　**近**：聞噎廢食　**反**：百折不撓

釋義 比喻偶然受一次挫折或發生一點小問題，就放棄更重要的事。

範例 他出了一次小車禍，結

果從此不敢搭車，真是「因噎廢食」。

回天乏術（ㄏㄨㄟˊ ㄊㄧㄢ ㄈㄚˊ ㄕㄨˋ）　**近：**回天無力　**反：**力挽狂瀾

釋義 比喻事情已成定局，無法挽回。

範例 這種植物的毒性十分強烈，誤食的民眾送到醫院時已經「回天乏術」了。

回心轉意（ㄏㄨㄟˊ ㄒㄧㄣ ㄓㄨㄢˇ ㄧˋ）　**反：**執迷不悟

釋義 改變以往的態度或想法，重新考慮，不再堅持過去的成見或主張。

範例 要固執的他「回心轉意」，可是比登天還難。

不要誤用 「回心轉意」指一般心意、看法、態度的改變；「幡然悔悟」則指想法徹底轉變、認識錯誤，用於犯錯或有罪的人。

回光返照（ㄏㄨㄟˊ ㄍㄨㄤ ㄈㄢˇ ㄓㄠˋ）

釋義 由於日落時的光線反射，使天空出現暫時發亮的情況。指人將死時神志忽然清醒的現象。也比喻事物滅亡前表面的短暫繁榮。

範例 老奶奶出現「回光返照」的現象，家人趕忙圍過來聽她交代後事。

多事之秋（ㄉㄨㄛ ㄕˋ ㄓ ㄑㄧㄡ）　**近：**時運多艱　**反：**風平浪靜

釋義 形容國家不安定、多災多難的時候。

範例 今年全球各地天災人禍頻傳，真是個「多事之秋」。

妄自尊大（ㄨㄤˋ ㄗˋ ㄗㄨㄣ ㄉㄚˋ）　**近：**自命不凡　**反：**妄自菲薄

釋義 狂妄地自高自大，看不起別人。

範例 不能因為一點小成就而「妄自尊大」，越是高手越要懂得謙虛。

不要誤用 「妄自尊大」含有實際上沒有多大本領，而盲目狂妄、自尊自大的意思；「唯我獨尊」則強調狂妄自大，到了自以為只有自己最了不起的地步。

妄自菲薄（ㄨㄤˋ ㄗˋ ㄈㄟˇ ㄅㄛˊ）

近：自輕自賤
反：妄自尊大

釋義 隨便輕率地看輕自己。指自輕自賤。

範例 不論是妄自尊大或「妄自菲薄」，都不是正確的態度。

不要誤用 「妄自菲薄」偏重在看輕自己、小看自己；「自輕自賤」則偏重在自己輕視自己，認為自己低下。

好大喜功（ㄏㄠˋ ㄉㄚˋ ㄒㄧˇ ㄍㄨㄥ）

近：好高騖遠
反：實事求是

釋義 一心一意想立大功。形容人喜好表面、浮誇的作風。

範例 棒球講究的是團體合作，你這種「好大喜功」的個人英雄主義會拖累整個團隊。

不要誤用 「好大喜功」指想建立大功，形容人浮誇；「急功近利」則重在急於取得功效，強調謀求眼前利益。

好事多磨（ㄏㄠˋ ㄕˋ ㄉㄨㄛ ㄇㄛˊ）

近：好事多慳
反：一帆風順

釋義 一件好事往往會受到許多阻礙，表示美好的事物往往不易成就。

範例 他倆的婚期因為家中長輩陸續過世而一再延誤，真是「好事多磨」。

好高騖遠（ㄏㄠˋ ㄍㄠ ㄨˋ ㄩㄢˇ）

近：好大喜功
反：腳踏實地

釋義 不切實際地追求過高或過遠的目標。

範例 你一定要改變「好高騖遠」的個性，才不會弄到最後一事無成。

好逸惡勞（ㄏㄠˋ ㄧˋ ㄨˋ ㄌㄠˊ）

近：好吃懶做
反：吃苦耐勞

釋義 貪圖安逸，厭惡勞動。

範例 他生性「好逸惡勞」，交給他的工作沒有一樣辦好，真是氣人！

不要誤用 「好逸惡勞」含有貪圖安適和厭惡勞動兩方面的意思，語意較重，適用面較廣；「好吃懶做」則指喜愛吃喝玩樂而懶得工作，適用面較窄。

好整以暇（ㄏㄠˋ ㄓㄥˇ ㄧˇ ㄒㄧㄚˊ）

近：從容不迫
反：倉促不安

釋義：形容在忙亂中顯得從容不迫的樣子。

範例：都快遲到了，她竟然還「好整以暇」的慢慢吹頭髮，讓人不知該說什麼才好。

如幻如夢（ㄖㄨˊ ㄏㄨㄢˋ ㄖㄨˊ ㄇㄥˋ）

釋義：形容如在幻夢中，感覺不真實。

範例：過去的回憶「如夢如幻」，唯有活在當下才是最真實的。

如火如荼（ㄖㄨˊ ㄏㄨㄛˇ ㄖㄨˊ ㄊㄨˊ）

釋義：比喻氣勢旺盛或氣氛熱烈。

範例：推動性別平等的活動在各地「如火如荼」地展開。

如出一轍（ㄖㄨˊ ㄔㄨ ㄧˋ ㄔㄜˋ）

近：毫無二致
反：大相逕庭

釋義：像同一個車輪所壓輾出的痕跡。比喻言論或行動完全一樣。

範例：這幾個人的說法「如出一轍」，也許事實就真是如此吧？

如坐針氈（ㄖㄨˊ ㄗㄨㄛˋ ㄓㄣ ㄓㄢ）

近：芒刺在背
反：氣定神閒

釋義：好像坐在插滿針的氈子上。比喻心中非常不安。

範例：每到數學課，他總是「如坐針氈」，生怕被老師點上臺演算。

不要誤用 「芒刺在背」一般只指因有所顧忌、畏懼而引起的心神不寧，語意較窄；「如坐針氈」則可用於因恐懼、羞愧、急躁、期待等各種原因所引起的心神不安，也可形容外在表現，語意較寬。

文史趣談 **蘇武吞氈的日子**

「氈」是指用羊毛等動物的毛壓縮成的織物，可以做鞋帽或墊子，但你聽說過有人吃它的嗎？《漢書》記載：蘇武出使匈奴，匈奴人竟把他關起來，不給他食物吃，逼他投降。蘇武不肯投降，每天吞雪塊和氈毛解飢，匈奴人沒辦法逼他服從，就把他流放到北海去牧羊。蘇武寧願吞氈也不屈服的節操，真是令人敬佩呀！

如法炮製（ㄖㄨˊ ㄈㄚˇ ㄆㄠˊ ㄓˋ）

近：照貓畫虎
反：不落窠臼

釋義 依照古法，炮製中藥。比喻依照現成方法處理事情。

範例 你的方法好像不錯，不介意我「如法炮製」吧？

不要誤用 「如法炮製」專門指仿效現成的方法；「依樣葫蘆」則可指照搬原來的形狀、方法、模式等。

如虎添翼（ㄖㄨˊ ㄏㄨˇ ㄊㄧㄢ ㄧˋ）

釋義 像老虎長了翅膀。比喻本領很大的人又增加新的力量，能力更大。或比喻讓凶惡的人得到援助，更加凶惡。

範例 他本身具有這方面的天份，再遇上名師指導，更是「如虎添翼」。

不要誤用 「如虎添翼」表示使強的更強，用於本來就擁有一定能力的人或組織；「錦上添花」則指美上加美，用在原本就很好的事物上。

文史趣談 恐怖的「飛虎」

世界上有長翅膀的老虎嗎？據清朝人閔敘的《粵述》記載，潯州地區有一種「飛虎」，體形像黃狗，前面兩腳有寬闊像翅膀一樣的皮，牠會咬掉人頭，吸食人的腦漿。又說湖南山區也有「飛虎」，翅膀銳利，會把垂縋到谷底採木耳的人身上的繩索弄斷。其實這些恐怕都只是誇張的傳說，「飛虎」據後人研究就是飛鼠啦！

如魚得水（ㄖㄨˊ ㄩˊ ㄉㄜˊ ㄕㄨㄟˇ）

反：格格不入

釋義 像魚游在水裡一樣的快樂。比喻遇到和自己合得來的朋友，或處在適合自己發展的環境。

範例 我最喜歡畫畫，現在在藝廊工作，真是「如魚得水」。

不要誤用 「如魚得水」指一方得到了最需要的人事或最適合的環境；「如魚似水」則形

容雙方面關係非常密切，不可分離。

如喪考妣（ㄖㄨˊ ㄙㄤ ㄎㄠˇ ㄅㄧˇ）　**近**：哀痛欲絕　**反**：樂不可支

釋義 好像死了父母一般的哀傷。比喻極為哀痛。

範例 不過是輸了一場球賽，你們也不用一副「如喪考妣」的模樣吧。

如雷貫耳（ㄖㄨˊ ㄌㄟˊ ㄍㄨㄢˋ ㄦˇ）　**近**：赫赫有名　**反**：鮮為人知

釋義 像雷聲傳入耳朵那樣響亮。比喻人的名聲極大。

範例 您的大名「如雷貫耳」，今日得睹清顏，在下備感榮幸。

如夢初醒（ㄖㄨˊ ㄇㄥˋ ㄔㄨ ㄒㄧㄥˇ）　**近**：茅塞頓開　**反**：執迷不悟

釋義 好像作夢剛醒。比喻忽然醒悟過來。

範例 經過老師的提點，他才「如夢初醒」，後悔自己過去荒唐的行徑。

不要誤用 「如夢初醒」意即恍然大悟，忽然覺醒過來；「茅塞頓開」則是指人在思路閉塞或愚昧無知中忽然開竅。

如履平地（ㄖㄨˊ ㄌㄩˇ ㄆㄧㄥˊ ㄉㄧˋ）

釋義 像雙腳踩在平坦的地面一樣。比喻行事很順利。

範例 那位特技演員走在高空鋼索上依然「如履平地」。

如影隨形（ㄖㄨˊ ㄧㄥˇ ㄙㄨㄟˊ ㄒㄧㄥˊ）　**近**：形影不離　**反**：貌合神離

釋義 比喻兩人的關係親密，不能分離。也比喻兩件事物的關係密切、相從。

範例 多年來癌症的陰影「如影隨形」地跟著他，讓他十分恐慌。

不要誤用 「如影隨形」可以指雙方關係緊密、不分開，也可以指單方一廂情願的死纏不放；「形影不離」則形容雙方關係親密，多用於人。

文史趣談　**被影子嚇死的人**

你聽說過有人被緊緊跟隨自

己的影子嚇死的嗎？《莊子》中就有這樣的故事：有個人非常害怕自己的影子和腳印，為了不讓它們跟上來，就拚命跑想甩掉它們。結果跑越遠腳印越多，跑越快影子跟得越緊，這個人最後就累死了。其實只要停下來躲到大樹下，影子和腳印就消失了，拚命往前跑並不能解決問題呢！

如數家珍（ㄖㄨˊ ㄕㄨˇ ㄐㄧㄚ ㄓㄣ）

近：瞭如指掌　**反**：一無所知

釋義 像述說家中的珍寶那樣清楚。比喻敘述事情很清楚、熟悉。

範例 他是個動漫迷，每部漫畫、動畫的劇情、作者、角色、周邊商品等，都能「如數家珍」。

不要誤用 「如數家珍」著重於對所講內容的熟悉；「一五一十」則著重於所講內容的詳盡、完整。

如膠似漆（ㄖㄨˊ ㄐㄧㄠ ㄙˋ ㄑㄧ）

近：如影隨形　**反**：貌合神離

釋義 比喻結合得非常堅固。形容友情或感情的親密、堅固、相投合。

範例 他倆結婚三十多年，感情依舊甜蜜，「如膠似漆」的模樣羨煞旁人。

如獲至寶（ㄖㄨˊ ㄏㄨㄛˋ ㄓˋ ㄅㄠˇ）

近：如獲至珍　**反**：如棄敝屣

釋義 好像得到最珍貴的東西。形容獲得心愛之物後，大喜過望的心情。

範例 他捉到一隻美麗的甲蟲，「如獲至寶」，小心翼翼的放入飼養箱。

如臨大敵（ㄖㄨˊ ㄌㄧㄣˊ ㄉㄚˋ ㄉㄧˊ）

釋義 好像碰到強大的敵人一般。形容把事情看得嚴重而處於戒備森嚴的狀態。

範例 面對這個強烈颱風，氣象局「如臨大敵」，正嚴密監控它的動向。

如願以償（ㄖㄨˊ ㄩㄢˋ ㄧˇ ㄔㄤˊ）

近：稱心如意　**反**：天違人願

釋義 事情按照自己所希望的實現了。

範例 贏得奧運金牌是他多年來的心願，這次終於「如願以償」了。

不要誤用 「如願以償」只強調願望實現的滿足心情；「志得意滿」則多強調自鳴得意的樣子，重在外貌。

如釋重負（ㄖㄨˊ ㄕˋ ㄓㄨㄥˋ ㄈㄨˋ）

反： 如牛負重

釋義 像放下沉重負擔那樣的輕鬆。

範例 看到榜單上出現自己的名字，他這才「如釋重負」，踏著輕快的步伐回家。

字字珠璣（ㄗˋ ㄗˋ ㄓㄨ ㄐㄧ）

釋義 每個字都像珠玉珍寶般，價值很高。形容文章詞句優美。

範例 這部作品清新雋永，「字字珠璣」，值得一看再看。

字斟句酌（ㄗˋ ㄓㄣ ㄐㄩˋ ㄓㄨㄛˊ）

反： 率爾操觚

釋義 對文章中的每字、每句都仔細地斟酌、推敲。形容說話或寫作時的態度慎重。

範例 那位作家的每部作品都是「字斟句酌」，走量小質精的路線。

守口如瓶（ㄕㄡˇ ㄎㄡˇ ㄖㄨˊ ㄆㄧㄥˊ）

近： 諱莫如深

反： 信口開河

釋義 形容說話謹慎，不輕易洩密。

範例 他對他們拆夥的原因「守口如瓶」，反而更讓大家好奇。

不要誤用 「守口如瓶」表示態度謹慎；「諱莫如深」則多指有所避諱。

守株待兔（ㄕㄡˇ ㄓㄨ ㄉㄞˋ ㄊㄨˋ）

近： 坐享其成

釋義 比喻妄想不用勞動，就能享受成果。

範例 不知努力，只是「守株待兔」，天上怎麼可能自己掉下錢來？

文史趣談 宋國人並不笨

你有沒有注意到，先秦寓言如《韓非子》的「守株待兔」、《孟子》的「揠苗助長」、《列子》的「野人獻曝」等故事中，做蠢事的主角都是宋國人，難道宋國人特別笨嗎？其實不是宋國人特別笨，只因為宋國是殷商的後代，被周朝所滅後就遭到歧視，所以才經常被當做蠢人的代表，這個不白之冤，真是跳到黃河也洗不清呢。

安居樂業（ㄢ ㄐㄩ ㄌㄜˋ ㄧㄝˋ）　**近：**安土樂業　**反：**顛沛流離

釋義 安心的過日子，從事自己喜歡的工作。形容人們生活安定，對所從事的工作也感到滿意。

範例 國家要強盛，必須使人民都能「安居樂業」，一味增強軍備是沒有用的。

安貧樂道（ㄢ ㄆㄧㄣˊ ㄌㄜˋ ㄉㄠˋ）　**近：**守道安貧　**反：**嫌貧愛富

釋義 安處於貧困的生活，不受外物的引誘，仍以守道為樂，這是儒家所提倡的立身處世的態度。

範例 顏回簞食瓢飲而不改其志，是「安貧樂道」的最佳典範。

年高德劭（ㄋㄧㄢˊ ㄍㄠ ㄉㄜˊ ㄕㄠˋ）　**近：**齒德俱尊

釋義 形容人年紀大而德行美好。

範例 那位「年高德劭」的長者，總能以他的經驗指導後輩作出最正確的選擇。

成人之美（ㄔㄥˊ ㄖㄣˊ ㄓ ㄇㄟˇ）　**近：**助人為樂　**反：**成人之惡

釋義 指助人成就好事或實現其願望。

範例 君子有「成人之美」，看到別人做好事，一定會盡力幫忙。

扣人心弦（ㄎㄡˋ ㄖㄣˊ ㄒㄧㄣ ㄒㄧㄢˊ）　**近：**感人肺腑　**反：**索然寡味

釋義 形容音樂演奏或故事情節令人感動。

範例 那部電影情節「扣人心弦」，許多觀眾都看得淚流不止。

收視反聽（ㄕㄡ ㄕˋ ㄈㄢˇ ㄊㄧㄥ）　**近：**專心致志

釋義 不看不聽。指屏棄外界事物的干擾，使心志專一。

範例 那位修道者絕慮凝神，「收視反聽」，就是為了體察宇宙的真理。

曲高和寡（ㄑㄩˇ ㄍㄠ ㄏㄜˋ ㄍㄨㄚˇ）

近：陽春白雪
反：一唱百和

釋義 曲調愈高深，跟著唱的人就愈少。比喻作品太高深，無法引起多數人的迴響。

範例 這場演奏會「曲高和寡」，臺下聽眾寥寥可數。

有口皆碑（ㄧㄡˇ ㄎㄡˇ ㄐㄧㄝ ㄅㄟ）

近：讚不絕口
反：怨聲載道

釋義 形容人人稱讚。

範例 這間清潔公司的服務「有口皆碑」，你大可放心交給他們。

不要誤用 「有口皆碑」重在人人稱譽；「口碑載道」、「頌聲載道」則重在處處充滿了稱頌的話。

有目共睹（ㄧㄡˇ ㄇㄨˋ ㄍㄨㄥˋ ㄉㄨˇ）

近：顯而易見
反：習焉不察

釋義 所有人的眼睛都看見。形容事實非常明顯，為眾人所共見。

範例 她的努力是大家「有目共睹」的，絕對不是靠關係才得到今天的職位。

有志竟成（ㄧㄡˇ ㄓˋ ㄐㄧㄥˋ ㄔㄥˊ）

近：磨杵成針

釋義 只要意志堅定，最後一定會成功。

範例 「有志竟成」，只有不被挫折打倒、努力不懈，才能品嘗成功的果實。

有恃無恐（ㄧㄡˇ ㄕˋ ㄨˊ ㄎㄨㄥˇ）

釋義 因為有所倚靠就無所畏懼或顧忌。

範例 許多不法份子都因為與警界掛鉤而「有恃無恐」，明目張膽的為非作歹。

不要誤用 「有恃無恐」強調有依靠，用在表示有特殊勢力撐腰而放膽行事，有近乎囂張的意思；「有備無患」則強調有準備，沒有囂張的意味。

有教無類（ㄧㄡˇ ㄐㄧㄠˋ ㄨˊ ㄌㄟˋ）

近：一視同仁
反：因人而異

釋義 無論貧富貴賤都給以教育。

範例 「有教無類」、因材施教，是孔子教學的原則。

有條不紊（ㄧㄡˇ ㄊㄧㄠˊ ㄅㄨˋ ㄨㄣˇ）

近：有條有理
反：雜亂無章

釋義 事物處理得有條有理，一點不亂。

範例 他辦事總是「有條不紊」，因此深得上司器重。

不要誤用 「有條不紊」除了可以形容工作、布置有條理，也可指說話、作文條理清楚，或隊伍有秩序；「有板有眼」一般只可形容說話、做事方面；「有條有理」則偏重形容工作的安排、物件的布置，也可形容說話、作文有條理。

有眼無珠（ㄧㄡˇ ㄧㄢˇ ㄨˊ ㄓㄨ）

近：有眼如盲
反：明若觀火

釋義 比喻見識短淺，沒有識別事物的能力。

範例 你真是「有眼無珠」，竟然把把名牌包當成地攤貨。

有備無患（ㄧㄡˇ ㄅㄟˋ ㄨˊ ㄏㄨㄢˋ）

近：居安思危
反：臨陣磨槍

釋義 事先有充分的準備，就可以避免禍患。

範例 不要嫌出門帶衛生紙麻煩，「有備無患」，你不知道什麼時候會用到它。

有機可乘（ㄧㄡˇ ㄐㄧ ㄎㄜˇ ㄔㄥˊ）

近：有隙可乘
反：無懈可擊

釋義 有機會可以利用。

範例 那位球員覷著敵方防守漏洞，「有機可乘」，大腳一踢，射門得分。

有聲有色（ㄧㄡˇ ㄕㄥ ㄧㄡˇ ㄙㄜˋ）

近：繪聲繪色
反：枯燥乏味

釋義 形容表現得精采動人。也形容敘述或描繪得十分生動。

範例 雖然經費不足，但靠著大家的努力，仍將活動辦得「有聲有色」。

不要誤用 「有聲有色」既可

以形容敘述或描繪得十分生動，也可用來形容表現得很出色；「繪聲繪影」則只能用來形容敘述、描寫的生動逼真。

死不瞑目 ㄙˇ ㄅㄨˋ ㄇㄧㄥˊ ㄇㄨˋ

近：抱恨終天
反：含笑九泉

釋義 死了也不閉眼。形容抱著憾恨而死，心有不甘。

範例 這場屠殺案件，讓許多無辜的犧牲者「死不瞑目」。

死心塌地 ㄙˇ ㄒㄧㄣ ㄊㄚ ㄉㄧˋ

近：至死不渝
反：三心二意

釋義 形容主意已定，決不改變。

範例 她「死心塌地」地跟著男友，即使生活艱苦也甘之如飴。

不要誤用 「死心塌地」指主意已定，不再改變，為中性成語；「至死不悟」則指對錯誤永不悔悟，含貶義。

死有餘辜 ㄙˇ ㄧㄡˇ ㄩˊ ㄍㄨ

近：罪該萬死
反：百身何贖

釋義 即使處死刑也抵償不了他的罪過。形容人罪大惡極。

範例 這種殺人不眨眼的匪徒，即使加重判刑仍是「死有餘辜」。

不要誤用 「死有餘辜」只用來形容罪惡極大；「罪該萬死」則多用作請求對方寬恕的自責之詞，不一定有極大的罪惡。

死灰復燃 ㄙˇ ㄏㄨㄟ ㄈㄨˋ ㄖㄢˊ

近：起死回生
反：一蹶不振

釋義 灰燼重又燃著，原來比喻失勢者重新得勢。後也比喻已經消失的事物又重新活動起來（多指壞事）。

範例 最近本區色情行業有「死灰復燃」的跡象，警察將嚴加取締。

死於非命 ㄙˇ ㄩˊ ㄈㄟ ㄇㄧㄥˋ

釋義 形容死於意外。

範例 中國人講究壽終正寢，非常忌諱「死於非命」。

死裡逃生 ㄙˇ ㄌㄧˇ ㄊㄠˊ ㄕㄥ

近：死地求生
反：坐以待斃

釋義 形容從極危險的境遇中逃脫出來，幸免於死。

範例 這次「死裡逃生」的經驗，讓他更注意生活中可能潛藏危機的每個細節。

不要誤用 「死裡逃生」強調從危險境地中逃脫；「死裡求生」則強調與死難鬥爭以求得生存。

死氣沉沉（ㄙˇ ㄑㄧˋ ㄔㄣˊ ㄔㄣˊ）

釋義 形容氣氛沉悶凝重。也形容人毫無活力。

範例 他自從失戀後，每天都是一副「死氣沉沉」的樣子，做什麼都沒勁。

汗牛充棟（ㄏㄢˋ ㄋㄧㄡˊ ㄔㄨㄥ ㄉㄨㄥˋ） **近：**車載斗量

釋義 書多到堆滿整個屋子，也讓載運的牛馬都累得流汗了。形容書籍很多。

範例 學校圖書館藏書豐富，「汗牛充棟」，同學應該多加利用。

不要誤用 「汗牛充棟」只形容書多；「浩如煙海」、「車載斗量」可形容各種事物繁多，適用範圍較廣。

汗流浹背（ㄏㄢˋ ㄌㄧㄡˊ ㄐㄧㄚˊ ㄅㄟˋ） **近：**汗如雨下

釋義 形容因為工作辛苦或天氣炎熱，所以滿身大汗。

範例 艷陽下的運動會，讓所有選手與觀眾都熱得「汗流浹背」。

江河日下（ㄐㄧㄤ ㄏㄜˊ ㄖˋ ㄒㄧㄚˋ） **近：**每況愈下 **反：**蒸蒸日上

釋義 江河的水越流越趨向下游。比喻事物、局勢一天天衰敗。

範例 這家商店的營運狀況是「江河日下」，大概要面臨收攤的命運了。

不要誤用 「江河日下」多指國勢、事物、景象一天不如一天；「每況愈下」則多指形勢、情況愈來愈糟。

江郎才盡（ㄐㄧㄤ ㄌㄤˊ ㄘㄞˊ ㄐㄧㄣˋ） **近：**才思枯竭

釋義 比喻才華已經全部用完了。

範例 那位暢銷作家如今「江

郎才盡」，也逐漸被讀者所遺忘。

不要誤用 「江郎才盡」指文思枯竭；「黔驢技窮」指技能、本領全部用完。

文史趣談 彩筆被拿走了

為什麼才力枯竭會被說是「江郎才盡」呢？據《詩品》一書中說：南朝梁時有位大詩人叫江淹，他在少年時就展現了才華，名聲傳揚各地。等到江淹年老時，有一天，江淹夢見有位英俊的男子，來向他要回一支五色筆，醒來後，江淹就再也沒有寫作靈感了。那隻五色筆，原來就是才華的來源，失去了它，文思自然枯竭了。

池魚之殃（ㄔˊ ㄩˊ ㄓ ㄧㄤ） 近：池魚之禍

釋義 城門失火，人們舀取護城河的水滅火，裡面的魚因此乾死。比喻無故受到連累。

範例 他只是路過銀行，卻遭到「池魚之殃」，被搶匪當作人質，真是倒楣。

文史趣談 倒楣鬼

城門失火了，為什麼魚會遭殃呢？《風俗通》當中有這樣一個記錄：一天，宋國的城門失火了，百姓紛紛取護城河裡的水來救火，最後竟然把河裡的水給舀光了，水裡的魚也都乾死了。也有人說是當時城裡有個人名叫「池仲魚」，在大火中不小心被燒死了。而不論是「魚」還是「仲魚」，都是無辜被牽累的倒楣鬼呀！

百口莫辯（ㄅㄞˇ ㄎㄡˇ ㄇㄛˋ ㄅㄧㄢˋ）

釋義 即使生有很多張嘴巴，也無法辯解清楚。形容沒有辦法辯白。

範例 他對於被栽贓的事情，顯得「百口莫辯」。

百年好合（ㄅㄞˇ ㄋㄧㄢˊ ㄏㄠˇ ㄏㄜˊ） 近：白頭偕老

釋義 形容夫妻相親相愛，白頭到老（多用以祝人新婚）。

範例 百合花是象徵「百年好合」的吉祥花卉。

文史趣談 吉祥的象徵

中國人很講求吉利，經常會利用事物的諧音，將它們作為吉祥的象徵。比如百合就象徵「百年好合」，蘋果或花瓶代表「平安」，橘子和栗子代表「吉利」。所以婚禮時，要準備有著「早生貴子」意味的紅棗、花生、桂圓、蓮子，過年時，要貼上有著喜鵲站在梅枝上的「喜上眉梢」窗花，都蘊含滿滿的祝福與希望呢！

百折不撓（ㄅㄞˇ ㄓㄜˊ ㄅㄨˋ ㄋㄠˊ）　**近：**不屈不撓　**反：**一蹶不振

釋義　形容意志堅強，無論受到多少挫折，都不屈服。

範例　他憑著「百折不撓」的意志，終於完成徒步橫越沙漠的夢想。

百依百順（ㄅㄞˇ ㄧ ㄅㄞˇ ㄕㄨㄣˋ）　**近：**百縱千隨

釋義　百樣事都順從對方。形容不問是非，一味順從遷就。

範例　他對女朋友「百依百順」，要他買什麼東西，從來沒有不答應的。

不要誤用　「百依百順」偏重於順從；「言聽計從」則偏重於信任。

百無聊賴（ㄅㄞˇ ㄨˊ ㄌㄧㄠˊ ㄌㄞˋ）　**近：**興盡意闌　**反：**興致勃勃

釋義　用以表示生活枯躁乏味。或指思想感情沒有寄託。

範例　他「百無聊賴」的將池邊的石子一顆顆丟進水裡。

百發百中（ㄅㄞˇ ㄈㄚ ㄅㄞˇ ㄓㄨㄥˋ）　**近：**彈無虛發　**反：**無的放矢

釋義　形容射箭或射擊非常準確，每次都命中目標。也比喻料事如神。

範例　氣象播報員又不是海龍王，怎可能每次預測都「百發百中」？

不要誤用　「百發百中」除了形容射箭、射擊外，還可以比喻預料準確；「百步穿楊」則只能形容射箭技術嫻熟。

文史趣談　超級神射手

誰是中國歷史上第一神射手呢？據說春秋時的養由基，可以射中一百步之外的柳葉，百發百中。漢朝的將軍李廣，有一次誤把石頭當成老虎，朝它射箭，結果整支箭都沒入石頭中，只剩尾羽。《晉書》則記載一個叫劉曜的人，射出的箭居然可以穿透一寸厚的鐵板，被當時人稱為「神射」。他們可都是超級神射手呢！

百感交集（ㄅㄞˇ ㄍㄢˇ ㄐㄧㄠ ㄐㄧˊ）

近：百感叢生

釋義 形容前後各種感想都交織在一起。

範例 離家二十年，如今重返故鄉，令她「百感交集」。

不要誤用 「百感交集」指各種感想、感慨交織在一起；「悲喜交集」則指悲傷和喜悅的情緒交織在一起。

百廢待舉（ㄅㄞˇ ㄈㄟˋ ㄉㄞˋ ㄐㄩˇ）

近：百廢待興

反：百廢俱興

釋義 形容要興辦的事情很多。

範例 他臨危受命接掌業務部門，如今「百廢待舉」，勢必考驗他的領導能力。

羊入虎口（ㄧㄤˊ ㄖㄨˋ ㄏㄨˇ ㄎㄡˇ）

釋義 羊到了老虎口裡，絕對沒有辦法活著出來。比喻非常危險，沒有逃出來的可能。

範例 他打算自己一個人去跟那群太保交涉，恐怕是「羊入虎口」，凶多吉少。

羊質虎皮（ㄧㄤˊ ㄓˋ ㄏㄨˇ ㄆㄧˊ）

近：外強中乾

反：金相玉質

釋義 外表是老虎，本質是羊。比喻外強內弱，徒具外表而無實際。

範例 你別看他長得虎背熊腰，其實是「羊質虎皮」，生性害羞怯懦。

羽毛未豐（ㄩˇ ㄇㄠˊ ㄨㄟˋ ㄈㄥ）

釋義 小鳥身上的羽毛還長得不多。比喻年輕人閱歷少。也比喻勢力還很微弱。

範例 他雖然「羽毛未豐」，但已展現出相當的潛能。

老生常談 ㄌㄠˇ ㄕㄥ ㄔㄤˊ ㄊㄢˊ　**近：**陳腔濫調　**反：**別出心裁

釋義 比喻很普通的言論，並不新奇。

範例 他過去一直認為父母的叮嚀都是些「老生常談」，如今出了社會，才驚覺那都是金玉良言。

不要誤用 「老生常談」可指那些常說、聽慣但仍有意義、有價值的言論；「陳腔濫調」則僅指那些陳舊、空泛而使人厭煩的言論。

老奸巨猾 ㄌㄠˇ ㄐㄧㄢ ㄐㄩˋ ㄏㄨㄚˊ　**近：**詭計多端

釋義 形容人閱歷深而十分奸詐狡猾。

範例 他是個「老奸巨猾」的人，和他合作你恐怕只有吃虧的份。

老氣橫秋 ㄌㄠˇ ㄑㄧˋ ㄏㄥˊ ㄑㄧㄡ　**近：**倚老賣老　**反：**生氣勃勃

釋義 形容老練而自負的神態，譏諷人自高自大。也形容人沒有朝氣。

範例 他才那一點年紀，就擺出一副「老氣橫秋」的模樣。

不要誤用 「老氣橫秋」著眼於神態和精神上；「老態龍鍾」則著眼於體態、行動方面。

老馬識途 ㄌㄠˇ ㄇㄚˇ ㄕˋ ㄊㄨˊ　**近：**熟門熟路　**反：**暗中摸索

釋義 比喻有經驗的人，做事情不容易出錯。

範例 導遊「老馬識途」，帶大家遊覽了許多旅遊手冊上不曾介紹的私房景點。

老當益壯 ㄌㄠˇ ㄉㄤ ㄧˋ ㄓㄨㄤˋ　**反：**未老先衰

釋義 老了更加強壯。形容人年紀雖大，還很有活力。

範例 老教授七十多歲了，講課仍聲若洪鐘，真是「老當益壯」。

不要誤用 「老當益壯」偏重形容人老但仍有好體力；「老驥伏櫪」則偏重指人老但志氣不衰。

老嫗能解 ㄌㄠˇ ㄩˋ ㄋㄥˊ ㄐㄧㄝˇ

釋義 形容詩文淺顯易懂。

範例 唐朝詩人白居易的詩不僅反映時事，且用詞淺白，「老嫗能解」。

老態龍鍾（ㄌㄠˇ ㄊㄞˋ ㄌㄨㄥˊ ㄓㄨㄥ）

釋義 形容年老而行動不靈便的樣子。

範例 很多癮君子因為抽菸過量，不過才中年就已經「老態龍鍾」。

老謀深算（ㄌㄠˇ ㄇㄡˊ ㄕㄣ ㄙㄨㄢˋ）

釋義 周密策劃，深遠打算。形容人的謀略深沉老練。

範例 任他「老謀深算」，也猜不到你會犧牲個人利益來助成這件事。

不要誤用 「老謀深算」偏重於策劃、考慮深遠；「老奸巨猾」則多有陰險狡詐的貶義。

耳目一新（ㄦˇ ㄇㄨˋ ㄧ ㄒㄧㄣ）

近：煥然一新
反：依然如故

釋義 事物有所改變，使聽到的和看到的都變了樣，有新鮮的感覺。

範例 這次國樂與西洋管絃樂團合作演出，讓人有「耳目一新」的感受。

耳提面命（ㄦˇ ㄊㄧˊ ㄇㄧㄢˋ ㄇㄧㄥˋ）

近：千叮萬囑
反：放任自流

釋義 不但當面教誨，而且提著耳朵叮囑，希望他牢記不忘。形容教誨殷勤、懇切。

範例 上場前教練的「耳提面命」，幫助他在關鍵時刻調整步調，終於贏得勝利。

不要誤用 「耳提面命」側重於教誨、訓誡；「三令五申」則側重於命令、告誡。

耳熟能詳（ㄦˇ ㄕㄡˊ ㄋㄥˊ ㄒㄧㄤˊ）

釋義 聽得久了，熟悉了，所以知道得很詳盡。

範例 《白雪公主》是大家「耳熟能詳」的童話故事。

耳濡目染（ㄦˇ ㄖㄨˊ ㄇㄨˋ ㄖㄢˇ）

近：潛移默化

釋義 耳朵常聽到，眼睛常看到，不知不覺受到影響薰陶。

範例 因為父母都喜歡聽戲，他從小「耳濡目染」，沒事也愛哼上兩段。

不要誤用 「耳濡目染」側重於環境的影響，可以是正面或負面的；「潛移默化」則多用於好的方面，用於環境或人的影響都可以。

耳鬢廝磨（ㄦˇ ㄅㄧㄣˋ ㄙ ㄇㄛˊ）

釋義 形容極為親暱的樣子。

範例 他倆正值熱戀期，成天「耳鬢廝磨」，簡直半刻也分不開。

自不量力（ㄗˋ ㄅㄨˋ ㄌㄧㄤˋ ㄌㄧˋ）

近：螳臂當車
反：量力而為

釋義 不衡量自己的能力。形容過於高估自己的力量，做自己能力以外的事。

範例 你別「自不量力」了，如此浩大的工程，怎麼可能靠你一個人的力量完成？

自作自受（ㄗˋ ㄗㄨㄛˋ ㄗˋ ㄕㄡˋ）

近：自食其果

釋義 自己做錯事情，由自己承擔後果。

範例 會有這樣的結果，根本是他「自作自受」，一點也不值得同情。

不要誤用 「自作自受」指做錯了事，說話人往往有埋怨的意思；「自食其果」則多指犯了罪，往往顯示說話人拍手稱快、認為對方活該的情緒。

自投羅網（ㄗˋ ㄊㄡˊ ㄌㄨㄛˊ ㄨㄤˇ）

近：自掘墳墓
反：全身遠害

釋義 自己進入網裡。比喻自己送死、自取滅亡。

範例 看他的布局分明就是要誘你上鉤，你這一去，不正是「自投羅網」嗎？

不要誤用 「自投羅網」指自己去送死，多用於錯誤地估計形勢；「自掘墳墓」則指自己做的事正致使自己走向滅亡，偏重在所做的事情，

自命不凡（ㄗˋ ㄇㄧㄥˋ ㄅㄨˋ ㄈㄢˊ）

近：不可一世
反：妄自菲薄

釋義 以為自己不平凡、了不起。

範例 他不過得了幾個小獎，就「自命不凡」，以為自己是當代大文豪。

自知之明（ㄗˋ ㄓ ㄓ ㄇㄧㄥˊ）　**反：**自不量力

釋義 能夠正確地認識自己的能力、優缺點。

範例 我這個窮小子怎麼配得上她這位大家閨秀？這點「自知之明」我還是有的。

自怨自艾（ㄗˋ ㄩㄢˋ ㄗˋ ㄧˋ）　**近：**自悲自嘆　**反：**怨天尤人

釋義 原來是說悔恨自己的過失，並自己改正。現在只指自己悔恨怨嘆，不包括改正的意思。

範例 別因為一次失敗就「自怨自艾」，積極尋求改進才是好的作法。

自相矛盾（ㄗˋ ㄒㄧㄤ ㄇㄠˊ ㄉㄨㄣˋ）　**近：**自相抵觸　**反：**前後一致

釋義 比喻自己講的話前後不符合。

範例 對手的論點「自相矛盾」，他趁機反擊，終於拿下這場辯論比賽的冠軍。

文史趣談　**自己打自己**

世界上有人會笨到自己打自己嗎？《韓非子》中有這樣的故事：有個小販在市集推銷他賣的盾，誇口說那是全國最堅固的，任何兵器都無法刺穿。他又拿起他的長矛，說那是全天下最尖銳的，可以刺穿任何東西。結果有人問說：「老闆，那拿你的矛刺你的盾，誰會贏呢？」小販登時啞口無言，真是吹破牛皮了。

自食其力（ㄗˋ ㄕˊ ㄑㄧˊ ㄌㄧˋ）　**近：**自力更生　**反：**坐享其成

釋義 憑藉自己的力量生活。

範例 他在鄉間闢了塊田，過著「自食其力」的生活。

不要誤用 「自食其力」指依靠自己的能力維持生活；「自給自足」指依靠自己的生產滿足自己的需要；「自力更生」則指依靠自己的力量辦事以求生存發展。

自食其果（ㄗˋ ㄕˊ ㄑㄧˊ ㄍㄨㄛˇ）　**近：**咎由自取　**反：**嫁禍於人

釋義 比喻自己做了壞事，自己承受不好的後果。

範例 平常老愛蹺課，考試時就得「自食其果」，迎接滿江紅的考卷。

自討苦吃 ㄗˋ ㄊㄠˇ ㄎㄨˇ ㄔ

釋義 自己招惹來麻煩而嘗到苦頭。

範例 這行不是你做得來的，不要「自討苦吃」了。

自欺欺人 ㄗˋ ㄑㄧ ㄑㄧ ㄖㄣˊ　**近**：掩耳盜鈴

釋義 不但欺騙自己，也欺騙了別人。

範例 這次活動會成功，根本不是因為你的幫忙，不要「自欺欺人」了。

自毀長城 ㄗˋ ㄏㄨㄟˇ ㄔㄤˊ ㄔㄥˊ

釋義 自己毀掉防禦敵人的穩固城牆。比喻因為計謀失敗或行為不適宜，以致喪失了本來擁有的優勢。

範例 聰明的你卻沉溺電玩，如此「自毀長城」，真可惜。

自圓其說 ㄗˋ ㄩㄢˊ ㄑㄧˊ ㄕㄨㄛ　**反**：自相矛盾

釋義 對自己說過的話或做過的事，給予圓滿的解釋。

範例 這篇文章的內容漏洞百出，倒要看看作者怎麼「自圓其說」。

自慚形穢 ㄗˋ ㄘㄢˊ ㄒㄧㄥˊ ㄏㄨㄟˋ　**近**：自愧不如　**反**：自命不凡

釋義 形容覺得自己不如別人而感到不好意思。

範例 她高雅的手姿談吐，令我「自慚形穢」。

自鳴得意 ㄗˋ ㄇㄧㄥˊ ㄉㄜˊ ㄧˋ　**近**：洋洋自得　**反**：鬱鬱不得

釋義 自己表示很得意。

範例 他拿下這次比賽的冠軍後，就「自鳴得意」，到處向人炫耀。

不要誤用 「自鳴得意」偏重指得意，多著眼於外部表現；「沾沾自喜」則偏重指高興，多著眼於心理狀態。

自暴自棄 ㄗˋ ㄅㄠˋ ㄗˋ ㄑㄧˋ　**近**：自輕自賤　**反**：自強不息

釋義 泛指自甘墮落，不自愛，不求上進。

範例 他因為被人誤會，竟然從此「自暴自棄」，斷絕了大好前程。

不要誤用 「自暴自棄」重在不知自愛，甘於墮落，除了形容心理狀態之外，還指行動表現；「妄自菲薄」則重在過分輕視自己，多指心理狀態。

自顧不暇（ㄗˋ ㄍㄨˋ ㄅㄨˋ ㄒㄧㄚˊ）

近：不遑他顧

反：行有餘力

釋義 連自己都照顧不過來（哪能再幫助別人）。多用來說明無力幫助別人。

範例 對於這次的期末報告，我已是「自顧不暇」，恐怕沒有餘力幫你找資料。

舌粲蓮花（ㄕㄜˊ ㄘㄢˋ ㄌㄧㄢˊ ㄏㄨㄚ）

釋義 形容一個人的口才很好，善於辭令。

範例 這位業務員「舌粲蓮花」，令客戶難以拒絕。

舌敝脣焦（ㄕㄜˊ ㄅㄧˋ ㄔㄨㄣˊ ㄐㄧㄠ）

釋義 講得嘴脣乾了舌頭也破了。形容費盡口舌勸說。

範例 任憑家人勸得「舌敝脣焦」，那個愛幻想的少女仍舊堅信網友沒有騙他。

色衰愛弛（ㄙㄜˋ ㄕㄨㄞ ㄞˋ ㄔˊ）

釋義 指當姿色衰老時，受到寵愛的程度也減弱了。形容女子一旦衰老，就逐漸失寵。

範例 古代的嬪妃常因「色衰愛弛」而孤單終老。

文史趣談 美人的命運

古代有許多因為美色而受到皇帝寵愛的人，他們一旦年老色衰，命運就很悲慘了。不只美女如此，美男子也不能幸免。《韓非子》記載：彌子瑕受到衛國國君的寵愛。一日，他們同遊果園，彌子瑕採了顆桃子品嘗，覺得好吃，就把剩下的一半給衛君，衛君很高興。後來彌子瑕色衰失寵，衛君居然拿這件事做文章，說他大不敬，拿吃剩的給國君吃。唉，真是伴君如伴虎啊！

色厲內荏（ㄙㄜˋ ㄌㄧˋ ㄋㄟˋ ㄖㄣˇ）

近：外強中乾
反：表裡如一

釋義：形容外表故作威嚴強硬，實際上內心卻軟弱怯懦。

範例：他那強硬的模樣都是裝出來的，其實根本是「色厲內荏」，紙老虎一隻。

不要誤用：「色厲內荏」多指態度，表示表面姿態強硬但內心軟弱；「外強中乾」多指力量，表示外表強壯但內部卻很虛弱。

血氣方剛（ㄒㄧㄝˋ ㄑㄧˋ ㄈㄤ ㄍㄤ）

近：年輕氣盛
反：老態龍鐘

釋義：形容年輕人精力正旺盛，感情容易衝動。

範例：青少年「血氣方剛」，更要懂得克制自己的情緒，以免鑄下大錯。

不要誤用：「血氣方剛」強調年輕氣盛；「年富力強」則指年輕力壯。

行將就木（ㄒㄧㄥˊ ㄐㄧㄤ ㄐㄧㄡˋ ㄇㄨˋ）

近：半截入土
反：如日東升

釋義：快要進棺材了。比喻人離死期不遠。

範例：老人家已經「行將就木」，子女們竟狠心將他一個人丟在醫院不聞不問，實在太不孝了。

行雲流水（ㄒㄧㄥˊ ㄩㄣˊ ㄌㄧㄡˊ ㄕㄨㄟˇ）

反：流水行雲

釋義：比喻心性的隨興自然，不受拘束。也比喻文章的自然流暢。

範例：舞蹈家的舉手投足如「行雲流水」，看得觀眾心曠神怡。

衣冠禽獸（ㄧ ㄍㄨㄢ ㄑㄧㄣˊ ㄕㄡˋ）

近：人面獸心
反：正人君子

釋義：指人的外表、服飾整齊，行為卻如同禽獸。

範例：現代社會亂象叢生，越來越多假借職務之便侵害別人的「衣冠禽獸」，不可不防。

衣缽相傳（ㄧ ㄅㄛ ㄒㄧㄤ ㄔㄨㄢˊ）

近：薪盡火傳
反：自立門戶

釋義：泛指一般師徒間技術、學問的傳授。

範例 他得到師傅的「衣鉢相傳」，成了知名的雕塑家。

衣錦還鄉 近：榮歸故里

釋義 穿著華麗的服裝回家鄉。指富貴以後返回家鄉。

範例 經過二十年辛苦的外地打拚，如今他終於能「衣錦還鄉」了。

奼紫嫣紅

釋義 形容花朵鮮豔繁盛的樣子。

範例 春天來臨，處處「奼紫嫣紅」，充滿無限生機。

文史趣談 **顏色的秘密**

古代人對衣服的顏色有嚴格的要求，如紅（朱）色、黃色就被視為「正色」，紫色、綠色則是雜色，不可以顛倒尊卑。所以「惡紫奪朱」比喻異端取代正統，「綠衣黃裡」則比喻正邪不分。但到了唐代，紫色的地位就超越紅色，只有三品以上的大官才能穿紫色官服，四品、五品官則分別穿深紅和淺紅色。

七畫

作法自斃 近：自食其果

釋義 立法者因自己所立之法害了自己。比喻自作自受。

範例 商鞅曾訂下嚴刑峻法，結果「作法自斃」，最後卻害到自己。

不要誤用 「作法自斃」用於自己制定法令反使自己受害；「作繭自縛」則偏重指自己所作所為使自己受困。

作威作福 近：擅作威福

釋義 形容人橫行霸道，濫用權勢來欺凌別人。

範例 他仗著父親是校長，在班上「作威作福」，因此一個朋友也沒有。

不要誤用 「作威作福」偏重在憑藉權勢、地位欺凌別人；「稱王稱霸」偏重在狂妄自大，獨斷獨行；「橫行霸道」則偏重目無法紀，不講理、胡作非為。

作壁上觀（ㄗㄨㄛˋ ㄅㄧˋ ㄕㄤˋ ㄍㄨㄢ）　**近**：袖手旁觀　**反**：拔刀相助

釋義 比喻不肯插手幫忙。

範例 他們兩個一定要分出勝負，我們這些不相干的人還是「坐壁上觀」，別多管閒事吧。

不要誤用 「作壁上觀」偏重在不幫助，只在旁坐視成敗；「袖手旁觀」偏重在不過問、不伸援手；「冷眼旁觀」則偏重在不動感情、漠不關心。

作繭自縛（ㄗㄨㄛˋ ㄐㄧㄢˇ ㄗˋ ㄈㄨˊ）　**近**：畫地自限

釋義 蠶吐絲作繭，把自己包在裡面。比喻人做某事原來希望對自己有利，結果卻造成自己的困擾。也比喻自己束縛自己。

範例 他先前訂了一堆規定，結果「作繭自縛」，反而成了他後來做事的阻礙。

伯仲之間（ㄅㄛˊ ㄓㄨㄥˋ ㄓ ㄐㄧㄢ）

釋義 兄弟之間。比喻兩者不相上下，難分軒輊。

範例 他倆的棋力本在「伯仲之間」，一時半刻恐怕分不出勝負。

低聲下氣（ㄉㄧ ㄕㄥ ㄒㄧㄚˋ ㄑㄧˋ）　**反**：出言不遜

釋義 形容謙卑或因為懼怕而說話小心恭順的樣子。

範例 他不小心撞倒商品，只得向老闆「低聲下氣」的賠不是。

不要誤用 「低聲下氣」重在表示說話態度恭順、謙卑，著重形容人說話時的神情；「低首下心」形容屈服順從，著重形容人屈從的心理；「低三下四」則重在譏諷人卑微下賤，或形容人地位低下的意思。

伶牙俐齒（ㄌㄧㄥˊ ㄧㄚˊ ㄌㄧˋ ㄔˇ）　**近**：能言善辯　**反**：拙嘴笨腮

釋義 形容人口才很好，能言善道，能和人應答如流。

範例 這孩子自小就「伶牙俐齒」，是塊節目主持人的料。

克紹箕裘（ㄎㄜˋ ㄕㄠˋ ㄐㄧ ㄑㄧㄡˊ）　**近**：肯堂肯構

釋義 比喻子孫能夠繼承父

業。

範例 他大學畢業後就回鄉繼承父親的工廠，「克紹箕裘」，也讓父母安心。

文史趣談 **繼承父業的眉角**

《禮記》：「良冶之子，必學為裘，良弓之子，必學為箕」，這是成語「克紹箕裘」的出處。但善於冶金的人，兒子學做袍裘；善於造弓的人，兒子學做簸箕——怎麼能算繼承父業呢？原來做袍裘跟冶金一樣，都是讓材料柔軟之後片片相合；做簸箕跟造弓一樣，都是彎曲材料以成形，彼此之間道理、精神是相通的呢！

兵荒馬亂（ㄅㄧㄥ ㄏㄨㄤ ㄇㄚˇ ㄌㄨㄢˋ）　**近**：兵戈擾攘　**反**：太平盛世

釋義 形容戰亂時動蕩不安的景象。

範例 那個「兵荒馬亂」的年代，對許多年輕人來說都已是遙遠的故事。

冷言冷語（ㄌㄥˇ ㄧㄢˊ ㄌㄥˇ ㄩˇ）　**近**：冷嘲熱諷　**反**：甜言蜜語

釋義 從側面或反面說些含有譏諷意味的話。

範例 看到大家搬書搬得滿頭大汗，他不但不幫忙，還在旁邊「冷言冷語」，真是沒有同學愛。

冷眼旁觀（ㄌㄥˇ ㄧㄢˇ ㄆㄤˊ ㄍㄨㄢ）　**近**：袖手旁觀　**反**：鼎力相助

釋義 用冷靜或冷淡的態度在旁觀看，不給予任何意見。

範例 事情的真相可能沒有那麼單純，我們還是先「冷眼旁觀」，再做打算。

不要誤用 「冷眼旁觀」強調態度冷淡，坐視不管；「袖手旁觀」則還含有該管而不管的意思。

冷嘲熱諷（ㄌㄥˇ ㄔㄠˊ ㄖㄜˋ ㄈㄥˋ）　**近**：冷語冰人

釋義 形容用各種尖銳、辛辣的語言譏笑諷刺別人。

範例 對於旁人的「冷嘲熱諷」，他一點也不在意，依舊堅持朝自己的夢想持續努力。

別出心裁（ㄅㄧㄝˊ ㄔㄨ ㄒㄧㄣ ㄘㄞˊ）　**近：**別出機杼　**反：**千篇一律

釋義 另想出一種與眾不同的新風格、新主意。

範例 這身「別出心裁」的打扮，為她奪得這次變裝活動的最佳創意獎。

不要誤用 「別出心裁」指心中獨特的設計、籌劃、安排，範圍較廣；「別具匠心」、「自出機杼」一般多指文藝方面的創造性構思。

別有用心（ㄅㄧㄝˊ ㄧㄡˇ ㄩㄥˋ ㄒㄧㄣ）　**近：**居心不良　**反：**襟懷坦白

釋義 另有企圖、打算。現在多指心裡打著壞主意。

範例 他今天的態度忽然有了一百八十度大轉變，恐怕是「別有用心」。

別開生面（ㄅㄧㄝˊ ㄎㄞ ㄕㄥ ㄇㄧㄢˋ）　**近：**別具一格　**反：**陳陳相因

釋義 形容另尋途徑，開創新的風格、面貌。

範例 這場「別開生面」的畢業典禮，不僅讓來賓印象深刻，還吸引大批媒體到場採訪。

別樹一幟（ㄅㄧㄝˊ ㄕㄨˋ ㄧˊ ㄓˋ）　**近：**獨闢蹊徑　**反：**步人後塵

釋義 另外豎起一面旗幟。比喻另創格調，自成一家。

範例 這家書店的經營模式結合藝廊與咖啡屋，「別樹一幟」，吸引了不少客人上門。

利欲薰心（ㄌㄧˋ ㄩˋ ㄒㄩㄣ ㄒㄧㄣ）　**近：**利令智昏　**反：**淡泊名利

釋義 貪圖名利的欲望蒙蔽了心志。

範例 他一時「利欲薰心」，犯下監守自盜的大錯，如今深感後悔，為時已晚。

不要誤用 「利欲薰心」著重在利欲蒙蔽了心志；「利令智昏」則強調因為私利使頭腦昏亂，喪失了理智。

助紂為虐（ㄓㄨˋ ㄓㄡˋ ㄨㄟˋ ㄋㄩㄝˋ）　**近：**為虎作倀　**反：**為民除害

釋義：幫助暴君紂王殘害百姓。比喻幫助壞人做壞事情。

範例：那位候選人是地方角頭出身，投票給他不啻「助紂為虐」。

否極泰來（ㄆㄧˇ ㄐㄧˊ ㄊㄞˋ ㄌㄞˊ）

近：苦盡甘來
反：福過災生

釋義：比喻惡運到了極點，好運將要來到。

範例：他開的餐廳連年虧損，今年終於轉虧為盈，「否極泰來」了。

呆若木雞（ㄉㄞ ㄖㄨㄛˋ ㄇㄨˋ ㄐㄧ）

近：目瞪口呆

釋義：形容因為害怕而發呆的樣子。

範例：聽到那個令人震驚的消息，讓他「呆若木雞」，作聲不得。

不要誤用　「呆若木雞」形容全身都像木雞似地呆著，可用於恐懼、困惑、驚訝或形容愚笨；「目瞪口呆」則只從眼睛不動、嘴不能說等面部表情來形容發愣的樣子，只用於形容驚訝或窘迫。

吳下阿蒙（ㄨˊ ㄒㄧㄚˋ ㄚ ㄇㄥˊ）

釋義：原指只有膽識、武功而沒有學識的人。後來用以譏諷人沒有才學、技能。

範例：你別取笑他，他發憤圖強，早已不是當年的「吳下阿蒙」了。

吹毛求疵（ㄔㄨㄟ ㄇㄠˊ ㄑㄧㄡˊ ㄘ）

近：吹毛索瘢
反：揚長避短

釋義：吹開皮膚上的毛去尋找瑕疵。比喻故意挑剔別人的缺點、錯誤。

範例：他是個喜歡「吹毛求疵」的人，但眼高手低，只會批評，自己卻常做不到。

不要誤用　「吹毛求疵」的動機一般是不好的，指故意挑剔缺點、瑕疵；「求全責備」的動機則可以是好的，有要求完美的意思。

文史趣談　馬，才有毛病

人的缺點或事物的瑕疵，被稱為「毛病」，原來這個辭彙和馬的毛色有關呢。古人因為經常使用馬，所以發展出一套看馬的方法，可以分辨有什麼特徵的才是好馬。像馬毛呈螺旋形轉五圈，就是好的，旋轉了十四圈，就是「毛病」，會給馬的主人帶來災難。傳說中劉備的「的盧馬」額部有白斑，也被認為是不吉利的呢。

含血噴人（ㄏㄢˊ ㄒㄧㄝˇ ㄆㄣ ㄖㄣˊ）

近：含沙射影
反：口角春風

釋義 比喻用惡毒的手段汙蔑、攻擊他人。

範例 面對競爭對手的「含血噴人」，這位候選人決定不再隱忍，將控告對方毀謗。

不要誤用 「含血噴人」著重以不實的謠言、壞話來誹謗、陷害人；「含沙射影」則是用語言以間接影射的手法從側面、暗地裡來攻擊人。

含沙射影（ㄏㄢˊ ㄕㄚ ㄕㄜˋ ㄧㄥˇ）

近：暗箭傷人
反：光明磊落

釋義 比喻暗中說人壞話或攻擊別人。

範例 職場小人的「含沙射影」，令人防不勝防。

文史趣談 水裡的怪物

據說古代在長江、淮水一帶有種怪物叫「蜮」，牠長得像鱉，但只有三隻腳。蜮喜歡躲在水裡，看到有人走過，把影子投在水中，牠就會含著沙子噴向人影，被射中影子的人，就可能喪命。但傳說人只要取月光下的露水洗眼睛，穿上純黑色的衣服，就可以看到隱藏在暗處的蜮，混入牠們之中也不會被發現。

含辛茹苦（ㄏㄢˊ ㄒㄧㄣ ㄖㄨˊ ㄎㄨˇ）

釋義 比喻忍受各種辛酸與悲苦。

範例 父母「含辛茹苦」的把子女養大成人，卻不求任何回報。

不要誤用 「含辛茹苦」單純形容工作或生活的艱難困苦，常用在父母為了養育子女付出無怨無悔的愛；「華路藍縷」則用來比喻創業的艱辛。

含笑九泉（ㄏㄢˊ ㄒㄧㄠˋ ㄐㄧㄡˇ ㄑㄩㄢˊ）

釋義 就算是死後，在九泉之下也是高興的。比喻雖死無憾。

範例 子孫造橋鋪路、造福鄉里的作為，相信能讓老先生「含笑九泉」。

含情脈脈（ㄏㄢˊ ㄑㄧㄥˊ ㄇㄛˋ ㄇㄛˋ）　**近：**溫情脈脈　**反：**冷心冷面

釋義 形容心中有無限情思，藉由眼神向人傾訴。

範例 她對心上人講話總是「含情脈脈」，對別人就冷若冰霜。

不要誤用 「含情脈脈」多指男女之間的愛情；「溫情脈脈」則泛指人與人之間的感情，其語意範圍較大。

囫圇吞棗（ㄏㄨˊ ㄌㄨㄣˊ ㄊㄨㄣ ㄗㄠˇ）　**近：**不求甚解　**反：**融會貫通

釋義 指把棗子整顆吃下去，完全沒有咀嚼。比喻學習時不求真正地了解。

範例 你只是一味「囫圇吞棗」，死記硬背，根本不曾了解書中的涵義，這樣考試過後一定馬上就會忘光。

不要誤用 「囫圇吞棗」偏重不求甚解，籠統學習；「生吞活剝」則是指生硬地套用別人的言論、經驗。

坐井觀天（ㄗㄨㄛˋ ㄐㄧㄥˇ ㄍㄨㄢ ㄊㄧㄢ）　**近：**牖中窺日　**反：**見多識廣

釋義 坐在井底看天。比喻眼界狹小，所見有限。

範例 在同一個學校裡待久了，容易有「坐井觀天」之弊，有機會還是應該多出去看看才是。

不要誤用 「坐井觀天」形容眼界狹隘；「管窺蠡測」則還有所知非常膚淺、零碎、片面的意思。

坐失良機（ㄗㄨㄛˋ ㄕ ㄌㄧㄤˊ ㄐㄧ）　**反：**捷足先登

釋義 形容白白錯過了大好機會。

範例 再考慮下去就要「坐失

良機」了，你趕快下決定吧！

坐立不安（ㄗㄨㄛˋ ㄌㄧˋ ㄅㄨˋ ㄢ）

近： 坐臥不寧
反： 安之若素

釋義 坐著、站著都不安穩。形容心神不定、煩躁的樣子。

範例 看他一副「坐立不安」的樣子，不知道又做了什麼壞事。

坐吃山空（ㄗㄨㄛˋ ㄔ ㄕㄢ ㄎㄨㄥ）

近： 坐耗山空
反： 強本節用

釋義 光吃不做事，終有一天也會把家產吃光。比喻只知消費不工作，以致生活窮困。

範例 他因為長期的好吃懶做，終於「坐吃山空」，落得流浪街頭的下場。

坐困愁城（ㄗㄨㄛˋ ㄎㄨㄣˋ ㄔㄡˊ ㄔㄥˊ）

釋義 形容極度憂慮、愁苦。

範例 因為揮霍無度，讓他陷入財務危機，「坐困愁城」。

坐享其成（ㄗㄨㄛˋ ㄒㄧㄤˇ ㄑㄧˊ ㄔㄥˊ）

近： 坐收其利
反： 自食其利

釋義 不付出心力，享受別人努力的成果。

範例 他準備等所有工作都就序後，才回來「坐享其成」。

坐懷不亂（ㄗㄨㄛˋ ㄏㄨㄞˊ ㄅㄨˋ ㄌㄨㄢˋ）

釋義 即使有女子坐在懷中也不會淫亂。形容男子行事端正。

範例 他為人光明正直，可媲美「坐懷不亂」的柳下惠。

壯士斷腕（ㄓㄨㄤˋ ㄕˋ ㄉㄨㄢˋ ㄨㄢˋ）

釋義 壯士被蛇咬了，就自己把被咬到的手腕給砍斷。比喻當機立斷，毫不猶豫。

範例 董事長開除那一批人，其實是「壯士斷腕」，為了公司繼續營運不得已的決定。

不要誤用 「壯士斷腕」重在緊要關頭毅然犧牲局部，以保存整體；「當機立斷」則重在迅速做出決定，並不一定有所犧牲。

壯志未酬（ㄓㄨㄤˋ ㄓˋ ㄨㄟˋ ㄔㄡˊ）

反： 夙願得償

釋義 偉大的志向還沒有實現。

範例 他因為家庭因素而放棄繼續深造，「壯志未酬」，不免有些遺憾。

妙不可言 ㄇㄧㄠˋ ㄅㄨˋ ㄎㄜˇ ㄧㄢˊ **反：**平淡無奇

釋義 美妙到了極點，無法用語言形容。

範例 這個突如其來的結尾，安排得恰到好處，真是「妙不可言」。

妙手回春 ㄇㄧㄠˋ ㄕㄡˇ ㄏㄨㄟˊ ㄔㄨㄣ **近：**手到病除

釋義 稱讚醫生技術高明，能使病危的人痊癒。

範例 醫師縱使有「妙手回春」的本事，若沒有醫德，也是徒然。

不要誤用 「妙手回春」著重於稱讚醫生的醫術高明；「起死回生」則除了可以形容醫術高明，也可以比喻手段高超。

妙語如珠 ㄇㄧㄠˋ ㄩˇ ㄖㄨˊ ㄓㄨ

釋義 指言語幽默，每一個字都很有分量。形容言語或字句詼諧有趣。

範例 他「妙語如珠」的演講，獲得在場聽眾一致的肯定。

妖言惑眾 ㄧㄠ ㄧㄢˊ ㄏㄨㄛˋ ㄓㄨㄥˋ **近：**造謠惑眾

釋義 用荒誕離奇的邪說欺騙、蠱惑群眾。

範例 宗教的本意是給人心靈寄託，絕非製造恐慌，那些「妖言惑眾」的神棍，不過是想藉機圖謀己利而已。

妖形怪狀 ㄧㄠ ㄒㄧㄥˊ ㄍㄨㄞˋ ㄓㄨㄤˋ **近：**怪模怪樣

釋義 形容打扮奇異特殊，引起旁人側目。

範例 時下一些「妖形怪狀」的造型，反而很受年輕人青睞，進而模仿。

孜孜不倦 ㄗ ㄗ ㄅㄨˋ ㄐㄩㄢˋ **近：**夜以繼日 **反：**一暴十寒

釋義 形容勤奮努力，毫不倦怠。

範例 他「孜孜不倦」的讀書，看在父母眼裡，感到十分欣慰。

不要誤用 「孜孜不倦」多用在學習和研究上；「終日乾

乾」多用於工作；「篤行不倦」則多用於實行自己的主張。

完璧歸趙 ㄨㄢˊ ㄅㄧˋ ㄍㄨㄟ ㄓㄠˋ

近：物歸原主
反：占為己有

釋義 比喻把東西完整地歸還原主。

範例 這批文物在外流浪數十年，近日終於「完璧歸趙」，回到博物館中。

文史趣談 和氏璧攻防戰

《史記》記載：戰國時代，秦昭王想用十五座城池，交換趙國的希世美玉「和氏璧」，藺相如就奉趙王之命送和氏璧到秦國。但藺相如到秦國後，發現秦王根本沒有誠意要交換，於藉口玉上有瑕疵，趁機拿回來，再偷偷送回趙國。靠著藺相如的機智，這塊趙國的國寶，才沒有落入秦王的魔掌。

尾大不掉 ㄨㄟˇ ㄉㄚˋ ㄅㄨˋ ㄉㄧㄠˋ

釋義 尾巴太大就不好搖動。比喻部下勢力強大，不聽上級的調動、指揮。

範例 聰明的領導人絕對不會造成「尾大不掉」的狀況。

岌岌可危 ㄐㄧˊ ㄐㄧˊ ㄎㄜˇ ㄨㄟ

近：千鈞一髮
反：安如磐石

釋義 形容情勢非常危險，將要傾覆或滅亡。

範例 颱風過後，路基掏空，這些位在山邊的住家頓時「岌岌可危」，必須馬上撤離，以保安全。

不要誤用 「岌岌可危」可指地位、制度等即將崩潰；「搖搖欲墜」則除了將要傾覆的意思，還能形容人或東西即將由上往下墜落。

弄巧成拙 ㄋㄨㄥˋ ㄑㄧㄠˇ ㄔㄥˊ ㄓㄨㄛˊ

反：恰到好處

釋義 本想投機取巧，結果反而誤事。

範例 他本想幫忙，沒想到「弄巧成拙」，反而把事情弄得更複雜。

不要誤用 「弄巧成拙」著重在賣弄自己的聰明；「畫蛇添足」則著重在事情做過了頭。

文史趣談 周瑜沒出餿主意

說到「弄巧成拙」，最知名的應該是「賠了夫人又折兵」的故事。小說《三國演義》中，周瑜曾為了奪取荊州，假裝要將孫權的妹妹嫁給劉備，再趁機扣留，結果反而讓孫夫人真的被娶走，還折損不少兵將。其實，歷史上的周瑜不僅膽略過人，而且寬宏大量又謙虛，小說家只是為了突顯諸葛亮的足智多謀，才會刻意貶低周瑜。

形同路人（ㄒㄧㄥˊ ㄊㄨㄥˊ ㄌㄨˋ ㄖㄣˊ）

釋義 就像路上的陌生人一樣，毫不相關。

範例 他倆自從分手之後就「形同路人」，不再聯絡。

形單影隻（ㄒㄧㄥˊ ㄉㄢ ㄧㄥˇ ㄓ）

近：孤苦伶仃　**反**：成雙成對

釋義 形容孤獨沒有人陪伴。

範例 最近經常看到一位老先生，「形單影隻」地坐在公園的長椅上發呆。

不要誤用 「形單影隻」只指孤單一個人沒有伴侶，不一定生活困苦；「孤苦伶仃」則偏重形容人生活困苦，無依無靠。

形影不離（ㄒㄧㄥˊ ㄧㄥˇ ㄅㄨˋ ㄌㄧˊ）

近：形影相隨　**反**：若即若離

釋義 像形體和影子那樣分不開。形容彼此關係非常親密，經常互相伴隨。

範例 他們小兄弟倆整天「形影不離」，感情非常好。

忘恩負義（ㄨㄤˋ ㄣ ㄈㄨˋ ㄧˋ）

近：背信棄義　**反**：結草銜環

釋義 忘掉別人對自己的恩德，做出背棄正義、對不起別人的事情。

範例 他不是那種「忘恩負義」的人，切莫聽信傳言。

不要誤用 「忘恩負義」指不顧別人的恩情，做出對不起別人的事；「見利忘義」則指為了私利而不講信義。

志同道合（ㄓˋ ㄊㄨㄥˊ ㄉㄠˋ ㄏㄜˊ）

近：意氣相投　**反**：不相為謀

釋義 形容彼此理想、志趣一致，所從事的事業也相同。

範例 能與「志同道合」的朋友一起努力，實現共同的夢想，是多麼幸福的事。

不要誤用 「志同道合」多指彼此理想、志向一致；「情投意合」則多指彼此感情融洽。

忍氣吞聲（ㄖㄣˇ ㄑㄧˋ ㄊㄨㄣ ㄕㄥ）

近：飲恨吞聲　**反：**忍無可忍

釋義 受了氣勉強忍耐，不敢說出來。

範例 身為新進職員，受到不公平待遇也只能「忍氣吞聲」。

不要誤用 「忍氣吞聲」重在抑制氣憤，不使不滿情緒流露出來；「含垢忍辱」則重在忍受恥辱。

忍辱負重（ㄖㄣˇ ㄖㄨˋ ㄈㄨˋ ㄓㄨㄥˋ）

近：臥薪嘗膽　**反：**忍無可忍

釋義 能忍受怨謗及屈辱，承擔重任。

範例 司馬遷「忍辱負重」，終於寫出《史記》這部流傳千古的巨著。

快人快語（ㄎㄨㄞˋ ㄖㄣˊ ㄎㄨㄞˋ ㄩˇ）

近：心直口快　**反：**支吾其詞

釋義 豪爽人說話直爽。

範例 她一向「快人快語」，真誠沒有心機，大家都喜歡和她做朋友。

我行我素（ㄨㄛˇ ㄒㄧㄥˊ ㄨㄛˇ ㄙㄨˋ）

近：依然故我　**反：**唯命是從

釋義 不管別人怎樣，只按照自己平常的主張去做。

範例 經過幾番耳提面命，他依然「我行我素」，讓老師非常頭痛。

不要誤用 「我行我素」指依照自己的心意去做；「一意孤行」則側重於固執、專斷。

扭轉乾坤（ㄋㄧㄡˇ ㄓㄨㄢˇ ㄑㄧㄢˊ ㄎㄨㄣ）

釋義 比喻根本改變已經形成的局面。

範例 政府希望這個新政策能發揮「扭轉乾坤」的效果。

折衝尊俎（ㄓㄜˊ ㄔㄨㄥ ㄗㄨㄣ ㄗㄨˇ）

釋義 原來指在杯酒言歡之間制勝對方。泛指外交談判。

範例 他是個談判高手，單槍匹馬就能「折衝尊俎」。

投桃報李（ㄊㄡˊ ㄊㄠˊ ㄅㄠˋ ㄌㄧˇ）　**近**：桃來李答　**反**：水米無交

釋義 給桃子回贈李子。比喻彼此間互相贈答和回報。

範例 人際間本來就是禮尚往來，懂得「投桃報李」，才能維持良好關係。

投閒置散（ㄊㄡˊ ㄒㄧㄢˊ ㄓˋ ㄙㄢˋ）

釋義 放在閒散的位置上，擔任不重要的工作。

範例 他雖有滿腔抱負，卻一直「投閒置散」，所以總是鬱鬱寡歡。

投鼠忌器（ㄊㄡˊ ㄕㄨˇ ㄐㄧˋ ㄑㄧˋ）　**反**：肆無忌憚

釋義 比喻有顧忌，不敢放膽去做。

範例 人質還在歹徒手上，警方「投鼠忌器」，一時不敢有動作。

投機取巧（ㄊㄡˊ ㄐㄧ ㄑㄩˇ ㄑㄧㄠˇ）

釋義 迎合時機，用不正當的手段謀求私利。比喻耍小聰明，利用時機謀取私利。

範例 他用「投機取巧」的方法完成報告，結果三兩下就被老師識破了。

改邪歸正（ㄍㄞˇ ㄒㄧㄝˊ ㄍㄨㄟ ㄓㄥˋ）　**近**：棄暗投明　**反**：怙惡不悛

釋義 改正過去的錯誤，洗心革面，不再做壞事。

範例 佛教認為只要能真心「改邪歸正」，放下屠刀，便能立地成佛。

改弦易轍（ㄍㄞˇ ㄒㄧㄢˊ ㄧˋ ㄔㄜˋ）　**近**：改弦更張　**反**：老調重彈

釋義 樂器調換琴弦，車子改換行車道路。比喻變更方向、計畫或作法。

範例 這項措施已經不符合時代需求，應當「改弦易轍」，以順應民情。

不要誤用 「改弦易轍」除了

了指改變作法，還用於改變方向、道路等；「改弦更張」則重在去舊更新，用在改變作法、想法。

改頭換面 ㄍㄞˇ ㄊㄡˊ ㄏㄨㄢˋ ㄇㄧㄢˋ　**近：**面目一新　**反：**本來面目

釋義 原指表面上改變而實質上並未改變。現多指徹底改變原來面貌。

範例 經過設計師的打理，他整個人「改頭換面」，由原來的邋遢宅男變成時尚酷哥。

束之高閣 ㄕㄨˋ ㄓ ㄍㄠ ㄍㄜˊ　**近：**置之不理　**反：**愛不釋手

釋義 把東西綁好放在高樓上。比喻棄置不用。

範例 那些長久不用的東西，與其「束之高閣」占空間，不如捐給有需要的人。

不要誤用 「束之高閣」著重在棄置不用，多指具體的東西；「置之不理」則著重在不理睬，多指事情或人物。

束手就擒 ㄕㄨˋ ㄕㄡˇ ㄐㄧㄡˋ ㄑㄧㄣˊ　**近：**引頸就戮　**反：**負隅頑抗

釋義 讓人捆綁捉拿，不加抵抗。

範例 警方荷槍實彈，將大樓團團包圍，潛逃多時的毒販終於「束手就擒」。

不要誤用 「束手就擒」指不加抵抗，甘願認輸；「坐以待斃」則偏重於不做任何事而任憑災禍來臨。

束手無策 ㄕㄨˋ ㄕㄡˇ ㄨˊ ㄘㄜˋ　**近：**無計可施　**反：**情急生智

釋義 像手被捆住一樣，一點辦法也沒有。形容遇到問題時沒有解決的法子。

範例 面對這例新型傳染病，所有醫生都「束手無策」，只能設法減輕症狀。

不要誤用 「束手無策」偏重於完全想不出對付的辦法；「手足無措」則偏重於一時慌亂，為短暫的情況。

杞人憂天 ㄑㄧˇ ㄖㄣˊ ㄧㄡ ㄊㄧㄢ　**近：**庸人自擾　**反：**無憂無慮

釋義 杞國人擔心天會塌下

來。比喻不必要或沒有根據的憂慮。

範例 你何必「杞人憂天」，一天到晚擔心那些不可能發生的事情呢？

文史趣談 「天」到底是什麼模樣

天會塌下來嗎？古人對「天」的樣子，其實有很多不同看法：一種是「周髀說」，認為地像盤子，天像笠帽一樣蓋在上面。一種是「渾天說」，認為天包在地外面，就像蛋殼包裹蛋黃一樣。一種是「宣夜說」，認為天是一團無窮無盡的氣，日月星辰都飄浮空中——沒有精良儀器的古人對天的想像，是不是很有趣呢？

步步為營 ㄅㄨˋ ㄅㄨˋ ㄨㄟˊ ㄧㄥˊ

近：穩紮穩打
反：輕舉妄動

釋義 軍隊每前進一步就設下一道營壘。形容進軍謹慎。也比喻行動、做事的謹慎。

範例 她一向行事謹慎，對於這個重要案子，更是「步步為營」，一點都不敢大意。

不要誤用 「步步為營」著眼於行動謹慎、考慮周密；「穩紮穩打」則著眼於做得穩當、有把握。

每下愈況 ㄇㄟˇ ㄒㄧㄚˋ ㄩˋ ㄎㄨㄤˋ

近：江河日下
反：蒸蒸日上

釋義 原比喻越從低微的事物上推求，就越能看出事情的真實情況，看清事物的真相。後來用作「每況愈下」，竟義也有轉變，表示事情的狀況越來越壞。

範例 隨著網路電子書的普及，實體書店的經營也「每下愈況」了。

沉魚落雁 ㄔㄣˊ ㄩˊ ㄌㄨㄛˋ ㄧㄢˋ

近：閉月羞花
反：其貌不揚

釋義 形容女子的容貌十分美麗動人。

範例 自古紅顏多薄命，許多「沉魚落雁」的美人，都有一段坎坷的遭遇。

沐猴而冠

近：徒有其表 **反**：秀外慧中

釋義 比喻裝得像人，而實際行為卻不像。諷刺人依附惡勢力，只有人形而無人性。

範例 那位暴發戶雖然一身名牌，仍無法掩飾「沐猴而冠」的本質。

沒齒不忘

近：銘諸肺腑

釋義 一輩子也不會忘記。

範例 教練栽培我的大恩大德，我「沒齒不忘」，只希望有朝一日能以好成績來回報。

不要誤用 「沒齒不忘」多指不忘別人的大恩大德，強調時間之久；「銘心刻骨」則除了不忘恩德，還可以用在深仇大恨或印象極深的事物上，強調感受的深刻。

汲汲營營

反：清心寡欲

釋義 形容人急切地追逐功名利祿的樣子。

範例 整天「汲汲營營」、爭名逐利的生活，讓他變成一個非常無趣的人。

沆瀣一氣

近：臭味相投 **反**：格格不入

釋義 比喻彼此的志趣相投合（用於貶義）。

範例 這些貪官汙吏「沆瀣一氣」，勾結不肖商人，幹了許多非法勾當。

牢不可破

近：顛撲不破 **反**：一觸即潰

釋義 堅固得不可摧毀。形容觀念、制度、習俗等方面的難以改變。

範例 忠孝節義對古代讀書人來說是「牢不可破」的觀念，絕不能違背。

秀外慧中

釋義 形容人外貌秀麗，內心聰敏（多用於女性）。

範例 要在國際選美比賽中勝出，不能只有外表好看，而必須「秀外慧中」，臨場反應也要靈敏才行。

秀色可餐（ㄒㄧㄡˋ ㄙㄜˋ ㄎㄜˇ ㄘㄢ）　**近：**我見猶憐

釋義 形容婦女姿色秀麗，引人疼愛。也形容花木、山林的秀麗。

範例 那位「秀色可餐」的模特兒，是經紀公司去年才發掘的新星。

肝腸寸斷（ㄍㄢ ㄔㄤˊ ㄘㄨㄣˋ ㄉㄨㄢˋ）　**近：**心如刀割　**反：**欣喜若狂

釋義 肝和腸都斷成一寸一寸。形容非常傷心、哀痛。

範例 看她哭得「肝腸寸斷」，我真不知道該怎麼安慰她才是。

肝膽相照（ㄍㄢ ㄉㄢˇ ㄒㄧㄤ ㄓㄠˋ）　**近：**腹心相照　**反：**虛情假意

釋義 指對人坦誠，以真心相待相見。

範例 人生能結交「肝膽相照」的朋友，夫復何求？

不要誤用 「肝膽相照」側重於坦誠，常用在人與人之間的相互關係；「披肝瀝膽」則偏重於忠誠，可用於個人對國家、團體等單方面付出。

良辰美景（ㄌㄧㄤˊ ㄔㄣˊ ㄇㄟˇ ㄐㄧㄥˇ）　**近：**春花秋月

釋義 美好的時節，宜人的風景。

範例 「良辰美景」當前，何不放開胸懷好好欣賞？

良莠不齊（ㄌㄧㄤˊ ㄧㄡˇ ㄅㄨˋ ㄑㄧˊ）　**近：**牛驥同皁　**反：**整齊畫一

釋義 指素質不齊，好的、壞的都夾雜在一起。

範例 班上學生素質「良莠不齊」，考驗著導師帶班的智慧。

良禽擇木（ㄌㄧㄤˊ ㄑㄧㄣˊ ㄗㄜˊ ㄇㄨˋ）

釋義 好鳥選擇樹木棲息。比喻賢才選擇主人。

範例 「良禽擇木」，公司有好老闆才會有好員工。

良藥苦口（ㄌㄧㄤˊ ㄧㄠˋ ㄎㄨˇ ㄎㄡˇ）　**近：**忠言逆耳

釋義 良藥味苦但可治病。比喻勸誡或批評雖不好聽，但是很有益處。

範例：「良藥苦口」，前輩的忠告對你有好處，不可不聽。

芒刺在背（ㄇㄤˊ ㄘˋ ㄗㄞˋ ㄅㄟˋ） **近**：如坐針氈 **反**：安之若素

釋義：比喻心中恐懼不安，受到極大的威脅。

範例：無意間聽到大家的背後耳語，讓他覺得「芒刺在背」。

見仁見智（ㄐㄧㄢˋ ㄖㄣˊ ㄐㄧㄢˋ ㄓˋ） **反**：所見略同

釋義：對於同一問題，各人從不同的角度、立場來看便持有不同的看法。

範例：屈原、杜甫、蘇東坡到底誰才是中國歷史上最偉大的文學家？這問題是「見仁見智」。

見風轉舵（ㄐㄧㄢˋ ㄈㄥ ㄓㄨㄢˇ ㄉㄨㄛˋ） **近**：看風使帆

釋義：比喻看機會或看人的臉色應變行事，自己並沒有堅定的立場或原則。

範例：他總是「見風轉舵」，朝有利的那邊靠，完全沒有原則可言。

不要誤用 「見風轉舵」含有投機取巧的意思，多有貶義；「隨機應變」則強調辨事機智、靈活，有褒義。

見異思遷（ㄐㄧㄢˋ ㄧˋ ㄙ ㄑㄧㄢ） **近**：二三其德 **反**：矢志不移

釋義：指意志不堅定，看見別的事物就改變主意。

範例：確定了目標就不要「見異思遷」了，否則只會浪費時間在猶豫上。

見微知著（ㄐㄧㄢˋ ㄨㄟˊ ㄓ ㄓㄨˋ） **近**：一葉知秋 **反**：習焉不察

釋義：從事物細微的徵兆上，就能看清整件事的實質和其發展的趨向。

範例：從今天這件小事上「見微知著」，他們之間的合作關係可能要破局了。

見機行事（ㄐㄧㄢˋ ㄐㄧ ㄒㄧㄥˊ ㄕˋ） **近**：隨機應變 **反**：因循守舊

釋義：依客觀的形勢變化而採取適當的措施。

範例 這只是粗略的計畫，執行時還得「見機行事」。

不要誤用 「見機行事」側重在抓住時機；「隨機應變」則側重在善於應付。

見獵心喜 ㄐㄧㄢˋ ㄌㄧㄝˋ ㄒㄧㄣ ㄒㄧˇ

近：躍躍欲試

釋義 比喻難以忘卻舊有的愛好。見到某事而觸動愛好，就躍躍欲試。

範例 雖然很久沒有彈琴了，但看到有人演奏，仍讓他「見獵心喜」。

言不及義 ㄧㄢˊ ㄅㄨˋ ㄐㄧˊ ㄧˋ

近：胡言亂語
反：一語破的

釋義 說話一點也不涉及正經的義理。指說話毫無內涵。

範例 幾個無所事事的青年聚在一起，總是「言不及義」，老談些沒有建設性的話題。

言不由衷 ㄧㄢˊ ㄅㄨˋ ㄧㄡˊ ㄓㄨㄥ

近：口是心非
反：心口如一

釋義 所說的話與內心相違背，不是內心的真話。

範例 他的附和聽起來有些「言不由衷」，可能並不完全贊成此事。

不要誤用 「言不由衷」偏重敷衍、隱瞞，常是迫於情勢而無法說真話；「口是心非」則為有意欺騙，多是以言語掩蓋不好的念頭。

文史趣談 不說真話的原因

人為什麼不說真話呢？《戰國策》記載：齊國大臣鄒忌和徐公都是當時有名的美男子。一天，鄒忌分別問他的妻、妾和賓客說，自己和徐公誰比較好看，他們都回答是鄒忌。但鄒忌某天見到徐公，發現自己根本比不上，他認真思考後，才發覺自己的妻、妾和賓客所以不說真話，分別是因為對他偏愛、敬畏及有所求呢！

言之鑿鑿 ㄧㄢˊ ㄓ ㄗㄠˊ ㄗㄠˊ

近：言之有據
反：無稽之談

釋義 說話非常確鑿，有事實作為依據。

範例 別被他的那副「言之鑿鑿」的樣子給騙了，那不過是個完美的謊言罷。

言猶在耳（ㄧㄢˊ ㄧㄡˊ ㄗㄞˋ ㄦˇ）

近：記憶猶新
反：置諸腦後

釋義 說的話好像還在耳邊回響著。形容對聽過的話語記憶猶新。

範例 老師的諄諄叮嚀「言猶在耳」，你怎麼又和人起了衝突？

言過其實（ㄧㄢˊ ㄍㄨㄛˋ ㄑㄧˊ ㄕˊ）

近：誇誇其談
反：言必有據

釋義 指講話誇大，和實際情形不符合。

範例 說那部作品是百年中最偉大的著作，未免「言過其實」。

言歸正傳（ㄧㄢˊ ㄍㄨㄟ ㄓㄥˋ ㄓㄨㄢˋ）

釋義 指說話離正題太遠，再把話題回到正題上來。

範例 講完了和作者有關的奇聞軼事，現在「言歸正傳」，回到課文上吧！

言歸於好（ㄧㄢˊ ㄍㄨㄟ ㄩˊ ㄏㄠˇ）

釋義 比喻過去雖有衝突，但是如今重新修好。

範例 雖然盡量勸和不勸離，但他們現在的狀況，想「言歸於好」恐怕有困難。

言簡意賅（ㄧㄢˊ ㄐㄧㄢˇ ㄧˋ ㄍㄞ）

近：要言不煩
反：長篇累牘

釋義 言語簡單，內容完備。形容說話、寫文章簡明扼要。

範例 論文必須「言簡意賅」，不能為了增加篇幅堆砌資料。

不要誤用 「言簡意賅」側重於完備；「要言不煩」則偏重於深刻精要。

言聽計從（ㄧㄢˊ ㄊㄧㄥ ㄐㄧˋ ㄘㄨㄥˊ）

近：百依百順
反：一意孤行

釋義 形容對某人非常信任，對他的話完全聽從。

範例 史上很多帝王，就是因為對小人「言聽計從」，才會落得身滅國亡的下場。

走投無路（ㄗㄡˇ ㄊㄡˊ ㄨˊ ㄌㄨˋ）

釋義 沒有地方可以依歸。比

喻處境困難，已經到了無路可走的地步。

範例 別把「走投無路」當作鋌而走險的藉口。

走馬看花 ㄗㄡˇ ㄇㄚˇ ㄎㄢˋ ㄏㄨㄚ

釋義 本來是形容得意和愉快的心情，後用來比喻隨意的瀏覽，並沒有深入了解。

範例 雖然只是「走馬看花」，但逛完展場一圈也花了我們一個上午的時間。

不要誤用 「走馬看花」著重於觀察的匆促、隨意、粗略；「浮光掠影」則著重於印象不深刻，只是膚淺、表面。

身敗名裂 ㄕㄣ ㄅㄞˋ ㄇㄧㄥˊ ㄌㄧㄝˋ

近： 名譽掃地
反： 功成名遂

釋義 地位喪失，名譽掃地。

範例 那位科學家因為被踢爆實驗數據造假而落得「身敗名裂」。

身無長物 ㄕㄣ ㄨˊ ㄓㄤˋ ㄨˋ

近： 阮囊羞澀
反： 萬貫家財

釋義 指身邊沒有多餘的東西。比喻貧困。

範例 他雖然「身無長物」，但知足常樂，每天都過得很自在。

身體力行 ㄕㄣ ㄊㄧˇ ㄌㄧˋ ㄒㄧㄥˊ

近： 井臼親操
反： 置身事外

釋義 親自體驗，努力實行。

範例 光是坐在那裡喊口號難以說服他人，必須要「身體力行」才行。

不要誤用 「身體力行」指親自去實踐自己的諾言或主張；「事必躬親」則表示凡事都自己去做。

車水馬龍 ㄔㄜ ㄕㄨㄟˇ ㄇㄚˇ ㄌㄨㄥˊ

近： 熙來攘往
反： 門可羅雀

釋義 車子像水流一樣，馬很多連接得像一條長龍。形容熱鬧的景象。

範例 這條交通要道，每當上下班尖峰時間總是「車水馬龍」。

車載斗量（ㄔㄜ ㄗㄞˋ ㄉㄡˇ ㄌㄧㄤˊ）

近：恆河沙數
反：太倉一粟

釋義　用車裝，用斗量。形容數量很多。

範例　現在碩、博士生滿街跑，可用「車載斗量」來形容，學歷已經不值錢了。

防不勝防（ㄈㄤˊ ㄅㄨˋ ㄕㄥ ㄈㄤˊ）

釋義　形容敵害太多，難以防備。

範例　不管法律制定得再怎麼周密，對於有心鑽漏洞的人仍是「防不勝防」。

防患未然（ㄈㄤˊ ㄏㄨㄢˋ ㄨㄟˋ ㄖㄢˊ）

近：曲突徙薪
反：江心補漏

釋義　在事故或災害未發生之前就加以防備。

範例　經常檢修老舊電線，就能「防患未然」，避免發生電線走火。

不要誤用　「防患未然」指問題未出現之前先防止它發生；「防微杜漸」則指對已經出現的問題徵兆加以制止，使它不至於擴大。

防微杜漸（ㄈㄤˊ ㄨㄟ ㄉㄨˋ ㄐㄧㄢˋ）

近：防患未然
反：養癰遺患

釋義　禍患剛剛開始的時候，就加以制止，不使其發展。

範例　有遠見的人都懂得「防微杜漸」，避免姑息養奸，造成無窮後患。

忐忑不安（ㄊㄢˇ ㄊㄜˋ ㄅㄨˋ ㄢ）

近：七上八下
反：若無其事

釋義　形容心神很不安定。

範例　段考成績遲遲不公布，讓我「忐忑不安」。

不要誤用　「忐忑不安」除了形容心神不定，還帶有表情膽怯的樣子，多用於書面；「七上八下」則單純形容心理，多用於口語。

八畫

並駕齊驅（ㄅㄧㄥˋ ㄐㄧㄚˋ ㄑㄧˊ ㄑㄩ）

近：勢均力敵
反：大相逕庭

釋義　比喻在地位、程度上齊頭並進，不分上下。

範例 國內學校想要與國際名校「並駕齊驅」，必須同時加強硬體與軟體才行。

不要誤用 「並駕齊驅」只表示程度難分高低，兩者一樣好；「不相上下」則還可用來形容人的智謀、年紀、生活、爭論等接近，適用範圍較廣。

乳臭未乾（ㄖㄨˇ ㄒㄧㄡˋ ㄨㄟˋ ㄍㄢ）

近：少不更事　**反**：老成持重

釋義 身上還有奶腥味。譏刺人年少無知。

範例 老一輩人總認為「乳臭未乾」的小孩沒有資格在大人面前發表意見。

不要誤用 「乳臭未乾」偏重指年紀輕；「羽毛未豐」則側重於實力不夠。

事半功倍（ㄕˋ ㄅㄢˋ ㄍㄨㄥ ㄅㄟˋ）

近：一舉數得　**反**：事倍功半

釋義 只付出一半的心血，卻獲得雙倍的成效。形容費力小，效果大。

範例 電腦的發明，讓許多工作都能「事半功倍」，效率大為提高。

事必躬親（ㄕˋ ㄅㄧˋ ㄍㄨㄥ ㄑㄧㄣ）

近：身體力行　**反**：置身事外

釋義 任何事情都一定親自去做。

範例 老闆「事必躬親」，不管大事小事都不肯假手他人。

事在人為（ㄕˋ ㄗㄞˋ ㄖㄣˊ ㄨㄟˊ）

近：有志竟成　**反**：聽天由命

釋義 事情的成敗取決於人的做與不做。

範例 「事在人為」，一切端看你願意付出多少努力罷。

事倍功半（ㄕˋ ㄅㄟˋ ㄍㄨㄥ ㄅㄢˋ）

反：事半功倍

釋義 形容費力大而效果小。

範例 做事要有效率，必須講究方法，一味蒙頭苦幹只會「事倍功半」。

事過境遷（ㄕˋ ㄍㄨㄛˋ ㄐㄧㄥˋ ㄑㄧㄢ）

近：情隨事遷　**反**：依然如故

釋義 事情過去了，情況也改變了。

範例 他不是個會記恨的人，何況這麼多年了，早就「事過境遷」，他應該已經忘了。

不要誤用 「事過境遷」是指客觀環境隨著變化；「情隨事遷」則是指人的思想、感情隨著變化。

事與願違 (ㄕˋ ㄩˇ ㄩㄢˋ ㄨㄟˊ)

近：天違人願　**反：**如願以償

釋義 事情的發展、實際情況和願望相違背。

範例 這個活動他策畫了一年多，無奈「事與願違」，計畫始終無法實現。

依依不捨 (ㄧ ㄧ ㄅㄨˋ ㄕㄜˇ)

近：難捨難分

釋義 形容有了感情，捨不得分開的樣子。

範例 這次營隊，大家雖然只相處短短五天，但離去時卻都是「依依不捨」。

不要誤用 「依依不捨」可形容對人、對物的留戀，適用範圍較廣；「依依惜別」則只能用來形容分離時的留戀之情。

供不應求 (ㄍㄨㄥ ㄅㄨˋ ㄧㄥˋ ㄑㄧㄡˊ)

釋義 供應不能滿足需要。

範例 因為名人加持，這款大衣今年賣得特別好，早已「供不應求」。

來日方長 (ㄌㄞˊ ㄖˋ ㄈㄤ ㄔㄤˊ)

釋義 將來的日子長著。過去多用於勸人不要急於從事某一活動。現在有時可表示展望未來的發展。

範例 「來日方長」，努力就會成功，不必急著立刻就想看到成效。

來者不拒 (ㄌㄞˊ ㄓㄜˇ ㄅㄨˋ ㄐㄩˋ)

近：有求必應　**反：**拒人千里

釋義 凡是來的一概不選擇、不拒絕。

範例 對於美食，她向來是「來者不拒」，體重才會居高不下。

不要誤用 「來者不拒」可指人、事、物各種情況都接受、不拒絕，適用範圍較廣；「有求必應」則偏重別人對我有要求就答應，多用在幫助別人的情況。

來龍去脈（ㄌㄞˊ ㄌㄨㄥˊ ㄑㄩˋ ㄇㄞˋ）　**近：**始末緣由

釋義 比喻一件事情的由來和變化。

範例 他短短幾句話，就把整件事情的「來龍去脈」交代得清清楚楚。

不要誤用 「來龍去脈」偏重指事情前後發展的線索；「前因後果」則著重在指事情的全部過程與因果關係。

侃侃而談（ㄎㄢˇ ㄎㄢˇ ㄦˊ ㄊㄢˊ）　**近：**高談闊論　**反：**默默不語

釋義 形容說話理直氣壯，從容不迫的樣子。

範例 他面對主考官，不但不緊張，還能「侃侃而談」，最後也順利被錄取了。

不要誤用 「侃侃而談」形容談話從容，理直氣壯；「慷慨陳辭」偏重在形容說話慷慨激昂的樣子；「高談闊論」重在形容談話內容廣博或不切實際；「娓娓而談」則在形容說話連續而不知疲倦。

兔死狗烹（ㄊㄨˋ ㄙˇ ㄍㄡˇ ㄆㄥ）　**近：**過河拆橋　**反：**論功行賞

釋義 比喻成功之後，就忘記別人對自己的恩惠，還反過來傷害對方。

範例 許多古代功臣名將，就是因為不懂得急流勇退，才落得「兔死狗烹」的下場。

兔死狐悲（ㄊㄨˋ ㄙˇ ㄏㄨˊ ㄅㄟ）　**近：**物傷其類　**反：**幸災樂禍

釋義 比喻因同類的死或失敗而感到悲傷。

範例 鄰床病友不幸去世，他不免「兔死狐悲」起來。

兩全其美（ㄌㄧㄤˇ ㄑㄩㄢˊ ㄑㄧˊ ㄇㄟˇ）　**近：**皆大歡喜　**反：**兩敗俱傷

釋義 處理事情能顧全兩方面，使雙方問題都能獲得圓滿的解決。

範例 這件事我們需要再商量一下，一定要找出「兩全其美」的辦法。

不要誤用 「兩全其美」一般指使雙方都滿意；「皆大歡

喜」則指使所有人或各方面都滿意。

兩面三刀（ㄌㄧㄤˇ ㄇㄧㄢˋ ㄙㄢ ㄉㄠ）

近：陽奉陰違　**反**：光明磊落

釋義 比喻陰險狡猾，背地裡詆毀他人，挑撥是非。

範例 他為人陰險狡猾，是個「兩面三刀」的人，你最好和他保持距離。

不要誤用 「兩面三刀」指玩弄手法、表裡不一，語意較廣；「陽奉陰違」則僅限於表面上遵從、暗中卻違背的情況，只用於下級對上級、晚輩對長輩。

兩敗俱傷（ㄌㄧㄤˇ ㄅㄞˋ ㄐㄩˋ ㄕㄤ）

近：鷸蚌相爭　**反**：兩全其美

釋義 兩方打鬥，結果都受到損傷。

範例 兩位候選人為了當選，無所不用其極的攻擊對手，結果落得「兩敗俱傷」。

兩袖清風（ㄌㄧㄤˇ ㄒㄧㄡˋ ㄑㄧㄥ ㄈㄥ）

近：廉潔奉公　**反**：營私舞弊

釋義 兩袖中除了清風之外，什麼也沒有。形容為官清廉。

範例 因為父親為官清廉、「兩袖清風」，所以歐陽脩小時家裡非常貧困。

不要誤用 「兩袖清風」專指因為官清廉而清貧；「囊空如洗」則泛指窮困的狀態。

文史趣談 袖子裡的秘密

古裝劇中，常可看到演員把東西藏在袖子裡，古人真的會這麼做嗎？原來，古代服裝的衣袖都做得特別寬大，衣袖內側會縫住，作成一個開口斜向上方的口袋，小型物品都可以收藏在裡面帶著走。有一種特別小、可以藏進袖子裡的書，就叫做「袖珍本」，據說考科舉的時候，就有人會趁機夾帶進場作弊呢！

其貌不揚（ㄑㄧˊ ㄇㄠˋ ㄅㄨˋ ㄧㄤˊ）

釋義 形容人的外貌很醜陋，也可以形容器物。

範例 沒想到這個「其貌不

揚」的手工蛋糕，竟有如此美妙的滋味。

刻不容緩（ㄎㄜˋ ㄅㄨˋ ㄖㄨㄥˊ ㄏㄨㄢˇ）

近：事不宜遲　**反：**曠日持久

釋義 形容事情急迫，一刻也不能拖延。

範例 保護兒童不受虐待是「刻不容緩」的任務。

不要誤用 「刻不容緩」形容情勢緊急，不能再拖延；「迫不急待」則指心情急迫，難以等待。

刻骨銘心（ㄎㄜˋ ㄍㄨˇ ㄇㄧㄥˊ ㄒㄧㄣ）

近：永誌不忘

釋義 形容感受深刻，沒有辦法忘記。多用來形容對別人的感激。

範例 這段「刻骨銘心」的戀愛經歷，成為他日後創作的靈感來源。

刺股懸梁（ㄘˋ ㄍㄨˇ ㄒㄩㄢˊ ㄌㄧㄤˊ）

近：鑿壁偷光　**反：**一暴十寒

釋義 比喻人刻苦好學，非常用功。

範例 那段「刺股懸梁」的日子，是她一生中最難忘的回憶片段。

文史趣談　**趕走瞌睡蟲**

晚上唸書時，你是不是也曾遇過坐到書桌前就想打瞌睡的狀況呢？打瞌睡不是現代人的專利，古人讀書也會有想睡的狀況，他們又是怎麼消除睡意呢？戰國時代的蘇秦想到用「刺股」（用椎子刺大腿）的方法，孫敬則用「懸梁」（用繩子把頭髮綁在屋梁上）的方法。古人唸書如此刻苦用功，我們也要向他們看齊才行呢！

刮目相看（ㄍㄨㄚ ㄇㄨˋ ㄒㄧㄤ ㄎㄢˋ）

近：另眼相看　**反：**不屑一顧

釋義 指別人突飛猛進，所以要用全新的眼光去看待。

範例 沒想到幾年不見，他就從個愛翹課的問題小子成為名校博士生，真要對他「刮目相看」了。

不要誤用 「刮目相看」指去掉以前的看法，以全新的眼光看人，重在看到別人的進步；

「另眼相看」則重在不同於一般，而以特別重視的眼光看待對方。

文史趣談 擺脫草包的名號

要如何改變別人對自己的壞印象？多讀書會是個好方法喔。《三國志》記載：吳國將軍呂蒙沒唸過什麼書，其他官員都瞧不起他。後來呂蒙發憤用功，過了一陣子，將軍魯肅來找他，發現呂蒙變得很有學問，便說：「你已經不是當年那個草包呂蒙了。」呂蒙說：「男子漢三天不見，就該讓人刮目相看才對呀！」

卑躬屈膝

近：低聲下氣
反：不亢不卑

釋義 彎腰下跪，特意討好。形容人沒有骨氣，對別人一味巴結奉承。

範例 瞧他那「卑躬屈膝」的模樣，真是沒有骨氣！

取而代之

近：拔幟易幟

釋義 奪取別人的地位而代替他。後用以表示拿這個來代替那個。

範例 他很擔心自己的職位會被人「取而代之」，所以終日都戰戰兢兢的。

受寵若驚

近：寵辱若驚
反：寵辱皆忘

釋義 受到特別的寵愛而感到意外和不安。

範例 長官的親自慰問，讓他「受寵若驚」。

咄咄逼人

近：氣勢洶洶
反：平易近人

釋義 形容說話傷人，令人難受、難堪。或指盛氣凌人。

範例 他的確犯了錯，但你又何需如此「咄咄逼人」？

不要誤用 「咄咄逼人」可用於言語傷人，也可形容事物發展快或本領趕上、超越前人；「盛氣凌人」則只能指人態度驕橫，有貶義。

呼之欲出（ㄏㄨ ㄓ ㄩˋ ㄔㄨ）　**近：**躍然紙上

釋義　形容畫像非常逼真，或文學作品描寫得十分生動。也可形容人、事即將揭曉。

範例　這個推理故事進行至此，凶手已「呼之欲出」。

不要誤用　「呼之欲出」形容描寫生動的對象只限於人和動物；「躍然紙上」則可用於一般景物。

呼風喚雨（ㄏㄨ ㄈㄥ ㄏㄨㄢˋ ㄩˇ）　**近：**興妖作怪

釋義　古代精通法術的術士，具有隨意呼風喚雨的能力。現在比喻人神通廣大。

範例　他在商界有舉足輕重的低位，簡直可以「呼風喚雨」，喊水會結凍。

和顏悅色（ㄏㄜˊ ㄧㄢˊ ㄩㄝˋ ㄙㄜˋ）　**近：**和藹可親　**反：**疾言厲色

釋義　形容態度和善可親。

範例　他平日待人總是「和顏悅色」，決不輕易發脾氣。

不要誤用　「和顏悅色」著重在臉部表情祥和；「和藹可親」則著重在對人態度可親，多用在長輩對晚輩。

周而復始（ㄓㄡ ㄦˊ ㄈㄨˋ ㄕˇ）　**近：**循環往復　**反：**一去不返

釋義　輪流一遍，重新開始。事物或大自然現象循環往復，持續不斷地週轉。

範例　太陽東升西落，「周而復始」，歲月就在這個過程中流逝不返。

命途多舛（ㄇㄧㄥˋ ㄊㄨˊ ㄉㄨㄛ ㄔㄨㄢˇ）

釋義　形容人命運不順，遭遇一波又一波的不幸。

範例　即使「命途多舛」，他也沒有被挫折打倒。

咎由自取（ㄐㄧㄡˋ ㄧㄡˊ ㄗˋ ㄑㄩˇ）　**近：**罪有應得　**反：**無妄之災

釋義　罪過、禍患都走自己招來的。

範例　他因為貪圖一時方便而亂停車，結果遭到拖吊，真是「咎由自取」。

不要誤用　「咎由自取」偏重

自作自受，語氣較輕；「罪有應得」則偏重指理應受到處罰，語氣較重。

固若金湯（ㄍㄨˋ ㄖㄨㄛˋ ㄐㄧㄣ ㄊㄤ）　**近：**堅如磐石　**反：**不堪一擊

釋義 形容所守的城池或陣地非常堅固。

範例 為保護這批重要文物，現場保全設施是「固若金湯」，安檢務必做到滴水不漏。

不要誤用 「固若金湯」大多與防守有關，多形容城鎮、陣地、防線等的牢固，只可用於物而不能用於人；「堅如磐石」則多用來形容建築堅固，也可比喻集團、組織、國家的穩固堅強。

夜不閉戶（ㄧㄝˋ ㄅㄨˋ ㄅㄧˋ ㄏㄨˋ）　**近：**門不夜關

釋義 夜裡睡覺不用關門。形容社會治安良好。

範例 大同世界的理想，是希望能做到路不拾遺，「夜不閉戶」。

文史趣談　**治安良好大不同**

你知道嗎？同樣形容社會治安良好，《禮記》的「外戶而不閉」是大道實行後的理想，「道不拾遺」原本卻是嚴刑峻法造成的景象呢！那是說秦孝公時的宰相商鞅實行改革，無論身分，只要犯法，都會遭到嚴厲的制裁。所以秦國上下沒人敢犯法，就算看到路上有人遺落財物，也不會撿起來——其實人們是害怕會受罰呀。

夜以繼日（ㄧㄝˋ ㄧˇ ㄐㄧˋ ㄖˋ）　**近：**通宵達旦　**反：**飽食終日

釋義 白天不夠用，夜晚接著工作。比喻人勤奮不倦地工作。

範例 經過大家「夜以繼日」地趕工，終於在交貨日前完成所有商品。

不要誤用 「夜以繼日」偏重形容不知疲倦；「朝乾夕惕」則含有謹慎的意味。

夜長夢多（ㄧㄝˋ ㄔㄤˊ ㄇㄥˋ ㄉㄨㄛ）　**反：**從長計議

釋義 比喻經過的時間過長，

事情可能發生不利的變化。

範例 趕快把這件事情確定下來吧！以免「夜長夢多」，日久生變。

夜郎自大 ㄧㄝˋ ㄌㄤˊ ㄗˋ ㄉㄚˋ

近：妄自尊大
反：虛懷若谷

釋義 比喻人見識淺卻自以為了不起。

範例 他只不過拿了個校內冠軍，就「夜郎自大」，沾沾自喜，不知道比他厲害的人多的是呢。

夜闌人靜 ㄧㄝˋ ㄌㄢˊ ㄖㄣˊ ㄐㄧㄥˋ

釋義 形容靜謐的深夜時分。

範例 我喜歡在「夜闌人靜」時，一邊品茗，一邊閱讀。

奇貨可居 ㄑㄧˊ ㄏㄨㄛˋ ㄎㄜˇ ㄐㄩ

近：囤積居奇

釋義 把珍貴的貨物囤積起來，希望能謀取更高的利益。

範例 建國百年紀念幣被收藏家認為「奇貨可居」，大量收購。

不要誤用 「奇貨可居」偏重為達到私利而故意壟斷某種東西或技藝；「囤積居奇」指以囤積貨物來謀取暴利；「操奇計贏」則指以操縱和控制市場來謀利。

文史趣談 聰明的商人

有眼光的商人不但能賺大錢，還可以提升自己的地位，戰國的呂不韋，就是箇中高手。《史記》記載：呂不韋聽說，秦國安國君的兒子子楚在趙國當人質，受到很差的待遇。呂不韋覺得子楚「奇貨可居」，可以好好利用，於是他縝密策畫，幫助子楚登上王位，自己也被封為宰相。只能說呂不韋的腦筋實在動得很快呢！

委曲求全 ㄨㄟˇ ㄑㄩ ㄑㄧㄡˊ ㄑㄩㄢˊ

近：逆來順受

釋義 勉強遷就他人或環境，以求保全大局。

範例 為了團體內部的和諧，他只得「委曲求全」，放棄個人的利益。

姑息養奸 ㄍㄨ ㄒㄧˊ ㄧㄤˇ ㄐㄧㄢ

近：養癰遺患
反：嚴懲不貸

釋義 毫無原則的過分寬容，就會助長壞人、壞事。

範例 對於作惡的人，千萬不能「姑息養奸」，否則將會讓更多人受害。

不要誤用 「姑息養奸」指因過度寬容而助長壞人、壞事；「養癰遺患」、「養虎遺患」則偏重縱容壞人、壞事，給自己留下禍患。

姍姍來遲（ㄕㄢ ㄕㄢ ㄌㄞˊ ㄔˊ）

釋義 原形容女子從容緩步的樣子。後多以譏諷人遲到。

範例 會議都開始好一陣子了，你怎麼現在才「姍姍來遲」呢？

始作俑者（ㄕˇ ㄗㄨㄛˋ ㄩㄥˇ ㄓㄜˇ）　近：罪魁禍首

釋義 第一個製作陪葬土木偶的人。比喻首開惡例或惡端的人。

範例 他是開啟這個惡例的「始作俑者」，想不到現在卻害到自己。

不要誤用 「始作俑者」指首開惡例、且引起後人跟從的人；「罪魁禍首」則指做壞事的主謀、首惡，並不強調開啟惡端。

始亂終棄（ㄕˇ ㄌㄨㄢˋ ㄓㄨㄥ ㄑㄧˋ）　反：白頭到老

釋義 先加以玩弄，後來又遺棄不顧。多指男性玩弄女性情感的行徑。

範例 愛情必須以真心相對待，千萬不能做出「始亂終棄」的行為。

孤注一擲（ㄍㄨ ㄓㄨˋ ㄧˊ ㄓˋ）　近：背水一戰　反：穩操勝券

釋義 比喻危急時，用盡所有的力量做最後一次的冒險。

範例 現在的情況已不容退縮，只能「孤注一擲」，奮力一搏了。

孤芳自賞（ㄍㄨ ㄈㄤ ㄗˋ ㄕㄤˇ）　近：古調獨彈

釋義 比喻自命清高，自我欣賞。也指人品格高潔，懷才不遇。

範例 你的文筆這麼好，與其「孤芳自賞」，何不出書讓大家都能讀到你的作品呢？

不要誤用 「孤芳自賞」偏重表現自命清高的心態；「自我陶醉」指沉浸在某種情境之中，偏重表現自我欣賞的情緒；「自命不凡」則是自認為不同凡響，偏重表現驕傲自滿的心態。

孤苦伶仃 ㄍㄨ ㄎㄨˇ ㄌㄧㄥˊ ㄉㄧㄥ

釋義 形容人生活困苦孤單，無依無靠。

範例 看到新聞報導有許多「孤苦伶仃」的孩子亟待救助，就覺得自己真是幸福。

孤陋寡聞 ㄍㄨ ㄌㄡˋ ㄍㄨㄚˇ ㄨㄣˊ

近：寡見鮮聞
反：見多識廣

釋義 學識短淺，見聞貧乏。

範例 他連那位知名網路作家的名字都不知道，未免也太「孤陋寡聞」了吧！

不要誤用 「孤陋寡聞」偏重於學識淺陋；「淺見寡識」、「寡見鮮聞」則偏重於見聞極為貧乏。

孤掌難鳴 ㄍㄨ ㄓㄤˇ ㄋㄢˊ ㄇㄧㄥˊ

近：獨木難支
反：眾志成城

釋義 一個巴掌拍不出聲音來。比喻一個人力量薄弱，不能有所作為。

範例 他雖然有好的提議，但「孤掌難鳴」，無人支持，還是難以實行。

不要誤用 「孤掌難鳴」比喻孤立無援，難以有所作為；「獨木難支」則指難以支撐，比喻無法挽回頹倒之勢。

官官相護 ㄍㄨㄢ ㄍㄨㄢ ㄒㄧㄤ ㄏㄨˋ

近：貓鼠同眠
反：發奸擿伏

釋義 指官員間互相包庇。

範例 政府人員「官官相護」的狀況，最讓民眾詬病。

不要誤用 「官官相護」指做官的互相包庇、袒護；「貓鼠同眠」則偏重上司縱容、袒護下屬做壞事。

屈指可數 ㄑㄩ ㄓˇ ㄎㄜˇ ㄕㄨˇ

近：寥寥無幾
反：不可勝數

釋義 扳一扳手指就可以計算出數量。形容數目不多。

範例：每年能通過這項測驗的學生「屈指可數」，所以個個都是菁英中的精英。

不要誤用：「屈指可數」形容的數目較為具體，能用來計算日期；「寥寥無幾」形容的數目比較抽象，不能用來計算日期。

居心叵測（ㄐㄩ ㄒㄧㄣ ㄆㄛˇ ㄘㄜˋ）

近：為鬼為蜮
反：胸懷坦蕩

釋義：形容人心存險惡，令人難以推測。

範例：那個人假借各種名義接近你，「居心叵測」，還需多加提防。

不要誤用：「居心叵測」表示存心難測，特指心存險惡，語意較重；「別有用心」則表示另有意圖，多指不可告人之事，語意較輕。

居安思危（ㄐㄩ ㄢ ㄙ ㄨㄟˊ）

近：未雨綢繆
反：燕雀處堂

釋義：處在安全的環境裡，仍要想到可能發生的危險。

範例：定期舉行防災演習的目的，就是要讓民眾有「居安思危」的警覺心。

幸災樂禍（ㄒㄧㄥˋ ㄗㄞ ㄌㄜˋ ㄏㄨㄛˋ）

釋義：看見別人受到災禍而感到高興。

範例：看見別人發生不幸卻「幸災樂禍」，是很沒有同情心的行為。

弦歌不輟（ㄒㄧㄢˊ ㄍㄜ ㄅㄨˋ ㄔㄨㄛˋ）

釋義：讀書的聲音連續不斷。比喻文教風氣非常興盛。

範例：儒家一心想打造一個政治清明、「弦歌不輟」的安定社會。

忠言逆耳（ㄓㄨㄥ ㄧㄢˊ ㄋㄧˋ ㄦˇ）

近：良藥苦口

釋義：忠誠的勸告令人聽來不舒服，難以接受。

範例：「忠言逆耳」，卻是讓自己不斷進步的助力。

念茲在茲（ㄋㄧㄢˋ ㄗ ㄗㄞˋ ㄗ）

近：念念不忘
反：置之腦後

釋義：念念不忘某件事情。

範例：他「念茲在茲」的事，

就是想找回從小就被出養的弟弟。

怪誕不經　**近：**荒誕無稽　**反：**有案可稽

釋義 古怪荒誕，毫無根據。

範例 「怪誕不經」的神話故事，反映了先民對世界的粗淺認識。

怡然自得　**近：**悠然自得　**反：**忽忽不樂

釋義 形容心中安適、愉快而滿足的樣子。

範例 白天鵝「怡然自得」地在波光粼粼的湖面上優游，讓人好生羨慕。

承先啟後　**近：**繼往開來

釋義 承受前人的遺教，開創未來的事業。多指事業、學問等方面。

範例 畢業典禮上，校長期許畢業生能「承先啟後」，青出於藍。

不要誤用 「承先啟後」多指繼承過去、開展未來的事業；「承上啟下」則多指文章中前後文意的銜接關係。

招兵買馬　**近：**招軍買馬

釋義 指擴充組織的武裝力量。今用以指招攬人員。

範例 為了實現開民宿的夢想，他四處「招兵買馬」，尋找志同道合的人。

不要誤用 「招兵買馬」指招收願意參加自己一方的人，以增強自己的力量；「招降納叛」則指招收敵方投降、叛變的人，來擴大自己的勢力。

招搖撞騙　**近：**欺世盜名

釋義 假借他人名義，進行欺詐、矇騙以誘取財物。

範例 世風日下，許多神棍利用宗教名義「招搖撞騙」，不能不防。

披星戴月　**近：**風餐露宿

釋義 身上覆蓋著星光，頭上頂著月光。形容早出晚歸，非常辛苦。

範例：年節時分，長途客運駕駛經常得「披星戴月」，載運趕著回鄉的旅客。

披荊斬棘（ㄆㄧ ㄐㄧㄥ ㄓㄢˇ ㄐㄧˊ）　**近：**涉危履險

釋義：分開、割斷叢生的多刺植物。比喻克服重重困難。

範例：靠著先民「披荊斬棘」開拓臺灣，我們才能享受今天幸福的生活。

披頭散髮（ㄆㄧ ㄊㄡˊ ㄙㄢˋ ㄈㄚˇ）

釋義：頭髮散亂的樣子。形容人儀容邋遢。

範例：姊姊剛睡醒時「披頭散髮」的樣子，與她出門時光鮮亮麗的模樣大不相同。

拔刀相助（ㄅㄚˊ ㄉㄠ ㄒㄧㄤ ㄓㄨˋ）　**近：**見義勇為　**反：**見死不救

釋義：拔出刀來幫忙。形容見義勇為，幫助被欺負的弱者。

範例：幸虧有路人「拔刀相助」，開車衝撞搶匪的機車，那名囂張的搶匪終於被警方順利逮捕。

不要誤用　「拔刀相助」多指用武力幫助被欺負的人；「見義勇為」則泛指以各種方式從事正義的行為、活動。

文史趣談　**用刀買東西**

「刀」除了是種武器，還是一種古代貨幣呢！當然，刀幣和用於切割的刀具並不相同，而是青銅製成長約十八公分的刀形，有長方形的刀身、刀柄和圓形的刀環，上面刻有文字。刀幣最早出現在春秋時的齊國，戰國時逐漸流行於燕、趙等國，到秦統一天下才廢除。現代人應該很難想像「刀」也可以拿來買東西吧。

拋磚引玉（ㄆㄠ ㄓㄨㄢ ㄧㄣˇ ㄩˋ）　**近：**引玉之磚

釋義：拋出磚去，引回玉來。比喻自己先發表粗淺的意見或文章，目的在於引出別人的高見或佳作，表示謙虛。

範例：我先拿出這篇拙作，就是希望「拋磚引玉」，讓更多人也能分享他們的創作。

拋頭露面（ㄆㄠ ㄊㄡˊ ㄌㄨˋ ㄇㄧㄢˋ）　**反：**深居簡出

釋義 舊時指應該待在深閨中的婦女出現在大庭廣眾間。現指人公開露面。

範例 現代女性能在工作上獨當一面，比起從前不得「拋頭露面」的時代要自由多了。

拈花惹草

釋義 比喻男子到處留情，勾引女性。

範例 忠貞絕對是愛情的第一要件，四處「拈花惹草」是很不道德的。

拍案叫絕

近：擊節嘆賞

釋義 拍桌叫好。形容非常讚賞。

範例 這篇社論寫得鞭辟入裡，讓讀者「拍案叫絕」。

不要誤用 「拍案叫絕」稱讚的對象一般為詩文、言論和人的做法；「讚不絕口」則還可用於一般的人、物等，應用範圍較廣。

抱殘守缺

近：故步自封
反：推陳出新

釋義 守著殘缺的東西不放。比喻泥古守舊，不肯接受新事物。

範例 無論做什麼事情都不能「抱殘守缺」，否則永遠無法進步。

不要誤用 「抱殘守缺」偏重在不肯放棄舊的、不願接受新的事物；「故步自封」偏重安於現狀，不求進步；「因循守舊」則重在遵循舊的一套制度或方法，不肯革新。

抱頭鼠竄

近：落荒而逃
反：凱旋而歸

釋義 抱著頭像老鼠一樣逃跑。形容人逃跑時倉皇狼狽的樣子。

範例 突如其來的一陣大冰雹，嚇得路人「抱頭鼠竄」。

不要誤用 「抱頭鼠竄」形容逃跑時的狼狽相，可指個人也可指群體；「狼奔豕突」則只用於群體。

抱薪救火

近：揚湯止沸
反：釜底抽薪

釋義 比喻用錯誤的方法解決問題，反而使問題愈來愈糟。

範例 經常使用安眠藥來幫助入睡，不過是「抱薪救火」，久了會讓身體越來愈糟。

不要誤用 「抱薪救火」重在方法錯誤而弄糟問題，往往是不自覺的；「火上加油」則多用在增強別人的憤怒、助長負面事態，往往是故意的。

抱關擊柝（ㄅㄠˋ ㄍㄨㄢ ㄐㄧˊ ㄊㄨㄛˋ）

釋義 把守關門和打更。比喻地位低微的小官。

範例 他看多了官場上的黑暗與醜陋，寧願待在鄉下做個「抱關擊柝」的小官。

拖泥帶水（ㄊㄨㄛ ㄋㄧˊ ㄉㄞˋ ㄕㄨㄟˇ）

近：牽絲攀藤
反：乾脆俐落

釋義 比喻做事不乾脆俐落。或形容說話、寫文章不簡潔。

範例 做事「拖泥帶水」，會讓工作效率非常低落，成效減半。

易如反掌（ㄧˋ ㄖㄨˊ ㄈㄢˇ ㄓㄤˇ）

近：唾手可得
反：難於登天

釋義 形容像翻一下手掌那麼容易。

範例 這個畫海報的工作，對藝術本科系出身的她來說，簡直「易如反掌」。

不要誤用 「易如反掌」形容容易的程度較高，多為肯定用法；「輕而易舉」則可用在否定句中，強調事情雖然很難辦，卻仍能毫不費力的完成。

明日黃花（ㄇㄧㄥˊ ㄖˋ ㄏㄨㄤˊ ㄏㄨㄚ）

近：事過境遷

釋義 原來是說重陽節一過，菊花就會凋謝。後用以比喻過時的事物。

範例 隨著平版電腦的興起，流行一時的小筆電已成了「明日黃花」。

明目張膽（ㄇㄧㄥˊ ㄇㄨˋ ㄓㄤ ㄉㄢˇ）

近：肆無忌憚
反：偷偷摸摸

釋義 原來是指有膽識，無所畏懼。現在形容毫無顧忌地做壞事。

範例 那個顧客竟然「明目張

膽」地把貨架上的麵包拆來吃，真令人傻眼。

不要誤用 「明目張膽」著重於非常大膽，肆無忌憚地做不該做的事；「明火執仗」則著重於十分公開，毫不隱藏，專用於作姦犯科。

明知故犯 ㄇㄧㄥˊ ㄓ ㄍㄨˋ ㄈㄢˋ

近：知法犯法
反：遵紀守法

釋義 明明知道不對，卻故意去做。後也用以指人知法犯法。

範例 他「明知故犯」，竊取電纜，被檢察官起訴。

不要誤用 「明知故犯」指知道將做的事是不對、不好的，卻還要去做，適用範圍較廣；「知法犯法」指明明知道違法，還故意去做，多用於特定身分的人；「以身試法」則指親自去做犯法的事。

明哲保身 ㄇㄧㄥˊ ㄓㄜˊ ㄅㄠˇ ㄕㄣ

近：全身遠禍
反：奮不顧身

釋義 指明智的人善於保全自己，不參與可能危及己身的事。現在指只保持個人利益，對原則性問題不置可否。

範例 在政壇的權力鬥爭中，必須學會「明哲保身」。

不要誤用 「明哲保身」偏重於保全自己的生命安全；「潔身自好」則偏重於保持自己的名節。

明察秋毫 ㄇㄧㄥˊ ㄔㄚˊ ㄑㄧㄡ ㄏㄠˊ

近：洞若觀火

釋義 比喻目光敏銳，連極細微的事物都看得清楚。

範例 包青天公正廉明，「明察秋毫」，是百姓洗清冤屈的希望。

不要誤用 「明察秋毫」偏重看得仔細；「洞若觀火」則偏重看得清楚、透澈。

東山再起 ㄉㄨㄥ ㄕㄢ ㄗㄞˋ ㄑㄧˇ

近：捲土重來
反：一蹶不振

釋義 指失敗後，恢復力量再振作起來。

範例 只要儲備好自己的能力，相信不管失敗幾次，都能「東山再起」。

不要誤用 「東山再起」只用於人，包括某種勢力、組織等，有褒義；「死灰復燃」則既可用於人，也可用於其他事物，如某種舊思想、病害等，有貶義。

東拉西扯 ㄉㄨㄥ ㄌㄚ ㄒㄧ ㄔㄜˇ

釋義 東邊拉一點東西，西邊也牽引一些東西。形容人閒聊想到什麼就聊什麼。也比喻抄襲資料，拼湊成章。

範例 小妹一打開話匣子，鐵定是「東拉西扯」，講個沒完沒了。

東施效顰 ㄉㄨㄥ ㄕ ㄒㄧㄠˋ ㄆㄧㄣˊ

近：邯鄲學步
反：自創一格

釋義 比喻盲目地模仿別人，反而得到反效果。

範例 與其「東施效顰」，何不走出屬於自己的風格？

不要誤用 「東施效顰」偏重形容招來反效果；「邯鄲學步」則指連原來有的都失去了。

文史趣談 學不像更糟糕

《莊子》中有這麼一個故事：春秋時代越國的美女西施，心臟不太好，經常心痛，每次一痛，她都會輕撫胸口，微微皺眉，實在讓人疼惜。同村有個醜女東施見了，覺得很美，也學著西施摸著胸口，緊皺眉頭。沒想到她不但沒有引來路人的憐愛，那怪模怪樣反而把身邊的人都嚇跑了呢！

東窗事發 ㄉㄨㄥ ㄔㄨㄤ ㄕˋ ㄈㄚ

近：露出馬腳
反：瞞天過海

釋義 東邊窗戶下的事情被揭發了。比喻祕密商量的壞事被人知道了。

範例 那起醫療器材採購弊案已「東窗事發」，相關人員將被檢調單位約談。

文史趣談 壞事做不得

據明朝人田汝成《西湖游覽志餘》的記載：宋高宗時，北方的金人入侵中原。金人賄賂宋朝宰相秦檜，將對抗金兵最厲害的將軍岳飛害死。據說秦檜死後，他的妻子曾請道士去探訪他的陰魂，秦檜請道士轉告妻子：「當年在東窗下祕密計畫（害死岳飛）的事，已經隱藏不住了！」看來壞事真是做不得呀！

東躲西藏（ㄉㄨㄥ ㄉㄨㄛˇ ㄒㄧ ㄘㄤˊ）

釋義 東邊躲西邊藏。形容到處藏匿、躲避。

範例 那位逃犯終於決定到警察局自首，結束「東躲西藏」的緊張生活。

杳如黃鶴（ㄧㄠˇ ㄖㄨˊ ㄏㄨㄤˊ ㄏㄜˋ）　近：杳無音信

釋義 比喻毫無消息，一去不見蹤影。

範例 他自從畢業後便「杳如黃鶴」，同學都不知道他的行蹤。

不要誤用 「杳如黃鶴」強調下落不明；「石沉大海」則強調無消無息。

杯弓蛇影（ㄅㄟ ㄍㄨㄥ ㄕㄜˊ ㄧㄥˇ）　近：疑神疑鬼

釋義 比喻疑神疑鬼，自己嚇唬自己。

範例 他生性膽小，聽了恐怖故事，不免「杯弓蛇影」，整夜裡瞪著窗子睡不著覺。

不要誤用 「杯弓蛇影」偏重於妄自驚擾，強調不必要的疑慮、驚慌；「草木皆兵」則偏重形容戰敗者或畏敵者的恐懼的心理。

杯水車薪（ㄅㄟ ㄕㄨㄟˇ ㄐㄩ ㄒㄧㄣ）　近：杯水輿薪

釋義 用一杯水來救一車著火的柴草。比喻力量太小，無濟於事。

範例 經過好幾個月的乾旱，今天這場雷陣雨，不過是「杯水車薪」罷。

杯盤狼藉（ㄅㄟ ㄆㄢˊ ㄌㄤˊ ㄐㄧˊ）

釋義 桌上的杯盤東倒西歪，像狼窩裡的草那樣散亂。形容宴飲後，桌上杯盤碗筷散亂的樣子。

範例 經過一陣痛快的吃喝，桌上只剩下一片「杯盤狼藉」。

枉費心機（ㄨㄤˇ ㄈㄟˋ ㄒㄧㄣ ㄐㄧ）　近：勞而無功

釋義 徒勞無功，白白地耗費

心思。

範例 她已經心有所屬，其他人的百般討好都是「枉費心機」。

欣欣向榮（ㄒㄧㄣ ㄒㄧㄣ ㄒㄧㄤˋ ㄖㄨㄥˊ）

近： 蒸蒸日上
反： 江河日下

釋義 原指草木長得茂盛的樣子。現在比喻事業發展繁榮興盛。

範例 春回大地，四處繁花碧草，一片「欣欣向榮」。

不要誤用 「欣欣向榮」重在描寫繁榮、興旺、昌盛的景象，可用在草木、事業等；「蒸蒸日上」則重在指向上提升，不可形容草木。

欣喜若狂（ㄒㄧㄣ ㄒㄧˇ ㄖㄨㄛˋ ㄎㄨㄤˊ）

釋義 高興得像要發狂了。形容高興到了極點。

範例 得知教室布置比賽拿到全校第一名的消息，全班同學都「欣喜若狂」。

歧路亡羊（ㄑㄧˊ ㄌㄨˋ ㄨㄤˊ ㄧㄤˊ）

釋義 比喻事理很複雜，如果沒有依正確的方向去處理，到最後也是無法解決。

範例 為避免陷入「歧路亡羊」的困境，面對這個複雜的問題，必須冷靜思考解決的辦法才行。

文史趣談 找羊的啟示

你知道嗎，羊走失了也可以悟出大道理呢！《列子》記載：有一天，戰國學者楊朱的鄰居丟了羊，動員全村人幫忙尋找。但是出村之後有太多岔路，大家根本沒有辦法判斷羊往哪邊走，忙了大半天還是沒找到。楊朱見了突然領悟出：「做學問如果沒有正確的方向，到頭來也是白費功夫」——大學者果然不一樣呢！

泥牛入海（ㄋㄧˊ ㄋㄧㄡˊ ㄖㄨˋ ㄏㄞˇ）

近： 一去不返
反： 合浦珠還

釋義 泥塑的牛一掉到海裡就會融化。比喻一去不返。

範例 雖然每次投稿都如同「泥牛入海」，卻無法讓他放棄成為作家的夢想。

不要誤用 「泥牛入海」多用於事物；「杳如黃鶴」則多用於人。

河東獅吼 ㄏㄜˊ ㄉㄨㄥ ㄕ ㄏㄡˇ

釋義 比喻愛吃醋又凶悍的妻子發怒的樣子。

範例 他娶了個兇悍的太太，經常可以聽到房裡傳來「河東獅吼」。

文史趣談 老婆的獅吼功

在某些人眼裡，發怒的太太就和獅子一樣恐怖呢。宋朝大文豪蘇軾的朋友陳慥就有個非常兇悍又愛吃醋的老婆，每次陳慥邀請朋友來家裡聚會、請歌妓表演，她都會生氣地在房裡捶牆、大聲吼叫，讓陳慥非常害怕，連手裡的枴杖也嚇得掉在地上呢！蘇軾就取笑陳慥，說他老婆發怒像「河東獅子吼」。

河清海晏 ㄏㄜˊ ㄑㄧㄥ ㄏㄞˇ ㄧㄢˋ

近：四海昇平
反：兵荒馬亂

釋義 古代認為黃河水清、大海平靜為太平之兆。比喻太平盛世。

範例 所有百姓都期待有「河清海晏」、天下太平的一天。

沽名釣譽 ㄍㄨ ㄇㄧㄥˊ ㄉㄧㄠˋ ㄩˋ

近：欺世盜名
反：不求聞達

釋義 故意做作或使用虛偽矯飾的手段以騙取名譽。

範例 他每次捐款都大肆宣揚，還把感謝狀貼在牆上，不就是「沽名釣譽」嗎？

不要誤用 「沽名釣譽」指用虛偽、做作的手段騙取好名譽，語意較輕；「欺世盜名」則指用欺騙世人的方式竊取好名聲，語意較重。

沾沾自喜 ㄓㄢ ㄓㄢ ㄗˋ ㄒㄧˇ

近：洋洋自得
反：垂頭喪氣

釋義 自以為很好而高興、得意的樣子。

範例 千萬不能因為有了一點小成就就「沾沾自喜」，必須不斷努力才行。

波瀾壯闊 ㄅㄛ ㄌㄢˊ ㄓㄨㄤˋ ㄎㄨㄛˋ

近：洶湧澎湃

釋義 波浪十分雄壯遼闊。比

喻聲勢雄壯或規模雄偉。

範例：望著眼前「波瀾壯闊」的大海，讓人煩躁的心情變得平靜。

沸沸揚揚（ㄈㄟˋ ㄈㄟˋ ㄧㄤˊ ㄧㄤˊ）

釋義：像開了鍋的水上下翻滾，熱氣蒸騰。比喻議論紛紛。

範例：校長收受營養午餐廠商回扣的風波鬧得「沸沸揚揚」，檢方已介入調查。

油腔滑調（ㄧㄡˊ ㄑㄧㄤ ㄏㄨㄚˊ ㄉㄧㄠˋ）　**近**：油嘴滑舌　**反**：正言厲色

釋義：形容語言輕浮，態度不誠懇。

範例：一副「油腔滑調」的樣子卻自以為幽默的人，絕對不會受到歡迎。

不要誤用：「油腔滑調」往往著眼於說話的腔調、態度；「油嘴滑舌」則多著眼於所說話語的內容。

炙手可熱（ㄓˋ ㄕㄡˇ ㄎㄜˇ ㄖㄜˋ）　**近**：勢焰可畏　**反**：無足輕重

釋義：比喻大權在握，氣焰熾盛。

範例：她是位「炙手可熱」的新星，許多廠商都找她代言。

爭先恐後（ㄓㄥ ㄒㄧㄢ ㄎㄨㄥˇ ㄏㄡˋ）　**近**：不甘人後　**反**：畏縮不前

釋義：爭著向前，唯恐落居他人之後。

範例：書展會場上，眾人「爭先恐後」地想一睹那位名作家的廬山真面目。

不要誤用：「爭先恐後」一般指動作、情況；「不甘人後」則用於思想、意志。

物以類聚（ㄨˋ ㄧˇ ㄌㄟˋ ㄐㄩˋ）　**近**：人以群分　**反**：牛驥同皁

釋義：各種東西都按種類聚集在一起。形容各種人或物，因同類而往往會聚集在一起。也比喻壞人互相勾結。

範例：興趣相投的人，不知不覺就會互相吸引接近而結成朋友，這就是「物以類聚」。

物換星移（ㄨˋ ㄏㄨㄢˋ ㄒㄧㄥ ㄧˊ）　**近**：滄海桑田

釋義 形容時序變遷，景物亦隨之更動。

範例 夫妻倆情意篤厚，相互扶持，任憑「物換星移」，也不會動搖。

物極必反（ㄨˋ ㄐㄧˊ ㄅㄧˋ ㄈㄢˇ）

近：物盛則衰　**反**：物極不反

釋義 形容宇宙現象循環不已，發展到了頂點，必定朝反方向轉化。

範例 「物極必反」，適時的退讓轉換，可以避免突然一落千丈的難以收拾。

狗尾續貂（ㄍㄡˇ ㄨㄟˇ ㄒㄩˋ ㄉㄧㄠ）

近：濫竽充數

釋義 做帽飾的貂尾不夠用了，便用狗尾代替。原比喻任官冗濫。後用以比喻事物以壞續好，造成前後不相稱。也常用來謙稱自己為他人精彩的文章寫續作。

範例 這部小說寫得非常好，我能力不足，可不敢「狗尾續貂」。

文史趣談 **狗尾巴的秘密**

怎麼會有人把狗尾巴裝在帽子上呢？《晉書》曾經記載：西晉時，趙王司馬倫叛變稱帝，大肆封官給親近的人。當時官員的官帽上都會用珍貴的貂尾裝飾，象徵身分，但一下多了那麼多官，貂尾就不夠用了，只好用狗尾巴代替。不過大家一眼就能看出來，那些裝著狗尾巴的大臣，都是靠關係當官而沒有真本事的人。

狗急跳牆（ㄍㄡˇ ㄐㄧˊ ㄊㄧㄠˋ ㄑㄧㄤˊ）

近：垂死掙扎　**反**：坐以待斃

釋義 比喻人在被逼得走投無路時，往往會不擇手段，做最後的掙扎。

範例 別這樣逼他，弄到「狗急跳牆」就不好了。

狐假虎威（ㄏㄨˊ ㄐㄧㄚˇ ㄏㄨˇ ㄨㄟ）

近：狗仗人勢

釋義 比喻借別人的威勢來恐嚇人。

範例 只有沒有真本事的人才會想「狐假虎威」來嚇別人。

不要誤用 「狐假虎威」比喻借別人的勢力嚇唬人、欺負人；「狗仗人勢」則是比喻走狗、奴才仗著主人的威勢欺壓他人。

玩世不恭（ㄨㄢˊ ㄕˋ ㄅㄨˋ ㄍㄨㄥ）　**近：**遊戲人間

釋義 輕視或嘲弄當時的世俗禮法，以輕謾、消極的態度對待世事。

範例 他那副「玩世不恭」的樣子，讓家人非常擔心。

玩物喪志（ㄨㄢˊ ㄨˋ ㄙㄤˋ ㄓˋ）

釋義 沉迷於玩賞某些事物而喪失本有的志氣。

範例 培養興趣是好事，但千萬不能「玩物喪志」。

盲人摸象（ㄇㄤˊ ㄖㄣˊ ㄇㄛ ㄒㄧㄤˋ）　**近：**扣槃捫燭

釋義 比喻看問題只知片面，不知全體，未對事物作全面的了解，以偏概全。

範例 這種「盲人摸象」、以偏概全的論點，漏洞百出，一定會遭到對手攻擊。

知己知彼（ㄓ ㄐㄧˇ ㄓ ㄅㄧˇ）　**近：**知彼知己

釋義 對自己和敵人的情況都很了解，打起仗來就可以立於不敗之地。現多指了解自己和對方。

範例 「知己知彼」才能百戰百勝，因此我隊常在私下研究敵隊的戰術。

知足常樂（ㄓ ㄗㄨˊ ㄔㄤˊ ㄌㄜˋ）　**近：**知足常足

釋義 知道滿足的人經常很快樂。

範例 「知足常樂」，不斷追求不該屬於自己的東西，只會徒增煩惱。

知遇之恩（ㄓ ㄩˋ ㄓ ㄣ）

釋義 受到賞識或重用的恩情。

範例 老闆的「知遇之恩」，讓他感激不已。

知難而退（ㄓ ㄋㄢˊ ㄦˊ ㄊㄨㄟˋ）

釋義 作戰時不硬做做不到的事情。後也指知道事情困難，自己無法勝任而放棄。

範例 敵隊在看過我們練習的情形後，便「知難而退」，自動棄賽了。

空口無憑（ㄎㄨㄥ ㄎㄡˇ ㄨˊ ㄆㄧㄥˊ） **反：**鑿鑿可據

釋義 只是用嘴巴來對人解釋，而沒有真憑實據。

範例 「空口無憑」，我們又不是很熟，為什麼要相信你的話呢？

空中樓閣（ㄎㄨㄥ ㄓㄨㄥ ㄌㄡˊ ㄍㄜˊ） **近：**鏡花水月

釋義 比喻脫離實際的理論或虛構的事物。

範例 總經理絕對不會批准這種「空中樓閣」般的提案。

空穴來風（ㄎㄨㄥ ㄒㄩㄝˊ ㄌㄞˊ ㄈㄥ）

釋義 比喻事情憑空發生或流言乘隙而入。

範例 「空穴來風」的謠言，經常讓許多民眾惶惶不安。

文史趣談 流言的受害者

流言到底有多恐怖呢？據說連曾子都曾經是受害者。《戰國策》記載：曾參在費地時，有個和他同名同姓的人殺了人。鄰居弄錯了，就跑來告訴曾子的母親說：「你兒子殺了人。」曾母不相信，接著又有鄰居來說這件事，曾母仍然不信。但等到第三個鄰居來說的時候，曾母也懷疑起來，竟然就逃跑了。看來流言的力量真的很可怕呀！

空前絕後（ㄎㄨㄥ ㄑㄧㄢˊ ㄐㄩㄝˊ ㄏㄡˋ） **近：**絕無僅有 **反：**屢見不鮮

釋義 以前不曾有過，以後也不會再有。形容成就或事物獨一無二、超越古今。

範例 他這番「空前絕後」的成就，足以讓他在歷史上永垂不朽了。

肺腑之言（ㄈㄟˋ ㄈㄨˇ ㄓ ㄧㄢˊ） **近：**由衷之言 **反：**不經之談

釋義 發自內心的真誠話。形容言語極其真誠。

範例 這些建議，都是我真誠的「肺腑之言」，絕沒有半分虛假。

花言巧語（ㄏㄨㄚ ㄧㄢˊ ㄑㄧㄠˇ ㄩˇ） **近：**甜言蜜語 **反：**由衷之言

釋義 原指文飾、浮誇而無實際內容的言語或文辭。後多指虛偽而動聽的話。

範例 許多人就是被歹徒的「花言巧語」欺騙，才會損失大筆金錢。

不要誤用 「花言巧語」是說欺騙人的話；「甜言蜜語」則指說討好別人的話。

花枝招展 ㄏㄨㄚ ㄓ ㄓㄠ ㄓㄢˇ

近：桃紅柳綠　**反：**荊釵布裙

釋義 花枝迎風擺動。比喻婦女打扮得非常豔麗動人。

範例 伸展臺上模特兒「花枝招展」的打扮，並不適合出現在平常生活中。

花團錦簇 ㄏㄨㄚ ㄊㄨㄢˊ ㄐㄧㄣˇ ㄘㄨˋ

近：繁花似錦

釋義 形容五彩繽紛、繁華豔麗。

範例 公園中一片「花團錦簇」的美景，吸引不少新人來這裡拍婚紗照。

虎口餘生 ㄏㄨˇ ㄎㄡˇ ㄩˊ ㄕㄥ

近：死裡逃生　**反：**在劫難逃

釋義 比喻經歷危險後，能夠幸運地活下來。

範例 他在連環車禍中「虎口餘生」，深信大難不死，必有後福。

虎視眈眈 ㄏㄨˇ ㄕˋ ㄉㄢ ㄉㄢ

近：鷹瞵鶚視

釋義 像虎一樣狠狠地注視著，形容伺機而動的樣子。

範例 孩子們「虎視眈眈」的盯著桌上的蛋糕，就等媽媽說開動。

虎頭蛇尾 ㄏㄨˇ ㄊㄡˊ ㄕㄜˊ ㄨㄟˇ

近：有始無終　**反：**貫徹始終

釋義 老虎的頭，蛇的尾巴。比喻做事情缺乏恆心。

範例 做事情不能「虎頭蛇尾」，否則之前的努力就白費了。

不要誤用 「虎頭蛇尾」偏重草率結束；「有始無終」則指不能堅持到底。

初出茅廬 ㄔㄨ ㄔㄨ ㄇㄠˊ ㄌㄨˊ

近：涉世未深　**反：**身經百戰

釋義 比喻初入社會，缺乏經驗。

範例 「初出茅廬」的社會新

鮮人，一定要睜大眼睛，避免職場詐騙。

初試啼聲（ㄔㄨ ㄕˋ ㄊㄧˊ ㄕㄥ）

釋義 比喻第一次展現才華。

範例 這部影片是他「初試啼聲」之作，演技難免有些生澀。

迎刃而解（ㄧㄥˊ ㄖㄣˋ ㄦˊ ㄐㄧㄝˇ） **近：**刃迎縷解

釋義 碰著刀口就順勢分割開來了。比喻困難或事情容易解決。

範例 只要知道正確的處理方法，事情就能「迎刃而解」。

近水樓臺（ㄐㄧㄣˋ ㄕㄨㄟˇ ㄌㄡˊ ㄊㄞˊ） **近：**捷足先登

釋義 靠近水邊的樓臺可以先看到月光。比喻由於接近某些人或事物，因此最容易得到某些好處。

範例 他能夠順利在這個地方發展，其實也是得了「近水樓臺」之便。

文史趣談 一封求官詩

根據宋朝俞文豹《清夜錄》的記載：范仲淹在做杭州知府時，許多官員都得到他的提拔，獨獨遺漏了當時在外縣當巡檢的蘇麟。蘇麟於是就獻詩給范仲淹說：「近水樓臺先得月，向陽花木易為春」，表示其他人因為在城裡才獲得優先的機會。范仲淹看了以後，明白蘇麟的意思，也推荐了他。可見會寫詩也是有好處的呢！

近在咫尺（ㄐㄧㄣˋ ㄗㄞˋ ㄓˇ ㄔˇ） **近：**近在眉睫 **反：**天涯海角

釋義 形容距離很近。

範例 雖然他們的座位「近在咫尺」，但是兩人之間有一道難以跨越的鴻溝。

不要誤用 「近在咫尺」僅指空間距離，強調地方相距很近；「近在眉睫」則指時間間隔短，強調日期迫近或事情即將發生。

近悅遠來（ㄐㄧㄣˋ ㄩㄝˋ ㄩㄢˇ ㄌㄞˊ）

釋義 原指德澤廣被，使遠近的人都能心悅誠服。後形容在商場上遠近馳名而顧客眾多。

範例 這家商店「近悅遠來」的秘密，全是因為物美價廉。

近鄉情怯（ㄐㄧㄣˋ ㄒㄧㄤ ㄑㄧㄥˊ ㄑㄩㄝˋ）

釋義 離開家鄉很久的人，在即將回鄉時所產生的害羞、畏縮的情結。

範例 重新回到離開了三十年的故鄉，他不免有些「近鄉情怯」。

金玉良言（ㄐㄧㄣ ㄩˋ ㄌㄧㄤˊ ㄧㄢˊ）

近：藥石之言
反：花言巧語

釋義 此喻非常寶貴、有幫助的勸告。

範例 長輩的「金玉良言」，我將一一銘記在心。

金枝玉葉（ㄐㄧㄣ ㄓ ㄩˋ ㄧㄝˋ）

近：千金之子

釋義 像金子打的花枝、玉雕的葉子般尊貴。古時用來指稱皇族。現在則指嬌貴的人。

範例 許多企業家都會嚴格訓練子女，決不讓他們成為嬌生慣養的「金枝玉葉」。

文史趣談 公主我不要

照理來說，能娶嬌貴的公主、當駙馬，是人人夢寐以求的事，但東漢的官員宋弘卻不這麼想。《後漢書》記載：湖陽公主守寡，想再嫁給清廉正直的宋弘，請光武帝試探宋弘的意願。沒想到宋弘卻不肯拋棄共患難的糟糠妻，另娶金枝玉葉的公主。聰明的宋弘，恐怕是打聽到公主嬌生慣養、驕縱蠻橫，不想自找麻煩吧！

金科玉律（ㄐㄧㄣ ㄎㄜ ㄩˋ ㄌㄩˋ）

釋義 原形容法律條文的盡善盡美。現在則指寶貴而可奉為圭臬的言論。

範例 我們必須學會明辨是非，不能一味把前輩的話當作「金科玉律」。

金碧輝煌（ㄐㄧㄣ ㄅㄧˋ ㄏㄨㄟ ㄏㄨㄤˊ）

近：雕欄玉砌
反：蓬戶甕牖

釋義 屋宇裝潢、建材講究，看起來耀眼奪目。形容建築物裝飾得華麗、耀眼的樣子。

範例 這座「金碧輝煌」的宮

殿，總讓遊客看得讚嘆不已。

長袖善舞（ㄔㄤˊ ㄒㄧㄡˋ ㄕㄢˋ ㄨˇ）　**近：**多財善賈

釋義　原比喻有所憑藉，事情容易成功。後來形容善於逢迎、交際手腕高明。

範例　那位「長袖善舞」的職員，是他們公司的公關利器。

門可羅雀（ㄇㄣˊ ㄎㄜˇ ㄌㄨㄛˊ ㄑㄩㄝˋ）　**近：**門庭冷落　**反：**門庭若市

釋義　門口可以用網捉麻雀。形容賓客稀少，很少有人拜訪。

範例　開商店必須慎選地點，否則可能會出現「門可羅雀」的狀況。

文史趣談　人去麻雀來

《史記》記載：漢文帝時的大臣翟公，很受皇帝器重，許多人都爭著巴結他。後來翟公被罷官，從前來巴結的賓客都不上門了，取而代之的是成群的麻雀，把翟家的庭院都擠滿了，隨便用網子就能抓到呢！後來翟公恢復官位，那些賓客又都回來巴結他了。唉，人情的冷暖是就是這麼現實呀！

門庭若市（ㄇㄣˊ ㄊㄧㄥˊ ㄖㄨㄛˋ ㄕˋ）　**近：**絡繹不絕　**反：**門可羅雀

釋義　形容來往的人很多，非常的熱鬧。

範例　百貨公司週年慶時總是「門庭若市」，一天甚至可以創下好幾億的業績。

門當戶對（ㄇㄣˊ ㄉㄤ ㄏㄨˋ ㄉㄨㄟˋ）　**近：**晉秦之匹　**反：**齊大非偶

釋義　指男女雙方家族的社會地位和經濟地位相當。

範例　「門當戶對」並不是老掉牙的舊觀念，而是讓婚姻更和諧的一個條件。

附庸風雅（ㄈㄨˋ ㄩㄥ ㄈㄥ ㄧㄚˇ）

釋義　指庸俗之人硬要裝作風雅之士。

範例　他明明不懂古典音樂，卻還是花大錢買票進國家音樂廳「附庸風雅」。

雨後春筍（ㄩˇ ㄏㄡˋ ㄔㄨㄣ ㄙㄨㄣˇ） **近：**層出不窮

釋義 大雨過後，春筍旺盛地長出來。比喻新事物蓬勃、大量地湧現出來。

範例 當年「雨後春筍」般設立的網咖，隨著家庭網路的普及，生意也冷清許多。

不要誤用 「雨後春筍」偏重形容新生事物出現得多、成長得快；「燎原星火」則偏重形容新生力量能夠迅速發展、壯大。

雨過天青（ㄩˇ ㄍㄨㄛˋ ㄊㄧㄢ ㄑㄧㄥ） **近：**雲消霧散 **反：**烏雲密布

釋義 陣雨過去剛剛放晴的天色。比喻壞的情況已經過去，好的局面即將開始。

範例 他倆經過昨天的大吵後，今天就「雨過天青」，和好如初。

不要誤用 「雨過天青」偏重於形容政治形勢或個人遭遇由壞轉好；「雲消霧散」則偏重於疑慮或怨氣的消除。

青山綠水（ㄑㄧㄥ ㄕㄢ ㄌㄩˋ ㄕㄨㄟˇ） **近：**綠水青山

釋義 形容山川景色十分秀麗。

範例 日月潭的「青山綠水」，是大自然賜與的瑰寶。

青出於藍（ㄑㄧㄥ ㄔㄨ ㄩˊ ㄌㄢˊ） **近：**後生可畏

釋義 靛青是從蓼藍等植物中提煉出來的，顏色卻比蓼藍等更深。比喻學生勝過老師或後人勝過前人。

範例 他「青出於藍」，超越父親，十五歲就成為知名的鋼琴演奏家。

不要誤用 「青出於藍」比喻後人勝過前人；「後來居上」則指次序由後超前。

青梅竹馬（ㄑㄧㄥ ㄇㄟˊ ㄓㄨˊ ㄇㄚˇ） **近：**兩小無猜

釋義 形容男女兒童天真無邪，在一起玩耍。比喻從小認識的玩伴。

範例 他們是從小一起長大的「青梅竹馬」，對彼此的個性非常了解。

青黃不接（ㄑㄧㄥ ㄏㄨㄤˊ ㄅㄨˋ ㄐㄧㄝ）

近：後繼乏人
反：後繼有人

釋義 舊糧已經吃完，新糧卻還未成熟。比喻一時有所匱乏，難以接濟。

範例 目前國內許多傳統產業都出現「青黃不接」的技術斷層現象。

非同小可（ㄈㄟ ㄊㄨㄥˊ ㄒㄧㄠˇ ㄎㄜˇ）

近：非同兒戲
反：不過爾爾

釋義 不同於小事。形容事情重要，不可輕視。

範例 今天的貴賓是位「非同小可」的人物，大家要好好招待。

怙惡不悛（ㄏㄨˋ ㄜˋ ㄅㄨˋ ㄑㄩㄢ）

近：怙惡不改
反：知過能改

釋義 堅持作惡，不思悔改。

範例 那個「怙惡不悛」、犯案累累的歹徒，目前仍在通緝中，大家必須提高警覺。

九畫

亭亭玉立（ㄊㄧㄥˊ ㄊㄧㄥˊ ㄩˋ ㄌㄧˋ）

近：亭亭倩影
反：癡肥臃腫

釋義 形容少女身材細長秀美的樣子。

範例 她生得「亭亭玉立」，又溫文有禮，真是人見人愛。

信口開河（ㄒㄧㄣˋ ㄎㄡˇ ㄎㄞ ㄏㄜˊ）

近：胡說八道
反：言必有據

釋義 毫無根據，隨口亂說。

範例 你別聽他「信口開河」，那傢伙很快就要吹破牛皮了。

不要誤用 「信口開河」是形容不加思索地隨口亂說；「信口雌黃」則多指隨便誣陷、任意批評。

信手拈來（ㄒㄧㄣˋ ㄕㄡˇ ㄋㄧㄢˊ ㄌㄞˊ）

近：意到筆隨
反：絞盡腦汁

釋義 隨手取來。形容寫文章時詞彙或材料豐富，不用思考，便能自然而從容的創作出好作品。

範例：平時多閱讀、多累積知識，寫作時就能「信手拈來」，言之有物。

不要誤用：「信手拈來」指運用從容，多用於寫作、言談；「唾手可得」則強調得到的容易，多指一般事物。

信誓旦旦（ㄒㄧㄣˋ ㄕˋ ㄉㄢˋ ㄉㄢˋ）

近：指天誓日　**反**：自食其言

釋義：誓言說得極其誠懇。

範例：別被他「信誓旦旦」地保證給騙了，其實他根本是亂開空頭支票的慣犯。

不要誤用：「信誓旦旦」多指對人發誓；「言而有信」則指一般說話講信用。

便宜行事（ㄅㄧㄢˋ ㄧˊ ㄒㄧㄥˊ ㄕˋ）

近：見機行事

釋義：來不及請示，自行根據當時當地的情況，決定適當的處理方法。

範例：此地對外交通中斷，上級受權我們「便宜行事」，看情況自行解決。

不要誤用：「便宜行事」多指上級授權下級自行處理；「見機行事」則多指自動的臨時靈活變通。

冠冕堂皇（ㄍㄨㄢ ㄇㄧㄢˇ ㄊㄤˊ ㄏㄨㄤˊ）

近：堂而皇之　**反**：鬼鬼祟祟

釋義：比喻光明正大、高貴榮顯的樣子。也比喻外表很體面（實際並不如此）。

範例：他那些「冠冕堂皇」的話，不過是為了粉飾自己的錯誤罷了。

削足適履（ㄒㄩㄝ ㄗㄨˊ ㄕˋ ㄌㄩˇ）

近：生搬硬套　**反**：量體裁衣

釋義：比喻無原則的勉強遷就不合適的事。

範例：這首詩為了遷就格律而「削足適履」，造成意境無法貫連。

前仆後繼（ㄑㄧㄢˊ ㄆㄨ ㄏㄡˋ ㄐㄧˋ）

近：前赴後繼　**反**：後繼無人

釋義：前面的倒下了，後面的繼續往前衝。形容英勇向前邁進，不怕危險。現則形容奮勇向前。

範例 即使曾傳出失敗案例，趕搭這班整形列車的人潮，依舊「前仆後繼」。

不要誤用 「前仆後繼」指前面的人倒下了，後面的仍然緊跟上去；「前赴後繼」則是指前面的人上去了，後面的也跟著上去。

前功盡棄 (ㄑㄧㄢˊ ㄍㄨㄥ ㄐㄧㄣˋ ㄑㄧˋ)

近：功敗垂成
反：大功告成

釋義 以前所有的努力完全白費(有惋惜之意)。

範例 烤箱的溫度過高，讓我們辛苦做的蛋糕全部烤焦，「前功盡棄」。

不要誤用 「前功盡棄」強調以前的努力成績完全白費了；「功虧一簣」則強調差一點點就能成功。

前車之鑑 (ㄑㄧㄢˊ ㄔㄜ ㄓ ㄐㄧㄢˋ)

近：以古鑑今
反：重蹈覆轍

釋義 比喻前人的失敗，後人可以當作借鏡，避免再犯相同的過錯。

範例 把別人失敗的例子當作「前車之鑑」，提醒自己不要再犯同樣的過錯，這樣才容易成功。

前倨後恭 (ㄑㄧㄢˊ ㄐㄩˋ ㄏㄡˋ ㄍㄨㄥ)

釋義 本來態度很無理傲慢，後來又變得很謙虛。比喻待人勢利，態度轉變迅速。

範例 那個專櫃小姐「前倨後恭」的嘴臉，真令人不敢苟同。

文史趣談 勢利眼的嫂嫂

因為勢利眼而待人態度兩極，實在很讓人看不起。《史記》記載：戰國的蘇秦曾遊說各國，卻處處碰壁，所以嫂嫂總是對他冷潮熱諷。後來蘇秦發憤圖強，當上六國宰相，嫂嫂見到他，居然謙卑地跪在地上——原來現在蘇秦尊貴又有錢，不但不能得罪，還要好好巴結呢！這種前倨後恭的態度，讓蘇秦也傻眼了。

勃然大怒 (ㄅㄛˊ ㄖㄢˊ ㄉㄚˋ ㄋㄨˋ)

釋義 突然生氣而臉色大變。

範例：聽到兒子又闖禍的消息，讓他不禁「勃然大怒」。

南柯一夢

近：黃粱一夢

釋義：比喻人世的繁華，就像一場夢。

範例：榮華富貴，不過是「南柯一夢」，不值得如此汲汲營營而忽視與家人的相處。

南腔北調

近：方音方言

反：中原雅音

釋義：形容人說話口音不純，夾雜著各地方言，也泛指各地方言。

範例：各種「南腔北調」的叫賣聲，是這個小城最特別的風景。

南轅北轍

近：背道而馳

反：如出一轍

釋義：比喻目的和行動相反。也形容差異極大。

範例：沒想到個性「南轅北轍」的兩個人，竟能結成莫逆之交。

厚此薄彼

近：揀佛燒香

反：無適無莫

釋義：重視或優待一方，而輕視冷淡另一方。形容對彼此待遇截然不同。

範例：媽媽對所有孩子一視同仁，付出同等關愛，決不會「厚此薄彼」。

咬文嚼字

近：字斟句酌

反：率爾操觚

釋義：形容過分地斟酌字句。也形容人賣弄才學。或指糾纏字句，強詞奪理。

範例：一味「咬文嚼字」，賣弄才學，其實只突顯了自己的淺薄。

不要誤用 「咬文嚼字」多用來諷刺人在一字一句上糾纏，卻不能領會文章的精神內涵；「字斟句酌」則用來稱讚人談話、寫作的態度極為慎重，每字每句都經過仔細地斟酌、推敲，不會輕率說出、下筆。

哀鴻遍野（ㄞ ㄏㄨㄥˊ ㄅㄧㄢˋ ㄧㄝˇ）

近：哀鴻滿路
反：民康物阜

釋義 比喻到處都是呻吟呼號，流離失所的災民。

範例 戰亂中，人民流離失所，「哀鴻遍野」，處境苦不堪言。

咫尺天涯（ㄓˇ ㄔˇ ㄊㄧㄢ ㄧㄚˊ）

近：階前萬里
反：天涯比鄰

釋義 比喻雖然相距很近，但因為很難相見，感覺像是遠在天邊一樣。

範例 因為上下班的時間剛好錯開，雖然是對門鄰居，竟而「咫尺天涯」，極少碰面。

垂涎三尺（ㄔㄨㄟˊ ㄒㄧㄢˊ ㄙㄢ ㄔˇ）

近：垂涎欲滴

釋義 嘴饞想吃東西，忍不住流下口水。形容非常想得到某種東西的樣子。

範例 餐廳櫥窗裡令人「垂涎三尺」的美食，原來都是栩栩如生的模型呢。

垂頭喪氣（ㄔㄨㄟˊ ㄊㄡˊ ㄙㄤˋ ㄑㄧˋ）

釋義 低垂著頭，意氣消沉。形容失意、沮喪的樣子。

範例 看你「垂頭喪氣」的模樣，是不是剛剛考試寫得不太順手呢？

威風凜凜（ㄨㄟ ㄈㄥ ㄌㄧㄣˇ ㄌㄧㄣˇ）

釋義 很威風，令人尊敬而產生畏懼。

範例 廣場上的憲兵「威風凜凜」的樣子，真有說不出的神氣。

不要誤用 「威風凜凜」重在表示氣勢、威嚴使人敬畏，常用來形容具體的動作；「八面威風」則表示各方面都很威風，一般不可用來形容具體的動作。

文史趣談 威風的太守

「威風」指的是讓人敬畏的氣派、聲勢，「下馬威」則是指一開頭就向對方顯示威勢，挫人銳氣，這個詞來自漢朝定襄太守班伯「下車作威」的故事。《漢書》記載：當時定襄地區治安不好，班伯一到任，就選出精銳官兵，搜捕為非作歹的人。結果才十天時間，定襄的壞蛋全被捉來了，班伯也因此建立令人敬畏的聲威。

度日如年（ㄉㄨˋ ㄖˋ ㄖㄨˊ ㄋㄧㄢˊ）　**近：**以日為年　**反：**光陰似箭

釋義　過一天像過一年那樣漫長。形容日子不好過。

範例　他在監獄裡「度日如年」，不禁為自己當初鑄下的過錯感到後悔。

待字閨中（ㄉㄞˋ ㄗˋ ㄍㄨㄟ ㄓㄨㄥ）　**近：**待字深閨

釋義　女子還未定親出嫁。

範例　隔壁大姊姊目前還「待字閨中」，沒有結婚。

後生可畏（ㄏㄡˋ ㄕㄥ ㄎㄜˇ ㄨㄟˋ）　**反：**少不更事

釋義　表示年輕人的未來不可限量，成就可能超越前人。

範例　千萬不要小看眼前這群少年，「後生可畏」，他們將來的成就可能勝過我們呢！

文史趣談　**機智的孔融**

《世說新語》曾提到：東漢時的孔融，十歲時曾跟隨父親去拜訪名人李膺，孔融當時的機智言談，讓在場賓客都很驚奇。只有大夫陳韙說：「小時候聰明，長大後就不一定了。」孔融立即反問：「想必陳大人小時候一定很聰明嘍？」而孔融長大後，不論文章或為人都享有盛名，可見實在不能輕視小孩子呢！

後來居上（ㄏㄡˋ ㄌㄞˊ ㄐㄩ ㄕㄤˋ）

釋義　本指堆積柴火時，後搬來的放在上面。諷刺用人不當，新進人員位居舊人之上。今用以形容次序由後超前。

範例　在跑最後一圈的時候，原本落後的選手竟然「後來居上」，率先抵達終點，大出觀眾意料。

文史趣談　**不會說話的大臣**

你知道嗎？「後來居上」原本是一位大臣向皇帝抱怨的話呢！《史記》記載：漢武帝時的官員汲黯，講話總是很直接，所以老是不受重用。看到本來位階比自己低的人都升了官，汲黯忍不住向皇帝抱怨：「您用人就像堆柴薪，後面送來的木柴，反而堆到上面去。」哎，汲黯就是這麼不會說話，難怪永遠都當不了大官。

後起之秀（ㄏㄡˋ ㄑㄧˇ ㄓ ㄒㄧㄡˋ）　**近：**後來之秀

釋義 後輩中崛起的優秀人物。

範例 那位導演可說是電影界的「後起之秀」，第一部片就開出上億票房的佳績。

後顧之憂（ㄏㄡˋ ㄍㄨˋ ㄓ ㄧㄡ）　**近：**後顧之慮　**反：**高枕無憂

釋義 擔心日後或後方發生問題或出亂子。

範例 只有完善的福利制度，才能提高生活品質，使人民沒有「後顧之憂」。

怒不可遏（ㄋㄨˋ ㄅㄨˋ ㄎㄜˇ ㄜˋ）　**近：**怒氣衝天　**反：**樂不可支

釋義 憤怒到難以抑制的地步。

範例 父親獲知小弟翹課，頓時「怒不可遏」。

不要誤用 「怒不可遏」形容生氣，往往伴有憤怒的語言和行動；「怒火中燒」則僅指內心極為憤怒；「怒形於色」則僅指憤怒的情緒從表情上流露出來。

怒髮衝冠（ㄋㄨˋ ㄈㄚˇ ㄔㄨㄥ ㄍㄨㄢ）　**近：**怒氣衝天　**反：**心平氣和

釋義 憤怒得頭髮直豎，把帽子都頂起來了，形容氣憤到極點的樣子。

範例 聽到貪汙官員獲判無罪的消息，讓他「怒髮衝冠」，義憤填膺。

思前想後（ㄙ ㄑㄧㄢˊ ㄒㄧㄤˇ ㄏㄡˋ）　**近：**思前算後

釋義 反覆的盤算、思量。

範例 他整夜「思前想後」，終於下定決心放棄高薪工作，回家鄉種田。

急中生智（ㄐㄧˊ ㄓㄨㄥ ㄕㄥ ㄓˋ）　**近：**情急智生

釋義 在疑難或危急的時候，

猛然想出了辦法。

範例 她「急中生智」，大叫失火，鄰居紛紛探頭查看，也把搶匪嚇跑了。

急功近利 ㄐㄧˊ ㄍㄨㄥ ㄐㄧㄣˋ ㄌㄧˋ

近：急於事功

釋義 急於求成，貪圖眼前利益。

範例 現今社會充斥著「急功近利」的人，願意默默付出者已經不多見了。

急如星火 ㄐㄧˊ ㄖㄨˊ ㄒㄧㄥ ㄏㄨㄛˇ

近：十萬火急　**反：**慢條斯理

釋義 急得像一閃而過的流星，比喻情勢非常急迫。

範例 暑假快結束了，卻還有一堆作業沒寫，「急如星火」的狀況迫得他必須天天開夜車趕工。

急流勇退 ㄐㄧˊ ㄌㄧㄡˊ ㄩㄥˇ ㄊㄨㄟˋ

近：功成身退　**反：**駑馬戀棧

釋義 比喻人不留戀眼前名位，在順利或得意之時及早引退，以避免未來的禍害或失意。

範例 聰明的范蠡選擇在大功告成後「急流勇退」，才免除殺身之禍。

不要誤用 「急流勇退」是指在順利或得意時引退下來；「知難而退」則偏重在遇到困難時，因自知能力不足而不敢前進。

急起直追 ㄐㄧˊ ㄑㄧˇ ㄓˊ ㄓㄨㄟ

近：奮起直追

釋義 馬上振作起來，努力追趕上去。

範例 你只要稍有一點鬆懈，後面的人馬上就會「急起直追」。

急管繁弦 ㄐㄧˊ ㄍㄨㄢˇ ㄈㄢˊ ㄒㄧㄢˊ

近：急竹繁絲

釋義 形容樂曲的節拍急促繁複，音色豐富多變。

範例 慶典會場一片「急管繁弦」，非常熱鬧。

急轉直下 ㄐㄧˊ ㄓㄨㄢˇ ㄓˊ ㄒㄧㄚˋ

釋義 形容情況突變，並急速直線發展。

範例 公司財務弊案的發展

「急轉直下」，出乎大家意料之外。

怨天尤人 ㄩㄢˋ ㄊㄧㄢ ㄧㄡˊ ㄖㄣˊ

近：埋天怨地
反：反求諸己

釋義 怨恨命運，責怪別人。形容人不如意時一味埋怨或歸罪於客觀環境。

範例 楊恩典女士天生沒有雙手，卻從不「怨天尤人」，依舊努力學習，最後終於成為知名的口足畫家。

怨聲載道 ㄩㄢˋ ㄕㄥ ㄗㄞˋ ㄉㄠˋ

近：民怨盈途
反：頌聲載道

釋義 怨恨的聲音充滿道路。形容人民強烈不滿。

範例 當初臺北建捷運時有一段交通黑暗期，用路人是「怨聲載道」，如今它四通八達，卻已成為市民一日不可缺的交通工具。

不要誤用 「怨聲載道」偏重表示怨恨的普遍；「民怨沸騰」則偏重表示怨恨的程度很深。

恍然大悟 ㄏㄨㄤˇ ㄖㄢˊ ㄉㄚˋ ㄨˋ

近：豁然貫通
反：百思不解

釋義 忽然間明白覺悟。

範例 這個謎題大家百思不得其解，經由他的詳細解說，眾人才「恍然大悟」。

不要誤用 「恍然大悟」只表示思想上忽然明白了，偏重解除疑惑；「豁然開朗」則還能表示心胸、環境、情況等從幽暗不明轉為開闊、明朗，偏重了解真相。

恃才傲物 ㄕˋ ㄘㄞˊ ㄠˋ ㄨˋ

近：妄自尊大
反：不矜不伐

釋義 仗著自己有才能而傲氣凌人。

範例 真正有才識的人都懂得謙虛，「恃才傲物」只會暴露自己的無知。

恃寵而驕 ㄕˋ ㄔㄨㄥˇ ㄦˊ ㄐㄧㄠ

釋義 形容人仗著受寵而表現出驕傲放縱的態度。

範例 歷史上有不少宦官外戚因為「恃寵而驕」而亂政誤國。

恫瘝在抱（ㄊㄨㄥˋ ㄍㄨㄢ ㄗㄞˋ ㄅㄠˋ）　**近：**視民如傷

釋義 視人民的疾苦如自己受苦一般。

範例 執政者要有「恫瘝在抱」的精神，真正從人民的角度考量他們的需要，才不會讓政策脫離實際。

按兵不動（ㄢˋ ㄅㄧㄥ ㄅㄨˋ ㄉㄨㄥˋ）　**近：**按甲不出　**反：**聞風而動

釋義 原指作戰時暫不行動，以觀察情勢。也指做事時暫不行動以觀察變化。

範例 情勢已十分危急，將軍卻依然「按兵不動」，不知有何妙計。

按部就班（ㄢˋ ㄅㄨˋ ㄐㄧㄡˋ ㄅㄢ）　**近：**循序漸進　**反：**一步登天

釋義 原指寫文章時結構安排得當。後形容做事按照一定的條理，遵循一定的順序。

範例 事情要順利完成，必須「按部就班」，持之以恆。

不要誤用 「按部就班」多強調工作、計畫有條理，按照既定步驟進行；「循序漸進」則強調學習、訓練能逐步推進或提升。

按圖索驥（ㄢˋ ㄊㄨˊ ㄙㄨㄛˇ ㄐㄧˋ）　**近：**墨守成規　**反：**無跡可循

釋義 指依著線索去找，比較容易有收穫。也比喻做事拘泥舊方法。

範例 我們「按圖索驥」，終於找到地圖上畫的小公園。

不要誤用 「按圖索驥」重在死守舊方法；「守株待兔」重在死守狹隘的經驗；「刻舟求劍」重在不知隨著形勢變化；「膠柱鼓瑟」則重在自我束縛、固執拘泥。

拭目以待（ㄕˋ ㄇㄨˋ ㄧˇ ㄉㄞˋ）　**近：**拭目以觀

釋義 擦亮了眼睛等待著。形容期望十分殷切或確信某件事情會出現。

範例 精采的表演馬上就要開始了，請大家「拭目以待」。

持之以恆（ㄔˊ ㄓ ㄧˇ ㄏㄥˊ）　**近：**持之以久

釋義 長久不懈地堅持下去。

範例 學問的累積是靠「持之以恆」的努力，絕非一蹴可幾。

指桑罵槐 ㄓˇ ㄙㄤ ㄇㄚˋ ㄏㄨㄞˊ

近：指東罵西　**反**：開門見山

釋義 指著桑樹罵槐樹。比喻不從正面而借其他方面來影射罵人。

範例 他受不了同事天天「指桑罵槐」，決定另謀高就。

指鹿為馬 ㄓˇ ㄌㄨˋ ㄨㄟˊ ㄇㄚˇ

近：指黑為白　**反**：是非分明

釋義 指著鹿說是馬。比喻顛倒黑白，混淆是非。

範例 這些電視名嘴，「指鹿為馬」，顛倒黑白，嚴重扭曲大眾的是非價值觀。

拾人牙慧 ㄕˊ ㄖㄣˊ ㄧㄚˊ ㄏㄨㄟˋ

近：拾人涕唾　**反**：自出胸臆

釋義 比喻抄襲別人說過的話或文章（也可以當作謙虛的用語）。

範例 一味「拾人牙慧」，是無法寫出感動人心的作品的。

不要誤用 「拾人牙慧」強調沒有創見，多指重覆別人的話或觀點，常用於詩文創作；「人云亦云」側重於沒有主見，使用範圍較廣；「拾人涕唾」則比喻抄襲別人的意見。

拾金不昧 ㄕˊ ㄐㄧㄣ ㄅㄨˋ ㄇㄟˋ

反：見錢眼開

釋義 撿到他人的財物時，不會侵占，設法交還原主。

範例 這位計程車司機「拾金不昧」的舉動，令失主感激不已。

不要誤用 「拾金不昧」強調人的品德好；「路不拾遺」則形容社會風氣好。

挑肥揀瘦 ㄊㄧㄠ ㄈㄟˊ ㄐㄧㄢˇ ㄕㄡˋ

釋義 比喻反覆挑選對自己有利的。

範例 失業率居高不下，找工作可不能「挑肥揀瘦」。

挑撥離間 ㄊㄧㄠˇ ㄅㄛ ㄌㄧˊ ㄐㄧㄢˋ

近：搬弄是非　**反**：排難解紛

釋義 從中搬弄是非，挑起爭

端，使別人相互有意見，不和睦。

範例 別中了敵人的「挑撥離間」計，我們內部必須團結，才能合作對抗外侮。

故弄玄虛（ㄍㄨˋ ㄋㄨㄥˋ ㄒㄩㄢˊ ㄒㄩ） **反：**實事求是

釋義 故意玩弄手段，使人莫測高深。

範例 這個問題，我猜他根本就不知道答案，所以才在那邊「故弄玄虛」。

故步自封（ㄍㄨˋ ㄅㄨˋ ㄗˋ ㄈㄥ） **近：**畫地自限 **反：**不法常可

釋義 比喻人做事不求改進，安於現狀。

範例 「故步自封」、不肯接納新資訊，會讓人永遠無法進步，最後逐漸被淘汰。

故態復萌（ㄍㄨˋ ㄊㄞˋ ㄈㄨˋ ㄇㄥˊ） **反：**洗心革面

釋義 以前不好的行為舉止又逐漸恢復。形容重犯老毛病。

範例 沒想到這次慘賠的教訓，並不能根絕他好賭的惡習，才說要戒賭，隔幾天卻又「故態復萌」。

不要誤用 「故態復萌」指又重犯老毛病；「重蹈覆轍」指又重走老路子；「故技重施」則指又使用老手段。

既往不咎（ㄐㄧˋ ㄨㄤˇ ㄅㄨˋ ㄐㄧㄡˋ） **近：**寬大為懷 **反：**嚴懲不貸

釋義 對已經過去的事不再追究、責備。

範例 既然他知過能改，並保證下次決不再犯，我們也就「既往不咎」了。

春風化雨（ㄔㄨㄣ ㄈㄥ ㄏㄨㄚˋ ㄩˇ） **近：**春風風人 **反：**誤人子弟

釋義 本指和煦的春風、滋潤的夏雨能長養萬物。後常用來稱頌師長的恩澤、教誨。

範例 三十年「春風化雨」，當年臺下懵懵懂懂的毛頭小學生，如今也有不少人執起教鞭，踏上誨人不倦的道路。

春風得意（ㄔㄨㄣ ㄈㄥ ㄉㄜˊ ㄧˋ） **近：**洋洋得意 **反：**悵然若失

釋義 舊時指進士及第。現在

多用來形容人官場、考場順利或做事順利如意。

範例 瞧他那「春風得意」的樣子，大概又受到長官提拔了吧？

不要誤用 「春風得意」泛用於一般心願實現或做事順利時的喜悅；「躊躇滿志」則強調用於志向達成或取得成就時的得意。

昭然若揭 ㄓㄠ ㄖㄢˊ ㄖㄨㄛˋ ㄐㄧㄝ

近：原形畢露
反：諱莫如深

釋義 形容真相大白，一切都已顯現出來了。

範例 雖然一力掩飾，但他的野心已是「昭然若揭」，人盡皆知了。

星羅棋布 ㄒㄧㄥ ㄌㄨㄛˊ ㄑㄧˊ ㄅㄨˋ

近：鱗次櫛比
反：寥若晨星

釋義 天上的星星，像棋盤上棋子那樣分布。形容數量很多，散布的範圍很廣。

範例 湛藍大海中「星羅棋布」的珊瑚礁島，雪白沙灘與搖曳的椰子樹，洋溢著醉人的熱帶風情。

柔腸寸斷 ㄖㄡˊ ㄔㄤˊ ㄘㄨㄣˋ ㄉㄨㄢˋ

近：肝腸寸斷

釋義 腸子一寸一寸地斷裂。形容極其傷心難過。

範例 風災過後，橫貫公路「柔腸寸斷」，東西交通完全中斷。

文史趣談 恐怖斷腸草

讀過金庸小說《神鵰俠侶》的人都知道，主角楊過為了解除情花的毒性，必須服食另一種毒物「斷腸草」，以毒攻毒。《本草綱目》中，確實記載有斷腸草，它的毒性會讓腸子發黑、黏在一起，只要吃一小片葉子就可能死亡。傳說中神農嚐百草，最後就是吃到斷腸草才喪命的。可見小說家寫作時不是毫無依據呢！

枯木逢春 ㄎㄨ ㄇㄨˋ ㄈㄥˊ ㄔㄨㄣ

近：枯樹生花
反：雪上加霜

釋義 枯樹遇上春天，又恢復了生命力。比喻久處困境而忽然獲得生機。

範例 他遇上現在的女朋友，彷彿「枯木逢春」，又重新振作起來。

不要誤用 「枯木逢春」偏重瀕死復生；「絕處逢生」則偏重轉危為安。

柳暗花明（ㄌㄧㄡˇ ㄢˋ ㄏㄨㄚ ㄇㄧㄥˊ）

近：豁然開朗　**反：**山窮水盡

釋義 形容綠柳成蔭，繁花似錦的景象。也比喻經過絕望後出現的新局面。

範例 相信我們只要能堅持下去，必能迎接「柳暗花明」的新局。

柳綠桃紅（ㄌㄧㄡˇ ㄌㄩˋ ㄊㄠˊ ㄏㄨㄥˊ）

釋義 形容美好的春天景象。

範例 春天西湖畔「柳綠桃紅」的景致，讓人心曠神怡。

殃及池魚（ㄧㄤ ㄐㄧˊ ㄔˊ ㄩˊ）

近：城門失火

釋義 比喻無緣無故受到連累。

範例 那家紙工廠大火，「殃及池魚」，左鄰右舍的房子也都被燒毀，損失不計其數。

洋洋大觀（ㄧㄤˊ ㄧㄤˊ ㄉㄚˋ ㄍㄨㄢ）

近：蔚為壯觀

釋義 形容數量和種類多采多姿，豐富可觀。

範例 博覽會上陳列各式各樣新奇的展覽品，「洋洋大觀」，看得人目不暇給。

洋洋得意（ㄧㄤˊ ㄧㄤˊ ㄉㄜˊ ㄧˋ）

釋義 形容非常得意的樣子。

範例 他不過被老師誇讚幾句，就「洋洋得意」了起來。

洋洋灑灑（ㄧㄤˊ ㄧㄤˊ ㄙㄚˇ ㄙㄚˇ）

近：洋洋萬言　**反：**三言兩語

釋義 形容文章的篇幅很長且文詞優美、暢達。

範例 他那封「洋洋灑灑」的情書，終於打動意中人的心。

洪水猛獸（ㄏㄨㄥˊ ㄕㄨㄟˇ ㄇㄥˇ ㄕㄡˋ）

釋義 比喻危害極大的禍害。

範例 不應把食品添加物視為「洪水猛獸」，而應做適度的管理。

流年不利（ㄌㄧㄡˊ ㄋㄧㄢˊ ㄅㄨˋ ㄌㄧˋ）

釋義 形容人運氣不好。

範例 做人要有自信和遠見，不必迷信「流年不利」的說法。

流言蜚語（ㄌㄧㄡˊ ㄧㄢˊ ㄈㄟ ㄩˇ）

近：無稽之談
反：言之鑿鑿

釋義 毫無根據的謠言，多指背後議論、誣蔑或挑撥離間的壞話。

範例 那位藝人飽受「流言蜚語」困擾，決定召開記者會，澄清事實真相。

不要誤用 「流言蜚語」側重攻訐、挑撥的話語；「風言風語」則指口耳相傳的流言。

流芳百世（ㄌㄧㄡˊ ㄈㄤ ㄅㄞˇ ㄕˋ）

近：彪炳千古
反：遺臭萬年

釋義 美好的名聲永遠留傳於後世。

範例 老先生造橋鋪路，四十年來行善無數，將來勢必「流芳百世」，為鄉人所懷念。

文史趣談 留名青史的撇步

人們都希望死後能傳揚好的名聲，但要如何才能身後留名呢？古人認為必須要做到「立德」、「立功」、「立言」，稱為「三不朽」。其中「立德」指樹立德業典範，「立功」指建立功業，「立言」則是留下具有價值的言論、著述。所以，在讀到有好名聲的古人故事時，我們也可以試著分辨他是屬於哪種「不朽」喔。

流連忘返（ㄌㄧㄡˊ ㄌㄧㄢˊ ㄨㄤˋ ㄈㄢˇ）

近：樂而忘返

釋義 形容留戀沉迷某些事物，捨不得離去。

範例 太魯閣壯麗的景致，總讓遊客「流連忘返」。

不要誤用 「流連忘返」重在忘記回家，是指對景物、地方的留戀；「戀戀不捨」則重在不願捨棄，對象可以是人、景或某地。

流離失所（ㄌㄧㄡˊ ㄌㄧˊ ㄕ ㄙㄨㄛˇ）

近：顛沛流離
反：安居樂業

釋義 在外轉徙流浪，失去了

安身的地方。指因環境因素，被迫流轉離散，沒有安身的地方。

範例 颱風後，因家園殘破而「流離失所」的受災戶，在政府與民間行善團體的努力下，終於有了新的落腳處。

不要誤用 「流離失所」著重於失去安身的地方；「顛沛流離」則偏重於飽嘗苦難，程度較重。

津津有味（ㄐㄧㄣ ㄐㄧㄣ ㄧㄡˇ ㄨㄟˋ）

反：索然無味

釋義 形容特別有滋味、有興趣。

範例 那部連續劇劇情高潮迭起，讓許多民眾看得「津津有味」。

津津樂道（ㄐㄧㄣ ㄐㄧㄣ ㄌㄜˋ ㄉㄠˋ）

近：津津有味　**反：**索然寡味

釋義 指很感興趣而常常談論。

範例 他當年小蝦米對抗大鯨魚，終於爭取到屬於自己的權益的故事，到現在鄰居仍「津津樂道」。

不要誤用 「津津樂道」只用在談論上，而不涉及其他；「津津有味」則不僅指談論，也可形容看到、聽到、吃到、感覺到的，所指範圍較廣。

洗心革面（ㄒㄧˇ ㄒㄧㄣ ㄍㄜˊ ㄇㄧㄢˋ）

近：脫胎換骨　**反：**怙惡不悛

釋義 比喻徹底改過自新。

範例 他已下定決心「洗心革面」，告別過去的自己，迎向新的人生。

洗耳恭聽（ㄒㄧˇ ㄦˇ ㄍㄨㄥ ㄊㄧㄥ）

近：側耳靜聽　**反：**掩耳蹙額

釋義 形容專心、恭敬地聽別人講話。是請人講話時說的客氣話。

範例 你對這項計畫有任何建議，儘管提出，我一定「洗耳恭聽」。

洛陽紙貴（ㄌㄨㄛˋ ㄧㄤˊ ㄓˇ ㄍㄨㄟˋ）

反：乏人問津

釋義 形容作品很受歡迎。

範例 她的小說一夕成名，「洛陽紙貴」，許多書店都大缺貨。

文史趣談　紙，不要再漲了

現代許多名作家的簽書會常是大排長龍，但都比不上西晉文學家左思，他寫出一篇文章，居然害得全城紙張漲價呢。《晉書》記載：左思曾寫了一篇〈三都賦〉，花了十年時間才完成，許多名人看到都很讚賞，紛紛幫他寫序、作注。結果造成大轟動，洛陽城裡的人都搶著抄寫，導致紙張因為缺貨而漲價，真是太厲害了！

為人作嫁（ㄨㄟˋ ㄖㄣˊ ㄗㄨㄛˋ ㄐㄧㄚˋ）

近：依人作嫁
反：使鬼推磨

釋義 原意是貧女沒有錢置備嫁衣，卻年年替別人縫嫁衣。比喻徒然為別人辛苦忙碌，自己卻沒有得到好處。

範例 她忙了大半天，結果竟是「為人作嫁」，自己一點好處也沒得到。

為所欲為（ㄨㄟˊ ㄙㄨㄛˇ ㄩˋ ㄨㄟˊ）

釋義 做自己想要做的事，毫無顧忌、拘束。

範例 你不要以為坐上了這個位子，就可以「為所欲為」、什麼都不管了。

不要誤用 「為所欲為」重在形容任意而行，甚至違反法紀，含貶義；「放浪形骸」則重在不受世俗禮法約束，不含貶義。

為虎作倀（ㄨㄟˋ ㄏㄨˇ ㄗㄨㄛˋ ㄔㄤ）

近：助紂為虐
反：為民除害

釋義 比喻幫壞人為非作歹。

範例 他居然「為虎作倀」，幫助盜用公款的職員作假帳，最後雙雙吃上官司。

狡兔三窟（ㄐㄧㄠˇ ㄊㄨˋ ㄙㄢ ㄎㄨ）

反：走投無路

釋義 比喻掩蔽的方法多，藏身的計畫很完善。

範例 憑著優勢的警力部署，與線民的密報，歹徒即使「狡兔三窟」，也難逃吃牢飯的命運。

甚囂塵上（ㄕㄣˋ ㄒㄧㄠ ㄔㄣˊ ㄕㄤˋ）

近：喧囂一時
反：無聲無息

釋義：人聲喧嚷，塵土飛揚。形容消息四處流傳，人們議論紛紛，眾口喧騰。

範例：關於某藝人罹癌住院的傳聞「甚囂塵上」，經紀人趕緊出面澄清。

畏首畏尾（ㄨㄟˋ ㄕㄡˇ ㄨㄟˋ ㄨㄟˇ）

近：縮手縮腳　反：勇往直前

釋義：形容瞻前顧後、顧忌重重的疑懼狀態。

範例：領導者不能「畏首畏尾」，必須大刀闊斧去做。

皆大歡喜（ㄐㄧㄝ ㄉㄚˋ ㄏㄨㄢ ㄒㄧˇ）

釋義：形容讓大家都感到非常快樂。

範例：事情總算圓滿解決，「皆大歡喜」。

相形見絀（ㄒㄧㄤ ㄒㄧㄥˊ ㄐㄧㄢˋ ㄔㄨˋ）

近：相形失色　反：略勝一籌

釋義：互相比較之下，就顯出一方的不足。

範例：他的球技本來就不是很出色，在職業選手面前更是「相形見絀」。

相見恨晚（ㄒㄧㄤ ㄐㄧㄢˋ ㄏㄣˋ ㄨㄢˇ）

釋義：遺憾與對方相識得太晚。形容一見如故。

範例：今日聽到您這番發人深省的談話，讓我覺得「相見恨晚」。

相依為命（ㄒㄧㄤ ㄧ ㄨㄟˊ ㄇㄧㄥˋ）

釋義：彼此互相依靠過日子。

範例：她從小與祖母過著「相依為命」的生活。

相得益彰（ㄒㄧㄤ ㄉㄜˊ ㄧˋ ㄓㄤ）

近：相輔相成　反：相形失色

釋義：兩者相互配合、協助，就更能顯露出雙方的優點和長處。

範例：她情感豐富的文字，搭配先生筆觸柔和的插畫，兩者「相得益彰」，使這部作品更加出色。

相提並論（ㄒㄧㄤ ㄊㄧˊ ㄅㄧㄥˋ ㄌㄨㄣˋ）

近：一概而論　反：就事論事

釋義：把性質不同的兩件事或兩個人，不加區別地放在一起，同時談論或比較。

範例 她天資聰穎，學習力極強，只要再多磨練個幾年，就能與當代高手「相提並論」。

不要誤用 「相提並論」指將性質不同的事物同樣比較；「等量齊觀」則指將程度有差別的事物同樣看待。

相敬如賓 ㄒㄧㄤ ㄐㄧㄥˋ ㄖㄨˊ ㄅㄧㄣ

近：舉案齊眉
反：琴瑟失調

釋義 指夫妻互相尊敬，以禮相待，如同待客人一樣。

範例 四十年來經歷多少風風雨雨，他們倆卻一直是「相敬如賓」，恩恩愛愛，是村裡的模範夫妻。

相輔相成 ㄒㄧㄤ ㄈㄨˇ ㄒㄧㄤ ㄔㄥˊ

近：適以相成
反：水火不容

釋義 互相補充，互相配合。指兩件事物之間能互相增益。

範例 他們一個擅長策畫，一個執行力強，共同創業，有「相輔相成」的效果。

相濡以沫 ㄒㄧㄤ ㄖㄨˊ ㄧˇ ㄇㄛˋ

近：同舟共濟
反：各行其是

釋義 原意是無水之魚彼此互相吐沫來沾溼對方。比喻人在困境中用微薄的力量來相互救助，脫離困境。

範例 他們兩人在困境中「相濡以沫」，終於共度難關，也建立深厚的友誼。

不要誤用 「相濡以沫」多用於人與人彼此互相幫助；「同舟共濟」可用於人與人之間的互助，也可用於團體、國家之間的互助，使用範圍較廣。

眉飛色舞 ㄇㄟˊ ㄈㄟ ㄙㄜˋ ㄨˇ

近：喜形於色
反：愁眉苦臉

釋義 形容非常喜悅或得意的神態。

範例 瞧弟弟那「眉飛色舞」的模樣，大概今天在學校又被老師誇讚了。

眉開眼笑 ㄇㄟˊ ㄎㄞ ㄧㄢˇ ㄒㄧㄠˋ

近：喜形於色
反：愁眉不展

釋義 形容高興的樣子。

範例 吃到期盼已久的生日蛋

糕，讓妹妹「眉開眼笑」。

不要誤用 「眉飛色舞」偏重在得意方面，多形容人興奮的情態；「眉開眼笑」則偏重在快樂方面，多形容人們歡樂、喜笑的情態。

看家本領（ㄎㄢˋ ㄐㄧㄚ ㄅㄣˇ ㄌㄧㄥˇ）

近：看家本事

釋義 特別擅長而又不輕易使用的招數。

範例 這場廚藝大賽競爭激烈，各家主廚紛紛拿出「看家本領」。

秋風過耳（ㄑㄧㄡ ㄈㄥ ㄍㄨㄛˋ ㄦˇ）

近：馬耳東風
反：洗耳恭聽

釋義 比喻事情與己無關，所以淡漠而毫無所動。

範例 他當老師和父母的勸告是「秋風過耳」，依然我行我素，不知悔改。

秋扇見捐（ㄑㄧㄡ ㄕㄢˋ ㄐㄧㄢˋ ㄐㄩㄢ）

釋義 秋天天氣涼爽，扇子就被棄置不用。比喻婦女失寵，遭到遺棄。

範例 古代嬪妃最害怕的事就是年老色衰，「秋扇見捐」。

穿針引線（ㄔㄨㄢ ㄓㄣ ㄧㄣˇ ㄒㄧㄢˋ）

近：搭橋引線
反：挑撥離間

釋義 比喻在中間擔任聯絡、拉攏的工作。

範例 他倆的認識，是透過同事的「穿針引線」。

不要誤用 「穿針引線」比喻從中撮合、拉攏；「飛針走線」則形容人針線活做得又快又好。

穿鑿附會（ㄔㄨㄢ ㄗㄠˊ ㄈㄨˋ ㄏㄨㄟˋ）

近：生拉硬拽

釋義 道理說不通，勉強曲解湊合，把本來沒有的意思硬加進去。

範例 這部作品畢竟是小說不是歷史，自然有許多「穿鑿附會」、不合事實的地方。

突如其來（ㄊㄨ ㄖㄨˊ ㄑㄧˊ ㄌㄞˊ）

近：天外飛來
反：不出所料

釋義 出乎意料地突然來到。

範例 粉絲「突如其來」衝上臺獻花的舉動，把正在載歌載舞的歌手嚇了一大跳。

不要誤用 「突如其來」強調事情發生的突然；「猝不及防」強調事情來得太快以致來不及防備。

突飛猛進（ㄊㄨˊ ㄈㄟ ㄇㄥˇ ㄐㄧㄣˋ）

釋義 形容進步很快、發展極其迅速。

範例 由於不斷的努力，讓他的英文程度「突飛猛進」。

紅得發紫（ㄏㄨㄥˊ ˙ㄉㄜ ㄈㄚ ㄗˇ）

釋義 形容聲威盛極一時。

範例 電視上那些「紅得發紫」的偶像歌手，一舉一動都受人矚目。

約定俗成（ㄩㄝ ㄉㄧㄥˋ ㄙㄨˊ ㄔㄥˊ）　近：相沿成習

釋義 某種名稱、習慣為社會上所承認，因而固定下來，一直沿用。

範例 許多語言與事物名稱都是「約定俗成」的。

約法三章（ㄩㄝ ㄈㄚˇ ㄙㄢ ㄓㄤ）　反：違法亂紀

釋義 約定法律三條。後指事先約好或講定規則，大家共同遵守。

範例 上課第一天，老師就與我們「約法三章」，未來獎懲都依照規定辦理。

美不勝收（ㄇㄟˇ ㄅㄨˋ ㄕㄥ ㄕㄡ）

釋義 形容美好的東西太多，來不及一一欣賞。

範例 春季的士林官邸繁花似錦，「美不勝收」，吸引大批民眾前往遊覽。

美中不足（ㄇㄟˇ ㄓㄨㄥ ㄅㄨˋ ㄗㄨˊ）

釋義 雖然美好，但略有欠缺。

範例 這場表演非常精采，「美中不足」的是場地太小，無法容納更多觀眾。

美輪美奐（ㄇㄟˇ ㄌㄨㄣˊ ㄇㄟˇ ㄏㄨㄢˋ）　反：蓬戶甕牖

釋義 形容房屋的堂皇、華麗（常為祝賀新居落成之詞）。

範例 這座「美輪美奐」的豪宅，一看就知道售價不菲。

背水一戰（ㄅㄟˋ ㄕㄨㄟˇ ㄧ ㄓㄢˋ）　近：背城一戰　反：退避三舍

釋義 比喻決一死戰。

範例 隊員們抱著「背水一戰」的決心奮力一搏，終於贏得這場比賽。

不要誤用 「背水一戰」含有拚死求勝的意思，處於被動，強調決心；「破釜沉舟」則含有奮力戰鬥到底的意思，出於主動，強調果決。

背道而馳（ㄅㄟˋ ㄉㄠˋ ㄦˊ ㄔˊ）

近：南轅北轍
反：並行不悖

釋義 朝著反的方向奔跑。比喻彼此的方向或目的完全相反。或指行動與目的的相反。

範例 雖然在這件事的處理上，我和她的想法「背道而馳」，卻無損我們過去深厚的友誼。

胡作非為（ㄏㄨˊ ㄗㄨㄛˋ ㄈㄟ ㄨㄟˊ）

近：胡為亂做

釋義 肆無忌憚地做壞事。

範例 警察的任務，就是要阻止歹徒「胡作非為」，保護善良百姓的安全。

不要誤用 「胡作非為」只能指做壞事；「為所欲為」則可指做一般的事情，但多指做壞事。

胡言亂語（ㄏㄨˊ ㄧㄢˊ ㄌㄨㄢˋ ㄩˇ）

近：胡言亂道

釋義 毫無根據地隨意胡說亂道。

範例 聽他躺在床上「胡言亂語」，大概是又做惡夢了吧。

胡思亂想（ㄏㄨˊ ㄙ ㄌㄨㄢˋ ㄒㄧㄤˇ）

近：胡思亂量

釋義 不切實際、毫無根據地瞎想。

範例 光在那邊「胡思亂想」，對現實工作是一點幫助也沒有。

不要誤用 「胡思亂想」的想是隨意的、沒有規則的，多為間歇性、目標不明確而常隨意轉換；「痴心妄想」則重在表示不合實際的想法，往往持續地以某人某事為目標。

胡攪蠻纏（ㄏㄨˊ ㄐㄧㄠˇ ㄇㄢˊ ㄔㄢˊ）

近：胡纏亂攪

釋義 毫無道理地糾纏。

範例 你這樣「胡攪蠻纏」的行為，只會引起對方反感。

茅塞頓開（ㄇㄠˊ ㄙㄜˋ ㄉㄨㄣˋ ㄎㄞ）

近：恍然大悟
反：大惑不解

釋義 形容受到啟發，一下子打開了思路，理解了某個道理。

範例 經過老師的詳細解說，我終於「茅塞頓開」，弄懂破解這個數學題的關鍵。

不要誤用 「茅塞頓開」指得到啟發而思想開竅；「恍然大悟」則多是得知某事或真相而有所醒悟。

苦口婆心（ㄎㄨˇ ㄎㄡˇ ㄆㄛˊ ㄒㄧㄣ）

近：語重心長
反：口蜜腹劍

釋義 形容懷著慈愛之心再三懇切地勸告。

範例 不廢大家「苦口婆心」的勸說，他終於打消那不切實際的念頭。

苦中作樂（ㄎㄨˇ ㄓㄨㄥ ㄗㄨㄛˋ ㄌㄜˋ）

釋義 在困苦中強尋歡樂。

範例 在沉重的工作壓力下，必須學會「苦中作樂」。

苦盡甘來（ㄎㄨˇ ㄐㄧㄣˋ ㄍㄢ ㄌㄞˊ）

近：否極泰來
反：樂極生悲

釋義 比喻人歷盡艱辛而漸入幸福之境。

範例 熬過那段囊螢映雪的日子，他終於「苦盡甘來」，取得博士學位。

若有所思（ㄖㄨㄛˋ ㄧㄡˇ ㄙㄨㄛˇ ㄙ）

釋義 好像心裡在想什麼似的。形容陷入沉思的樣子。

範例 看她「若有所思」的樣子，不知道我剛才那番話是不是說錯了？

若無其事（ㄖㄨㄛˋ ㄨˊ ㄑㄧˊ ㄕˋ）

近：行若無事
反：忐忑不安

釋義 似乎沒有這回事。形容故作鎮靜或不把事情放在心上。

範例 他雖然心裡焦急不已，但表面仍是一副「若無其事」的樣子。

若隱若現（ㄖㄨㄛˋ ㄧㄣˇ ㄖㄨㄛˋ ㄒㄧㄢˋ）

近：若隱若顯

釋義 又像隱藏又像顯露。形容看不真切，模糊不清。

範例 薄霧中的山巒「若隱若現」，讓人感覺像置身仙境。

英才早逝（ㄧㄥ ㄘㄞˊ ㄗㄠˇ ㄕˋ）

釋義 有才華的人很年輕就過世了（通常作為哀輓男性的輓辭）。

範例 他在奪得競賽金牌後不久，就因為一場練習意外而「英才早逝」，讓家人、隊友及教練都感傷不已。

苟且偷安（ㄍㄡˇ ㄑㄧㄝˇ ㄊㄡ ㄢ）

近： 得過且過
反： 發憤圖強

釋義 貪圖目前的安逸，得過且過，不顧將來。

範例 他因為擔心畢業即失業，就以不斷延畢的方式「苟且偷安」，實在不可取。

苟延殘喘（ㄍㄡˇ ㄧㄢˊ ㄘㄢˊ ㄔㄨㄢˇ）

近： 垂死掙扎

釋義 比喻勉強維繫生命。也比喻勉強撐住局面。

範例 爺爺的病已經到了末期，所有藥物治療都只是「苟延殘喘」而已。

負荊請罪（ㄈㄨˋ ㄐㄧㄥ ㄑㄧㄥˇ ㄗㄨㄟˋ）

近： 肉袒牽羊
反： 興師問罪

釋義 背著荊條向對方請罪。表示完全承認自己的過錯，登門請求對方懲罰。

範例 既然他都誠心誠意的「負荊請罪」了，我們就原諒他吧。

文史趣談 面子算什麼

地位越高，越難承認自己的錯誤。但《史記》記載：戰國時，趙國的藺相如曾立下大功，被封為上卿，大將軍廉頗不服氣，想當面羞辱他。藺相如得知，就處處迴避廉頗，不希望因為兩人不團結而給敵人入侵的機會。廉頗聽說，非常慚愧，就光著上身背負荊條，到藺相如家謝罪。這樣誠心認錯的行為真是不容易呀。

赴湯蹈火（ㄈㄨˋ ㄊㄤ ㄉㄠˋ ㄏㄨㄛˇ）

近： 出生入死
反： 偷生惜死

釋義 即使是滾燙的水、熾熱的火，也敢於去踐踏。比喻冒險犯難不避艱險。

範例　他為了追求喜歡的女孩，宣稱「赴湯蹈火」也在所不惜，結果反而造成對方很大的壓力，躲他躲得遠遠的。

迫不及待 ㄆㄛˋ ㄅㄨˋ ㄐㄧˊ ㄉㄞˋ

近：刻不容緩
反：從容不迫

釋義　急迫得不能等待。

範例　還沒放榜，小弟便「迫不及待」地守在布告欄前。

不要誤用　「迫不及待」指主觀上的心情，自己急著去做；「迫在眉睫」則指客觀情況的緊急，不容遲緩。

迫在眉睫 ㄆㄛˋ ㄗㄞˋ ㄇㄟˊ ㄐㄧㄝˊ

近：刻不容緩
反：從容不迫

釋義　比喻事情已到非常緊要的關頭，十分急迫，就像已經逼近了眉毛和睫毛一樣。

範例　期末考「迫在眉睫」，他卻還是成天玩樂，讓媽媽十分著急。

重見天日 ㄔㄨㄥˊ ㄐㄧㄢˋ ㄊㄧㄢ ㄖˋ

近：雲開見日

釋義　脫離黑暗的處境又見到光明。比喻重獲自由或冤情得以昭雪。

範例　因為潛水員無意間發現，這批沉船中的古文物，才能「重見天日」。

重整旗鼓 ㄔㄨㄥˊ ㄓㄥˇ ㄑㄧˊ ㄍㄨˇ

近：捲土重來
反：一蹶不振

釋義　比喻失敗以後，重新組織，整頓再起。

範例　去年我隊奪冠失利，今年「重整旗鼓」，再接再厲，希望能獲得更好的成績。

不要誤用　「重整旗鼓」指遇到挫敗後重新開始；「另起爐灶」則是拋棄原有的基礎重新開始。

重蹈覆轍 ㄔㄨㄥˊ ㄉㄠˋ ㄈㄨˋ ㄔㄜˋ

近：復蹈前轍
反：改弦易轍

釋義　比喻不吸取失敗的教訓，又重犯過去的錯誤。

範例　上次因為塞車而錯過面試機會，他這次特別提早出門，避免「重蹈覆轍」。

重巒疊嶂 ㄔㄨㄥˊ ㄌㄨㄢˊ ㄉㄧㄝˊ ㄓㄤˋ

釋義：山峰連接在一起，峻嶺也相互堆聚。形容山多險要的景象。

範例：長江三峽處處可見「重巒疊嶂」的天然景觀。

面不改色 ㄇㄧㄢˋ ㄅㄨˋ ㄍㄞˇ ㄙㄜˋ

近：面不改容

釋義：形容遇到危險仍能從容不迫、神態自若。

範例：面對危難能「面不改色」，設法克服，才具備領導人的膽識。

面目全非 ㄇㄧㄢˋ ㄇㄨˋ ㄑㄩㄢˊ ㄈㄟ

反：依然如故

釋義：樣子完全不是過去那樣了。形容狀態完全改變。

範例：這場連環車禍，讓十幾輛車子撞得「面目全非」。

不要誤用 「面目全非」多用作貶義，形容變得更壞了；「面目一新」則是褒義詞，形容變好。

面如土色 ㄇㄧㄢˋ ㄖㄨˊ ㄊㄨˇ ㄙㄜˋ

近：面如死灰　**反**：面不改色

釋義：形容驚恐到極點，臉上的顏色跟土一樣。

範例：突然的土石崩落，讓原本沉浸在美景中的遊客都嚇得「面如土色」。

面有難色 ㄇㄧㄢˋ ㄧㄡˇ ㄋㄢˊ ㄙㄜˋ

釋義：臉上出現為難的神情。

範例：看他「面有難色」，我就明白這件事應該去找其他人幫忙才對。

面紅耳赤 ㄇㄧㄢˋ ㄏㄨㄥˊ ㄦˇ ㄔˋ

反：面不改色

釋義：臉和耳朵都紅了。形容心中非常羞愧或著急、發怒的樣子。

範例：兩位車主因為停車位問題爭得「面紅耳赤」。

面面相覷 ㄇㄧㄢˋ ㄇㄧㄢˋ ㄒㄧㄤ ㄑㄩˋ

近：面面相視　**反**：鎮定自若

釋義：你看我，我看你，互相對視。形容做錯了事或極為驚慌時互相對視、不知所措的樣子。

範例：一早發現教室被不明人士破壞得亂七八糟，同學們都「面面相覷」，不知該怎麼辦才好。

面面俱到（ㄇㄧㄢˋ ㄇㄧㄢˋ ㄐㄩˋ ㄉㄠˋ）　**近：**八面玲瓏　**反：**顧此失彼

釋義 各個方面都注意或照顧周全，沒有遺漏。形容辦事非常周全或形容做人圓滑。

範例 凡事不能只從一個點去考慮，必須「面面俱到」，才不容易發生問題。

不要誤用 「面面俱到」著眼於處事很周到；「八面玲瓏」則著眼於人本身的手腕圓滑，略含貶義。

面授機宜（ㄇㄧㄢˋ ㄕㄡˋ ㄐㄧ ㄧˊ）

釋義 表示當面傳授要訣，指點關鍵。

範例 臨上場前，教練把所有選手召來「面授機宜」一番。

音容宛在（ㄧㄣ ㄖㄨㄥˊ ㄨㄢˇ ㄗㄞˋ）　**近：**音容如在

釋義 聲音容貌就像在眼前一樣。形容對死者的深深懷念。

範例 老師雖然過世了，但「音容宛在」，他的諄諄教誨與文人風骨，將永遠留在每位同學的心中。

風行草偃（ㄈㄥ ㄒㄧㄥˊ ㄘㄠˇ ㄧㄢˇ）

釋義 風一吹，草就倒。比喻統治者以仁德感化人民，人民自然服從。

範例 國家領導者若全心為民著想，推行政策自然容易收「風行草偃」之效。

風吹草動（ㄈㄥ ㄔㄨㄟ ㄘㄠˇ ㄉㄨㄥˋ）　**近：**狗吠之警

釋義 風稍一吹，草就搖晃。比喻一點點動靜或輕微的形勢變化。

範例 獵人的觀察力非常敏銳，任何「風吹草動」都逃不過他們的眼睛和耳朵。

風花雪月（ㄈㄥ ㄏㄨㄚ ㄒㄩㄝˇ ㄩㄝˋ）　**近：**吟風弄月　**反：**經世濟民

釋義 本泛指四時景色。也指男女間情愛之事或無關國計民生之事。後來多形容詩文只堆砌辭藻而內容空泛。

範例 那些「風花雪月」的言情小說，與現實情況常有不小的差距，只能滿足浪漫幻想，不能作為行動依據。

風雨飄搖 ㄈㄥ ㄩˇ ㄆㄧㄠ ㄧㄠˊ　**近：**動蕩不安　**反：**安如磐石

釋義 在風雨中飄蕩不定，比喻局勢動蕩不安。

範例 國家雖然處在「風雨飄搖」中，但只要全民同舟共濟，就能安然度過。

不要誤用 「風雨飄搖」多指大環境動蕩、不穩固；「搖搖欲墜」則偏重指建築物、物品快要倒塌，或地位不穩固。

風度翩翩 ㄈㄥ ㄉㄨˋ ㄆㄧㄢ ㄆㄧㄢ

釋義 形容人儀態飄逸，談吐優雅。

範例 「風度翩翩」、多才多藝的男子，是許多少女心儀的對象。

風流雲散 ㄈㄥ ㄌㄧㄡˊ ㄩㄣˊ ㄙㄢˋ　**近：**星離雲散

釋義 像風一樣流逝、雲一樣飄散。多比喻原來聚在一塊的人分散到各地。

範例 當年相聚的好友，如今都已「風流雲散」，讓人不勝惆悵。

不要誤用 「風流雲散」形容流動、分散，一般多指人而不指事物；「煙消雲散」則形容消失、散去，一般不指人，多指事物或人的情緒。

文史趣談 是哪種「風流」呢？

「風流雲散」中的「風流」，是形容人像風一樣的流散，不是形容人輕浮、花心甚至好色的「風流」喔！其實在古代，「風流」多用來形容人瀟灑飄逸、風韻美好動人或是傑出不凡，也能形容文學作品寫得佳妙。所以下次在書裡面看到「風流」，可要特別注意它到底是正面的意思還是負面的意思喔。

風起雲湧 ㄈㄥ ㄑㄧˇ ㄩㄣˊ ㄩㄥˇ　**近：**風靡雲蒸

釋義 風刮起來，雲像水湧起一般。比喻事物迅速發展，聲勢浩大。

範例 世界各國這股追求自由平等的熱潮，可說是「風起雲湧」。

風捲殘雲（ㄈㄥ ㄐㄩㄢˇ ㄘㄢˊ ㄩㄣˊ）　**近**：橫掃千軍

釋義　比喻把殘存的東西一掃而光。

範例　飯菜一上桌，他就「風捲殘雲」般吃了個盤底朝天。

不要誤用　「風捲殘雲」比喻把東西掃得一乾二淨，不限於消滅敵人；「橫掃千軍」則僅用於打仗。

風雲變色（ㄈㄥ ㄩㄣˊ ㄅㄧㄢˋ ㄙㄜˋ）　**近**：風雲突變　**反**：一仍舊貫

釋義　形容情勢變動極大。

範例　他在最後階段才突然竄起，卻使得整個選戰情勢「風雲變色」。

風馳電掣（ㄈㄥ ㄔˊ ㄉㄧㄢˋ ㄔㄜˋ）　**近**：星馳電走　**反**：蝸行牛步

釋義　像風的急馳、電的急閃一樣。形容行動非常迅速，急閃而過。

範例　消防車「風馳電掣」的趕往火災現場，終於及時撲滅火勢。

風塵僕僕（ㄈㄥ ㄔㄣˊ ㄆㄨˊ ㄆㄨˊ）　**近**：鞍馬勞頓

釋義　形容旅途奔波、辛苦勞累的樣子。

範例　郵差先生每天「風塵僕僕」地各處送信，非常辛苦。

不要誤用　「風塵僕僕」重在形容旅途的奔波勞累；「餐風露宿」則重在形容野外生活的艱苦。

風調雨順（ㄈㄥ ㄊㄧㄠˊ ㄩˇ ㄕㄨㄣˋ）　**近**：時和年豐　**反**：五穀不登

釋義　形容風雨及時，適合農業生產的需要。比喻太平盛世的景象。

範例　廟裡拿著寶劍、琵琶、雨傘和蛇的四位神明，有著「風調雨順」的象徵意涵。

風餐露宿（ㄈㄥ ㄘㄢ ㄌㄨˋ ㄙㄨˋ）　**近**：餐風飲露

釋義　形容旅途或野外生活的勞苦。

範例　這些記錄天候變化的珍貴影片，都是攝影家「風餐露宿」，長時間拍攝的成果。

風燭殘年（ㄈㄥ ㄓㄨˊ ㄘㄢˊ ㄋㄧㄢˊ）

近：行將就木　**反：**風華正茂

釋義 比喻人到了老年，已衰老將死。

範例 那位已屆「風燭殘年」的老先生，最掛心的就是身在海外的兒子。

不要誤用 「風燭殘年」比喻人接近死亡的年紀；「桑榆暮景」則比喻人到晚年。

風聲鶴唳（ㄈㄥ ㄕㄥ ㄏㄜˋ ㄌㄧˋ）

近：草木皆兵

釋義 形容驚恐、疑懼或自相驚擾。

範例 政府大力掃蕩賭博電玩，相關業者是「風聲鶴唳」，人人自危。

不要誤用 「風聲鶴唳」多用於表示由聽覺引起的驚恐時；「草木皆兵」則多表示由視覺引起的驚恐。

飛來橫禍（ㄈㄟ ㄌㄞˊ ㄏㄥˊ ㄏㄨㄛˋ）

釋義 指無端遭逢意外災禍。形容意料之外的禍害。

範例 走在路上無端被學校圍牆裡飛出來的球打到，真是「飛來橫禍」。

飛揚跋扈（ㄈㄟ ㄧㄤˊ ㄅㄚˊ ㄏㄨˋ）

近：橫行霸道　**反：**規行矩步

釋義 原指舉動越出常軌，不受約束。現多指態度蠻橫放肆，目中無人。

範例 許多人都看不慣他那「飛揚跋扈」的囂張氣焰。

不要誤用 「飛揚跋扈」著重在目中無人的態度；「專橫跋扈」重在專權獨斷，蠻不講理；「耀武揚威」則是強調張狂的行為舉動。

飛黃騰達（ㄈㄟ ㄏㄨㄤˊ ㄊㄥˊ ㄉㄚˊ）

近：平步青雲　**反：**窮途潦倒

釋義 比喻人的官職、地位提升得很快，在仕途上稱心如意無阻礙。

範例 即使在事業上「飛黃騰達」，也不能因此忽視了與家人的相處。

不要誤用 「飛黃騰達」偏重指一路上升得很快；「平步青雲」、「青雲直上」偏重一下子上升得很高；「官運亨通」則指做官、升官很順利。

文史趣談 奇特的神馬

在古代，馬是一種重要的交通工具，遠行、運輸、戰爭等都少不了牠。古人對馬也有許多幻想，例如傳說中的神馬「飛黃」，牠的形貌就被描述成長得像狐狸、背上有角，可以活上千年。另外還有跑得比飛鳥還快的「翻羽」、可以在雲上奔馳的「騰霧」、身上生有翅膀的「挾翼」等，都顯示出古人無邊的想像力。

飛蛾撲火（ㄈㄟ ㄜˊ ㄆㄨ ㄏㄨㄛˇ）

近：夜蛾赴火

釋義 比喻自取滅亡。

範例 千萬不要做出向黑道經營的地下錢莊借錢這種「飛蛾撲火」的決定。

不要誤用 「飛蛾撲火」多用於錯估形勢或過分誇耀自己的力量，導致滅亡；「玩火自焚」則是因為做壞事，結果自己害了自己。

食古不化（ㄕˊ ㄍㄨˇ ㄅㄨˋ ㄏㄨㄚˋ）

近：食而不化
反：融會貫通

釋義 指仿古而不善運用，就像把食物吃下去不能消化一樣。指人死讀古書而不知靈活運用。

範例 滿腹經綸卻「食古不化」、不能活用，這樣跟沒讀過有什麼差別呢？

不要誤用 「食古不化」專指生硬地搬用古代知識成規；「生吞活剝」則泛指生硬地搬用古今中外各方面的東西。

食言而肥（ㄕˊ ㄧㄢˊ ㄦˊ ㄈㄟˊ）

近：言而無信
反：一言九鼎

釋義 譏諷人說話不算數。

範例 我已經答應你了，就絕對不會「食言而肥」。

食前方丈（ㄕˊ ㄑㄧㄢˊ ㄈㄤ ㄓㄤˋ）

近：日食萬錢
反：簞食瓢飲

釋義 吃飯的時候，陳列在面前的食物占了一丈見方那麼大的面積。形容生活非常奢侈、豪華。

範例 在這個貧富差距懸殊的

社會裡，有人「食前方丈」，有人卻得沿街乞討。

食指大動（ㄕˊ ㄓˇ ㄉㄚˋ ㄉㄨㄥˋ） 近：垂涎三尺

釋義 原指有美食可吃的前兆，後表示美味當前，令人非常想飽餐一頓。

範例 看到眼前滿桌的佳餚，每個人都「食指大動」。

文史趣談 有好東西可吃囉

《左傳》記載：一天，鄭靈公召見公子宋和公子家。半路上，公子宋的食指突然顫動起來，就對子家說：「以前我的食指也曾這樣動過，表示等會兒有好東西可吃囉。」果然，他們走到鄭靈公那，發現有廚師正在分解剛煮熟的甲魚，兩位公子不禁相視而笑——看來公子宋這根神奇的指頭，真的非常靈驗呢！

食指浩繁（ㄕˊ ㄓˇ ㄏㄠˋ ㄈㄢˊ）

釋義 家裡人多，消費也多。比喻家中人口多，開銷大，感到吃不消。

範例 家裡「食指浩繁」，不能只靠爸爸一個人工作賺錢。

首屈一指（ㄕㄡˇ ㄑㄩ ㄧ ㄓˇ） 近：無出其右 反：等而下之

釋義 屈指計數時首先彎下大拇指。表示位居第一。

範例 這個管弦樂團是臺灣「首屈一指」的表演團體，有許多膾炙人口的作品。

不要誤用 「首屈一指」指名列第一；「數一數二」則不一定是唯一，可泛指極為優秀。

首當其衝（ㄕㄡˇ ㄉㄤ ㄑㄧˊ ㄔㄨㄥ） 近：四戰之地

釋義 比喻最先受到壓力、攻擊，或指首先遭受災難的人或地方。

範例 海嘯來襲時，「首當其衝」的沿海地區瞬間變成水鄉澤國。

香消玉殞（ㄒㄧㄤ ㄒㄧㄠ ㄩˋ ㄩㄣˇ） 近：玉碎珠沉

釋義 香與玉都用來比喻女子。比喻女子死亡。

範例 那位年輕女作家因為車禍而「香消玉殞」，讓許多書迷惋惜不已。

十畫

乘人之危（ㄔㄥˊ ㄖㄣˊ ㄓ ㄨㄟˊ）　**近**：趁火打劫　**反**：雪中送炭

釋義：趁別人有危難的時候，去要脅、打擊人家。

範例：有良心的人絕對不會做出「乘人之危」的事情。

乘虛而入（ㄔㄥˊ ㄒㄩ ㄦˊ ㄖㄨˋ）　**近**：攻其不備　**反**：無機可乘

釋義：趁著對方實力空虛或防備薄弱時入侵。

範例：像他這樣「乘虛而入」、橫刀奪愛，實在太不講義氣了。

不要誤用　「乘虛而入」指趁著對方內部空虛時侵入；「攻其不備」則指在對方毫無防備時進攻。

乘龍快婿（ㄔㄥˊ ㄌㄨㄥˊ ㄎㄨㄞˋ ㄒㄩˋ）　**近**：東床快婿

釋義：喻令人滿意的好女婿。

範例：老先生一心想為掌上明珠挑一位「乘龍快婿」。

俯仰無愧（ㄈㄨˇ ㄧㄤˇ ㄨˊ ㄎㄨㄟˋ）

釋義：低頭、抬頭都毫無愧疚。指為人正直公正，品德高尚，無愧於人，也無愧於天。

範例：能做到「俯仰無愧」，才算活得有意義。

俯拾即是（ㄈㄨˇ ㄕˊ ㄐㄧˊ ㄕˋ）　**近**：比比皆是　**反**：屈指可數

釋義：只要彎下身子去揀，到處都是那些東西。形容為數很多而且容易得到。

範例：沙灘上，美麗的貝殼「俯拾即是」。

俯首帖耳（ㄈㄨˇ ㄕㄡˇ ㄊㄧㄝ ㄦˇ）　**近**：百依百順　**反**：桀驁不馴

釋義：像狗見了主人那樣低頭貼著耳朵。形容卑躬屈膝、馴服順從的樣子。

範例：那種「俯首帖耳」、逢迎巴結的醜態，正人君子不屑為之。

文史趣談　**有腰骨的陶淵明**

很多人遇到達官貴人，就俯首帖耳、卑躬屈膝，拚命巴結，但大詩人陶淵明絕不會這樣。《晉書》記載：陶淵明在擔任彭澤令的期間，有一位督郵將到當地視察，依照規矩，陶淵明必須打扮整齊，前往城外迎接。但陶淵明知道，這位督郵是靠不正當管道才謀得官職，很看不起他，更不想對他彎腰行禮。所以陶淵明乾脆辭官回家，捨去了五斗米的微薄俸祿，這就也是「不為五斗米折腰」的典故。

借刀殺人（ㄐㄧㄝˋ ㄉㄠ ㄕㄚ ㄖㄣˊ） **近：**借客報仇

釋義 比喻自己不出面，而是從中挑撥或利用別人去陷害、消滅對方。

範例 用「借刀殺人」的手法鬥垮競爭對手的行為，實在不可取。

借花獻佛（ㄐㄧㄝˋ ㄏㄨㄚ ㄒㄧㄢˋ ㄈㄛˊ） **近：**順水人情

釋義 比喻用別人的東西做人情，送給別人。

範例 奶奶的橘子園今年大豐收，我就「借花獻佛」，摘了一些請老師品嘗。

倚老賣老（ㄧˇ ㄌㄠˇ ㄇㄞˋ ㄌㄠˇ）

釋義 自以為年紀大、輩分高、閱歷豐富而賣弄老資格，瞧不起別人。

範例 我們尊敬你是前輩，但你也不能「倚老賣老」，不尊重別人的意見。

倚門倚閭（ㄧˇ ㄇㄣˊ ㄧˇ ㄌㄩˊ） **近：**引領而望

釋義 形容父母殷切盼望子女歸來的心情。

範例 晚上不要太晚回家，要多體會父母「倚門倚閭」的忐忑心情。

文史趣談 **大門大不同**

我們今天都把遮蔽建築物出入口的板狀裝置稱為「門」，而在古代卻有更細的分別：單扇門稱為「戶」，雙扇門才稱為「門」，而里巷的大門則稱作「閭」。周朝時，王城百里之內，二十五戶人家為一閭；百里外到兩百里的範圍內，二十五戶人家為一里，「閭里」就指人民居住的地方，後來也成為平民的代稱了。

倒行逆施 ㄉㄠˋ ㄒㄧㄥˊ ㄋㄧˋ ㄕ　**近：**逆天違理　**反：**順天應人

釋義 原來是說做事違背常理，任意妄為。

範例 許多明君晚年因為聽信小人而「倒行逆施」，就埋下了國家動亂的種子。

倒屣相迎 ㄉㄠˋ ㄒㄧˇ ㄒㄧㄤ ㄧㄥˊ　**近：**倒屣而迎

釋義 倒穿著鞋出來迎接客人。後用以形容熱情歡迎來客。

範例 國外友人特地來臺拜訪，讓她高興地掃榻以待、「倒屣相迎」。

兼容並蓄 ㄐㄧㄢ ㄖㄨㄥˊ ㄅㄧㄥˋ ㄒㄩˋ　**近：**包羅萬象

釋義 形容能廣泛容納多方面的事物。

範例 這家創意公司因為能「兼容並蓄」各種人才，所以提出來的案子格外獨特。

冤家路窄 ㄩㄢ ㄐㄧㄚ ㄌㄨˋ ㄓㄞˇ　**近：**狹路相逢　**反：**交臂失之

釋義 仇人在狹路上相遇，來不及迴避。比喻不願相見的人偏偏遇見。

範例 他為了躲債逃到國外，沒想到居然還是遇到債主，真是「冤家路窄」。

不要誤用 「冤家路窄」強調容易遇見，無法迴避；「狹路相逢」則強調互不相讓，不能相容。

剜肉補瘡 ㄨㄢ ㄖㄡˋ ㄅㄨˇ ㄔㄨㄤ　**近：**飲鴆止渴

釋義 比喻用有害的辦法暫時解救眼前的急難，而完全不計後果。

範例 因為一時缺錢而找地下錢莊，其實是「剜肉補瘡」的行為。

剛柔相濟 ㄍㄤ ㄖㄡˊ ㄒㄧㄤ ㄐㄧˋ

釋義 形容待人處世能軟硬兼施，恩威並用。也比喻兩個剛柔相異的人相處在一起而能相輔相成。

範例 隊長處世圓滑，「剛柔相濟」，每一位隊員都欣然服從他的領導。

剛愎自用

近：獨斷專行
反：從善如流

釋義 指人性情強硬、任性，不接受別人的勸告。

範例 主管若「剛愎自用」，不肯採納下屬好的意見，這樣是無法提振公司業績的。

不要誤用 「剛愎自用」偏重在固執任性而專斷；「師心自用」則偏重在自以為是。

剛毅木訥

釋義 剛強果決而不善辭令。

範例 「剛毅木訥」較之巧言令色更能顯示出誠心。

匪夷所思

近：不可思議
反：不足為奇

釋義 指事情太離奇，是一般人所想像不到的。

範例 原本整齊的麥田，一夜之間突然出現許多巨大的幾何圖案，真令人「匪夷所思」。

原形畢露

釋義 本相完全暴露出來。

範例 在警方的嚴密監視下，該嫌犯終於「原形畢露」。

文史趣談 皇帝也沒辦法

形容人的野心原形畢露，人盡皆知，我們也會說是「司馬昭之心」，這段典故來自《漢晉春秋》：魏明帝死後，司馬昭立曹髦為帝，但他大權在握，絲毫不把皇帝放在眼裡，甚至還想篡位。曹髦說：「司馬昭的野心，連路人都知道了。」他想除掉司馬昭，結果反而被殺死，從此再也沒有人敢和司馬氏作對了。

原封不動

近：紋絲未動
反：面目全非

釋義 照原樣未經改變。

範例 上次週年慶採購的好幾箱商品，現在仍「原封不動」的堆在那裡。

不要誤用 「原封不動」著重於外界力量未對事物加以改變；「一成不變」則指事物本身沒有改變。

害群之馬（ㄏㄞˋ ㄑㄩㄣˊ ㄓ ㄇㄚˇ）　**近**：敗群之羊

釋義 比喻危害群體的人。

範例 身在團體之中，就要配合大家的行動，不能做「害群之馬」。

家徒四壁（ㄐㄧㄚ ㄊㄨˊ ㄙˋ ㄅㄧˋ）　**近**：一窮二白　**反**：富甲一方

釋義 家裡只剩下四面牆壁。比喻家境貧困。

範例 為了償還債務，他已是當光賣盡、「家徒四壁」了。

文史趣談　**私奔之後的故事**

許多人都知道漢朝文學家司馬相如以〈鳳求凰〉琴挑卓文君，兩個人為愛私奔的故事，但他們並沒有「從此過著幸福快樂的日子」喔。《史記》記載：卓文君回到司馬相如家，才發現他家竟然窮到只剩四面牆壁，結果兩人只好開起酒館掙錢。富家女成了賣酒女，文學家成了服務生——愛情沒有麵包果然不行呢！

家常便飯（ㄐㄧㄚ ㄔㄤˊ ㄅㄧㄢˋ ㄈㄢˋ）　**近**：家常茶飯

釋義 家中日常的飯食。也比喻平常的事情。

範例 對消防員來說，三更半夜被叫起來出勤是「家常便飯」，得隨時待命。

家貧如洗（ㄐㄧㄚ ㄆㄧㄣˊ ㄖㄨˊ ㄒㄧˇ）　**近**：一貧如洗　**反**：堆金積玉

釋義 家裡窮得像水沖洗過一樣，什麼都沒有。形容家境非常困苦、貧窮。

範例 他雖然「家貧如洗」，卻更堅定努力讀書的志向。

家喻戶曉（ㄐㄧㄚ ㄩˋ ㄏㄨˋ ㄒㄧㄠˇ）　**近**：聲名遠播　**反**：沒沒無聞

釋義 形容名聲響亮，大家都知道。

範例 聽說那位「家喻戶曉」的相聲演員，年底又將推出新的作品。

容光煥發（ㄖㄨㄥˊ ㄍㄨㄤ ㄏㄨㄢˋ ㄈㄚ）　**近**：神采奕奕　**反**：萎靡不振

釋義 臉上散發出光彩。形容人身體健康、精神飽滿。

範例 身體健康，精神愉快，

不需要任何保養品就能顯得「容光煥發」。

不要誤用 「容光煥發」強調面貌上的光彩和身體健康；「神采奕奕」則偏重於精神興奮和情緒高昂。

差強人意（ㄔㄚ ㄑㄧㄤˊ ㄖㄣˊ ㄧˋ）

反：大失所望

釋義 原意為還算能振奮人心。現在表示大體上還算不錯，還能夠使人滿意。

範例 這份工作的薪水「差強人意」，主要是能學到東西，我才會選擇留下來。

席不暇暖（ㄒㄧˊ ㄅㄨˋ ㄒㄧㄚˊ ㄋㄨㄢˇ）

近：不遑暇食

反：飽食終日

釋義 連席子也來不及坐暖。形容工作忙碌，無法久坐。

範例 他每天忙得「席不暇暖」，長久下來，健康狀況也亮起紅燈。

師心自用（ㄕ ㄒㄧㄣ ㄗˋ ㄩㄥˋ）

近：剛愎自用

反：從善如流

釋義 形容人固執己見，自以為是。

範例 「師心自用」的人，不論在學習或工作上都很吃虧。

座無虛席（ㄗㄨㄛˋ ㄨˊ ㄒㄩ ㄒㄧˊ）

釋義 座位都坐滿人，沒有空下來的。形容賓客極多。

範例 這次請到理財大師來臺演講，會場幾乎是「座無虛席」。

弱不禁風（ㄖㄨㄛˋ ㄅㄨˋ ㄐㄧㄣ ㄈㄥ）

近：弱不勝衣

反：身強力壯

釋義 形容人瘦弱得好像禁不起風吹。

範例 每個人看到她那「弱不禁風」的模樣，都叮嚀她該吃胖點。

文史趣談 弱不禁風的葬花女林黛玉

中國古典文學中最「弱不禁風」的典型人物，非林黛玉莫屬了。《紅樓夢》中描述黛玉的形象是「態生兩靨之愁，嬌襲一身之病」、「心較比干多一竅，病如西子勝三分」。因為這樣的體弱多病，兼之多愁善感、「喜散不喜聚，喜靜不喜動」的個性，也才促成了她最後抑鬱病逝的結局。她一生的悲劇，真是令讀者感嘆。

弱肉強食（ㄖㄨㄛˋ ㄖㄡˋ ㄑㄧㄤˊ ㄕˊ）　**近：**倚強凌弱　**反：**抑強扶弱

釋義 自然界中弱者的肉是強者的食物。比喻弱者被強者欺凌、併吞。

範例 在這「弱肉強食」的社會，若不能展現個人價值與競爭力，很快就會被淘汰。

不要誤用 「弱肉強食」除了欺凌之外，還含有併吞的意思；「倚強凌弱」則只有欺凌而沒有併吞的意思。

徒勞無功（ㄊㄨˊ ㄌㄠˊ ㄨˊ ㄍㄨㄥ）　**近：**勞而無功　**反：**事半功倍

釋義 白費力氣，沒有一點成就或好處。

範例 人如果放棄了自己，那別人再怎麼鼓勵也都是「徒勞無功」。

恩斷義絕（ㄣ ㄉㄨㄢˋ ㄧˋ ㄐㄩㄝˊ）　**近：**義斷恩絕

釋義 恩愛情義完全斷絕。指夫妻或親友雙方關係破裂。

範例 經過這個事件，我和他已經「恩斷義絕」了。

息事寧人（ㄒㄧ ㄕˋ ㄋㄧㄥˊ ㄖㄣˊ）　**近：**排難解紛　**反：**火上加油

釋義 原意是執政不製造事端、擾害百姓。後來轉指不擴大糾紛，儘量把事情平息下來，使人們相安無事。

範例 遇到事情只一味想「息事寧人」，也未免太鄉愿了。

息息相關（ㄒㄧ ㄒㄧ ㄒㄧㄤ ㄍㄨㄢ）　**近：**息息相通

釋義 比喻關係十分密切。

範例 民生用品的價格與人民的生活「息息相關」。

悔不當初（ㄏㄨㄟˇ ㄅㄨˋ ㄉㄤ ㄔㄨ）　**近：**悔之晚矣

釋義 後悔開始時做了這樣的決定或選擇。

範例 他因為貪圖一時的方便，現在卻必須付出更多時間去收拾後果，真是「悔不當初」。

文史趣談　後悔也來不及

每個人都有後悔的時候，就連聰明的諸葛亮也不能例外呢。《三國志》記載：劉備臨終前交代諸葛亮說：「馬謖這個人講話誇大，不能委以重任。」後來，魏國大將軍司馬懿攻打蜀國，馬謖自恃擅長兵法，自請迎戰，結果大敗而歸。諸葛亮只得以軍令處死馬謖，想起劉備的話，諸葛亮是既感傷又後悔莫及呀。

拳拳服膺（ㄑㄩㄢˊ ㄑㄩㄢˊ ㄈㄨˊ ㄧㄥ）

釋義　牢牢地謹記在心中，盡力持守，不使失去。

範例　隊員們都對教練的教誨「拳拳服膺」，謹記在心。

振振有辭（ㄓㄣ ㄓㄣ ㄧㄡˇ ㄘˊ）　**近：**侃侃而談　**反：**理屈詞窮

釋義　理直氣壯地辯個不停。

範例　因為手上握有相關證據，他才能這樣「振振有辭」的辯駁。

振臂一呼（ㄓㄣˋ ㄅㄧˋ ㄧ ㄏㄨ）

釋義　揮起手臂，大聲喊叫。比喻大聲疾呼，積極的號召群眾。

範例　經過有力人士的「振臂一呼」，這場公益活動的報名人數瞬間爆增。

振聾發聵（ㄓㄣˋ ㄌㄨㄥˊ ㄈㄚ ㄎㄨㄟˋ）　**近：**醍醐灌頂

釋義　比喻言語能驚醒矇昧無知的人。

範例　您的這番言論實有「振聾發聵」之效，讓我們豁然開朗，澈底覺醒。

捕風捉影（ㄅㄨˇ ㄈㄥ ㄓㄨㄛ ㄧㄥˇ）　**近：**無中生有　**反：**確鑿不移

釋義　比喻說話或做事虛幻不實，毫無事實根據。

範例　就是因為有民眾喜歡這種題材，八卦雜誌才會不停撰寫「捕風捉影」的報導。

捉襟肘見（ㄓㄨㄛ ㄐㄧㄣ ㄓㄡˇ ㄒㄧㄢˋ）　**近：**左支右絀　**反：**綽有餘裕

釋義　衣服破爛，生活窮困。比喻顧此失彼，無法應付或經濟困難。

範例 薪水遲遲沒有發放，「捉襟肘見」的職員只能吃泡麵度日。

不要誤用 「捉襟肘見」偏重於困窘；「顧此失彼」則偏重於窮於應付；「左支右絀」一般只用於財力或能力不足以應付，適用範圍較窄。

料事如神（ㄌㄧㄠˋ ㄕˋ ㄖㄨˊ ㄕㄣˊ）

釋義 預料事情非常準確。

範例 據說三國時的孔明「料事如神」，才能使弱小的蜀國與魏、吳鼎足而三。

不要誤用 「料事如神」指預測結果非常準確，含有讚揚的語氣；「未卜先知」則指對事情有先見之明。

旁門左道（ㄆㄤˊ ㄇㄣˊ ㄗㄨㄛˇ ㄉㄠˋ）

近：邪門歪道

釋義 指邪道妖術，或比喻不依正道做事。

範例 不要聽信密醫那些「旁門左道」的療法，小心花錢又傷身。

旁敲側擊（ㄆㄤˊ ㄑㄧㄠ ㄘㄜˋ ㄐㄧˊ）

近：拐彎抹角

反：單刀直入

釋義 比喻不直接從正面表明本意，而從側面曲折地暗示。或指不從正面而以間接暗示手法來探聽消息。

範例 既然她一直不肯說出她們決裂的原因，我們只有靠「旁敲側擊」了。

不要誤用 「拐彎抹角」強調不直率、不爽快；「旁敲側擊」則是指用反語、隱語或各種側面曲折方式暗示。

旁徵博引（ㄆㄤˊ ㄓㄥ ㄅㄛˊ ㄧㄣˇ）

近：引經據典

反：杞宋無徵

釋義 大量的引證材料。形容作文、說話多方引用材料作為依據、例證。

範例 他的論文不但有自己的見解，還「旁徵博引」許多資料佐證，有相當的學術價值。

時不我與（ㄕˊ ㄅㄨˋ ㄨㄛˇ ㄩˇ）

近：時不我待

反：來日方長

釋義 再沒有時間給我了。表示時機不利於我，嗟嘆錯過機會，追悔不及。

範例：看到年輕球員們都展現了傲人的成績，讓他大嘆「時不我與」。

時來運轉（ㄕˊ ㄌㄞˊ ㄩㄣˋ ㄓㄨㄢˇ）

釋義：只要好的時機來臨，命運也會隨之改變。比喻人由逆境轉到順境。

範例：「時來運轉」不光是靠運氣，更大的成分是靠自己的努力。

根深柢固（ㄍㄣ ㄕㄣ ㄉㄧˇ ㄍㄨˋ）

近：根深蒂固

釋義：比喻基礎牢固，不可動搖。

範例：老奶奶重男輕女的觀念已「根深柢固」，恐怕不是一時間就能改變的。

不要誤用：「根深柢固」偏重在牢固不可動搖，除了指思想、習俗外還可指制度、感情；「積重難返」則偏重在積習已久，難以改正，多指弊害、習慣。

栩栩如生（ㄒㄩˇ ㄒㄩˇ ㄖㄨˊ ㄕㄥ）

近：呼之欲出

釋義：形容文學、藝術作品表現得非常生動逼真，好像活的一樣。

範例：這幅描繪鳥類的水彩畫「栩栩如生」，顯示出畫家深厚的功力。

不要誤用：「栩栩如生」著重形容像活的一樣；「活靈活現」著重於像親眼看見一樣；「維妙維肖」則著重於非常精妙、逼真。

格格不入（ㄍㄜˊ ㄍㄜˊ ㄅㄨˋ ㄖㄨˋ）

近：方枘圓鑿 **反**：水乳交融

釋義：互相抵觸、阻隔，不能結合在一起。

範例：我生性好動，出現在這種安靜的藝文場合感覺真是「格格不入」，從頭到尾都如坐針氈。

桃李滿門（ㄊㄠˊ ㄌㄧˇ ㄇㄢˇ ㄇㄣˊ）

近：桃李滿天下

釋義：比喻一個教書的人到處都有學生。

範例：老教授「桃李滿門」，他的學生出社會後也有不少投入教育工作。

殊途同歸（ㄕㄨ ㄊㄨˊ ㄊㄨㄥˊ ㄍㄨㄟ）　**近**：江河同歸　**反**：分道揚鑣

釋義 從不同的道路走到同一目的地。比喻採取的方法不同，但得到的結果是一樣的。

範例 這兩條步道「殊途同歸」，最後都可以到達山頂。

不要誤用 「殊途同歸」指採用不同的方法、道路，而能達到一樣的目的或得到相同結果；「異曲同工」則偏重指採用不同的方法、做法而取得同樣好的效果。

氣急敗壞（ㄑㄧˋ ㄐㄧˊ ㄅㄞˋ ㄏㄨㄞˋ）　**近**：氣急敗喪

釋義 形容上氣不接下氣、慌亂、羞怒的樣子。

範例 瞧她那副「氣急敗壞」的樣子，大概是頑皮的弟弟又闖禍了。

氣象萬千（ㄑㄧˋ ㄒㄧㄤˋ ㄨㄢˋ ㄑㄧㄢ）　**反**：千篇一律

釋義 形容自然景色的豐富多樣，變化多端，非常壯觀。

範例 變幻莫測的高山雲海，在鏡頭前呈現出「氣象萬千」的壯觀景致。

涇渭分明（ㄐㄧㄥ ㄨㄟˋ ㄈㄣ ㄇㄧㄥˊ）　**近**：渭濁涇清　**反**：涇渭不分

釋義 比喻人或事物的好壞、善惡就像涇水和渭水的清濁一樣，分得清清楚楚。

範例 原廠產品和山寨版價格相差懸殊，品質自然也是「涇渭分明」。

海市蜃樓（ㄏㄞˇ ㄕˋ ㄕㄣˋ ㄌㄡˊ）　**近**：鏡花水月

釋義 指光線經不同密度的空氣層發生反射或折射時，把遠處景物顯示在眼前的幻景。比喻虛幻、不存在的事物。

範例 沙漠中「海市蜃樓」的奇景，經常讓來往的旅客驚奇不已。

不要誤用 「海市蜃樓」側重在虛幻方面，適用於容易幻滅的希望、前景等；「空中樓閣」則側重在脫離現實方面，適用於脫離實際的理論、計畫、構想等。

海底撈針（ㄏㄞˇ ㄉㄧˇ ㄌㄠ ㄓㄣ） **近：**挾山超海 **反：**唾手可得

釋義 比喻極困難或不可能成功的事。

範例 沒有提供任何相關資訊，就要我們找人，這不是「海底撈針」嗎？

不要誤用 「海底撈針」重在難以辦到；「水中撈月」則指根本不可能辦到。

海誓山盟（ㄏㄞˇ ㄕˋ ㄕㄢ ㄇㄥˊ） **近：**指天誓日 **反：**背信棄義

釋義 指著山海立下誓言，表示愛情要像山和海那樣地永恆堅定。

範例 「海誓山盟」的愛情，若不努力經營，也難敵柴米油鹽的生活壓力。

海闊天空（ㄏㄞˇ ㄎㄨㄛˋ ㄊㄧㄢ ㄎㄨㄥ） **近：**大海長空

釋義 像海一樣遼闊、天一樣沒有邊際。比喻人心胸開闊，無拘無束。或比喻想像、談話漫無邊際、沒有重點。

範例 不要鑽牛角尖，換個角度去想，就能「海闊天空」。

浮光掠影（ㄈㄨˊ ㄍㄨㄤ ㄌㄩㄝˋ ㄧㄥˇ） **近：**走馬觀花 **反：**入木三分

釋義 比喻觀察不細緻，印象不深刻或指文章言論膚淺、不著邊際。

範例 這篇論文標題下得很好，可惜內容「浮光掠影」，讓人失望。

浩如煙海（ㄏㄠˋ ㄖㄨˊ ㄧㄢ ㄏㄞˇ） **反：**屈指可數

釋義 形容事物繁多。

範例 沉浸在「浩如煙海」的書籍之中，是喜愛閱讀的人最大的幸福。

浩浩蕩蕩（ㄏㄠˋ ㄏㄠˋ ㄉㄤˋ ㄉㄤˋ） **近：**洶湧澎湃

釋義 本指水勢廣闊浩大。後來形容規模、氣勢浩大，蔓延長遠的樣子。

範例 這一列「浩浩蕩蕩」的重機車隊，正要去參加一場盛大的集會。

烏合之眾（ㄨ ㄏㄜˊ ㄓ ㄓㄨㄥˋ） **近：**瓦合之卒

釋義 像烏鴉那樣暫時聚合的

眾人。比喻倉促集合、毫無組織紀律的群眾。

範例 球隊成員若只是「烏合之眾」而沒有相當默契，是無法贏得比賽的。

烏煙瘴氣 ㄨ ㄧㄢ ㄓㄤˋ ㄑㄧˋ　**近：**烏七八糟　**反：**弊絕風清

釋義 比喻秩序混亂，氣氛惡劣，人事不諧調。

範例 原本和諧的辦公室氣氛竟然被一個小小的流言搞得「烏煙瘴氣」。

狼心狗肺 ㄌㄤˊ ㄒㄧㄣ ㄍㄡˇ ㄈㄟˋ　**近：**蛇蠍心腸　**反：**慈悲為懷

釋義 比喻心腸如狼、狗那樣狠毒、凶惡。

範例 忘恩負義、恩將仇報的人，其實已與「狼心狗肺」相距不遠。

狼吞虎嚥 ㄌㄤˊ ㄊㄨㄣ ㄏㄨˇ ㄧㄢˋ　**近：**風捲殘雲　**反：**細嚼慢嚥

釋義 吃得很急，像野狼吞噬和老虎嚥下肉食般。形容吃東西粗魯又急猛的樣子。

範例 弟弟為了趕著看電視，每次吃晚餐都是「狼吞虎嚥」，三兩下扒完。

狼狽不堪 ㄌㄤˊ ㄅㄟˋ ㄅㄨˋ ㄎㄢ

釋義 比喻處境非常艱難、窘迫。

範例 機車快速經過水坑時激起的汙水，常噴得路旁等車的民眾「狼狽不堪」。

狼狽為奸 ㄌㄤˊ ㄅㄟˋ ㄨㄟˊ ㄐㄧㄢ　**近：**朋比為奸

釋義 比喻壞人們互相勾結作惡。

範例 那對「狼狽為奸」的鴛鴦大盜，今天終於被警方逮捕歸案。

班門弄斧 ㄅㄢ ㄇㄣˊ ㄋㄨㄥˋ ㄈㄨˇ　**近：**布鼓雷門

釋義 在魯班門前舞弄斧頭。比喻不自量力，在行家面前賣弄本領。

範例 才學到一點皮毛，就要在專家面前吹擂，那不是「班門弄斧」嗎？

珠聯璧合 ㄓㄨ ㄌㄧㄢˊ ㄅㄧˋ ㄏㄜˊ　**近：**鸞翔鳳集

釋義 珍珠聯成串，美玉放在一起。比喻美好的事物同時匯集在一起（現多用以祝賀人新婚，比喻男女匹配相當）。

範例 婚宴會場掛著寫了「珠聯璧合」的大紅喜幛，現場是一片喜氣洋洋。

疾風迅雷 ㄐㄧˊ ㄈㄥ ㄒㄩㄣˋ ㄌㄟˊ

釋義 比喻事情發生得很突然和迅速。

範例 那個消息如「疾風迅雷」般傳遍全公司，一整天辦公室裡都是低氣壓籠罩。

疾惡如仇 ㄐㄧˊ ㄜˋ ㄖㄨˊ ㄔㄡˊ

近：深惡痛絕
反：同流合汙

釋義 痛恨壞人、壞事如同痛恨仇敵一樣。

範例 他一向「疾惡如仇」，怎麼可能會做出這種傷天害理的事？

不要誤用 「疾惡如仇」重在憎恨壞人、壞事，用於描述人的性格；「深惡痛絕」則只強調厭惡、憎恨程度到了極點，是情緒而非性格。

病入膏肓 ㄅㄧㄥˋ ㄖㄨˋ ㄍㄠ ㄏㄨㄤ

近：群醫束手
反：不藥而癒

釋義 比喻病情嚴重，沒有藥可以治好。

範例 弟弟的懶惰病早已「病入膏肓」，任你怎麼督促提醒都是徒勞無功。

疲於奔命 ㄆㄧˊ ㄩˊ ㄅㄣ ㄇㄧㄥˋ

反：以逸待勞

釋義 形容忙於奔走應付以致筋疲力盡。

範例 昨夜幾起連續縱火事件，讓消防隊「疲於奔命」，警方已調閱路口監視器，務必查出事件元兇。

不要誤用 「疲於奔命」指因被迫到處奔忙、應付而非常疲憊；「疲憊不堪」、「筋疲力盡」則單純指十分勞累。

真知灼見 ㄓㄣ ㄓ ㄓㄨㄛˊ ㄐㄧㄢˋ

近：遠見卓識
反：淺見寡識

釋義 正確的認識和深刻的見解。

範例 這篇文章裡，處處是他

的「真知灼見」。

不要誤用 「真知灼見」指見解的明確和深刻透徹；「遠見卓識」則用於指目光的遠大，見識的高明。

破涕為笑（ㄆㄛˋ ㄊㄧˋ ㄨㄟˊ ㄒㄧㄠˋ）

近：轉悲為喜
反：樂極生悲

釋義 停止哭泣，開顏而笑。指轉悲為喜。

範例 媽媽拿來妹妹最喜歡的玩具熊，大哭不已妹妹才「破涕為笑」。

破釜沉舟（ㄆㄛˋ ㄈㄨˇ ㄔㄣˊ ㄓㄡ）

近：背水一戰

釋義 形容下定決心，堅持到底，絕不退縮。

範例 想要在激烈的公職考試中金榜題名，非要有「破釜沉舟」的決心不可。

不要誤用 「破釜沉舟」重在下決心、用冒險的手段決一勝負；「孤注一擲」重在傾盡力量，做最後的一次冒險；「背水一戰」則指毫無退路下奮勇作戰。

破鏡重圓（ㄆㄛˋ ㄐㄧㄥˋ ㄔㄨㄥˊ ㄩㄢˊ）

反：勞燕分飛

釋義 比喻夫妻離散或決裂後，重新團聚。

範例 經過三年的分居思考，他們終於又「破鏡重圓」。

神采飛揚（ㄕㄣˊ ㄘㄞˇ ㄈㄟ ㄧㄤˊ）

釋義 充滿活力、神色得意的樣子。

範例 那位選手在球場上「神采飛揚」的神情，充分展現他的信心與對運動的熱情。

神清氣爽（ㄕㄣˊ ㄑㄧㄥ ㄑㄧˋ ㄕㄨㄤˇ）

釋義 神志清醒，元氣舒暢。形容人的精氣充沛。

範例 洗個冷水澡，換件乾淨的衣服，讓人「神清氣爽」。

神魂顛倒（ㄕㄣˊ ㄏㄨㄣˊ ㄉㄧㄢ ㄉㄠˇ）

近：意亂情迷
反：專心致志

釋義 形容對某些事物非常傾慕、入迷而心神不定。

範例 許多年輕粉絲都被那位偶像獨特的氣質迷得「神魂顛倒」。

神乎其技　**近**：出神入化

釋義：形容人技藝超群，出神入化。

範例：她「神乎其技」的編織技巧，讓人驚歎不已。

神出鬼沒　**近**：出入無常

釋義：形容行動快速、出沒無常，變化莫測。

範例：住在郊區，必須提防「神出鬼沒」的蛇類。

神機妙算　**近**：錦囊妙計　**反**：無計可施

釋義：形容計謀高明精確，毫無失誤。

範例：軍師諸葛亮的「神機妙算」，往往是蜀軍打仗獲勝的關鍵。

笑容可掬

釋義：臉上的笑容多得好像可以用雙手捧取。形容滿臉笑容的樣子。

範例：餐廳裡所有服務生都「笑容可掬」，讓顧客的用餐心情非常愉快。

笑掉大牙

釋義：形容所作所為荒謬，讓人覺得可笑。

範例：他的提議太過異想天開，簡直讓人「笑掉大牙」。

笑裡藏刀　**近**：口蜜腹劍　**反**：表裡如一

釋義：比喻外表和善而內心狠毒陰險。

範例：職場小人往往「笑裡藏刀」，一不留意就會中了他的詭計。

粉墨登場　**近**：粉墨登臺

釋義：指登場演戲。也比喻登上政治舞臺，開始執政。

範例：當家小生今晚「粉墨登場」，無意外地獲得觀眾熱烈的采聲。

不要誤用　「粉墨登場」強調化妝，往往還表示在社會中生活，就像在演戲一樣；「袍笏登場」則強調扮作官樣，比喻作官。兩者都有譏諷意味。

素味平生（ㄙㄨˋ ㄇㄟˋ ㄆㄧㄥˊ ㄕㄥ）

近：素不相識　**反：**通家至好

釋義 一向不了解。表示從來不相識。

範例 我和他「素味平生」，你怎麼會要我幫忙牽線呢？

不要誤用 「素味平生」著重在不認識；「水米無交」則著重在沒有來往。

紙上談兵（ㄓˇ ㄕㄤˋ ㄊㄢˊ ㄅㄧㄥ）

近：坐而論道　**反：**言必有中

釋義 比喻不切實際地空談理論，不能解決實際問題。也比喻只是空談，不能成為現實的事物。

範例 光會「紙上談兵」一點幫助也沒有，必須要能實際運用才行。

文史趣談 紙上談兵闖大禍

你知道「紙上談兵」會害死人嗎？《史記》曾記載：戰國時代趙國大將軍趙奢的兒子趙括，雖然讀了不少兵書，自以為天下無敵，但沒有實際經驗，其實只會空談。後來，秦國進攻趙國，趙孝成王誤中反間計，竟派趙括為大將來對抗秦軍。結果趙括不但自己戰死，還害得趙軍四十萬人被秦國將軍活埋，真是一場大災難呀！

紙醉金迷（ㄓˇ ㄗㄨㄟˋ ㄐㄧㄣ ㄇㄧˊ）

釋義 被一些金光閃閃的東西迷惑住了。形容奢侈、浮華的生活。

範例 過慣了燈紅酒綠、「紙醉金迷」的生活，就很難再振作起來了。

不要誤用 「紙醉金迷」偏重於豪華、奢侈；「燈紅酒綠」則偏重於腐朽、糜爛。

紛至沓來（ㄈㄣ ㄓˋ ㄊㄚˋ ㄌㄞˊ）

近：接二連三

釋義 形容接連不斷地到來。

範例 每到年底總會有許多雜事「紛至沓來」，讓人忙得不可開交。

耿耿於懷（ㄍㄥˇ ㄍㄥˇ ㄩˊ ㄏㄨㄞˊ）

近：念念不忘
反：無介於懷

釋義 形容對某一件事情總是不能忘掉，心裡覺著不踏實、不寧靜的樣子。現多形容思想上憤憤不快。

範例 上次講話太重，傷了朋友的心，讓他一直「耿耿於懷」，想設法彌補。

不要誤用 「耿耿於懷」強調心中有事而不能忘卻，多是不愉快的事件；「牽腸掛肚」則強調惦念之情，多用於對人或事的不放心。

胸有成竹（ㄒㄩㄥ ㄧㄡˇ ㄔㄥˊ ㄓㄨˊ）

近：成竹在胸

釋義 畫竹子前，心目中已經有現成完整的竹子形象。比喻作事之前心裡已有既定的計畫、打算。

範例 對於這次考試，我早有準備，因此是「胸有成竹」。

不要誤用 「胸有成竹」強調作事前已有考慮、有辦法；「心中有數」則強調對客觀情況已有所了解。

胸無城府（ㄒㄩㄥ ㄨˊ ㄔㄥˊ ㄈㄨˇ）

近：胸懷坦蕩
反：心懷叵測

釋義 比喻胸懷坦白，沒有什麼隱藏。

範例 他是個「胸無城府」的人，因此常常被有心人利用。

胸無點墨（ㄒㄩㄥ ㄨˊ ㄉㄧㄢˇ ㄇㄛˋ）

近：目不識丁
反：學貫古今

釋義 形容人毫無學識，沒有學問。

範例 平時要多讀書，充實知識，才不會被說是「胸無點墨」的莽夫。

不要誤用 「胸無點墨」形容沒什麼學養；「目不識丁」則指文盲。

能言善辯（ㄋㄥˊ ㄧㄢˊ ㄕㄢˋ ㄅㄧㄢˋ）

釋義 善於說話和爭辯。形容一個人的口才好，善於爭辯。

範例 他一向「能言善辯」，在辯論比賽中無往不利。

能屈能伸 ㄋㄥˊ ㄑㄩ ㄋㄥˊ ㄕㄣ　**反：**一蹶不振

釋義　能彎曲能伸直。形容人處世能隨環境轉變，在失意時能忍耐，得意時能有一番作為。

範例　大丈夫「能屈能伸」，怎麼會因為這點小挫折而灰心喪氣？

能者多勞 ㄋㄥˊ ㄓㄜˇ ㄉㄨㄛ ㄌㄠˊ

釋義　原指能幹的人往往要多負責任，多勞累一些。現多用於讚譽或慰勉人多才、能幹。

範例　她因為「能者多勞」，所以工作能力也越來越強。

臭味相投 ㄔㄡˋ ㄨㄟˋ ㄒㄧㄤ ㄊㄡˊ　**近：**氣味相投　**反：**格格不入

釋義　比喻彼此的嗜好、作風相投合（帶有嘲謔的意味）。

範例　他倆「臭味相投」，總是形影不離，有說不完的話。

荒誕不經 ㄏㄨㄤ ㄉㄢˋ ㄅㄨˋ ㄐㄧㄥ　**近：**荒謬絕倫　**反：**合情合理

釋義　形容言行、事件荒謬虛妄，不合情理。

範例　許多鄉土劇的情節都是「荒誕不經」，卻意外的受到觀眾歡迎。

荒謬絕倫 ㄏㄨㄤ ㄇㄧㄡˋ ㄐㄩㄝˊ ㄌㄨㄣˊ　**近：**荒誕無稽　**反：**理所當然

釋義　荒唐、錯誤到了無可比擬的地步。

範例　那個大鬧餐廳的奧客，居然說自己的行為是為了訓練服務生的反應，這個理由實在是「荒謬絕倫」。

不要誤用　「荒謬絕倫」強調荒唐、錯誤的程度達到極點；「荒誕不經」、「荒誕無稽」則指虛妄不合情理。

草木皆兵 ㄘㄠˇ ㄇㄨˋ ㄐㄧㄝ ㄅㄧㄥ　**近：**風兵草甲

釋義　連一草一木都像是敵兵一樣。形容人在極度驚恐時，神經過敏，發生錯覺，稍有一點動靜，就會非常緊張。

範例　他受夠了逃亡期間「草木皆兵」的生活，主動到警察局投案。

草草了事（ㄘㄠˇ ㄘㄠˇ ㄌㄧㄠˇ ㄕˋ）

近：敷衍了事　**反：**一絲不苟

釋義　馬馬虎虎地把事做完就算了。

範例　弟弟為了趕著看電視，功課總是「草草了事」，因此錯誤百出。

草菅人命（ㄘㄠˇ ㄐㄧㄢ ㄖㄣˊ ㄇㄧㄥˋ）

近：魚肉鄉民　**反：**視民如傷

釋義　把人命看得跟野草一樣。比喻漠視人的生命，任意殺害。

範例　古代暴君「草菅人命」的情況，在現今民主社會是不可能發生的。

軒然大波（ㄒㄩㄢ ㄖㄢˊ ㄉㄚˋ ㄅㄛ）

反：波瀾不驚

釋義　比喻大的糾紛或風波。

範例　那位政府官員的不當發言引發「軒然大波」。

逆水行舟（ㄋㄧˋ ㄕㄨㄟˇ ㄒㄧㄥˊ ㄓㄡ）

近：不進則退　**反：**順水推舟

釋義　逆著水流划船。比喻不努力前進就會後退。

範例　學如「逆水行舟」，不進則退，每天都必須充實知識才行。

逆來順受（ㄋㄧˋ ㄌㄞˊ ㄕㄨㄣˋ ㄕㄡˋ）

近：委曲求全　**反：**針鋒相對

釋義　忍受惡劣的環境或無理的待遇，不加抗拒。

範例　你必須改變「逆來順受」的態度，才不會一直被人欺負。

不要誤用　「逆來順受」完全是採取情願、順從、不抗拒的態度，側重於屈服；「忍氣吞聲」則是勉強忍耐著，側重於顧慮全局。

迷途知返（ㄇㄧˊ ㄊㄨˊ ㄓ ㄈㄢˇ）

近：浪子回頭　**反：**執迷不悟

範例　迷失了道路仍知道回頭。比喻覺察了自己的錯誤而且能夠省悟、改正。

範例　老師苦口婆心的勸說，就是希望誤入歧途的孩子能「迷途知返」。

退避三舍（ㄊㄨㄟˋ ㄅㄧˋ ㄙㄢ ㄕㄜˋ）

釋義 比喻對人處處讓步或迴避不與相爭。

範例 鄰居養了一隻兇惡的大狼狗，常讓經過的路人嚇得「退避三舍」。

逃之夭夭（ㄊㄠˊ ㄓ ㄧㄠ ㄧㄠ）

近：溜之大吉

反：插翅難飛

釋義 原形容桃樹枝葉茂盛，後人用諧音的方法借「桃」代「逃」，作為「逃跑」的詼諧語。

範例 那個駕駛酒駕撞人之後，竟敢「逃之夭夭」，真是小看網友人肉搜索的力量。

不要誤用 「逃之夭夭」表示逃跑，與「腳底抹油」一樣含詼諧意味；「抱頭鼠竄」重在形容逃跑時的狼狽相；「金蟬脫殼」則指用計逃脫。

追本溯源（ㄓㄨㄟ ㄅㄣˇ ㄙㄨˋ ㄩㄢˊ）

近：沿波討源

反：不求甚解

釋義 比喻追究事情發生的根本起源。

範例 這批故宮文物的由來，「追本溯源」，與國民政府遷臺有關。

不要誤用 「追本溯源」指追究事物發生的根源；「窮源溯流」指追究根源並探討其發展過程；「沿波討源」則指根據一定線索去尋找事物的根源。

酒囊飯袋（ㄐㄧㄡˇ ㄋㄤˊ ㄈㄢˋ ㄉㄞˋ）

近：酒甕飯囊

釋義 比喻只會吃喝、毫無才能的人。

範例 人生要有目標，不能只做不事生產的「酒囊飯袋」。

不要誤用 「酒囊飯袋」著眼於不會做事；「行屍走肉」則著眼於沒有靈魂。

針鋒相對（ㄓㄣ ㄈㄥ ㄒㄧㄤ ㄉㄨㄟˋ）

近：水火不容

反：唾面自乾

釋義 針尖對針尖。針對對方的論點或行動進行回擊。比喻雙方以尖銳的言辭辯論。

範例 兩位社團幹部為了活動流程問題「針鋒相對」，場面十分火爆。

不要誤用 「針鋒相對」重在以對立的觀點、言行激烈爭鬥；「水火不容」偏重在兩種事物根本對立，本質上不能相容；「短兵相接」則是彼此近距離交鋒爭鬥。

釜底抽薪（ㄈㄨˇ ㄉㄧˇ ㄔㄡ ㄒㄧㄣ）

近：斬草除根 **反：**揚湯止沸

釋義 從鍋底下抽掉柴火。比喻從根本上解決問題。

範例 要解決這個問題，必須想出「釜底抽薪」的辦法，不能只是揚湯止沸。

閃爍其詞（ㄕㄢˇ ㄕㄨㄛˋ ㄑㄧˊ ㄘˊ）

近：含糊其詞

釋義 講話時像光亮動搖不定，有所隱瞞。形容言語吞吞吐吐，不直接說出詳情。

範例 嫌犯「閃爍其詞」，可見是做賊心虛。

除惡務盡（ㄔㄨˊ ㄜˋ ㄨˋ ㄐㄧㄣˋ）

近：斬草除根 **反：**放虎歸山

釋義 表示剷除壞人、壞事必須徹底。

範例 「除惡務盡」，改掉壞習慣也必須徹底。

不要誤用 「除惡務盡」只用在剷除壞的東西；「斬草除根」則可用在任何對象。

除舊布新（ㄔㄨˊ ㄐㄧㄡˋ ㄅㄨˋ ㄒㄧㄣ）

近：革故鼎新 **反：**陳陳相因

釋義 廢除舊的，安排新的。

範例 經過一番全面的「除舊布新」，家裡的空間看起來似乎大了許多。

不要誤用 「除舊布新」指去除舊的，建立新的，可用在環境、人事等；「推陳出新」則指在舊的基礎上再加以改造，創造出新的東西，用在事物、方法。

文史趣談 春聯新氣象

過年時，人們要大掃除「除舊」，還要貼春聯「布新」。關於春聯，據說起源於桃符。最初，人們相信神話中桃樹下的神荼、鬱壘兩兄弟能抓鬼，就在門前掛兩塊桃木板，畫上祂們的肖像或寫名字來鎮邪，這便是桃符。直到某年除夕，五代蜀國君主孟昶寫了副對聯：「新年納餘慶，佳節號長春」，就成為最早的春聯。

隻字不提（ㄓ ㄗˋ ㄅㄨˋ ㄊㄧˊ）

釋義 一個字也不提起。常用於有意避開某事。

範例 她對這幾個月來的遭遇「隻字不提」，我們也不方便繼續追問。

飢不擇食（ㄐㄧ ㄅㄨˋ ㄗㄜˊ ㄕˊ）

近：寒不擇衣
反：挑肥揀瘦

釋義 肚子非常餓的時候，就不會挑選食物了。比喻非常需要時，來不及選擇。

範例 就算事情再怎麼緊急，也不能「飢不擇食」，病急亂投醫。

不要誤用 「飢不擇食」著重在急迫而顧不得選擇的心理狀態，除了形容吃東西外，還可用於其他方面的急迫需要；「狼吞虎嚥」則著重在急著吃的外表動作。

飢餐渴飲（ㄐㄧ ㄘㄢ ㄎㄜˇ ㄧㄣˇ）

釋義 肚子餓了就吃，口渴就飲水。形容旅程驅趕，三餐不定，非常勞累。

範例 游牧民族經常要「飢餐渴飲」地趕著牲畜，尋找適合的放牧地點。

馬不停蹄（ㄇㄚˇ ㄅㄨˋ ㄊㄧㄥˊ ㄊㄧˊ）

近：快馬加鞭
反：停滯不前

釋義 一刻也不停留地前進。比喻非常忙碌，四處奔波。

範例 快遞人員「馬不停蹄」的將包裹送到收件人手上。

不要誤用 「馬不停蹄」表示一直在做，毫不停歇；「快馬加鞭」則表示快上加快。

馬失前蹄（ㄇㄚˇ ㄕ ㄑㄧㄢˊ ㄊㄧˊ）

釋義 馬匹奔跑時前蹄彎折。比喻失誤、栽跟斗。

範例 再怎麼熟練的事情，也要謹慎小心，避免「馬失前蹄」，前功盡棄。

馬首是瞻（ㄇㄚˇ ㄕㄡˇ ㄕˋ ㄓㄢ）

近：唯命是從
反：我行我素

釋義 比喻服從某一個人的指

揮或樂於追隨某一個人，採取一致的行動。

範例 這次的登山活動，全隊唯嚮導「馬首是瞻」，務必達成攻頂的目標。

馬齒徒長（ㄇㄚˇ ㄔˇ ㄊㄨˊ ㄓㄤˇ）

近：馬齒徒加　**反：**不虛此生

釋義 比喻只是年齡徒然增加，而學問卻沒有長進或事業沒有成就，白白地度過了日子。為謙虛之詞。

範例 年輕時就應盡己所能，為國家社會奉獻一份心力，莫待老來才感嘆「馬齒徒長」。

骨鯁在喉（ㄍㄨˇ ㄍㄥˇ ㄗㄞˋ ㄏㄡˊ）

反：忍氣吞聲

釋義 魚刺卡在喉嚨裡。比喻心中有話，非說出來不可。

範例 這件事礙於當下情況不能直說，對我而言簡直是「骨鯁在喉」，難受之至！

高山景行（ㄍㄠ ㄕㄢ ㄐㄧㄥˇ ㄒㄧㄥˊ）

近：高山仰止

釋義 比喻崇高的德行。

範例 教授的「高山景行」，永遠是我們學生努力的目標。

高不可攀（ㄍㄠ ㄅㄨˋ ㄎㄜˇ ㄆㄢ）

近：不可企及

釋義 高得沒法攀登。形容難以達到。

範例 她雖然長得很漂亮，但卻一副「高不可攀」的樣子，因此都沒有男孩想追求她。

高抬貴手（ㄍㄠ ㄊㄞˊ ㄍㄨㄟˋ ㄕㄡˇ）

釋義 表示請求對方寬容、饒恕的用語。

範例 請您「高抬貴手」，大人不計小人過吧！

高朋滿座（ㄍㄠ ㄆㄥˊ ㄇㄢˇ ㄗㄨㄛˋ）

近：座無虛席　**反：**門可羅雀

釋義 高貴的賓客坐滿了席位。形容賓客眾多。

範例 那家總是「高朋滿座」的餐廳，居然無預警歇業，讓許多撲空的老顧客錯愕不已。

不要誤用 「高朋滿座」泛指賓客眾多；「座無虛席」多指觀眾、聽眾眾多；「濟濟一堂」則偏重指參加集會的人才專家眾多，或指人才集中於某個單位。

高枕無憂 ㄍㄠ ㄓㄣˇ ㄨˊ ㄧㄡ　**近：**高枕而臥

釋義 枕頭墊得高高地安心睡覺。形容非常安心閒適，無所顧慮。

範例 不要以為找到工作就可以「高枕無憂」，真正的挑戰才剛開始呢。

高風亮節 ㄍㄠ ㄈㄥ ㄌㄧㄤˋ ㄐㄧㄝˊ　**近：**玉潔冰清　**反：**寡廉鮮恥

釋義 形容高尚的品格行為與堅貞氣節。

範例 經過多年政壇打滾，能保有當初「高風亮節」的官員，還有幾人？

高瞻遠矚 ㄍㄠ ㄓㄢ ㄩㄢˇ ㄓㄨˇ　**近：**目光遠大　**反：**目光短淺

釋義 站得高看得遠，比喻眼光遠大。

範例 唯有「高瞻遠矚」，才能動燭機先，也才容易成功。

鬼使神差 ㄍㄨㄟˇ ㄕˇ ㄕㄣˊ ㄔㄞ　**近：**神差鬼使

釋義 事情過於湊巧，無法解釋。比喻事情的發生完全出於意外。

範例 她「鬼使神差」的搭上那班火車，居然因此邂逅真命天子，真是姻緣天注定。

鬼斧神工 ㄍㄨㄟˇ ㄈㄨˇ ㄕㄣˊ ㄍㄨㄥ　**近：**巧奪天工　**反：**粗製濫造

釋義 形容自然地形的樣貌奇特。也形容建築、雕刻等技藝十分的精湛。

範例 這場木雕展中，有許多「鬼斧神工」的作品，看得人嘖嘖稱奇。

不要誤用 「鬼斧神工」形容技術精；「三頭六臂」則形容本領大。

鬼哭神號 ㄍㄨㄟˇ ㄎㄨ ㄕㄣˊ ㄏㄠˊ　**近：**神嚎鬼哭

釋義 形容哭叫聲淒厲、悲慘。或形容情境恐怖、悲慘。

範例 連環車禍現場一片「鬼哭神號」，傷亡十分慘重。

鬼鬼祟祟 ㄍㄨㄟˇ ㄍㄨㄟˇ ㄙㄨㄟˋ ㄙㄨㄟˋ　**近：**偷偷摸摸　**反：**光明正大

釋義 形容行為詭秘而不光明正大。

範例 那個闖空門的竊賊，不知道自己「鬼鬼祟祟」的行徑，早就被巷口監視器拍得一清二楚。

鬼話連篇 ㄍㄨㄟˇ ㄏㄨㄚˋ ㄌㄧㄢˊ ㄆㄧㄢ

釋義 形容滿口謊言。

範例 別聽那個神棍「鬼話連篇」，小心口袋裡的錢被他騙光。

蚍蜉撼樹 ㄆㄧˊ ㄈㄨˊ ㄏㄢˋ ㄕㄨˋ

近：以卵擊石
反：泰山壓卵

釋義 小螞蟻想搖動大樹。比喻不自量力。

範例 就憑你一個員工想影響整個工廠的營運，無異「蚍蜉撼樹」。

不要誤用 「螳臂當車」多指想阻止事物的發展、前進；「蚍蜉撼樹」則指想動搖基礎、力量。

十一畫

假公濟私 ㄐㄧㄚˇ ㄍㄨㄥ ㄐㄧˋ ㄙ

近：損公肥私
反：大公無私

釋義 假借公家的名義或力量，謀取個人的私利。

範例 那位職員「假公濟私」，利用採買之便添購個人生活用品，最後還是被公司發覺了。

不要誤用 「假公濟私」強調以公家的名義來謀取私利；「損公肥私」則強調損害公益來中飽私囊，語意較重。

偃旗息鼓 ㄧㄢˇ ㄑㄧˊ ㄒㄧ ㄍㄨˇ

近：偃兵息甲
反：大張旗鼓

釋義 放倒軍旗，停止敲擊戰鼓。比喻停止行動。

範例 那場遊行活動，因為突然的滂沱大雨而「偃旗息鼓」，提早收場，參加的民眾都意猶未盡。

不要誤用 「偃旗息鼓」多用於軍隊和集體，不可用在個人，偏重在隱祕；「銷聲匿跡」則可用於集體、個人或事物，偏重在隱藏。

文史趣談 騙走敵人的計策

大家都知道三國蜀漢的趙雲是一名猛將，其實他還很機智，懂得活用策略呢。《趙雲別傳》記載：一回，魏、蜀交戰，蜀國兵少，很難對抗魏軍。趙雲就故意打開軍營的大門，停止敲擊戰鼓，還推倒軍旗，把軍營弄得亂七八糟。多疑的曹操見了以為有埋伏，趕緊下令撤退，聰明的趙雲就這樣不費一兵一卒，成功騙走了敵兵。

偷工減料（ㄊㄡ ㄍㄨㄥ ㄐㄧㄢˇ ㄌㄧㄠˋ）　**反**：一絲不苟

釋義 不顧工程或產品的品質規定，私自扣減工時、工序和用料。

範例 近來隨著原物料上漲，許多食物、民生用品不但變貴了，還經常發生「偷工減料」的現象。

不要誤用 「偷工減料」強調不按規程進行，暗中降低要求，扣減用料；「粗製濫造」則強調製作過程馬虎草率，做工粗糙。

偷雞摸狗（ㄊㄡ ㄐㄧ ㄇㄛ ㄍㄡˇ）　**近**：偷貓盜狗

釋義 指偷偷摸摸。又比喻男女之間不正當的交往。

範例 他小時候不認真讀書，長大又專幹些「偷雞摸狗」的勾當，鄰居談到他，都是搖頭嘆息。

動輒得咎（ㄉㄨㄥˋ ㄓㄜˊ ㄉㄜˊ ㄐㄧㄡˋ）　**近**：搖手觸禁　**反**：無往不利

釋義 做事往往會遭到責怪或無理的處分。

範例 他覺得自己在公司「動輒得咎」，十分委屈，乾脆出來創業，從此不必再看老闆臉色。

參差不齊（ㄘㄣ ㄘ ㄅㄨˋ ㄑㄧˊ）　**近**：參差錯落　**反**：整齊畫一

釋義 形容物品長短高低不齊。也形容人的才能、程度差異很大。

範例 妹妹心血來潮，自己動手修劉海，結果剪得「參差不齊」，簡直就像狗啃的。

不要誤用 「參差不齊」可指長短、高低、大小、程度等不齊；「良莠不齊」則指好的、壞的混在一起。

商賈輻輳（ㄕㄤ ㄍㄨˇ ㄈㄨˊ ㄘㄡˋ）

釋義 指商人密集地相聚。比喻交易買賣的熱鬧情況。

範例 這個地居交通要道終點的小市鎮，「商賈輻輳」，貿易活動非常熱絡。

啞然失笑（ㄧㄚˇ ㄖㄢˊ ㄕ ㄒㄧㄠˋ） 近：忍俊不禁

釋義 見到或聽到好笑的事忍不住笑出聲來。

範例 看到學生創意過頭的作文，老師不禁「啞然失笑」。

不要誤用 「啞然失笑」指已經笑了出來，而且笑出聲來；「忍俊不禁」則偏重於忍不住，可以是笑了出來，也可指要笑但未笑出來。

問心無愧（ㄨㄣˋ ㄒㄧㄣ ㄨˊ ㄎㄨㄟˋ）

釋義 捫心自問，沒有什麼可以慚愧的。指沒有做對不起人的事，心地光明磊落，毫無慚愧之處。

範例 我在這件事的處理上，已竭盡所能，「問心無愧」。

不要誤用 「問心無愧」側重於沒有做虧心事，所以毫無愧疚；「心安理得」則側重於行為合理，不愧良心。

問道於盲（ㄨㄣˋ ㄉㄠˋ ㄩˊ ㄇㄤˊ） 近：借聽於聾

釋義 比喻向無知的人求教（常用作謙辭）。

範例 你找個門外漢來當指導，不是「問道於盲」嗎？

唯利是圖（ㄨㄟˊ ㄌㄧˋ ㄕˋ ㄊㄨˊ） 近：見利忘義 反：富貴浮雲

釋義 一心只是貪圖利益，別的什麼都不顧。

範例 這些不肖商人，「唯利是圖」，居然在食品中添加有害人體的塑化劑，真是缺乏職業道德。

不要誤用 「唯利是圖」著重指人一貫圖利的本性；「利欲薰心」則偏重指人一時的財迷心竅。

唯命是從（ㄨㄟˊ ㄇㄧㄥˋ ㄕˋ ㄘㄨㄥˊ）　**近：**百依百順　**反：**我行我素

釋義 完全聽從命令，絲毫不敢反抗。

範例 班導師非常開明，鼓勵我們勇於提出自己的意見，不要「唯命是從」。

唯唯諾諾（ㄨㄟˊ ㄨㄟˊ ㄋㄨㄛˋ ㄋㄨㄛˋ）　**近：**唯唯否否　**反：**桀驁不馴

釋義 形容順從附和，不敢表示不同意見的樣子。

範例 他因為對自己沒有信心，對於別人提出的要求，向來是「唯唯諾諾」，不敢有不同的看法。

不要誤用 「唯唯諾諾」是順從附和的樣子，對象沒有特別限制；「唯命是聽」則指完全服從不違逆的行為，一般用於下對上。

堅壁清野（ㄐㄧㄢ ㄅㄧˋ ㄑㄧㄥ ㄧㄝˇ）　**近：**固壁清野

釋義 堅守營壘使敵人無法攻入，清除野外未收割的作物，使敵人缺糧無法久駐，這是兵家應敵的計策之一。

範例 我們誘敵深入我方，並實施「堅壁清野」的政策，果然大獲全勝。

堂而皇之（ㄊㄤˊ ㄦˊ ㄏㄨㄤˊ ㄓ）

釋義 形容莊嚴正大、有氣派。也形容大方、不遮掩（有時帶嘲諷意味）。

範例 那個旅客竟然這樣「堂而皇之」的在捷運車廂內吃起泡麵，實在太誇張了。

不要誤用 「堂而皇之」可表示有氣派或嘲諷人公然做不當的事，前面不可加「很」、「非常」、「十分」等程度語；「冠冕堂皇」則不能表示有氣派，但可用於表面上莊嚴正大而實際並非如此的貶義，前面可加程度語。

執迷不悟（ㄓˊ ㄇㄧˊ ㄅㄨˋ ㄨˋ）　**近：**至死不悟　**反：**迷途知返

釋義 形容堅持錯誤而不悔悟改過。

範例 「執迷不悟」的人，常會因此賠上前途。

婦人之仁（ㄈㄨˋ ㄖㄣˊ ㄓ ㄖㄣˊ）

釋義 比喻人施小惠而不識大體，姑息而少決斷。

範例 要成為優秀的政治家，千萬不能有「婦人之仁」。

寅吃卯糧（ㄧㄣˊ ㄔ ㄇㄠˇ ㄌㄧㄤˊ）

近：入不敷出　**反：**綽綽有餘

釋義 在寅年就把卯年的糧食吃完了。比喻預先挪用以後的費用，入不敷出。

範例 如果一個人總是「寅吃卯糧」，對金錢用度毫無規畫，很快就會落入捉襟見肘的窘境。

寄人籬下（ㄐㄧˋ ㄖㄣˊ ㄌㄧˊ ㄒㄧㄚˋ）

近：仰人鼻息　**反：**自食其力

釋義 比喻依靠別人過日子。

範例 他因為父母雙亡，從小就「寄人籬下」，因此特別懂得察言觀色。

文史趣談 不要躲在屋簷下

其實教人不要「寄人籬下」，原本是一種反對依循前人的文學主張呢！《南齊書》記載：有個叫張融的人，總是特立獨行，他的文章也十分獨特。張融強調作文不能像寄居在別人屋簷下一樣，一味依附前人說法，而要有自己的創新見解。其實不管是寫文章或做事情，能夠自主自立、保持自己的風格都是很重要的呢。

將功贖罪（ㄐㄧㄤ ㄍㄨㄥ ㄕㄨˊ ㄗㄨㄟˋ）

近：罪以功除　**反：**居功自恃

釋義 立下功勞來抵償所犯的罪過。

範例 他一上場就擊出全壘打，替自己昨天的失誤「將功贖罪」。

將錯就錯（ㄐㄧㄤ ㄘㄨㄛˋ ㄐㄧㄡˋ ㄘㄨㄛˋ）

近：將差就錯

釋義 順從錯誤，遷就錯誤。指事情已經錯了，索性繼續錯到底。

範例 既然都放錯材料了，我們乾脆「將錯就錯」，改變食譜吧。

庸人自擾（ㄩㄥ ㄖㄣˊ ㄗˋ ㄖㄠˇ）　**近**：無病自灸

釋義 本來無事而自找麻煩，徒增困擾。

範例 他既然沒有表達任何不滿，你又何必過度擔心，「庸人自擾」呢？

不要誤用 「庸人自擾」側重於擾，常指無事生事、自找麻煩、自討苦吃，語意較寬；「杞人憂天」則側重於憂，單純指不必要的憂慮、恐懼。

張口結舌（ㄓㄤ ㄎㄡˇ ㄐㄧㄝˊ ㄕㄜˊ）　**近**：鉗口結舌　**反**：口若懸河

釋義 形容由於理屈或緊張、害怕而說不出話來。

範例 目睹飛機從山頭墜落，嚇得他「張口結舌」。

不要誤用 「張口結舌」形容因緊張或驚嚇而說不出話來；「噤若寒蟬」重在形容因害怕而不敢說話；「啞口無言」則是理屈而無法回應。

張冠李戴（ㄓㄤ ㄍㄨㄢ ㄌㄧˇ ㄉㄞˋ）

釋義 把姓張的帽子戴在姓李的頭上。比喻名實不符，弄錯了對象或事實。

範例 這本書校對不嚴謹，居然會犯下這種「張冠李戴」的錯誤。

張燈結綵（ㄓㄤ ㄉㄥ ㄐㄧㄝˊ ㄘㄞˇ）　**近**：張燈掛彩

釋義 掛上燈籠，繫結彩綢。比喻熱鬧的喜慶場面。

範例 元宵節時，中正紀念堂總是「張燈結綵」，洋溢濃濃節慶氣氛。

強人所難（ㄑㄧㄤˇ ㄖㄣˊ ㄙㄨㄛˇ ㄋㄢˊ）　**近**：強按牛頭　**反**：心甘情願

釋義 勉強他人做不能做到的或不願做的事情。

範例 你要個旱鴨子一起參加泳渡日月潭活動，未免也太「強人所難」了吧？

強詞奪理（ㄑㄧㄤˇ ㄘˊ ㄉㄨㄛˊ ㄌㄧˇ）　**近**：蠻不講理　**反**：理直氣壯

釋義 形容無理強辯。

範例 那個騙財騙色的神棍，辯稱他伸鹹豬手的行為是幫信徒驅邪，真是「強詞奪理」。

強顏為笑 ㄑㄧㄤˇ ㄧㄢˊ ㄨㄟˊ ㄒㄧㄠˋ

近：強顏歡笑

釋義 勉強在臉上裝出笑容。

範例 這次失戀對他的打擊很大，如今他不過是「強顏為笑」罷。

得寸進尺 ㄉㄜˊ ㄘㄨㄣˋ ㄐㄧㄣˋ ㄔˇ

近：得隴望蜀
反：知足常樂

釋義 得到一寸又想進一尺。比喻貪婪的欲望越來越大。

範例 看在你姊姊的面子上，我已經做了最大的讓步，你可不要「得寸進尺」，給你三分顏色就開起染坊了。

不要誤用 「得寸進尺」強調不斷索求、想得到更多；「得隴望蜀」則用於得到一樣卻還想要另一樣。

得天獨厚 ㄉㄜˊ ㄊㄧㄢ ㄉㄨˊ ㄏㄡˋ

反：先天不足

釋義 具有特別優越的條件，指所處的環境或所具備的條件特別優厚。

範例 這塊土地是「得天獨厚」，因此種出來的稻米品質特別優良。

得心應手 ㄉㄜˊ ㄒㄧㄣ ㄧㄥˋ ㄕㄡˇ

近：隨心所欲
反：力不從心

釋義 比喻技藝熟練，非常順手。

範例 煮菜並不難，只要勤加練習、勇於嘗試，相信很快就能「得心應手」。

得意忘形 ㄉㄜˊ ㄧˋ ㄨㄤˋ ㄒㄧㄥˊ

近：得意洋洋
反：垂頭喪氣

釋義 形容人高興得失去了常態。

範例 他太「得意忘形」了，居然讓中獎的彩券飛出窗外，真是樂極生悲。

得過且過 ㄉㄜˊ ㄍㄨㄛˋ ㄑㄧㄝˇ ㄍㄨㄛˋ

近：敷衍了事
反：奮發圖強

釋義 不作長遠打算，過一天算一天，苟且度日。

範例 如果總是抱著「得過且過」的心態生活，永遠不可能有出人頭地的一天。

不要誤用 「得過且過」偏重在過一天算一天，不作長遠的打算；「苟且偷安」偏重貪圖安逸、不思振作；「苟且偷生」偏重在貪圖生存；「因循苟安」則偏重在依循舊規，不求改進。

得隴望蜀（ㄉㄜˊ ㄌㄨㄥˇ ㄨㄤˋ ㄕㄨˇ）　**近：**貪得無厭　**反：**知足不辱

釋義 比喻人貪得無厭、毫不知足。

範例 人家請他吃麵，他居然要求下次要吃牛排，「得隴望蜀」的行徑讓大家都傻眼。

從一而終（ㄘㄨㄥˊ ㄧ ㄦˊ ㄓㄨㄥ）　**近：**始終如一

釋義 形容用情專一，或對某事全心投入。

範例 舊時婦女都被規範要「從一而終」，丈夫過世必須為丈夫守節。

從長計議（ㄘㄨㄥˊ ㄔㄤˊ ㄐㄧˋ ㄧˋ）　**近：**從長計較

釋義 遇事不急於作決定，放寬時間來慢慢考慮或解決。指對事情處理持慎重態度。

範例 這件事若處理得太急反而容易搞砸，我們還是「從長計議」吧。

從容不迫（ㄘㄨㄥˊ ㄖㄨㄥˊ ㄅㄨˋ ㄆㄛˋ）　**近：**好整以暇　**反：**手忙腳亂

釋義 不慌不忙，毫不急迫。

範例 他雖然是第一次主持晚會，但看來「從容不迫」，頗有大將之風。

不要誤用 「從容不迫」多用於面對特殊場面，著重指態度上的沉著鎮靜；「慢條斯理」則多用於平時說話和做事時，強調動作的緩慢。

從善如流（ㄘㄨㄥˊ ㄕㄢˋ ㄖㄨˊ ㄌㄧㄡˊ）　**近：**從諫如流　**反：**一意孤行

釋義 指樂意接受別人正確的意見、勸告。

範例 上位者若能「從善如流」，相信會有更多人願意提供他們寶貴的意見。

不要誤用 「從善如流」指接受好的意見；「從諫如流」則指接受別人的勸諫。

患得患失（ㄏㄨㄢˋ ㄉㄜˊ ㄏㄨㄢˋ ㄕ）　**近：**斤斤計較

釋義 沒得到時怕得不到，得

到後又害怕失去。形容太在意個人得失，得失心太重。

範例 戀愛中的男女難免「患得患失」，但越是擔心，就越常造成反效果。

患難與共（ㄏㄨㄢˋ ㄋㄢˋ ㄩˇ ㄍㄨㄥˋ）

近：同甘共苦
反：落井下石

釋義 一起承擔災禍、困難，一起為艱苦的處境奮鬥。

範例 他倆是「患難與共」的好夥伴，曾經攜手度過無數的難關。

不要誤用 「患難與共」偏重指共同度過難關；「休戚與共」、「休戚相關」則偏重在關係密切。

情不自禁（ㄑㄧㄥˊ ㄅㄨˋ ㄗˋ ㄐㄧㄣ）

近：不由自主

釋義 形容感情激動，控制不住自己。

範例 聽到如此美妙的音樂旋律，讓人「情不自禁」地翩翩起舞。

不要誤用 「情不自禁」的原因在情感上，只用來形容整個人；「不由自主」的原因則可以是感情或其他因素，能形容整個人，也可以形容身體某部分動作。

情同手足（ㄑㄧㄥˊ ㄊㄨㄥˊ ㄕㄡˇ ㄗㄨˊ）

近：如兄如弟
反：勢如水火

釋義 情誼深厚，如同兄弟。

範例 他倆不只志趣相投，而且曾攜手共度難關，彼此「情同手足」。

情有可原（ㄑㄧㄥˊ ㄧㄡˇ ㄎㄜˇ ㄩㄢˊ）

反：情理難容

釋義 衡量實情所犯的過失，還有可原諒的地方。

範例 在如此危急的狀況下，讓他們不得不出此下策以求自保，想來也是「情有可原」。

情投意合（ㄑㄧㄥˊ ㄊㄡˊ ㄧˋ ㄏㄜˊ）

近：意氣相投
反：貌合神離

釋義 形容雙方思想、感情融洽和心意契合。

範例 他倆「情投意合」，認識不久就陷入熱戀。

不要誤用 「情投意合」多用於男女之間感情融洽，志趣相投；「氣味相投」、「臭味相投」、「志同道合」則多指朋友、同好，不用於男女感情。

情景交融（ㄑㄧㄥˊ ㄐㄧㄥˇ ㄐㄧㄠ ㄖㄨㄥˊ）

釋義　內心情感與景物互相融合，常用來形容詩文、繪畫給人的觀感。

範例　這篇「情景交融」的文章，曾被選錄當作國文教材。

惜墨如金（ㄒㄧ ㄇㄛˋ ㄖㄨˊ ㄐㄧㄣ）　**反：**率爾操觚

釋義　形容寫字、作畫、作文不輕易下筆，力求精鍊。

範例　這位作家向來「惜墨如金」，不輕易下筆，每次為文，都是擲地有聲的佳作。

掠人之美（ㄌㄩㄝˋ ㄖㄣˊ ㄓ ㄇㄟˇ）

釋義　奪取別人的功勞、成果，卻將榮譽歸自己所有。

範例　寫論文時不清楚註明引文出處，便是「掠人之美」。

捲土重來（ㄐㄩㄢˇ ㄊㄨˇ ㄔㄨㄥˊ ㄌㄞˊ）　**近：**東山再起　**反：**一蹶不振

釋義　形容受挫或失敗後集中所有力量企圖恢復。也比喻恢復舊有的局面。

範例　最近本土登革熱有「捲土重來」的跡象，相關單位立即派出消毒人員，並嚴密監控疫情發展。

不要誤用　「捲土重來」可指重新回到失敗時退出的地方，重新整頓再來；「東山再起」則指重新崛起；「死灰復燃」多比喻已平息的事物又重新活動起來，可指思想、風氣等抽象事物，前兩者則不能。

探囊取物（ㄊㄢˋ ㄋㄤˊ ㄑㄩˇ ㄨˋ）　**近：**甕中捉鱉　**反：**緣木求魚

釋義　手伸到口袋裡取東西。比喻事情極容易辦成，毫不費力。

範例　他曾拿過亞運金牌，這個業餘賽對他來說應該是「探囊取物」。

不要誤用　「探囊取物」側重於事情容易辦到，多用於取得物品、位子等；「甕中捉鱉」則重於難以逃脫，很有把握，多用於捉到人。

接二連三（ㄐㄧㄝ ㄦˋ ㄌㄧㄢˊ ㄙㄢ）

釋義　一個接著一個，連續不間斷。

範例　社區住戶「接二連三」遭小偷，大家決定組織巡守隊捉賊。

捷足先得（ㄐㄧㄝˊ ㄗㄨˊ ㄒㄧㄢ ㄉㄜˊ）

近：疾足先得
反：瞠乎其後

釋義　行動迅速的人先達到目的，或先得到所求的東西。

範例　因為一時猶豫，竟被別人「捷足先得」，搶到最後一個限量商品，讓他扼腕不已。

掩人耳目（ㄧㄢˇ ㄖㄣˊ ㄦˇ ㄇㄨˋ）

近：混淆視聽
反：以正視聽

釋義　遮掩別人的耳朵和眼睛。比喻以假象欺騙、矇蔽其他人。

範例　那個商人這次的大手筆捐款，聽說是為了「掩人耳目」，轉移媒體報導公司違法建蓋的事。

掩耳盜鈴（ㄧㄢˇ ㄦˇ ㄉㄠˋ ㄌㄧㄥˊ）

近：掩鼻偷香

釋義　比喻自己欺騙自己。

範例　他成天熬夜打電動，還說是在訓練反應力，根本是「掩耳盜鈴」。

不要誤用　「掩耳盜鈴」專指自己欺騙自己，無法欺騙他人；「自欺欺人」則除了欺騙自己，還有欺騙別人的意思。

掉以輕心（ㄉㄧㄠˋ ㄧˇ ㄑㄧㄥ ㄒㄧㄣ）

近：等閒視之
反：鄭重其事

釋義　指對事情採取漫不經心的態度。

範例　這波大地震過後，可能還會引發多次餘震，政府呼籲民眾千萬不能「掉以輕心」。

掛一漏萬（ㄍㄨㄚˋ ㄧ ㄌㄡˋ ㄨㄢˋ）

近：顧此失彼
反：面面俱到

釋義　形容考慮事情很不完備、遺漏很多。

範例　我們最好在出發前多檢查幾遍，以免「掛一漏萬」。

掛冠求去

釋義　表示自行辭去職務。

範例　因為和公司經營理念不同，溝通無效，所以他決定「掛冠求去」。

文史趣談　拿掉官帽說掰掰

官帽是當官的標誌，丟官被稱作是「丟了烏紗帽」，主動辭官則叫「掛冠求去」。《後漢紀》記載：漢朝末年，北海亭長逢萌聽說當時攝政的王莽，居然為了消滅政敵，而把自己的兒子殺掉。逢萌認為社會的道德倫常已經不存在了，再不離開可能會遭受災難，就將官服官帽子掛在城門上離開，就是「掛冠」的由來。

捫心自問　近：反躬自省

釋義　摸著胸口自己問自己。指自我反省、檢討。

範例　比賽結果雖然不能盡如人意，但我們「捫心自問」，都已盡了最大的努力。

推三阻四　近：千推萬阻　反：自告奮勇

釋義　假借各種藉口來推託、阻撓。

範例　他每次有好處拿就搶第一，要負責任時就「推三阻四」，大家都對他的行為很不以為然。

推己及人　近：將心比心

釋義　用自己的心意推想別人的心意，替人著想。

範例　若大家都能設身處地、「推己及人」，想必可以免除許多不必要的紛爭。

推心置腹　近：肝膽相照　反：爾虞我詐

釋義　比喻待人非常的誠懇。

範例　他對你「推心置腹」，你居然在背後捅他一刀，實在太無情無義了。

推波助瀾　近：煽風點火　反：大事化小

釋義　從旁推動事物發展。或

指幫助別人製造聲勢（多用在糾紛、鬥爭上）。

範例 靠著媒體的「推波助瀾」，瘦身減肥大行其道。

推陳出新（ㄊㄨㄟ ㄔㄣˊ ㄔㄨ ㄒㄧㄣ）

近：革故鼎新
反：因循守舊

釋義 泛指一切事物的除舊換新。或在舊有的基礎上開創新局面、新方法。

範例 這家麵包店的產品不斷地「推陳出新」，因此顧客總是吃不膩。

不要誤用 「推陳出新」是主觀努力的結果，多用於新舊變化的事物，可指方針政策；「新陳代謝」是客觀的規律，可指人體養分和廢物的循環；「革故鼎新」、「破舊立新」則多用於國家制度、風俗習慣、思想觀點等。

排山倒海（ㄆㄞˊ ㄕㄢ ㄉㄠˇ ㄏㄞˇ）

近：翻天覆地

釋義 把高山推開，把大海翻過來。形容來勢兇猛，力量、聲勢浩大。

範例 署長難敵「排山倒海」的輿論指責，決定引咎辭職。

不要誤用 「排山倒海」重在形容聲勢大或力量雄偉；「翻天覆地」則重在變化巨大。

捨本逐末（ㄕㄜˇ ㄅㄣˇ ㄓㄨˊ ㄇㄛˋ）

近：本末倒置
反：務本抑末

釋義 放棄主要、根本的，而注重次要、枝節的。形容人不顧重要問題，只注意細微末節、無關緊要的事。

範例 他不肯減少食量，也不願多運動，每天狂喝減肥茶，根本是「捨本逐末」。

不要誤用 「捨本逐末」指做事不從根本上著手，而在細枝末節上下功夫，含有捨棄主要方面之意；「本末倒置」則指把事物主要方面與次要方面弄顛倒了，但並不捨棄一方。

捨生取義（ㄕㄜˇ ㄕㄥ ㄑㄩˇ ㄧˋ）

近：殺生成仁
反：貪生害義

釋義 為了維護正義、真理而犧牲生命。

範例 黃花崗七十二烈士為推翻滿清「捨生取義」，讓人們永遠懷念。

捨我其誰

釋義 除我之外，再沒有別人可以擔當了。形容自視極高，自任極重。

範例 他滿腔熱血，經常覺得拯救民族興亡的重責大任「捨我其誰」。

捨近求遠

釋義 放棄近的，去追求遠的。比喻做事不得要領。

範例 這附近就有設備完善的診所，看病又何必「捨近求遠」呢？

敝帚自珍

近：敝帚千金
反：棄如敝屣

釋義 比喻自己的東西即使不好，也十分珍惜（常用作自謙詞）。

範例 這些手工藝品雖然不值幾個錢，卻都是我「敝帚自珍」的寶貝。

教學相長

釋義 教授者與學習者之間的學識、修養能互相促進，共同增長。

範例 老師與學生之間其實是「教學相長」。

斬草除根

近：拔本塞源
反：養癰遺患

釋義 比喻澈底除去禍源，不留後患。

範例 掃蕩危害社會治安的匪徒必須「斬草除根」，否則人民依舊過著提心吊膽的日子。

不要誤用 「斬草除根」重在程度上，形容徹底消滅、根除，使之不再產生；「趕盡殺絕」則重在廣度上，形容全面消滅，一點不留。

斬釘截鐵

近：直截了當
反：拖泥帶水

釋義 比喻處理事情或說話堅決果斷，毫不猶豫。

範例 對方都這樣「斬釘截鐵」的拒絕了，你就別再死纏爛打了吧。

不要誤用 「斬釘截鐵」強調堅決果斷；「直截了當」強調乾脆爽快；「當機立斷」則強調能立即抓住時機。

晨昏定省（ㄔㄣˊ ㄏㄨㄣ ㄉㄧㄥˋ ㄒㄧㄥˇ）

釋義 古代子女侍奉父母的日常禮節，晚間服侍就寢，早晨省視問安。比喻盡孝道。

範例 他雖然公務繁忙，但事母至孝，「晨昏定省」，實是難能可貴。

文史趣談 感動上天的孝子

提到孝順的故事，大家一定不會忘記晉朝的王祥。《晉書》記載：王祥的繼母對他很壞，經常刁難他，但王祥始終很孝順。一年冬天，繼母想吃鮮魚，王祥居然不顧寒冷，趴在結冰的湖面上，想靠體溫融化寒冰來捉魚。沒想到，居然真的有鯉魚自動跳出冰面，自投羅網。原來王祥的孝心連上天都感動了呢。

望子成龍（ㄨㄤˋ ㄗˇ ㄔㄥˊ ㄌㄨㄥˊ）

釋義 希望兒子能出人頭地、成大器。

範例 在父母「望子成龍」的壓力下，許多孩子從小就得學習各種才藝。

望文生義（ㄨㄤˋ ㄨㄣˊ ㄕㄥ ㄧˋ） 近：牽強附會

釋義 只按照字面上去牽強附會，斷章取義，不推求確切的含義。

範例 如果只是一味「望文生義」而不管詩文的創作背景，往往會曲解作者的原意，此非負責的研究者所應為。

不要誤用 「望文生義」指閱讀時不推求真正含義，只照字面上作牽強附會的解釋，含貶義；「顧名思義」則指看到名稱就可聯想到它的含義，為中性成語。

望而生畏（ㄨㄤˋ ㄦˊ ㄕㄥ ㄨㄟˋ） 近：望而卻步

釋義 見了令人害怕。形容威嚴的樣子，使人感到敬畏。

範例 那位警官不苟言笑的樣

子，令人「望而生畏」。

望而卻步 近：望而生畏 反：勇往直前

釋義 看到了就往後退縮，形容非常害怕面臨困難或危險。

範例 那個三百六十度旋轉的雲霄飛車太過刺激，令人「望而卻步」。

望其項背 近：望其肩項

釋義 望見別人的頸項和脊背。原意是指趕得上，今多用於否定式，表示遠遠趕不上或比不上。

範例 那位音樂家的成就，同時代的人難以「望其項背」。

望門投止 反：自食其力

釋義 見有人家就去投宿，求得暫時的存身之處。形容避難或出奔時的急迫情況。

範例 他背著簡單的行囊，「望門投止」，歷經千辛萬苦，花了好幾個月，終於完成徒步環島的夢想。

望洋興嘆

釋義 原指看到別人的偉大，才感到自己的渺小。後比喻做事力量不足或缺乏條件而感到無可奈何。

範例 房價飆漲，精華地段每坪價格甚至突破百萬，一般老百姓根本無力購買，只能「望洋興嘆」。

不要誤用 「望洋興嘆」側重於能力不足而感到無奈；「無可奈何」則偏重於面對事情沒有好的處理辦法。

望穿秋水 近：望眼欲穿

釋義 把眼睛都望穿了。形容盼望得非常殷切。

範例 傳說故事中，有位妻子「望穿秋水」也等不到丈夫歸來，最後竟然變成一塊大石頭，被稱為望夫石。

望風而逃 近：望風遠遁

釋義 遠遠地看到對方氣勢凶猛，就馬上逃跑。

範例 毒販聽說警方即將前來

搜索的消息，早已經「望風而逃」。

不要誤用 「望風而逃」著重形容潰散逃跑的樣子；「望風披靡」則著重指軍隊毫無戰鬥力，未戰先逃。

望風披靡（ㄨㄤˋ ㄈㄥ ㄆㄧ ㄇㄧˇ）

近：望風而潰
反：所向無敵

釋義 比喻作戰中被對方的聲勢所震懾，老遠地看到來勢勇猛，未經戰鬥就潰敗了。

範例 本隊陣容整齊，鬥志高昂，浩大的聲勢讓對手「望風披靡」。

不要誤用 「望風披靡」偏重形容氣勢被壓倒，毫無鬥志；「轍亂旗靡」偏重形容慘敗時逃跑的慌忙；「潰不成軍」則偏重形容慘敗時隊伍的散亂。

望梅止渴（ㄨㄤˋ ㄇㄟˊ ㄓˇ ㄎㄜˇ）

近：畫餅充饑

釋義 比喻願望無法達成，只好用空想來安慰自己。

範例 沒錢買那套小說回家收藏，只好到圖書館借閱，「望梅止渴」了。

望眼欲穿（ㄨㄤˋ ㄧㄢˇ ㄩˋ ㄔㄨㄢ）

近：望穿秋水

釋義 眼睛都快要望穿了。形容盼望、想念的殷切。

範例 農民「望眼欲穿」，終於等到這波遲來的梅雨。

望塵莫及（ㄨㄤˋ ㄔㄣˊ ㄇㄛˋ ㄐㄧˊ）

近：不可企及
反：遙遙領先

釋義 遠遠望著前面人馬行走時飛揚起來的塵土，追趕不上。比喻別人進展很快，自己卻遠遠落後。

範例 老師廣博的學問、開闊的胸襟，我們這些學生是「望塵莫及」。

文史趣談 失望的粉絲

追不上想見的人，那會是多麼失望呀。《後漢書》就記載：東漢時的趙咨將調任為東海相，途中會經過滎陽縣，縣令曹皓仰慕他是個清廉孝悌之人，想去迎接他。但趙咨不想驚動地方官，竟然沒有停留，等到曹皓追出城門，只看到他車後的塵土，卻追不上了。趙咨不知道自己的低調，反而讓他的粉絲曹皓非常失落呢！

梁上君子（ㄌㄧㄤˊ ㄕㄤˋ ㄐㄩㄣ ㄗˇ） 近：鼠竊狗盜

釋義 竊賊、小偷的代稱。

範例 社區最近全面加裝監視器，就是為了防範「梁上君子」闖空門。

不要誤用 「梁上君子」為小偷的代稱，含詼諧意味；「鼠竊狗盜」則指小竊小盜，含鄙夷的意味。

文史趣談 對付小偷的方法

小偷明明是壞人，為什麼被稱為「君子」呢？那是東漢人陳寔，有一天晚上發現屋梁上有小偷，就趁機對孩子們說：「壞人不一定本性就壞，只是後來養成不好的習性——就像是屋梁上的那位君子一樣。」結果小偷聽了很慚愧，馬上下來認罪。陳寔不用激烈手段，同時教育了孩子，又感化了小偷，實在很聰明呢！

棄暗投明（ㄑㄧˋ ㄢˋ ㄊㄡˊ ㄇㄧㄥˊ） 近：改邪歸正 反：投敵變節

釋義 比喻離開黑暗邪惡而投向光明正道。

範例 為了鼓勵幫派分子「棄暗投明」，政府下令自首者減輕刑責。

不要誤用 「棄暗投明」重在改換所處環境，多用於立場上的轉變；「改邪歸正」則重在改變思想和行為，用於不再做壞事。

欲言又止（ㄩˋ ㄧㄢˊ ㄧㄡˋ ㄓˇ）

釋義 說話時吞吞吐吐的，想說卻又不說。

範例 瞧她「欲言又止」的模樣，可能是對這次的活動有些意見？

欲速不達（ㄩˋ ㄙㄨˋ ㄅㄨˋ ㄉㄚˊ） 近：拔苗助長 反：瓜熟蒂落

釋義 過分性急求快，反而遠不到目的。

範例 他原想抄近路去學校，結果在翻越圍籬時扭傷了腳，真是「欲速不達」。

欲蓋彌彰（ㄩˋ ㄍㄞˋ ㄇㄧˊ ㄓㄤ）

釋義 想要掩蓋所犯過失的真相，結果反而使過失暴露得更加明顯。

範例 嫌犯極力撇清自己和這個案件沒有關係，辯詞卻自相矛盾，反而「欲蓋彌彰」。

欲擒故縱 ㄩˋ ㄑㄧㄣˊ ㄍㄨˋ ㄗㄨㄥˋ

釋義 為了要捉拿對方，卻故意先放開他，使他放鬆戒備。比喻為了更好地控制，故意先放鬆一步。

範例 商場上談生意的秘訣之一是「欲擒故縱」，萬萬不能操之過急。

殺一儆百 ㄕㄚ ㄧ ㄐㄧㄥˇ ㄅㄞˇ

近：殺雞儆猴

反：賞一勸百

釋義 殺一個人來警戒其他人，不要再犯相同的錯誤。

範例 孫武訓練女兵時，運用「殺一儆百」的方法，讓所有嬪妃宮女都不敢不聽號令。

不要誤用 「殺一儆百」警告的對象可以是一般犯同樣錯誤的人；「以儆效尤」則專指警告那些學著做壞事的人。

殺身成仁 ㄕㄚ ㄕㄣ ㄔㄥˊ ㄖㄣˊ

近：捨生取義

反：降志辱身

釋義 為了成就仁德，而犧牲生命。現指為了正義理想而犧牲生命。

範例 革命烈士的「殺身成仁」，終於為全體人民爭取到平等自由。

殺氣騰騰 ㄕㄚ ㄑㄧˋ ㄊㄥˊ ㄊㄥˊ

釋義 形容殺伐的氣勢很盛。

範例 兩位劍道高手對峙，雖未出招，四周氛圍已是「殺氣騰騰」。

殺彘教子 ㄕㄚ ㄓˋ ㄐㄧㄠˋ ㄗˇ

近：以身作則

釋義 指父母教導子女時，應該注意要言行一致。

範例 曾子「殺彘教子」的故事，一直是家庭教育的典範。

殺雞取卵 ㄕㄚ ㄐㄧ ㄑㄩˇ ㄌㄨㄢˇ

近：竭澤而漁

釋義 比喻貪圖眼前的小利，而損害了長遠的利益。

範例 一味靠增加稅收來解決財政問題，根本是「殺雞取卵」，勢必造成民眾反彈。

不要誤用 「殺雞取卵」常指具體事物，多是因為一時貪心而失去更多；「竭澤而漁」則常指比較重大的事件、做法，偏重於不留餘地的求取。

殺雞警猴（ㄕㄚ ㄐㄧ ㄐㄧㄥˇ ㄏㄡˊ）

近：懲一警百　**反：**賞一勸百

釋義 殺了雞來警告猴子。比喻懲罰某個人以警戒其他人。

範例 那些作弊的學生全都被記了大過，應該可以發揮「殺雞警猴」的效果。

不要誤用 「殺雞警猴」強調懲罰甲以警告乙，懲處者和警告者都有特定對象；「殺一儆百」則強調懲處一個人以警戒多數人，沒有特定對象。

添油加醋（ㄊㄧㄢ ㄧㄡˊ ㄐㄧㄚ ㄘㄨˋ）

近：加油添醋

釋義 做料理時添加各種調味料。引申為誇大事實，故意渲染情節內容。

範例 謠言經由人們的「添油加醋」，總會愈傳愈誇張。

淺嘗輒止（ㄑㄧㄢˇ ㄔㄤˊ ㄓㄜˊ ㄓˇ）

近：蜻蜓點水　**反：**尋根究底

釋義 稍微嘗試一下就停止了。比喻學習上不願更進一步的嘗試。

範例 他對各類的技能都是「淺嘗輒止」，所以至今一事無成。

不要誤用 「淺嘗輒止」偏重在學習不深入；「浮光掠影」則偏重在學習不細緻。

淋漓盡致（ㄌㄧㄣˊ ㄌㄧˊ ㄐㄧㄣˋ ㄓˋ）

近：淋漓酣暢

釋義 形容文章、說話表達得詳盡、暢達。

範例 這部小說將父子間的矛盾與羈絆刻畫得「淋漓盡致」，許多讀者都看得一把鼻涕一把眼淚。

混淆視聽（ㄏㄨㄣˋ ㄧㄠˊ ㄕˋ ㄊㄧㄥ）

釋義 以假象或謊言迷亂人的耳目，使人不辨是非，思想混亂。

範例 那位候選人不肯正面回應對手質疑，反而拋出其他假議題，企圖「混淆視聽」。

淒風苦雨 **近**：苦雨淒風

釋義 形容風雨不斷，天氣惡劣。也比喻處境悲慘淒涼。

範例 探險隊在「淒風苦雨」中奮力前行，歷經艱辛，終於抵達下一個補給點。

淪肌浹髓 **近**：鏤心刻骨 **反**：無動於衷

釋義 沒入肌肉和骨髓。比喻程度、感受很深刻。

範例 四書五經對中國人的影響可說是「淪肌浹髓」。

深入淺出 **反**：高深莫測

釋義 用淺近的語言、文字表達深奧的道理。

範例 這部電影有別於一般的商業片，以「深入淺出」的方式探討生命議題。

深文周納 **近**：深文羅織

釋義 執法非常嚴峻苛刻，陷人入罪。

範例 制定法律的目的在防止犯罪、保護好人，並非「深文周納」、陷人入罪。

深居簡出 **近**：足不出戶 **反**：拋頭露面

釋義 居住在深山隱僻的地方，很少外出。指人長期待在家裡，很少出門。

範例 他自從去年退出政壇後，便「深居簡出」，不再過問世事。

不要誤用 「深居簡出」指很少出門；「杜門不出」、「足不出戶」則根本不出門。

深思熟慮 **近**：深謀遠慮 **反**：輕舉妄動

釋義 反覆、再三地思索，深入考慮。

範例 經過「深思熟慮」，我決定按照興趣選填志願，而不選擇讀名校。

不要誤用 「深思熟慮」偏重在考慮得深入、透徹；「深謀遠慮」則偏重在考慮的周密和長遠，除了考慮、思索外，還有策畫、計畫的意思。

深惡痛絕（ㄕㄣ ㄨˋ ㄊㄨㄥˋ ㄐㄩㄝˊ）　**近：**切齒腐心

釋義 形容對某人某事厭惡、痛恨到了極點。

範例 因為父親的拋家棄子，讓她對外遇者「深惡痛絕」。

不要誤用 「深惡痛絕」形容厭惡、憎恨到極點，沒有指明對象；「疾惡如仇」則專指憎恨壞人、壞事；「痛心疾首」則有悲憤傷心之意。

深謀遠慮（ㄕㄣ ㄇㄡˊ ㄩㄢˇ ㄌㄩˋ）　**近：**深思熟慮　**反：**輕慮淺謀

釋義 計畫得很周密，考慮得很深遠。

範例 他向來「深謀遠慮」，會這麼做，一定有特別的用意，你先相信他吧！

烽火連天（ㄈㄥ ㄏㄨㄛˇ ㄌㄧㄢˊ ㄊㄧㄢ）　**近：**烽鼓不息　**反：**河清海晏

釋義 形容戰火燒遍各地，戰況十分激烈。

範例 這片平原，在經歷了一段「烽火連天」的歲月後，如今又恢復了綠意。

牽強附會（ㄑㄧㄢ ㄑㄧㄤˇ ㄈㄨˋ ㄏㄨㄟˋ）　**近：**生拉硬扯　**反：**順理成章

釋義 形容勉強湊合。

範例 今日流傳許多古代名人的軼聞趣事，都是「牽強附會」，不符合史實。

不要誤用 「穿鑿附會」多用於硬要把講不通、不合理的事情講通；「牽強附會」則用於勉強把不相關的事物聯繫、湊合在一起。

牽腸掛肚（ㄑㄧㄢ ㄔㄤˊ ㄍㄨㄚˋ ㄉㄨˋ）　**近：**念念不忘　**反：**無牽無掛

釋義 形容擔心、思念深切，放不下心。

範例 他出去旅行半個月，居然連一通電話也沒有打回家，害得父母「牽腸掛肚」，真是不應該。

率爾操觚（ㄕㄨㄞˋ ㄦˇ ㄘㄠ ㄍㄨ）

釋義 拿起木簡就寫。形容下筆快速。或形容寫作態度不嚴謹，不加考慮便輕率為文。

範例 現在有許多作家都是

「率爾操觚」，市面上充斥品質低劣的書籍。

理直氣壯（ㄌㄧˇ ㄓˊ ㄑㄧˋ ㄓㄨㄤˋ）

近：義正詞嚴
反：理屈詞窮

釋義 理由正確充分，說話的氣勢壯盛。

範例 這件事分明是他理虧，竟然還一副「理直氣壯」的樣子想找人理論。

不要誤用 「理直氣壯」指言詞、行動的氣勢強盛；「義正辭嚴」偏重指言詞嚴正有力；「振振有辭」則指自以為有道理而滔滔不絕地說。

現身說法（ㄒㄧㄢˋ ㄕㄣ ㄕㄨㄛ ㄈㄚˇ）

近：言傳身教

釋義 原來是佛教的說法，意思是佛能夠現出種種身形向眾生說法。後來比喻以親身經歷作例證來說明道理或勸導人。

範例 那位藝人上個月才為了宣導反毒「現身說法」，沒想到今天居然又爆發他復蹈前轍的傳聞。

甜言蜜語（ㄊㄧㄢˊ ㄧㄢˊ ㄇㄧˋ ㄩˇ）

釋義 所說的話像糖蜜一樣的甘美。指情侶之間所說的恩愛話。也比喻為了哄騙別人所說出來的話。

範例 不要輕信他人的「甜言蜜語」，那些好聽的話常是謊話連篇。

略勝一籌（ㄌㄩㄝˋ ㄕㄥˋ ㄧ ㄔㄡˊ）

近：高人一著
反：稍遜一籌

釋義 和他者比較起來，略強一點兒。

範例 兩市的冠軍隊伍互相較勁，我方「略勝一籌」。

異口同聲（ㄧˋ ㄎㄡˇ ㄊㄨㄥˊ ㄕㄥ）

近：異口同辭
反：各執一詞

釋義 形容所有人的說法完全相同。

範例 談到旅行的地點，他倆「異口同聲」說想去夏威夷。

不要誤用 「異口同聲」可以是許多人，也可以是兩個以上的少數人；「眾口一辭」則指許多人說的都一樣。

異曲同工 ㄧˋ ㄑㄩˇ ㄊㄨㄥˊ ㄍㄨㄥ

釋義 不同的曲調卻同樣美妙、精巧。比喻事物雖然不相同，但效果一樣好、一樣出色。

範例 這兩本書運用不同的寫作視角，但對親情的刻劃卻是「異曲同工」。

異想天開 ㄧˋ ㄒㄧㄤˇ ㄊㄧㄢ ㄎㄞ　**近：**胡思亂想

釋義 比喻想法太過離奇、不切實際。

範例 他每天打扮整齊在街上閒逛，說想遇到星探，真是「異想天開」。

不要誤用 「異想天開」指想法離奇、不同一般；「想入非非」偏重指想法脫離現實；「胡思亂想」則偏重指思路混亂、毫無根據。

眾口鑠金 ㄓㄨㄥˋ ㄎㄡˇ ㄕㄨㄛˋ ㄐㄧㄣ　**近：**三人成虎

釋義 比喻輿情的力量大，有時反而會混淆是非。

範例 因為「眾口鑠金」，竟讓那位部長黯然下臺。

不要誤用 「眾口鑠金」指輿論的力量足可讓人以非為是；「積毀銷骨」則指毀謗的可怕足以毀滅一個人。

眾目睽睽 ㄓㄨㄥˋ ㄇㄨˋ ㄎㄨㄟˊ ㄎㄨㄟˊ　**近：**十目所視

釋義 眾人都在注視著。指在眾人的注視下，壞人壞事無法隱遁。

範例 盡量走到人多的地方，歹徒在「眾目睽睽」之下比較不敢犯案。

不要誤用 「眾目睽睽」重在人人注視而無法隱藏；「有目共睹」則重在人人能看見，非常明顯。

眾矢之的 ㄓㄨㄥˋ ㄕˇ ㄓ ㄉㄧˋ　**近：**過街老鼠　**反：**交口稱譽

釋義 很多箭射擊的靶子。比喻大家攻擊的目標。

範例 那個民眾惡意阻擋救護車的行為，讓他立即成為「眾矢之的」。

眾志成城 ㄓㄨㄥˋ ㄓˋ ㄔㄥˊ ㄔㄥˊ　**近：**相倚為強　**反：**孤掌難鳴

釋義 萬眾一心，就會像城堡一樣堅固不可摧毀。比喻大家團結一致，力量就無比強大。

範例 同學們齊心協力，「眾志成城」，終於拿到大隊接力的冠軍。

眾所周知 ㄓㄨㄥˋ ㄙㄨㄛˇ ㄓㄡ ㄓ

近：眾所共知

釋義 大家都知道。

範例 他是位「眾所周知」的名演員，還曾經拿過奧斯卡獎呢！

眾叛親離 ㄓㄨㄥˋ ㄆㄢˋ ㄑㄧㄣ ㄌㄧˊ

近：舟中敵國

反：歸之若水

釋義 群眾和親人都背離他。形容不得人心，陷於完全孤立的狀態。

範例 你難道一定要弄到「眾叛親離」，才會懂得悔改嗎？

眾怒難犯 ㄓㄨㄥˋ ㄋㄨˋ ㄋㄢˊ ㄈㄢˋ

釋義 群眾的憤怒，難以抵擋，不可輕易觸犯。

範例 經過這次的教訓，那個三更半夜還大聲唱歌擾人的鄰居，終於體會到什麼是「眾怒難犯」。

眾望所歸 ㄓㄨㄥˋ ㄨㄤˋ ㄙㄨㄛˇ ㄍㄨㄟ

近：萬流景仰

反：千夫所指

釋義 眾人所敬仰的。形容在群眾中威望很高，深受大眾的愛戴、支持。

範例 那位形象清新的立委果然「眾望所歸」，在這次選舉中高票連任。

不要誤用 「眾望所歸」一般用於人，表示威望高、受到大家的信任；「人心所向」則用於事件，表示進步、光明之所在人人嚮往。

眼明手快 ㄧㄢˇ ㄇㄧㄥˊ ㄕㄡˇ ㄎㄨㄞˋ

近：手疾眼快

釋義 形容人眼光銳利，動作敏捷。

範例 這種撲克牌遊戲講究的是「眼明手快」，先把手上的牌打完就贏了。

眼空心大 ㄧㄢˇ ㄎㄨㄥ ㄒㄧㄣ ㄉㄚˋ

釋義 目空一切，心傲自大。形容自視甚高，瞧不起人。

範例 「眼空心大」的人，經

常會因為自信過度又不聽人勸而導致失敗。

眼花撩亂（ㄧㄢˇ ㄏㄨㄚ ㄌㄧㄠˊ ㄌㄨㄢˋ） **近：**頭昏眼花

釋義 眼睛看到複雜紛亂的事物，而使人感到迷亂。

範例 跳蚤市場上，雜七雜八的貨品看得人「眼花撩亂」。

不要誤用 「眼花撩亂」是因為外界事物繁雜使眼花心亂；「看朱成碧」則偏重在因心緒紛亂而眼花。

眼高手低（ㄧㄢˇ ㄍㄠ ㄕㄡˇ ㄉㄧ） **近：**志大才疏

釋義 要求的標準很高，但實際工作能力很低。比喻一個人只會批評別人，自己卻又做不好。

範例 「眼高手低」的人，在團體中絕對不受歡迎。

不要誤用 「眼高手低」指眼界、要求太高，實際能力卻很低；「志大才疏」則指志向大，而能力差。

移花接木（ㄧˊ ㄏㄨㄚ ㄐㄧㄝ ㄇㄨˋ） **近：**偷梁換柱

釋義 原指嫁接花草樹木。今多比喻暗中使用手段，更換人或事物。

範例 那位網拍麻豆的照片被人「移花接木」，讓她感到非常無奈。

不要誤用 「移花接木」指用轉移、拼湊方式改變原來的人物或事物，用甲代替乙；「偷梁換柱」多指以假代真、以劣充優，用於一般事物；「偷天換日」則指用欺騙手法改變重大事物的真相。

移風易俗（ㄧˊ ㄈㄥ ㄧˋ ㄙㄨˊ） **近：**改俗遷風

釋義 轉移風氣，改變習俗。

範例 只憑著幾場音樂會就想「移風易俗」，恐怕效果不彰。

粗心大意（ㄘㄨ ㄒㄧㄣ ㄉㄚˋ ㄧˋ）

釋義 形容疏忽，不細心。

範例 他數學考不好，問題都出在計算題太「粗心大意」。

粗枝大葉（ㄘㄨ ㄓ ㄉㄚˋ ㄧㄝˋ） **近：**粗心大意 **反：**一絲不苟

釋義 原比喻簡略或概括。現

多指做事粗略不細緻、不認真，未作深入的研究。

範例 不要以為男孩子的個性都是「粗枝大葉」，也有很細心的呢。

不要誤用 「粗枝大葉」側重形容不夠細膩；「粗心大意」則著重於不夠謹慎。

粗製濫造（ㄘㄨ ㄓˋ ㄌㄢˋ ㄗㄠˋ）

近：草率從事
反：一絲不苟

釋義 產品粗糙，不講究品質。指一味追求數量，不講究精緻度。或比喻工作草率、不負責任。

範例 網路上許多商品雖然很便宜，但是「粗製濫造」，與專櫃販售者有天壤之別，購買時千萬要留心。

絃外之音（ㄒㄧㄢˊ ㄨㄞˋ ㄓ ㄧㄣ）

近：言外之意

釋義 比喻言外之意，即在文章或話裡間接透露，而沒有直接明說出來的意思。

範例 那位藝人的發言似有「絃外之音」，記者們無不想追根究底。

細大不捐（ㄒㄧˋ ㄉㄚˋ ㄅㄨˋ ㄐㄩㄢ）

近：兼收並蓄
反：掛一漏萬

釋義 無論大小事物都不捨棄。

範例 他吸收知識向來是「細大不捐」，對任何事都充滿了好奇心。

細水長流（ㄒㄧˋ ㄕㄨㄟˇ ㄔㄤˊ ㄌㄧㄡˊ）

釋義 原來比喻一點一滴、持續不斷地做一件工作。現在也比喻節約使用錢、物，使之不致缺乏。或比喻力量雖微薄，只要能持久終有成效。

範例 朋友之間必須適時的付出關懷，才能「細水長流」。

終南捷徑（ㄓㄨㄥ ㄋㄢˊ ㄐㄧㄝˊ ㄐㄧㄥˋ）

釋義 比喻謀取官職或求得名利最便捷的門徑。現在也比喻達到目的的便捷途徑。

範例 早期到國外拿個學位再回來，被認為是找到理想工作的「終南捷徑」。

聊勝於無（ㄌㄧㄠˊ ㄕㄥˋ ㄩˊ ㄨˊ）

釋義 表示雖然不好或不足，但總比沒有略好一點，先姑且一用。

範例 這些錢雖然不夠你周轉，但「聊勝於無」，你就先拿去應應急吧。

脣亡齒寒（ㄔㄨㄣˊ ㄨㄤˊ ㄔˇ ㄏㄢˊ） **近：**休戚相關

釋義 嘴脣沒了，牙齒就會感到寒冷。比喻彼此關係密切，不可分開。

範例 這兩個國家之間是「脣亡齒寒」的關係，因此始終保持良好的外交互動。

不要誤用 「脣亡齒寒」重在表示失去一方所造成的後果，多用於國與國之間的關係；「脣齒相依」則重在表示彼此相互依存。

脣槍舌劍（ㄔㄨㄣˊ ㄑㄧㄤ ㄕㄜˊ ㄐㄧㄢˋ） **近：**針鋒相對

釋義 嘴脣像槍，舌頭像劍。形容辯論言詞鋒利，彼此針鋒相對。

範例 兩位候選人的選前辯論會，你來我往，「脣槍舌劍」，句句直搗對方政見的闕漏處。

不要誤用 「脣槍舌劍」著重於言辭的鋒利；「針鋒相對」則著重於相互對立攻擊，勢力不相上下。

脫口而出（ㄊㄨㄛ ㄎㄡˇ ㄦˊ ㄔㄨ）

釋義 形容人想到人什麼就說什麼。

範例 人生氣時「脫口而出」的話，經常會傷害對方而難以挽回。

脫胎換骨（ㄊㄨㄛ ㄊㄞ ㄏㄨㄢˋ ㄍㄨˇ） **近：**洗心革面 **反：**怙惡不悛

釋義 原指凡人脫離凡胎而成仙。後比喻能夠根本改變一個人的立場和觀點。

範例 經過這次重大打擊，竟讓他「脫胎換骨」，積極面對人生。

不要誤用 「脫胎換骨」可以指罪人重新做人，也可指思想、觀念上整體的改變；「洗心革面」則特指徹底悔悟，改過遷善，摒除惡習。

脫穎而出 近：嶄露頭角 反：不露鋒芒

釋義 錐子的尖部透過布囊顯露出來。比喻有才能的人終能顯現出來。

範例 她的天籟美聲，讓她從眾多參賽者中「脫穎而出」，獲得唱片公司的合約。

莫可奈何 近：無可奈何

釋義 沒有辦法。

範例 老闆要做出這樣的決定，我們小員工也是「莫可奈何」。

不要誤用 「莫可奈何」指自己本身對現狀的無能為力；「迫不得已」則是於受逼迫而沒辦法抗拒。

莫名其妙 近：不可思議 反：順理成章

釋義 無法說出其中的奧妙。多用以形容事情很奇怪、荒謬，使人不明白，說不出個道理來。

範例 他這突如其來的舉動，弄得大家「莫名其妙」。

莫衷一是 近：各執一詞

釋義 各有各的意見、說法，不能得出一致的結論。一般都有個前提。

範例 本組科展的題目，經過多次討論後，仍然「莫衷一是」，無法決定。

莫逆之交 近：莫逆之友 反：戴天之仇

釋義 指彼此情投意合、交情深厚的朋友。

範例 他倆是「莫逆之交」，絕對不會因為這點小事就反目成仇。

不要誤用 「莫逆之交」表示彼此感情契合相投；「管鮑之交」表示兩人相知甚深；「總角之交」則表示兩人從小就有交情。

莫測高深 近：深不可測

釋義 形容用心深沉或行事詭祕，令人無法揣測。

範例 隔壁的鄰居總是深居簡出，不與人打交道，令人感到「莫測高深」。

不要誤用 「莫測高深」形容無法揣測的程度，多指學問、樣子，不可用於水潭、情感等；「深不可測」則多指水潭等的具體深度，也可比喻人的心理、情感不易捉摸。

處心積慮（ㄔㄨˇ ㄒㄧㄣ ㄐㄧ ㄌㄩˋ）

近：千方百計
反：無所用心

釋義 指心裡計畫考慮很久。

範例 他「處心積慮」想奪得全部家產，甚至做出威脅老父親的逆倫之行，真是個不孝子。

不要誤用 「處心積慮」指長期、蓄意地謀算，多帶貶義；「費盡心機」、「挖空心思」、「千方百計」則指想盡辦法。

袞袞諸公（ㄍㄨㄣˇ ㄍㄨㄣˇ ㄓㄨ ㄍㄨㄥ）

近：袞袞群公

釋義 指身居高位而無所作為的官僚（有揶揄的意味）。

範例 斥資鉅額經費的活動中心成了蚊子館，媒體炮轟「袞袞諸公」浪費公帑。

袖手旁觀（ㄒㄧㄡˋ ㄕㄡˇ ㄆㄤˊ ㄍㄨㄢ）

近：作壁上觀
反：拔刀相助

釋義 把手縮在袖子裡在一旁觀看。比喻置身事外，不加干涉或協助。

範例 看到同學被霸凌，居然還有人「袖手旁觀」，甚至搧風點火，不禁讓人感嘆現在的社會真的是生病了。

設身處地（ㄕㄜˋ ㄕㄣ ㄔㄨˇ ㄉㄧˋ）

近：將心比心

釋義 設想自己處在別人的處境。指客觀地替別人著想。

範例 她最大的優點就是待人體貼，常能「設身處地」為他人著想。

不要誤用 「設身處地」偏重將自己放在別人的處境上，替別人設想；「將心比心」則偏重在考慮自己的問題時，也要想到別人。

責無旁貸（ㄗㄜˊ ㄨˊ ㄆㄤˊ ㄉㄞˋ）

近：義不容辭
反：推三阻四

釋義 自己應盡的責任，絕不推卸給旁人。

範例 如何將作者的文章，以最完美的方式呈現，我這編輯是「責無旁貸」。

不要誤用 「責無旁貸」強調自己的責任應當承擔；「義不容辭」則強調從道義上不能推辭，但不一定是自己的責任。

貨真價實（ㄏㄨㄛˋ ㄓㄣ ㄐㄧㄚˋ ㄕˊ） 近：名副其實

釋義 貨物與價錢都是實在無欺的。指道道地地，真實不虛假。

範例 這是「貨真價實」的千年人參，功效絕非那些雜湊鬚末可比。

貪得無厭（ㄊㄢ ㄉㄜˊ ㄨˊ ㄧㄢˋ） 近：貪多務得 反：一介不取

釋義 貪心沒有滿足的時候。

範例 面對地痞流氓「貪得無厭」，三天兩頭前來強索保護費，攤商決定聯合起來尋求自保之道。

文史趣談 吞下大象的蛇

我們常用「貪心不足蛇吞象」來批評貪得無厭的人，蛇真的能吞下大象嗎？原來這是《山海經》中的神話：在中國西南地區有一種青頭黑身的「巴蛇」，牠可以吞下整頭大象，每次吞下大象後，要消化三年才吐出象骨頭。人們覺得細長的蛇硬要生吞整隻大象實在太貪心了，所以就用「蛇吞象」比喻人貪心不足。

貪贓枉法（ㄊㄢ ㄗㄤ ㄨㄤˇ ㄈㄚˇ） 近：貪贓壞法 反：廉潔奉公

釋義 貪財受賄，違法亂紀。

範例 那些「貪贓枉法」的官員，一個個被送進大牢，真是大快人心。

趾高氣揚（ㄓˇ ㄍㄠ ㄑㄧˋ ㄧㄤˊ） 近：得意忘形 反：垂頭喪氣

釋義 形容人驕傲自大、得意忘形。

範例 他不過被指派為隊長，竟然就「趾高氣揚」了起來。

不要誤用 「趾高氣揚」重在

形容驕傲得意；「耀武揚威」重在炫耀威風；「不可一世」則重在形容氣焰囂張。

文史趣談

得意到腳都抬起來了

為什麼會用腳抬得老高來形容驕傲得意呢？這其實是《戰國策》中的一段故事：公孫戌受人所託，勸齊國公子孟嘗君不要收下楚國的贈禮。公孫戌完成任務後，不禁把腳抬得高高的，神氣活現地走出去。孟嘗君看見，覺得很奇怪，公孫戌說：「我因為任務完成後，可以得到一把寶劍作報酬，心裡高興，腳才抬得高高的呢！」

逍遙法外（ㄒㄧㄠ ㄧㄠˊ ㄈㄚˇ ㄨㄞˋ）

近：逃之夭夭
反：法網難逃

釋義 指犯法的人沒有受到法律的制裁。

範例 警察的職責就是將所有壞人繩之以法，不讓他們「逍遙法外」。

不要誤用 「逍遙法外」指罪犯未被逮捕，仍在社會上自由活動；「逍遙自在」、「道遙自得」則指很安閒自在，用於一般人。

通宵達旦（ㄊㄨㄥ ㄒㄧㄠ ㄉㄚˊ ㄉㄢˋ）

近：焚膏繼晷

釋義 從深夜到天亮。常用在整晚熬夜，沒有睡覺。

範例 曾有青年因為「通宵達旦」地玩網路遊戲，結果引發腦中風，差點喪命，真是划不來。

通情達理（ㄊㄨㄥ ㄑㄧㄥˊ ㄉㄚˊ ㄌㄧˇ）

近：合情合理
反：不近人情

釋義 通曉常情和道理。形容說話、行事合乎情理。

範例 就算長官再怎麼「通情達理」，但是你犯下如此嚴重的錯誤，又怎麼能夠不追究責任呢？

速戰速決（ㄙㄨˋ ㄓㄢˋ ㄙㄨˋ ㄐㄩㄝˊ）

近：劍及履及
反：蝸行牛步

釋義 快速地發動戰鬥，快速地解決戰鬥，取得勝利。比喻行事非常迅速。

範例 因為業務繁忙，他每天都必須留下來加班，連午餐、晚餐也得「速戰速決」。

造謠生事 ㄗㄠˋ ㄧㄠˊ ㄕㄥ ㄕˋ

近：造言生事

釋義 製造謠言，滋生事端。

範例 這些無中生有的傳聞都是一些好事者在「造謠生事」。

不要誤用 「造謠生事」偏重造謠以引起事端；「無事生非」、「惹是生非」則偏重沒事找事以引起事端。

逢凶化吉 ㄈㄥˊ ㄒㄩㄥ ㄏㄨㄚˋ ㄐㄧˊ

近：遇難呈祥
反：福過災生

釋義 雖遇凶險，卻能轉化為吉祥、順利。

範例 這個病雖然來得凶險，但他向來體質強壯，相信必能「逢凶化吉」，早日康復。

逢場作戲 ㄈㄥˊ ㄔㄤˇ ㄗㄨㄛˋ ㄒㄧˋ

近：逢場作樂

釋義 比喻在適當時機或場合偶爾的應景行為。或指不把事情當真，只是隨俗應酬。多指男女間短暫的萍水相逢。

範例 他一直是那種「逢場作戲」的心態，因此也沒有人願意用真心對待他。

野人獻曝 ㄧㄝˇ ㄖㄣˊ ㄒㄧㄢˋ ㄆㄨˋ

釋義 比喻平凡人所能貢獻的平凡事物。

範例 他雖然自謙是「野人獻曝」，卻已讓我大開眼界。

閉月羞花 ㄅㄧˋ ㄩㄝˋ ㄒㄧㄡ ㄏㄨㄚ

近：沉魚落雁
反：貌似無鹽

釋義 使月亮躲避，使花含羞。形容女子的美貌。

範例 那位模特兒擁有「閉月羞花」的美貌，是許多男性心目中的女神。

閉門造車 ㄅㄧˋ ㄇㄣˊ ㄗㄠˋ ㄐㄩ

近：向壁虛造

釋義 原意是按同一規格，關起門來造車子，用起來自然合轍。現比喻單憑主觀想像處理問題，而不問是否符合實際。

範例 他只是「閉門造車」，不注意時代脈動，自以為有了大發明，其實在三年前就已經有人做出來了。

閉關自守

釋義 緊閉關口，不與別國交往。也泛指與外界隔絕。

範例 「閉關自守」的策略，常會讓國家發展遲緩。

陳陳相因

近：墨守成規
反：推陳出新

釋義 原來是說糧倉裡的糧食逐年堆積，以至霉爛得不能食用。比喻因襲舊例行事而毫無革新和創意。

範例 他一直想改變公司這種「陳陳相因」的舊例，卻不知該從哪裡下手才好。

陳腔濫調

近：老調重彈
反：珠玉之論

釋義 指陳舊、空泛的話。

範例 那位候選人提出的政見都是「陳腔濫調」，讓人非常失望。

陰錯陽差

釋義 比喻由於各種偶然的因素造成了差錯。

範例 事情就這樣「陰錯陽差」的失敗了，讓人非常惋惜。

不要誤用 「陰錯陽差」指各種因素造成偶然發生的差錯；「鬼使神差」則是無法控制、不由自主的行為。

雪上加霜

近：禍不單行
反：雙喜臨門

釋義 比喻災禍接連而來。

範例 他才失業又遇上股票慘賠、被倒會，經濟狀況是「雪上加霜」。

雪中送炭

反：趁火打劫

釋義 比喻在別人有急難的時候給予幫助。

範例 臺灣民眾在日本大地震期間「雪中送炭」，鞏固了彼此間的情誼。

雪泥鴻爪

釋義 鴻雁在雪上踏過留下了爪印。比喻人生際遇的偶然和無常。

範例 滄海桑田，曾經的往事只在記憶中留下「雪泥鴻爪」。

頂天立地（ㄉㄧㄥˇ ㄊㄧㄢ ㄌㄧˋ ㄉㄧˋ）

釋義 形容人光明磊落，氣概豪邁。

範例 「頂天立地」的男子漢，絕不做偷雞摸狗的勾當。

魚目混珠（ㄩˊ ㄇㄨˋ ㄏㄨㄣˋ ㄓㄨ）

近：濫竽充數

反：貨真價實

釋義 魚眼睛摻雜在珍珠裡面。比喻以假亂真。

範例 每到秋蟹肥時，總有不肖商人拿便宜貨「魚目混珠」，冒充陽澄湖大閘蟹，消費者不察，就會白花冤枉錢。

魚游釜中（ㄩˊ ㄧㄡˊ ㄈㄨˇ ㄓㄨㄥ）

近：燕巢飛幕

釋義 比喻處境危險，生命危在旦夕。

範例 他現在的處境已是「魚游釜中」，恐怕難以全身而退了。

鳥盡弓藏（ㄋㄧㄠˇ ㄐㄧㄣˋ ㄍㄨㄥ ㄘㄤˊ）

近：兔死狗烹

反：論功行賞

釋義 鳥打光了，彈弓就收藏起來了。比喻事情成功後，把出過力的人拋棄或殺害。

範例 董事長資遣老員工的作法，分明是「鳥盡弓藏」，讓許多職員大感不平。

鳥語花香（ㄋㄧㄠˇ ㄩˇ ㄏㄨㄚ ㄒㄧㄤ）

近：花香鳥語

釋義 鳥聲悅耳，花香撲鼻。形容春光明媚的景象。

範例 春季的陽明山一片「鳥語花香」，美景引人入勝。

麻木不仁（ㄇㄚˊ ㄇㄨˋ ㄅㄨˋ ㄖㄣˊ）

近：無動於衷

釋義 肢體麻木，沒有感覺。比喻感情冷酷、思想不敏銳。也比喻漠不關心。

範例 因為多起助人卻被反咬的事件，導致民眾見人有難而「麻木不仁」，不再願意熱心伸援手。

十二畫

勞民傷財（ㄌㄠˊ ㄇㄧㄣˊ ㄕㄤ ㄘㄞˊ） **近：**費財勞民

釋義 動員大批人力使人民勞苦，又耗費錢財。形容濫用人力物力。

範例 那種大型的煙火秀，實在是鋪張浪費、「勞民傷財」。

勞苦功高（ㄌㄠˊ ㄎㄨˇ ㄍㄨㄥ ㄍㄠ）

釋義 辛勤勞苦立下了很大的功勞。

範例 這次公司尾牙，老闆特別表揚幾位「勞苦功高」的員工。

勞師動眾（ㄌㄠˊ ㄕ ㄉㄨㄥˋ ㄓㄨㄥˋ） **近：**興師動眾 **反：**一夔已足

釋義 原指出動大批軍隊，現指做一件事或工程，動用大量人力或指濫用人力。

範例 他為了搬幾盆花，竟然「勞師動眾」，找一群親朋好友來幫忙，實在很誇張。

不要誤用 「勞師動眾」僅指出動大批人力；「勞民傷財」則除了指動用人力外，還指花費大筆金錢。

勞燕分飛（ㄌㄠˊ ㄧㄢˋ ㄈㄣ ㄈㄟ）

釋義 比喻雙方離別，不易再相見。

範例 影壇上閃電結婚旋即「勞燕分飛」的情況屢見不鮮。

博大精深（ㄅㄛˊ ㄉㄚˋ ㄐㄧㄥ ㄕㄣ） **近：**博大闊深

釋義 形容文化等深遠廣博。或形容人的思想學識淵博高深。

範例 中國武術「博大精深」，豈是街頭群聚鬥毆可比擬？

喧賓奪主（ㄒㄩㄢ ㄅㄧㄣ ㄉㄨㄛˊ ㄓㄨˇ） **近：**反客為主

釋義 客人的喧鬧聲蓋過主人的聲音。比喻客人占了主人的地位。或外來、次要的事物占了原來、主要事物的位置。

範例 喪禮上的電子花車，根本是「喧賓奪主」，假借弔祭往生者的名義娛樂活著的人。

啼笑皆非（ㄊㄧˊ ㄒㄧㄠˋ ㄐㄧㄝ ㄈㄟ） **近：**哭笑不得

釋義 哭也不是，笑也不是。形容處境尷尬。

範例 小弟問了個敏感而直接的問題，讓大家「啼笑皆非」，不知如何回答。

不要誤用 「啼笑皆非」主要形容既令人難受又令人想發笑的一種狀態，也能形容處境尷尬，應用範圍較廣；「哭笑不得」則特指處境尷尬。

喝西北風（ㄏㄜ ㄒㄧ ㄅㄟˇ ㄈㄥ）

釋義 比喻餓肚子。

範例 你不肯出去找工作，是要全家人「喝西北風」啊？

喜上眉梢（ㄒㄧˇ ㄕㄤˋ ㄇㄟˊ ㄕㄠ）

釋義 滿心的喜悅流露在眉毛上。形容非常愉快的神色。

範例 女友答應他的求婚，讓他「喜上眉梢」。

喜出望外（ㄒㄧˇ ㄔㄨ ㄨㄤˋ ㄨㄞˋ）

近：大喜過望

釋義 出乎意料的喜悅。

範例 她本來不抱希望，沒想到竟得了第三名，真是「喜出望外」。

不要誤用 「喜出望外」強調意外的高興，偏重形容心情；「喜從天降」強調高興事突然出現，偏重指事件。

喜形於色（ㄒㄧˇ ㄒㄧㄥˊ ㄩˊ ㄙㄜˋ）

近：眉飛色舞
反：愁眉苦臉

釋義 內心的喜悅情緒流露在臉上。

範例 聽到心上人誇讚自己，他不禁「喜形於色」。

不要誤用 「喜形於色」是發自內心而表露於臉上的喜悅；「笑容可掬」則只著重形容面部表情。

喪心病狂（ㄙㄤˋ ㄒㄧㄣ ㄅㄧㄥˋ ㄎㄨㄤˊ）

近：喪盡天良

釋義 喪失理智，像發了瘋一樣。也形容喪失人性，行為極度荒謬。

範例 那個「喪心病狂」的連續殺人魔仍逍遙法外，讓附近居民聞之色變。

不要誤用 「喪心病狂」指人殘暴到瘋狂、沒人性的程度；「喪盡天良」則側重指人狠毒、沒良心。

喋喋不休（ㄉㄧㄝˊ ㄉㄧㄝˊ ㄅㄨˋ ㄒㄧㄡ）

近：滔滔不絕　**反：**默不作聲

釋義　嘮嘮叨叨，說個沒完。

範例　那個人方才還「喋喋不休」，怎麼現在就噤口不言了呢？

不要誤用　「喋喋不休」多指人嘮叨瑣碎，含貶義；「滔滔不絕」則多指人說話順暢流利，還可形容水勢盛大。

單刀直入（ㄉㄢ ㄉㄠ ㄓˊ ㄖㄨˋ）

近：開門見山　**反：**拐彎抹角

釋義　原來比喻認定目標，勇猛精進。後來比喻直接切入問題的核心。

範例　有時候「單刀直入」會比拐彎抹角更能迅速、準確的達成目標。

不要誤用　「單刀直入」常指有直接抓住問題的要害進行議論；「開門見山」多指一開始就進入所要談的主題；「直截了當」則除了能形容說話、寫文章不拐彎抹角外，還能形容辦事乾脆、方法直截。

唾手可得（ㄊㄨㄛˋ ㄕㄡˇ ㄎㄜˇ ㄉㄜˊ）

近：手到擒來　**反：**大海撈針

釋義　往手上吐口水就可以得到。比喻事情非常容易做到或得到。

範例　寓言故事中，兔子以為冠軍「唾手可得」，竟在樹下睡大覺，結果輸給了跬步千里的烏龜。

唾面自乾（ㄊㄨㄛˋ ㄇㄧㄢˋ ㄗˋ ㄍㄢ）

近：犯而不較　**反：**睚眥必報

釋義　比喻受了侮辱而極度寬容、忍耐。也用來比喻人不知羞恥。

範例　他都這樣欺負到頭上來了，你怎麼還能「唾面自乾」，一副無所謂的樣子？

不要誤用　「唾面自乾」偏重指極度忍受他人侮辱；「逆來順受」則偏重指能忍受惡劣的環境或他人無禮的對待。

寒來暑往（ㄏㄢˊ ㄌㄞˊ ㄕㄨˇ ㄨㄤˇ）

近：暑來寒往

釋義　炎夏已過，寒冬將至。泛指歲月變遷，時光流逝。

範例 「寒來暑往」，光陰就在不知不覺中流逝了。

富麗堂皇（ㄈㄨˋ ㄌㄧˋ ㄊㄤˊ ㄏㄨㄤˊ）

近：金碧輝煌
反：茅茨土階

釋義 建築物看起來很宏偉美麗，又氣勢盛大。形容建築宏偉，陳設華麗。或比喻文章辭藻華麗。

範例 這家餐廳不只「富麗堂皇」，餐點也非常美味。

不要誤用 「富麗堂皇」偏重氣勢宏大，還可用來形容文辭華美豔麗；「金碧輝煌」則偏重色彩鮮豔，多指建築、衣飾，不宜形容文章。

就事論事（ㄐㄧㄡˋ ㄕˋ ㄌㄨㄣˋ ㄕˋ）

釋義 按照事情的實際情況來評論。

範例 我這次提出建議是「就事論事」，並非針對個人。

循序漸進（ㄒㄩㄣˊ ㄒㄩˋ ㄐㄧㄢˋ ㄐㄧㄣˋ）

近：按部就班
反：一步登天

釋義 做事依照次序，逐步向前推進。

範例 健身必須「循序漸進」，否則突然大量運動會讓肌肉受傷。

循規蹈矩（ㄒㄩㄣˊ ㄍㄨㄟ ㄉㄠˇ ㄐㄩˇ）

近：安常守分
反：胡作非為

釋義 形容一個人行為良好，能遵守紀律和制度。

範例 他一向給人「循規蹈矩」的印象，沒想到也有脫序演出的時候。

不要誤用 「循規蹈矩」則偏重在遵守規矩、制度；「安分守己」則偏重在守本分，不為非作歹。

惡貫滿盈（ㄜˋ ㄍㄨㄢˋ ㄇㄢˇ ㄧㄥˊ）

近：罪大惡極

釋義 形容罪大惡極。

範例 那個「惡貫滿盈」的殺人犯，若不受到應得的法律制裁，要如何給被害者家屬一個交代？

不要誤用 「惡貫滿盈」指犯的罪惡極多；「罪大惡極」則指犯的罪惡極大。

悲天憫人（ㄅㄟ ㄊㄧㄢ ㄇㄧㄣˇ ㄖㄣˊ）

釋義 指悲嘆時世艱困，憐憫百姓疾苦。

範例 證嚴法師秉持「悲天憫人」的胸懷，創立慈濟功德會，救助了許多困苦的民眾。

悲歡離合（ㄅㄟ ㄏㄨㄢ ㄌㄧˊ ㄏㄜˊ）

近：悲歡聚散

釋義 人生中的各種遭遇。

範例 這部電影將人生中的「悲歡離合」刻畫得細膩深刻，令人感動不已。

惺惺相惜（ㄒㄧㄥ ㄒㄧㄥ ㄒㄧㄤ ㄒㄧˊ）

釋義 憐惜與自己同類的人。

範例 他倆經過一席長談，發覺彼此志趣相投，不免有「惺惺相惜」之感。

惴惴不安（ㄓㄨㄟˋ ㄓㄨㄟˋ ㄅㄨˋ ㄢ）

近：七上八下
反：處之泰然

釋義 形容因為恐懼或擔心而心神不寧的樣子。

範例 在考試成績出來之前，他始終「惴惴不安」，直到確認上榜，才鬆了一口氣。

不要誤用 「惴惴不安」重在因擔心受怕而不安；「憂心忡忡」則重在憂愁，指因心事重重而不安。

惱羞成怒（ㄋㄠˇ ㄒㄧㄡ ㄔㄥˊ ㄋㄨˋ）

釋義 因懊惱、羞愧到了極點而大發脾氣。

範例 受不了大夥的譏諷嘲笑，他頓時「惱羞成怒」，拂袖而去。

不要誤用 「惱羞成怒」含有發怒的原因；「勃然大怒」則只表現發怒的樣子。

掌上明珠（ㄓㄤˇ ㄕㄤˋ ㄇㄧㄥˊ ㄓㄨ）

近：心肝寶貝

釋義 原指極鍾愛的人。後指受父母特別疼愛的女兒。

範例 她雖然是父母的「掌上明珠」，但卻沒有因此嬌生慣養。

文史趣談 大蛇報恩送超級明珠

大家都知道史上最有名的璧玉是「和氏璧」，那最有名的明珠呢？就是與和氏璧並稱的「隨侯珠」了。據說古代隨國有個諸侯，一天在路上看到有條大蛇受了傷，就幫牠敷藥治療，大蛇痊癒後就從江裡啣來一顆夜明珠當作謝禮，那就是隨侯珠。後來「隨珠和璧」就泛指極珍貴的寶物，「隨珠彈雀」就比喻得不償失了。

插科打諢（ㄔㄚ ㄎㄜ ㄉㄚˇ ㄏㄨㄣˋ）

近：詼笑科諢
反：不苟言笑

釋義 穿插在舊戲曲裡的各種滑稽的談笑和動作。比喻以滑稽動作引人發笑。也指開玩笑。

範例 戲劇中少不了「插科打諢」的甘草人物。

文史趣談 古代的搞笑明星

通常在中國傳統戲曲中，負責插科打諢的角色是「丑角」。丑角的化裝時，會在鼻梁上抹一小塊白粉，所以又稱為「小花臉」，而依據扮演人物的身分不同，又可分為文丑（做工為主）、武丑（武打為主）、彩丑（女性丑角）等。這些有趣的角色，在戲曲中經常有畫龍點睛的效果，可以說是不可或缺的搞笑明星呢。

提心吊膽（ㄊㄧˊ ㄒㄧㄣ ㄉㄧㄠˋ ㄉㄢˇ）

近：忐忑不安
反：鎮定自若

釋義 形容非常擔心、害怕而心裡不安穩。

範例 招牌被颱風吹得搖搖欲墜，讓路過的民眾「提心吊膽」。

提綱挈領（ㄊㄧˊ ㄍㄤ ㄑㄧㄝˋ ㄌㄧㄥˇ）

近：以一持萬

釋義 舉起網繩，拾起衣領。比喻掌握住事情的重要部分。

範例 經過老師「提綱挈領」的講解，大家很快就抓住這篇課文的要點。

不要誤用 「提綱挈領」強調掌握重點，簡明扼要；「綱舉目張」則強調把握要領，可以帶動其他環節，也可比喻條理分明。

揮汗成雨（ㄏㄨㄟ ㄏㄢˋ ㄔㄥˊ ㄩˇ）

近：汗出如漿

釋義 原來形容人數眾多，擁擠不堪。後也形容出汗很多，就像下雨一樣。

範例　選手在烈日下騎單車，「揮汗成雨」，非常辛苦。

揮金如土　近：一擲千金　反：一毛不拔

釋義　把金錢當作泥土一樣花費，絲毫不珍惜。形容非常奢侈浪費。

範例　他自從中了樂透，就開始「揮金如土」的生活，結果不到五年時間，就把千萬獎金花個精光。

揚長而去

釋義　形容丟下別人，大模大樣地離開。

範例　他倒車撞到別人的車子，居然也不下來查看就「揚長而去」。

揚眉吐氣　近：意氣風發　反：心灰意冷

釋義　揚起眉頭，吐出了胸中憋著的那口氣。形容人擺脫長期受壓抑和欺凌的困苦處境後，心情舒暢快活的樣子。

範例　在兩位優秀哥哥底下，成績平平的他長期被父母忽視，如今靠著風格獨具的插畫成為知名部落客，也算稍微「揚眉吐氣」了。

揚湯止沸　近：負薪救火　反：釜底抽薪

釋義　揚起鍋中沸水想讓水不再沸騰。比喻只能救急，不能從解決根本上的問題。

範例　這種補救方法無異「揚湯止沸」，根本無法徹底解決問題。

斐然成章

釋義　形容文章富有文采，造詣很高。

範例　他文思敏捷，信手拈來便「斐然成章」，真是天生的作家。

斯文掃地

釋義　比喻讀書人品性不端，道德墮落。

範例　這些結夥搶劫的嫌犯，竟然都是大學在校生，真是「斯文掃地」。

普天同慶（ㄆㄨˇ ㄊㄧㄢ ㄊㄨㄥˊ ㄑㄧㄥˋ） **反：**怨聲載道

釋義 指全國、全世界的人都在慶祝。

範例 雙十節是個四海歡騰、「普天同慶」的大日子。

晴天霹靂（ㄑㄧㄥˊ ㄊㄧㄢ ㄆㄧ ㄌㄧˋ） **近：**平地風波 **反：**喜從天降

釋義 比喻突然發生使人震驚的消息。

範例 醫生宣布他已是癌症末期，這個「晴天霹靂」的消息，讓他與家人都不敢置信。

智勇雙全（ㄓˋ ㄩㄥˇ ㄕㄨㄤ ㄑㄩㄢˊ） **近：**有勇有謀 **反：**無拳無勇

釋義 稱讚人同時具有智謀與勇氣。

範例 漢朝的李廣是個「智勇雙全」的名將，連敗匈奴，也獲得飛將軍的稱號。

期期艾艾（ㄑㄧ ㄑㄧ ㄞˋ ㄞˋ） **近：**結結巴巴 **反：**口若懸河

釋義 形容人說話口吃。

範例 想不到平時口若懸河的他，竟然也會有「期期艾艾」的時候。

文史趣談 口吃的將軍

講話不流利怎麼辦？其實機智與幽默感可以彌補不足喔。《世說新語》記載：三國時魏國將軍鄧艾有口吃的毛病，自我介紹時，都會「艾……艾……」半天。一次，丞相司馬懿嘲笑他說：「你每次都『艾艾』的，到底有幾個艾啊？」鄧艾回答說：「古人唱『鳳兮鳳兮』，也只有一隻鳳呀！」他的反應真的很迅速呢。

朝三暮四（ㄓㄠ ㄙㄢ ㄇㄨˋ ㄙˋ） **近：**朝秦暮楚 **反：**始終如一

釋義 原比喻用詐術欺騙人。後來多比喻反覆無常，用心不專一。

範例 他向來「朝三暮四」，總是不斷改換生涯目標，所以至今一事無成。

不要誤用 「朝三暮四」多指行事、名目多變，借以欺人，並不限人與人之間，還可指個人對工作和學習的態度；「翻雲覆雨」則著重指人與人之間的相處是反覆無常、毫無節操的，批評程度較重。

文史趣談 換個名目耍猴子

「朝三暮四」原指本質不變，只改換名目騙人，這是出自《莊子》的小故事：有個養猴人要分橡實給猴子吃，他對猴子說：「早上給你們三顆，晚上給你們四顆好嗎？」猴子聽了都大叫表示不滿。養猴人於是改口說：「那早上四顆，晚上三顆好嗎？」猴子聽到早上比原來多一顆，卻不知道總數其實沒變，都很高興。

朝不保夕 ㄓㄠ ㄅㄨˋ ㄅㄠˇ ㄒㄧ

近：岌岌可危

釋義：早晨保不住晚上會發生什麼情況。形容形勢危急難保。

範例：回想起那段「朝不保夕」的逃難生活，爺爺的心情依然激動不已。

朝令暮改 ㄓㄠ ㄌㄧㄥˋ ㄇㄨˋ ㄍㄞˇ

近：反覆無常
反：言之不渝

釋義：早晨下的命令，晚上又改變了。形容法令時常改變，使人無所適從。

範例：那位領導者「朝令暮改」的行為，終於引來下屬的反彈聲浪。

朝思暮想 ㄓㄠ ㄙ ㄇㄨˋ ㄒㄧㄤˇ

近：朝思夕想

釋義：白天黑夜都在想念著。形容思念心切。

範例：提前兩個月預定，我們終於買到「朝思暮想」的網拍冠軍蛋糕。

朝秦暮楚 ㄓㄠ ㄑㄧㄣˊ ㄇㄨˋ ㄔㄨˇ

近：反覆無常
反：矢志不二

釋義：戰國時各國根據自己的利害，時而助楚，時而助楚。比喻反覆無常。也形容居住飄泊不定。

範例：他這種「朝秦暮楚」的個性，造成沒有人敢信任他、委以重任。

不要誤用 「朝秦暮楚」著重

指依附對象不定，也可形容居所不定；「朝三暮四」則強調心意和行為的變化不定，不能形容漂泊。

棋逢敵手（ㄑㄧˊ ㄈㄥˊ ㄉㄧˊ ㄕㄡˇ）

近：勢均力敵
反：天差地遠

釋義 下棋碰上了實力相當的對手。比喻雙方的本領不相上下。

範例 許多選手都因為「棋逢敵手」，才能發揮超出平常的水準。

不要誤用 「棋逢敵手」偏重在本領、能力的相當；「旗鼓相當」則偏重在力量、氣勢上對等。

欺人太甚（ㄑㄧ ㄖㄣˊ ㄊㄞˋ ㄕㄣˋ）

釋義 欺負人太過份了，使人無法容忍。

範例 大家已經這樣包容你了，你不要得寸進尺，「欺人太甚」。

欺世盜名（ㄑㄧ ㄕˋ ㄉㄠˋ ㄇㄧㄥˊ）

釋義 指欺騙世人，以盜取名聲。形容為了博取名聲而刻意表現某些言行。

範例 那些「欺世盜名」的偽君子，總有一天會被揭穿假面具。

欺善怕惡（ㄑㄧ ㄕㄢˋ ㄆㄚˋ ㄜˋ）

釋義 凌壓好人，懼怕惡人。

範例 那種人就是「欺善怕惡」，柿子專挑軟的吃，只要表現強硬，他就不敢動你了。

游目騁懷（ㄧㄡˊ ㄇㄨˋ ㄔㄥˇ ㄏㄨㄞˊ）

釋義 放眼望向四周，恣意地舒展胸懷。

範例 許多古代詩人喜歡在秋高氣爽時登高品茗，「游目騁懷」，也留下不少佳篇。

渾水摸魚（ㄏㄨㄣˊ ㄕㄨㄟˇ ㄇㄛ ㄩˊ）

近：趁火打劫
反：不欺暗室

釋義 比喻利用紊亂的局面從中攫取不正當的利益。

範例 老闆經常到辦公室巡視，查看員工是否有「渾水摸魚」的情形。

不要誤用 「渾水摸魚」多指趁混亂時打混或故意製造混亂從中撈好處；「趁火打劫」則指在別人有危難時去攫取利益，在道義上受的譴責更深。

渾渾噩噩（ㄏㄨㄣˊ ㄏㄨㄣˊ ㄜˋ ㄜˋ） **近：**糊裡糊塗

釋義 原形容渾厚嚴正的樣子。今形容糊裡糊塗過日子。

範例 有理想、有抱負的人，絕不會甘心過著「渾渾噩噩」的生活。

渾然天成（ㄏㄨㄣˊ ㄖㄢˊ ㄊㄧㄢ ㄔㄥˊ）

釋義 完全融合在一起，就像是自然生成的。形容詩文完美、自然。

範例 這首詩不僅音節優美，意境也完全是「渾然天成」。

焚琴煮鶴（ㄈㄣˊ ㄑㄧㄣˊ ㄓㄨˇ ㄏㄜˋ） **近：**煮鶴焚琴

釋義 把鶴煮了，把琴燒了。比喻魯莽庸俗的人糟蹋美好的事物。

範例 在這樣美麗的花園中曬棉被，實在是「焚琴煮鶴」，太殺風景了。

文史趣談 不要糟蹋美景

你知道在古代詩人眼中，有哪些事是糟蹋美好事物、大殺風景的嗎？唐朝的李商隱就曾經列出好幾個「以俗事敗人雅興」的事例，比如在美麗的花枝下曬褲子、砍斷優雅的楊柳樹、春日出遊踏青卻帶著累贅的行李、拿奇特的鐘乳石當繫馬樁、蓋起樓房遮住屋後的好風景等。這些詩人在意的事物，看來也挺有意思呢！

焚膏繼晷（ㄈㄣˊ ㄍㄠ ㄐㄧˋ ㄍㄨㄟˇ） **近：**夜以繼日

釋義 點著燈燭接續日光來照明。形容夜以繼日勤奮的工作或學習。

範例 經過三年「焚膏繼晷」的苦讀，他終於如願考上博士班。

不要誤用 「焚膏繼晷」偏重形容人勤奮而不知疲倦；「朝乾夕惕」則有勤奮而又謹慎的意思。

文史趣談 油油膩膩的燈和蠟燭

古代沒有電燈，油燈或蠟燭就是夜貓子的好朋友。在現今出土的古文物當中最早的成型燈具，約是春秋時期的產物。古代人點燈，多用豆油等植物油當做燈油，至於蠟燭，則是用動物脂肪製作。有一種用「人魚膏」（鯢魚的脂肪）製作的蠟燭，據說特別耐用，連秦始皇的墳墓中也使用它，希望能永遠照明呢。

焦頭爛額（ㄐㄧㄠ ㄊㄡˊ ㄌㄢˋ ㄜˊ）

近：狼狽不堪
反：從容不迫

釋義 原形容頭部被火燒成重傷。比喻做事棘手、十分狼狽窘迫的情況。

範例 他被公司的事情搞得「焦頭爛額」，回家還要面對無理取鬧的孩子，因此脾氣變得格外暴躁。

無人問津（ㄨˊ ㄖㄣˊ ㄨㄣˋ ㄐㄧㄣ）

釋義 比喻沒有人再前去嘗試或詢問。

範例 那個引起一時話題的網路遊戲，如今早就「無人問津」了。

無中生有（ㄨˊ ㄓㄨㄥ ㄕㄥ ㄧㄡˇ）

近：憑空捏造
反：千真萬確

釋義 形容憑空捏造事實。

範例 這種說法根本是「無中生有」，完全不符合事實。

不要誤用 「無中生有」重在表示憑空捏造；「捕風捉影」則重在表示沒有根據、缺乏事實，只是揣測。

無孔不入（ㄨˊ ㄎㄨㄥˇ ㄅㄨˋ ㄖㄨˋ）

近：無所不至
反：無機可乘

釋義 比喻滲透力強，有機會、有漏洞就鑽。

範例 詐騙集團的詐騙手法不斷翻新，已經到了「無孔不入」的地步。

無以復加（ㄨˊ ㄧˇ ㄈㄨˋ ㄐㄧㄚ）

釋義 不能夠再增加。形容已經達到極點。無法再增加或提高了。

範例 這群孩子調皮得「無以

復加」，讓幼稚園老師非常頭大。

無出其右（ㄨˊ ㄔㄨ ㄑㄧˊ ㄧㄡˋ）　**近：**無與倫比

釋義 指某人的才能、成就已達極點，沒有能勝過他（或他們）的。

範例 這支夢幻隊伍球技高超，屢戰屢捷，放眼籃壇，「無出其右」。

無可厚非（ㄨˊ ㄎㄜˇ ㄏㄡˋ ㄈㄟ）　**近：**無可非議

釋義 形容一個人因某些原因犯了一些小錯誤，有值得諒解的地方，不必過分地苛責。

範例 他是因為非常擔心家人的安危，才會說出這種不理性的情緒話，那也「無可厚非」。

無地自容（ㄨˊ ㄉㄧˋ ㄗˋ ㄖㄨㄥˊ）　**近：**汗顏無地　**反：**心安理得

釋義 沒有地方可以讓自己容身。形容羞愧到了極點。

範例 面對老師的當眾斥責，讓他羞愧得「無地自容」，只想找個地洞鑽下去。

無妄之災（ㄨˊ ㄨㄤˋ ㄓ ㄗㄞ）　**近：**飛來橫禍　**反：**喜從天降

釋義 形容意外、無故得到的災禍。

範例 他莫名奇妙被當成虐狗者人肉搜索，後來才發現是場誤會，真是「無妄之災」。

無事生非（ㄨˊ ㄕˋ ㄕㄥ ㄈㄟ）　**近：**惹是生非　**反：**息事寧人

釋義 本來沒有事，卻故意製造事端。

範例 這些三姑六婆總喜歡「無事生非」，你可別把她們的話當真。

無往不利（ㄨˊ ㄨㄤˇ ㄅㄨˋ ㄌㄧˋ）　**近：**左右逢源　**反：**動輒得咎

釋義 所到之處，都非常順利，沒有阻礙。

範例 他憑著八面玲瓏的手腕，在社交場合遊走是「無往不利」。

無所事事（ㄨˊ ㄙㄨㄛˇ ㄕˋ ㄕˋ）　**近：**遊手好閒　**反：**日理萬機

釋義 閒著不做任何事情，懶散無聊的樣子。

範例 你與其成天「無所事事」，不如去學個一技之長。

無所適從（ㄨˊ ㄙㄨㄛˇ ㄕˋ ㄘㄨㄥˊ）　**近：**政出多門

釋義 不知跟從誰才好。比喻徬徨無主，不知如何是好。

範例 上位者朝令夕改，總讓底下人「無所適從」。

無法無天（ㄨˊ ㄈㄚˇ ㄨˊ ㄊㄧㄢ）　**近：**肆無忌憚　**反：**安分守己

釋義 形容人不遵守法紀約束，肆無忌憚地橫行霸道。

範例 這兩名歹徒竟然在鬧區公然搶劫，實在是「無法無天」。

無的放矢（ㄨˊ ㄉㄧˋ ㄈㄤˋ ㄕˇ）　**反：**對症下藥

釋義 沒有目標地亂放箭。指說話、做事沒有明確的目的或不合實際。現多指沒有事實根據的惡意攻訐。

範例 面對電視名嘴的「無的放矢」，那位官員決定保持緘默，不隨之起舞。

無風起浪（ㄨˊ ㄈㄥ ㄑㄧˇ ㄌㄤˋ）　**反：**事出有因

釋義 比喻平白無故地生出是非爭端來。

範例 這件喧騰一時的新聞，經過多方查證，才發現根本是「無風起浪」。

無疾而終（ㄨˊ ㄐㄧˊ ㄦˊ ㄓㄨㄥ）

釋義 因衰老而死亡。也比喻事情不了了之。

範例 這個晚會提案因為經費問題遲遲無法解決，以致「無疾而終」。

無病呻吟（ㄨˊ ㄅㄧㄥˋ ㄕㄣ ㄧㄣˊ）　**近：**裝腔作勢

釋義 本來沒有病卻裝作有病的神態。比喻沒有真實感情而裝腔作勢地嘆息、憂傷。

範例 他後悔年輕時為賦新辭強說愁，寫了許多「無病呻吟」的文章。

無能為力 ㄨˊ ㄋㄥˊ ㄨㄟˊ ㄌㄧˋ　**近：**力不勝任　**反：**勝任愉快

釋義 不能施展力量，即力量不及。多指沒有能力去做好某件事情或解決某個問題。

範例 這件事你必須靠自己的力量解決，我恐怕「無能為力」。

無動於衷 ㄨˊ ㄉㄨㄥˋ ㄩˊ ㄓㄨㄥ　**近：**古井無波

釋義 內心想法一點也不受感動或影響。

範例 經過父母苦口婆心地勸導，他依舊「無動於衷」，我行我素。

無理取鬧 ㄨˊ ㄌㄧˇ ㄑㄩˇ ㄋㄠˋ　**近：**胡攪蠻纏

釋義 毫無道理地向人尋事、搗亂。

範例 父母不可以任由孩子「無理取鬧」而不加管教。

無惡不作 ㄨˊ ㄜˋ ㄅㄨˋ ㄗㄨㄛˋ

釋義 沒有哪樣壞事不幹的。形容做盡壞事。

範例 那些「無惡不作」的歹徒，都應該接受法律制裁，不能讓他們逍遙法外。

無傷大雅 ㄨˊ ㄕㄤ ㄉㄚˋ ㄧㄚˇ　**近：**無關大局

釋義 形容不損害本質的優越性，沒有多大妨礙。

範例 偶爾開個小玩笑「無傷大雅」，但老是拿別人的缺點做文章，就非常不厚道了。

無微不至 ㄨˊ ㄨㄟ ㄅㄨˋ ㄓˋ　**近：**體貼入微

釋義 沒有一個細微的地方不照顧到。形容關懷、照顧得非常細微周到。

範例 大嫂對大哥的照顧是「無微不至」，對全家人也都能體貼入微。

無精打采 ㄨˊ ㄐㄧㄥ ㄉㄚˇ ㄘㄞˇ　**近：**萎靡不振　**反：**神采奕奕

釋義 形容人情緒低落，精神不振的樣子。

範例 弟弟每晚都打電動到深夜，因此白天上課總是「無精打采」。

不要誤用 「無精打采」多指一時的精神狀態，很少用於長期；「萎靡不振」則多指長期的精神狀態，較少用於一時。

無與倫比（ㄨˊ ㄩˇ ㄌㄨㄣˊ ㄅㄧˇ）

近： 超群絕倫

釋義 沒有類似的事物能比得上。

範例 古代中國的絲綢精美細緻，「無與倫比」，許多西方商人都渴望能帶回國內。

無遠弗屆（ㄨˊ ㄩㄢˇ ㄈㄨˊ ㄐㄧㄝˋ）

釋義 沒有什麼地方不能到達。形容人或事的影響力極大，再遠的地方都到得了。

範例 網路的影響力「無遠弗屆」，藉由它的宣傳，可使人一夕爆紅，也可能身敗名裂。

無稽之談（ㄨˊ ㄐㄧ ㄓ ㄊㄢˊ）

近： 不經之談　**反：** 言之鑿鑿

釋義 荒唐沒有根據、不可信的話。

範例 這些捕風捉影的報導，不過都是「無稽之談」。

不要誤用 「無稽之談」多指荒唐、沒有根據的話；「流言蜚語」則多指誣蔑性、挑撥性的險惡語言。

無懈可擊（ㄨˊ ㄒㄧㄝˋ ㄎㄜˇ ㄐㄧ）

近： 天衣無縫　**反：** 漏洞百出

釋義 找不到任何的漏洞、破綻。表示人的行為嚴謹或事件、事物的完美、周全。

範例 那位體操選手的動作流暢完美，簡直「無懈可擊」。

不要誤用 「無懈可擊」指沒有可以被人攻擊挑剔之處；「無機可乘」則指毫無機會可利用。

無獨有偶（ㄨˊ ㄉㄨˊ ㄧㄡˇ ㄡˇ）

反： 獨一無二

釋義 雖然是很罕見的事物，但卻意外地又出現一次。

範例 小弟上星期才抽中特獎，「無獨有偶」，大哥今天又中了大獎。

無濟於事（ㄨˊ ㄐㄧˋ ㄩˊ ㄕˋ）

近： 於事無補

釋義 對事情毫無幫助。

範例 車都已經跑了，你現在急著出門也「無濟於事」。

不要誤用 「無濟於事」指毫

無幫助，不一定是力量薄弱，使用範圍較廣；「杯水車薪」則特指因為力量微弱而對事情沒有助益。

煮豆燃萁 ㄓㄨˇ ㄉㄡˋ ㄖㄢˊ ㄑㄧˊ　**近：**兄弟鬩牆　**反：**讓棗推梨

釋義 燃燒豆萁來煮豆子。比喻兄弟相逼、骨肉相殘。

範例 曹丕迫害弟弟曹植，是中國歷史上最有名的「煮豆燃萁」的故事。

不要誤用 「煮豆燃萁」偏重指兄弟互相殘殺，情況較嚴重；「兄弟鬩牆」則偏重指兄弟不和，互相爭鬥，情況比較輕。

琳琅滿目 ㄌㄧㄣˊ ㄌㄤˊ ㄇㄢˇ ㄇㄨˋ　**近：**美不勝收

釋義 眼前充滿了美玉。比喻所見都是優美、珍貴的東西。

範例 銀樓櫥窗裡「琳瑯滿目」的金飾、珠寶，看得人眼花撩亂。

不要誤用 「琳琅滿目」著重於放眼都是；「美不勝收」則偏重難以看盡。

琴瑟和鳴 ㄑㄧㄣˊ ㄙㄜˋ ㄏㄜˊ ㄇㄧㄥˊ　**近：**琴瑟靜好

釋義 比喻夫妻感情和諧融洽。

範例 他們老夫妻倆結婚五十年來，始終相敬如賓、「琴瑟和鳴」，讓人好生羨慕。

文史趣談 摔成兩半的瑟

「瑟」是一種非常古老的樂器，相傳是上古帝王伏羲氏發明的，有五十根弦。據說伏羲發明瑟以後，把它送給擅長音樂的女神素女彈奏，但是那音調太過悲哀，伏羲就把瑟摔成兩半，變成二十五根弦。又說後來傳到秦朝，婉無義的兩個女兒為了爭奪一張瑟，把它摔成兩半，就產生了十二根弦的「箏」。

畫地自限 ㄏㄨㄚˋ ㄉㄧˋ ㄗˋ ㄒㄧㄢˋ　**近：**畫地為牢

釋義 在地上畫一個範圍，自己限制自己。形容某個人本來可以做得更好，但他卻把自己限定在某個範圍內，不求上進。

範例 他總是「畫地自限」，還沒做就先認為自己做不到，所以難有成就。

文史趣談 **把沙地當黑板**

你知道嗎？在地上畫畫也可以培育出文學家呢！宋朝的歐陽脩四歲的時候，父親就去世了。因為父親沒有留下什麼財產，所以歐陽脩和母親的生活十分困苦，甚至繳不起學費上學，也買不起紙筆。歐陽脩的母親不希望兒子失學，就用蘆荻莖在沙地上一筆一畫地教他認字，歐陽脩長大後也成為當時的文壇領袖。

畫虎類狗（ㄏㄨㄚˋ ㄏㄨˇ ㄌㄟˋ ㄍㄡˇ）

近：刻鵠成鶩

釋義 比喻好高騖遠，終無成就，反被人作為笑柄。

範例 若社會整體還未達到一定水準，就貿然引進某些先進概念，那只會「畫虎類狗」、弄得四不像而已。

畫蛇添足（ㄏㄨㄚˋ ㄕㄜˊ ㄊㄧㄢ ㄗㄨˊ）

近：多此一舉
反：恰如其分

釋義 比喻做事情多此一舉，不但沒有好處，反而會把事情弄糟。

範例 那件衣服圖樣已經很繁複了，再加上一堆亮片、蕾絲和蝴蝶結，根本是「畫蛇添足」，破壞美感。

不要誤用 「畫蛇添足」指多此一舉，無益而有害；「疊床架屋」則行形容重覆、累贅、不精簡。

文史趣談 **長了腳的蛇**

世界上有長腳的蛇嗎？《戰國策》記載：楚國有群人幫忙祭祀工作，事後拿到一壺慰勞的酒。但酒不夠所有人喝，大夥決定比賽畫蛇，畫得最快、最像的人就可以喝酒。最先畫好蛇的人，自認就算替蛇畫上四隻腳也比其他人快得多。結果酒就被第二個畫好的人搶去喝掉了，因為有腳的根本就不是蛇呢！

畫餅充飢（ㄏㄨㄚˋ ㄅㄧㄥˇ ㄔㄨㄥ ㄐㄧ）

近：望梅止渴

釋義 畫個餅來解餓。比喻只有虛名而無實質。或比喻以空想來自我安慰。

範例 很多候選人的政見，不過是「畫餅充飢」，不切實際，選民千萬要睜大眼睛。

畫龍點睛（ㄏㄨㄚˋ ㄌㄨㄥˊ ㄉㄧㄢˇ ㄐㄧㄥ）

近：神來之筆
反：畫蛇添足

釋義 比喻在繪畫或作文時，在重要的地方添上一筆，使全篇更加生動、傳神。

範例 這位模特兒的深紫色眼影，具有「畫龍點睛」、使五官更立體的效果。

痛不欲生（ㄊㄨㄥˋ ㄅㄨˋ ㄩˋ ㄕㄥ）

釋義 萬分悲痛，不想活了。

範例 孫子戲水溺斃，讓老奶奶「痛不欲生」。

痛心疾首（ㄊㄨㄥˋ ㄒㄧㄣ ㄐㄧˊ ㄕㄡˇ）

近：悲憤填膺
反：大喜過望

釋義 形容心中的痛恨、厭惡到了極點。

範例 沒想到一向品學兼優的兒子，居然會因為誤交損友而成為毒販，實讓他「痛心疾首」。

不要誤用 「痛心疾首」重在痛的心情上，多用在文章中；「咬牙切齒」重在恨的神態、表情上，多用作口語。

痛定思痛（ㄊㄨㄥˋ ㄉㄧㄥˋ ㄙ ㄊㄨㄥˋ）

反：至死不悟

釋義 經過痛苦以後，回想當時的痛苦（有吸取教訓的意思）。

範例 經過這次慘重的教訓，他還不知「痛定思痛」，我們也不必再對他有任何期待了。

登峰造極（ㄉㄥ ㄈㄥ ㄗㄠˋ ㄐㄧˊ）

近：無以復加
反：等而下之

釋義 比喻造詣精深，成就達到最高境地。

範例 那位奧運金牌選手的球技已「登峰造極」，一般人難以望其項背。

不要誤用 「登峰造極」指已達到最高境界，程度較重；「登堂入室」則指有高深的造詣，程度較輕。

登堂入室（ㄉㄥ ㄊㄤˊ ㄖㄨˋ ㄕˋ）

近：登峰造極
反：不學無術

釋義 登上廳堂，進入內室。指直接進入屋內。也形容造詣很深。

範例 因為大樓管理員的疏忽，竟讓竊賊「登堂入室」，好幾戶人家損失慘重。

稍縱即逝 ㄕㄠ ㄗㄨㄥˋ ㄐㄧˊ ㄕˋ　**近：**旋踵即逝　**反：**萬古長存

釋義 稍微一放鬆就消逝了。形容時間或機會很容易溜過。

範例 爭取這份工作的機會「稍縱即逝」，千萬要好好把握，不要錯過。

不要誤用 「稍縱即逝」強調要及時抓住；「瞬息即逝」則強調存在時間極其短暫。

短兵相接 ㄉㄨㄢˇ ㄅㄧㄥ ㄒㄧㄤ ㄐㄧㄝ　**近：**針鋒相對

釋義 指雙方近距離用刀、劍等短武器相鬥。也比喻雙方針鋒相對地爭鬥。

範例 情勢已發展至此，看來一場「短兵相接」的爭鬥是免不了了。

童山濯濯 ㄊㄨㄥˊ ㄕㄢ ㄓㄨㄛˊ ㄓㄨㄛˊ　**近：**牛山濯濯

釋義 指沒有草木的山丘。也形容人禿頭。

範例 因為遺傳因素，他不過三十出頭就已「童山濯濯」。

童心未泯 ㄊㄨㄥˊ ㄒㄧㄣ ㄨㄟˋ ㄇㄧㄣˇ　**反：**老氣橫秋

釋義 形容人年紀已大，仍不失孩童的天真無邪之心。

範例 爺爺「童心未泯」，把柚子皮拿來當帽子。

童叟無欺 ㄊㄨㄥˊ ㄙㄡˇ ㄨˊ ㄑㄧ

釋義 形容做生意非常誠實，無論老人或小孩都不欺騙。

範例 那家餐廳一向「童叟無欺」，每道餐點都真材實料，所以門前總是大排長龍。

童顏鶴髮 ㄊㄨㄥˊ ㄧㄢˊ ㄏㄜˋ ㄈㄚˇ　**近：**鶴髮童顏

釋義 兒童一樣的臉色，白鶴一樣的頭髮。形容老人氣色好、精神好。

範例 老教授保養有道，七十多歲依舊「童顏鶴髮」，紅光滿面。

等量齊觀

ㄉㄥˇ ㄌㄧㄤˋ ㄑㄧˊ ㄍㄨㄢ

近： 相提並論

反： 厚此薄彼

釋義 對所有的事物，不問性質，不分輕重皆同等看待。

範例 這兩部書雖然都在探討教育問題，但切入角度大不相同，不能「等量齊觀」。

不要誤用 「等量齊觀」多用於具體的或抽象的事物；「一視同仁」則多用於人。

等閒視之

ㄉㄥˇ ㄒㄧㄢˊ ㄕˋ ㄓ

釋義 看作是平常小事，不予重視，滿不在乎。

範例 這個颱風可能帶來超大豪雨，住在低窪地區的民眾千萬不能「等閒視之」。

筆掃千軍

ㄅㄧˇ ㄙㄠˇ ㄑㄧㄢ ㄐㄩㄣ

釋義 運腕用筆有如橫掃千軍萬馬。形容文章氣勢磅礡，筆鋒銳利，無可匹敵。

範例 這篇文章寫得汪洋閎肆，「筆掃千軍」，看得人大呼過癮。

絞盡腦汁

ㄐㄧㄠˇ ㄐㄧㄣˋ ㄋㄠˇ ㄓ

釋義 用盡所有的腦力。形容費盡精力去想事情。

範例 這篇文案是我「絞盡腦汁」寫了一夜才完成的。

絕處逢生

ㄐㄩㄝˊ ㄔㄨˋ ㄈㄥˊ ㄕㄥ

釋義 指在絕望的困境中又有了生路。

範例 這一步好棋，不僅讓他擺脫對手的包圍，「絕處逢生」，最終還反敗為勝。

不要誤用 「絕處逢生」指從絕望當中出現了希望，或在危險的絕境中得到生路，所指範圍較廣；「逢凶化吉」則著重於已遇到凶險而最後能脫險。

絕無僅有

ㄐㄩㄝˊ ㄨˊ ㄐㄧㄣˇ ㄧㄡˇ

近： 舉世無雙

反： 不勝枚舉

釋義 形容極其少有。

範例 能在一生中看過兩次哈雷彗星可說是「絕無僅有」。

不要誤用 「絕無僅有」強調少有；「獨一無二」則強調獨特。

絲絲入扣（ㄙ ㄙ ㄖㄨˋ ㄎㄡˋ）

釋義 比喻十分細緻、緊湊合度，多指文章或藝術表演。

範例 這部小說，將戀愛中少女幽微複雜的心境轉折描寫得「絲絲入扣」。

絡繹不絕（ㄌㄨㄛˋ ㄧˋ ㄅㄨˋ ㄐㄩㄝˊ）

近：源源不斷
反：路斷人稀

釋義 形容來往的人或車馬連續不斷。

範例 每當花季期間，上陽明山踏青的民眾總是「絡繹不絕」。

不要誤用 「絡繹不絕」專指人、車、馬、船的來來往往，同時含有繁盛的意味；「紛至沓來」可泛指一切事物連續到來，有雜亂的意思；「接踵而來」則偏重有秩序且接連不斷地到來。

善體人意（ㄕㄢˋ ㄊㄧˇ ㄖㄣˊ ㄧˋ）

釋義 能夠體會人的心意。形容懂得體恤別人。

範例 她非常「善體人意」，講話時從來不會哪壺不開提哪個壺。

萍水相逢（ㄆㄧㄥˊ ㄕㄨㄟˇ ㄒㄧㄤ ㄈㄥˊ）

近：邂逅相遇
反：失之交臂

釋義 比喻不相識的人偶然間相遇。

範例 這一次的「萍水相逢」，竟成了她生命中最大的轉捩點。

華而不實（ㄏㄨㄚˊ ㄦˊ ㄅㄨˋ ㄕˊ）

近：繡花枕頭
反：名副其實

釋義 花開得好看，卻不結果實。比喻徒具外表而無實質。或指文章浮華而沒有內容。

範例 現在許多月餅禮盒都包裝過度，「華而不實」，其實沒什麼內容。

不要誤用 「虛有其表」指徒有強壯或好看的外表，實際上不中用；「華而不實」則指外表好看，但內容空虛。

著作等身（ㄓㄨˋ ㄗㄨㄛˋ ㄉㄥˇ ㄕㄣ）

釋義 形容寫成的文章或書籍數目非常多，疊起來和人一樣高。

範例　那位作家早已「著作等身」，卻仍然手不輟筆，勤於創作。

文史趣談　和人一樣高的書

著作非常多，被稱為「著作等身」，「等身書」則形容讀過的書很多，這個詞說的是宋朝神童賈黃中的故事。《宋史》記載：賈黃中的父親從兒子很小的時候開始，每天都會展開書卷，比對他的身高，規定他要誦讀那段長度的課文。所以賈黃中十五歲時就考中進士，其實他並不是特別聰明，而是勤奮地讀「等身書」所致呢。

虛左以待（ㄒㄩ ㄗㄨㄛˇ ㄧˇ ㄉㄞˋ）

釋義　空出左邊的尊位恭候賢能的人。

範例　公司「虛左以待」，務必招攬更多傑出的人才。

文史趣談　猜，左邊大還是右邊大

「虛左以待」和「無出其右」兩個成語，常讓人搞不清古人到底是左邊大還是右邊大呢？其實在不同朝代、地區，甚至不同場合，左、右的尊卑都有不同規定，並不是固定的，如《老子》說：「君子居則貴左，用兵則貴右」、「吉事尚左，凶事尚右」。但較多情況是「右尊左卑」，所以貶官稱「左遷」、邪道稱「左道」。

虛有其表（ㄒㄩ ㄧㄡˇ ㄑㄧˊ ㄅㄧㄠˇ）

近：華而不實
反：表裡如一

釋義　形容只有華麗或強壯的外表而沒有實質內涵。即有名無實。

範例　許多黑心建商蓋出來的房子都是「虛有其表」，華麗的裝潢，往往只是為了掩蓋了偷工減料的事實。

虛張聲勢（ㄒㄩ ㄓㄤ ㄕㄥ ㄕˋ）

反：不動聲色

釋義　假裝出強大的聲勢來嚇唬人。

範例　那隻看門狗對人狂吠不過是「虛張聲勢」而已。

虛情假意　近：虛情假套

釋義　虛假的情意。指待人不真誠，只是故作姿態，虛偽周旋。

範例　這樣「虛情假意」是無法換得別人真心相待的。

虛無縹緲　近：鏡花水月　反：信而有徵

釋義　形容空虛渺茫、沒有根據、不可捉摸。

範例　那些「虛無縹緲」的傳說，是古人對天地萬物的浪漫想像。

虛與委蛇　近：虛與周旋　反：赤誠相見

釋義　假意周旋，勉強敷衍、應付。

範例　店員機警的與搶匪「虛與委蛇」，拖延時間至警方到來，也化解了一場危機。

虛應故事

釋義　按照陳規舊例辦事，敷衍了事。

範例　很多公務員每天上班不過是「虛應故事」而已。

虛懷若谷　近：深藏若虛　反：自高自大

釋義　胸懷如山谷般空曠。形容人非常謙虛，能包容萬物。

範例　保持「虛懷若谷」的胸襟，不驕傲自滿，才能接納更多不同的事物，自己也才能有所成長。

蛟龍得水　近：如魚得水　反：蛟龍失水

釋義　傳說蛟龍得到水，能興雲作雨，飛騰上天。原比喻有了發揮才能的條件。後也比喻英雄人物得到施展才能的好機會。

範例　他遇到上司賞識，就好像「蛟龍得水」，不斷創下更好的業績。

蛛絲馬跡　近：一鱗半爪　反：泯然無跡

釋義　沿著蛛網的細絲可以找到蜘蛛的所在，按照馬蹄的痕跡可以尋到馬的去向。比喻隱約可尋的線索和跡象。

範例 警方循著「蛛絲馬跡」，終於從廢棄倉庫中救出奄奄一息的肉票。

街頭巷尾（ㄐㄧㄝ ㄊㄡˊ ㄒㄧㄤˋ ㄨㄟˇ）

近：大街小巷

釋義 泛指大街小巷，各處地方。

範例 過年期間，「街頭巷尾」總能聽到熱鬧喜慶的年節音樂。

視死如歸（ㄕˋ ㄙˇ ㄖㄨˊ ㄍㄨㄟ）

近：萬死不辭

反：戀生惡死

釋義 把死看作像回家一樣。指為了維護正義、公理，不惜犧牲生命。

範例 人民能過著安定的生活，有賴「視死如歸」的將士們保衛國土。

不要誤用 「寧死不屈」強調對敵人不屈服，多用來形容意志堅強；「視死如歸」則強調為正義事業而不怕犧牲生命的精神。

視若無睹（ㄕˋ ㄖㄨㄛˋ ㄨˊ ㄉㄨˇ）

近：視而不見

釋義 雖然看見了，卻一副沒看見的樣子。形容對事物漠不關心。

範例 因為路人的「視若無睹」，那位不慎跌倒的老人家，就這樣在寒風中熄滅了生命之火。

不要誤用 「視若無睹」偏重於不關心；「視而不見」偏重於不注意、不留心。

評頭論足（ㄆㄧㄥˊ ㄊㄡˊ ㄌㄨㄣˋ ㄗㄨˊ）

近：說長道短

釋義 品評別人的容貌舉止。泛指對人對事說長道短，多方挑剔。

範例 你也不拿鏡子自己照照，我的朋友長得如何，哪輪得到你「評頭論足」？

不要誤用 「說長道短」著重在隨意評論人的品行；「評頭論足」著重在議論、挑剔人的外表、舉止。

文史趣談 就是要看腳

為什麼品評別人要「論足」呢？這其實和古代婦女裹小腳的

風氣有關。古代某些士人認為女子的腳小才美，稱為「三寸金蓮」。在這樣的歪風影響下，女人腳的大小常左右她的身價，還有專門的書教人怎麼品鑑小腳，如果腳太大甚至會嫁不出去。然而這實在是一種很不健康的陋俗，對女性也是非常不尊重的。

貽人口實（ㄧˊ ㄖㄣˊ ㄎㄡˇ ㄕˊ）　**近：**予人口實

釋義 留下被人攻擊的把柄。

範例 他處理事情時總是力求公開、公平，以免「貽人口實」。

貽笑大方（ㄧˊ ㄒㄧㄠˋ ㄉㄚˋ ㄈㄤ）　**近：**見笑大方

釋義 指被有學問或內行的人笑話（一般用以表示謙虛）。

範例 這本小書不過是我這幾年學習的一點心得，說來「貽笑大方」，不值一提。

貴客盈門（ㄍㄨㄟˋ ㄎㄜˋ ㄧㄥˊ ㄇㄣˊ）　**近：**門庭若市

釋義 形容來訪的客人非常多。為祝賀旅館或飯店開業的賀辭。

範例 這家位於熱門景點附近的旅社，每天都是「貴客盈門」，尤其是寒暑假，客房三個月前就被搶訂一空。

越俎代庖（ㄩㄝˋ ㄗㄨˇ ㄉㄞˋ ㄆㄠˊ）　**近：**牝雞司晨

釋義 主祭的、贊禮的人跨過禮器，去代替廚師辦席。比喻逾越自己的職分去替代他人做事。

範例 不在其位，不謀其政，你這樣「越俎代庖」，出了差錯可是要負責的。

文史趣談 俎，是什麼？

「俎」是一種古代的禮器，在祭祀、燕饗的時候放置三牲或其他食物所用，而我們常聽到「人為刀俎，我為魚肉」的「俎」，則是指切肉的砧板。當年項羽俘虜劉邦的父親，放在「高俎」上，威脅劉邦再不退兵就要把他老爸煮掉，這裡的「高俎」有人認為是高臺，也有人說是高桌上的砧板，那畫面就很驚悚了。

趁火打劫（ㄔㄣˋ ㄏㄨㄛˇ ㄉㄚˇ ㄐㄧㄝˊ）

近：乘人之危
反：雪中送炭

釋義 趁人家發生火災時去搶劫。比喻在別人有危難時從中取利。

範例 那家黑心葬儀社居然「趁火打劫」，對死者家屬敲詐勒索，實在沒良心。

跋山涉水（ㄅㄚˊ ㄕㄢ ㄕㄜˋ ㄕㄨㄟˇ）

釋義 翻山越嶺，徒步過河。形容路途艱辛遙遠。

範例 虔誠的回教徒為了朝聖，必須「跋山涉水」，歷盡艱辛。

進退維谷（ㄐㄧㄣˋ ㄊㄨㄟˋ ㄨㄟˊ ㄍㄨˇ）

近：進退兩難
反：進退自如

釋義 進退都陷於困難的境地。

範例 父母吵架時，孩子往往夾在中間「進退維谷」，幫哪邊都不對。

不要誤用 「進退維谷」比喻進退兩難的境地；「進退失據」則表示前進、後退都無所憑依。

量入為出（ㄌㄧㄤˊ ㄖㄨˋ ㄨㄟˊ ㄔㄨ）

近：精打細算
反：入不敷出

釋義 根據收入的情形來制定開支的限度。指賺多少錢，就依實際能花費的錢來規畫支出額度。

範例 他因為懂得理財，總是「量入為出」，日積月累下來，也有了可觀的存款。

開門見山（ㄎㄞ ㄇㄣˊ ㄐㄧㄢˋ ㄕㄢ）

近：開宗明義
反：隱晦曲折

釋義 比喻說話、寫文章一開始就直接談主題，不拐彎抹角。

範例 他一來，就「開門見山」的說是為了大樓改建的事情，徵詢住戶的意見。

不要誤用 「開門見山」指一開始就直接進入主題；「開宗明義」則指一開始就闡明主旨。

開源節流（ㄎㄞ ㄩㄢˊ ㄐㄧㄝˊ ㄌㄧㄡˊ）

近：強本節用

反：坐吃山空

釋義 開發水源，並節省用水。比喻在錢財上增加收入，節省開銷。

範例 不肯「開源節流」，只幻想有一天能中樂透，這樣永遠不可能變成有錢人。

開誠布公（ㄎㄞ ㄔㄥˊ ㄅㄨˋ ㄍㄨㄥ）

近：開誠相見

反：明爭暗鬥

釋義 敞開胸懷，揭示誠意。形容人在發表或交換意見時態度誠懇，能坦白無私地說出自己的看法。

範例 這次的聚會，正是希望大家能「開誠布公」，不要因為把事情悶在心裡而產生任何誤會。

間不容髮（ㄐㄧㄢˋ ㄅㄨˋ ㄖㄨㄥˊ ㄈㄚˇ）

近：刻不容緩

釋義 距離極近，中間不能放進一根頭髮。比喻情勢危急到了極點。

範例 在這「間不容髮」的狀況下，還好有熱心民眾按下了緊急按鈕，火車才沒有撞上卡在平交道上的小客車。

陽奉陰違（ㄧㄤˊ ㄈㄥˋ ㄧㄣ ㄨㄟˊ）

近：口是心非

反：表裡如一

釋義 表面遵從，暗地違背。

範例 他仗著自己能力強，公司少不了他，對經理的指示向來是「陽奉陰違」。

雅俗共賞（ㄧㄚˇ ㄙㄨˊ ㄍㄨㄥˋ ㄕㄤˇ）

釋義 不論是文化水準高的「雅人」，或沒有文化的「俗人」都能欣賞。形容某種藝術創作優美、通俗，趣味合於大眾的口味，所以不論文化水準高低都能夠欣賞。

範例 這部電影雖然探討嚴肅的生命議題，但經由導演巧妙的安排，卻能達到「雅俗共賞」的效果。

雄才大略（ㄒㄩㄥˊ ㄘㄞˊ ㄉㄚˋ ㄌㄩㄝˋ）

近：胸中甲兵

反：庸碌無能

釋義 偉大的才能和謀略。

範例 憑藉著「雄才大略」，與良將賢臣的輔助，唐太宗開創史上著名的貞觀之治，連西域各國都尊崇不已。

集思廣益（ㄐㄧˊ ㄙ ㄍㄨㄤˇ ㄧˋ） **近**：博採眾議 **反**：獨斷專行

釋義 集合眾人的意見和智慧，可以收到更大更好的效果。

範例 全班同學「集思廣益」，一起討論校慶的表演節目。

集腋成裘（ㄐㄧˊ ㄧㄝˋ ㄔㄥˊ ㄑㄧㄡˊ） **近**：聚沙成塔

釋義 狐狸腋下的皮雖然很小，但是許多塊聚集起來就能縫製成一件皮衣。比喻積少可以成多。

範例 靠著社會大眾的熱心捐款，「集腋成裘」，風災受災戶新家園的重建資金終於有眉目了。

雲淡風輕（ㄩㄣˊ ㄉㄢˋ ㄈㄥ ㄑㄧㄥ） **近**：風輕雲淡

釋義 流雲淡薄、和風輕拂。形容天氣晴好。

範例 那些陳年往事早已「雲淡風輕」，不需再去計較。

順手牽羊（ㄕㄨㄣˋ ㄕㄡˇ ㄑㄧㄢ ㄧㄤˊ）

釋義 順手把人家的羊牽走，比喻乘機拿走人家的東西。

範例 那個婦人在大賣場中「順手牽羊」的行為，全被監視器拍了下來。

順水推舟（ㄕㄨㄣˋ ㄕㄨㄟˇ ㄊㄨㄟ ㄓㄡ） **近**：因利乘便 **反**：逆風撐船

釋義 比喻順勢或利用機會達成某種目的。

範例 看他半推半就的樣子，大家就「順水推舟」，讓他當上班代表。

不要誤用 「順水推舟」僅指見機行事，順勢應付事態發展；「因勢利導」則有主動利用情勢，導引事情往正常道路發展的意思。

順理成章（ㄕㄨㄣˋ ㄌㄧˇ ㄔㄥˊ ㄓㄤ） **近**：理所當然 **反**：逆天悖理

釋義 文章或事情完成得很合理、自然，毫不勉強。

範例：父親過世後，他「順理成章」的繼承了餐廳，繼續為老顧客烹調記憶中的美味。

順藤摸瓜 ㄕㄨㄣˋ ㄊㄥˊ ㄇㄛ ㄍㄨㄚ

釋義：順著瓜藤就可以摸到瓜。比喻沿著線索追查，自然可以獲得結果。

範例：我們「順藤摸瓜」，沿線追查，終於弄清楚整件事情的來龍去脈。

飲水思源 ㄧㄣˇ ㄕㄨㄟˇ ㄙ ㄩㄢˊ

近：不忘溝壑　**反**：數典忘祖

釋義：喝水要想到水源。比喻人不忘本。

範例：每個人邁向成功的過程中，都曾受到許多人的幫助，因此要懂得「飲水思源」，感恩回饋。

飲鴆止渴 ㄧㄣˇ ㄓㄣˋ ㄓˇ ㄎㄜˇ

近：剜肉補瘡

釋義：喝毒酒來止渴。比喻只顧著解決目前的問題，不顧後患。

範例：這個做法不過是「飲鴆止渴」，將來必然會產生許多想不到的麻煩。

黃袍加身 ㄏㄨㄤˊ ㄆㄠˊ ㄐㄧㄚ ㄕㄣ

近：黃袍加體

釋義：比喻在政變中受到擁戴而登上帝位。

範例：在政局極不穩定的地區，叛軍領袖「黃袍加身」的事情時有所聞。

黃粱一夢 ㄏㄨㄤˊ ㄌㄧㄤˊ ㄧˊ ㄇㄥˋ

近：南柯一夢　**反**：有志竟成

釋義：煮一鍋小米飯的時間裡做了一場好夢。比喻人生的榮辱、富貴無常。

範例：富貴名利不過是「黃粱一夢」，何必如此汲汲營營，以致喪失自我？

文史趣談　只是在作夢

你常做夢嗎，都夢到些什麼呢？唐朝有個〈枕中記〉的故事，描述有位姓盧的書生在客店裡遇到一位道士，道士借給他一個枕頭睡覺，這時店主人正在煮黃粱（小米）飯。書生在睡夢中當了大官，享盡榮華富貴，但等到書生一覺醒來，店主人的黃粱飯居然還沒有煮熟呢。原來一切美妙的事情都只是在做夢啊！

揠苗助長（ㄧㄚˋ ㄇㄧㄠˊ ㄓㄨˋ ㄓㄤˇ）

近：欲速不達
反：循序漸進

釋義 比喻使用不恰當的手段，急著要達成目標，結果反而把事情弄糟。

範例 你這樣「揠苗助長」，難怪陽臺的盆栽會枯死了。

不要誤用 「揠苗助長」強調急於求成的行動；「欲速不達」則強調急於求成的結果。

文史趣談 呆呆農夫拔秧苗

好辯的孟子，其實很會利用小故事來宣傳學說，其中「揠苗助長」的寓言是最有名的：宋國有個呆呆的農夫，他很喜歡自作聰明。有一天他心血來潮，想讓田裡的秧苗長快一點，居然一株株把它們都拉高些，看起來就好像一瞬間都長大了。隔天，田裡的秧苗因為根部吸不到水都枯死了，好笑的是，這個農夫還弄不清楚是什麼原因呢。

十三畫

債臺高築（ㄓㄞˋ ㄊㄞˊ ㄍㄠ ㄓㄨˊ）

近：負債累累
反：腰纏萬貫

釋義 形容欠債很多。

範例 他因為投資失利而「債臺高築」，為了躲債，只好暫時逃到國外去。

文史趣談 躲債的國君

現在有「卡奴」或被地下錢莊逼著還債的人，但那都不稀奇，古代竟然還有國君欠下一屁股債呢！《漢書》中曾提到「逃債臺」，那是周朝最後一位國君周赧王為了支付聯軍對抗秦國的費用，向國內富豪借錢。結果後來組合聯軍失敗，周赧王還不出錢，只得跑到一座高臺上躲避上門討債的富豪，實在狼狽極了。

傾盆大雨（ㄑㄧㄥ ㄆㄣˊ ㄉㄚˋ ㄩˇ）

近：滂沱大雨
反：牛毛細雨

釋義 比喻雨勢急驟，像大盆水傾注而下。

範例 那一場「傾盆大雨」，

讓原本乾到連池底都裂了縫的水池，又重新注滿了水。

傾家蕩產（ㄑㄧㄥ ㄐㄧㄚ ㄉㄤˋ ㄔㄢˇ）

近：傾家竭產　**反：**興家立業

釋義 把全部家產用盡。

範例 多少人因為賭博而「傾家蕩產」，卻仍執迷不悟。

傾國傾城（ㄑㄧㄥ ㄍㄨㄛˊ ㄑㄧㄥ ㄔㄥˊ）

近：花容月貌　**反：**醜勝無鹽

釋義 使全國、全城的人都為她傾倒著迷。形容女子極其美麗。

範例 她靠著「傾國傾城」的容貌，總是對拜倒石榴裙下的男士頤指氣使。

傷天害理（ㄕㄤ ㄊㄧㄢ ㄏㄞˋ ㄌㄧˇ）

近：喪盡天良　**反：**樂善好施

釋義 形容做事違背天理，過於凶狠殘忍，滅絕人性。

範例 他做出這種「傷天害理」的事，因而成為萬人唾罵的目標。

傷風敗俗（ㄕㄤ ㄈㄥ ㄅㄞˋ ㄙㄨˊ）

近：有傷風化　**反：**民淳俗厚

釋義 敗壞良好風俗。常用來責備人行為不正當。

範例 居然在莊嚴肅穆的葬禮上請來鋼管舞女郎，也未免太「傷風敗俗」了吧？

勤能補拙（ㄑㄧㄣˊ ㄋㄥˊ ㄅㄨˇ ㄓㄨㄛˊ）

釋義 勤奮努力可以彌補自己天生的笨拙。

範例 所謂「勤能補拙」，成功與否和天份並沒有必然關係，一切端看努力。

勢不兩立（ㄕˋ ㄅㄨˋ ㄌㄧㄤˇ ㄌㄧˋ）

近：不共戴天　**反：**親密無間

釋義 彼此的仇恨非常深，不能共存。

範例 他倆因為理念不同，竟鬧到「勢不兩立」，實在非常可惜。

勢在必行（ㄕˋ ㄗㄞˋ ㄅㄧˋ ㄒㄧㄥˊ）

釋義 情況已發展到必須採取措施的程度。

範例 為了提高生育率，保障

婦女的產假與育嬰假是「勢在必行」。

勢如破竹 ㄕˋ ㄖㄨˊ ㄆㄛˋ ㄓㄨˊ

近：銳不可當
反：節節敗退

釋義 形勢像破竹子一樣，劈開幾節之後，下面的部分就順著刀子分開來了。形容作戰或工作節節勝利，毫無阻礙。

範例 我隊一路「勢如破竹」，頻頻得分，對手完全被壓著打，毫無反攻的餘地。

不要誤用 「勢如破竹」用在強調節節勝利或進展順利，毫無阻礙時；「勢不可當」、「銳不可當」則強調氣勢強勁，不可抵擋。

勢均力敵 ㄕˋ ㄐㄩㄣ ㄌㄧˋ ㄉㄧˊ

近：棋逢對手
反：卵石不敵

釋義 雙方力量相等，不分上下。

範例 一面倒的比賽，實在不如「勢均力敵」、僵持拉鋸來得精彩。

不要誤用 「勢均力敵」一般只指勢力、力量大小相當；「銖兩悉稱」、「不相上下」則可指力量大小、勢力強弱相當，也可指數量多少、質量優劣、輕重、程度高低等相當，使用範圍較廣。

嗤之以鼻 ㄔ ㄓ ㄧˇ ㄅㄧˊ

近：睥而視之
反：刮目相看

釋義 自鼻子發出冷笑聲，表示輕蔑、瞧不起。

範例 他一直在為夢想努力，你怎能對此「嗤之以鼻」？

微乎其微 ㄨㄟ ㄏㄨ ㄑㄧˊ ㄨㄟ

釋義 少數之中的少數。形容數量非常的少。

範例 人被掉落的人造衛星打中的機會是「微乎其微」，不必太過擔心。

微言大義 ㄨㄟ ㄧㄢˊ ㄉㄚˋ ㄧˋ

近：微言精義

釋義 泛指精微的語言中所包含的深遠意義。

範例 《論語》這本書包含了許多「微言大義」，是國人必讀的經典。

意氣用事（ㄧˋ ㄑㄧˋ ㄩㄥˋ ㄕˋ）　**近：**感情用事

釋義　憑個人主觀、偏激而產生的任性情緒來處理事情。

範例　這件事關係許多人的權益，必須謹慎以對，千萬不能「意氣用事」。

意興闌珊（ㄧˋ ㄒㄧㄥˋ ㄌㄢˊ ㄕㄢ）

釋義　興致低落。

範例　一聽那家知名餐廳必須排隊兩小時才吃得到，他就有點「意興闌珊」了。

感同身受（ㄍㄢˇ ㄊㄨㄥˊ ㄕㄣ ㄕㄡˋ）

釋義　心裡感激得就像親身受到對方的恩惠一樣（多用於代人向對方致謝）。或表示心裡的感覺就像親身經歷一樣。

範例　你的遭遇我是「感同身受」，今後一定會盡力提供協助。

感恩圖報（ㄍㄢˇ ㄣ ㄊㄨˊ ㄅㄠˋ）　**近：**一飯千金　**反：**忘恩負義

釋義　感謝別人曾經施予的恩惠，想辦法來回報對方。比喻設法報答別人對自己的恩情。

範例　懂得「感恩圖報」，下次再遇到困難，別人才願意伸出援手。

感銘五內（ㄍㄢˇ ㄇㄧㄥˊ ㄨˇ ㄋㄟˋ）

釋義　比喻對別人的感激，永遠記在心中。

範例　搜救隊奮不顧身的救人行為，讓風災受災戶「感銘五內」。

想入非非（ㄒㄧㄤˇ ㄖㄨˋ ㄈㄟ ㄈㄟ）　**近：**胡思亂想　**反：**腳踏實地

釋義　比喻脫離實際，幻想無法實現的事。

範例　這張海報只有心術不正的人才會「想入非非」。

愛不釋手（ㄞˋ ㄅㄨˋ ㄕˋ ㄕㄡˇ）　**近：**愛不忍釋　**反：**棄若敝屣

釋義　喜愛到不肯放手的地步。

範例　那些精細手工串珠飾品，讓很多人「愛不釋手」。

愛屋及烏（ㄞˋ ㄨ ㄐㄧˊ ㄨ）

釋義 愛那座屋子而連帶地喜歡停留在屋頂上的烏鴉。比喻愛那個人而連帶地喜愛跟他有關係的人或物。

範例 他對我這麼照顧，其實是因為喜歡我姊姊才「愛屋及烏」。

愛莫能助（ㄞˋ ㄇㄛˋ ㄋㄥˊ ㄓㄨˋ）

反： 有求必應

釋義 原意是因為隱而不見，所以無法幫助。後指雖然同情，但無力幫助。

範例 這個問題超出我的能力範圍，實在是「愛莫能助」。

惹是生非（ㄖㄜˇ ㄕˋ ㄕㄥ ㄈㄟ）

近： 招風攬火

反： 安分守己

釋義 招惹是非，引起爭端、製造麻煩。

範例 那群小混混總是在附近「惹是生非」，攪得左鄰右舍不得安寧。

愁雲慘霧（ㄔㄡˊ ㄩㄣˊ ㄘㄢˇ ㄨˋ）

近： 雲愁霧慘

釋義 形容淒慘暗淡的景象。

範例 自從他被裁員，全家的經濟便陷入「愁雲慘霧」之中。

慎終追遠（ㄕㄣˋ ㄓㄨㄥ ㄓㄨㄟ ㄩㄢˇ）

釋義 辦理喪事必須謹慎敬重，祭祀祖先，雖然時間久遠，仍必須保持誠敬追念。

範例 清明節掃墓，就是一種「慎終追遠」的表現。

搜索枯腸（ㄙㄡ ㄙㄨㄛˇ ㄎㄨ ㄔㄤˊ）

近： 絞盡腦汁

反： 不假思索

釋義 比喻絞盡腦汁，拚命苦思苦想（多用在寫作時）。

範例 我每次寫作文，都要盯著稿紙坐上好半天，即使「搜索枯腸」，還是沒有半點靈感。

搖尾乞憐（ㄧㄠˊ ㄨㄟˇ ㄑㄧˇ ㄌㄧㄢˊ）

近： 乞哀告憐

釋義 狗搖著尾巴向主人乞求愛憐。形容卑躬屈膝地逢迎、諂媚別人，希望得到一點好處。

範例 那些平時趨炎附勢、「搖尾乞憐」的人，一旦出了事，絕對跑得比誰都快。

搖搖欲墜 近：岌岌可危 反：安如磐石

釋義 形容極不牢固、快要倒塌崩落的樣子。

範例 颱風過後，此區土質鬆動，山石「搖搖欲墜」，十分危險。

敬老尊賢

釋義 敬重年老的和有才能、有道德的人。

範例 不論時代再怎麼改變，年輕人都要懂得「敬老尊賢」。

敬而遠之 近：恭而遠之

釋義 原指尊敬鬼神而又不宜接近。後形容對某人或事物不得罪也不接近。

範例 對於菸、酒、檳榔這些不良嗜好品，爸爸一向是「敬而遠之」。

新陳代謝 近：吐故納新 反：一成不變

釋義 新的、舊的變化、循環。指生物體更新除舊的過程。也泛指一切事物除舊更新的過程。

範例 運動可以加速人體的「新陳代謝」，維持健康。

暗箭傷人 近：為鬼為蜮 反：正大光明

釋義 比喻暗中用手段陷害別人。

範例 職場小人「暗箭傷人」的行為，最讓人痛惡。

不要誤用 「暗箭傷人」使用的陰險手段包括語言、行動，文的、武的都可；「含沙射影」的手段則只指語言、文字等方面進行毀謗，另有影射某人某事的意思。

楚材晉用

釋義 楚國的人才為晉國所用。比喻本國的人才外流，被別國聘用。

範例 政府必須設法解決人才外流、「楚材晉用」的情形。

楚楚可憐

釋義 形容嬌弱而令人愛憐的樣子。

範例 那位賣花少女「楚楚可憐」的模樣，激起許多顧客的同情心。

溫文爾雅　近：雍容嫻雅

釋義 形容人的態度溫和，舉止端正。

範例 那位「溫文爾雅」的賓客，一到場就吸引眾人目光。

不要誤用 「溫文爾雅」是內外兼備；「彬彬有禮」則偏重於外在行為對人有禮貌。

溫故知新

釋義 溫習已學過的東西，又有新的體會，獲得新的知識。

範例 學習必須經常「溫故知新」，知識才會變成自己的。

滄海一粟　近：九牛一毛

釋義 有如大海中的一粒穀子。比喻非常渺小。

範例 臺灣相對於整個世界不過是「滄海一粟」，我們必須學會放眼國際。

滄海桑田　近：白雲蒼狗　反：始終如一

釋義 大海變為桑田，桑田變為大海。比喻世事變化很大，人生無常。

範例 留學幾年回來，沒想到「滄海桑田」，家鄉的景物都快教人認不出來了。

不要誤用 「滄海桑田」著重指世事的變化非常大；「事過境遷」則指事情過後，環境也改變了。

滄海遺珠　反：野無遺賢

釋義 大海裡的珍珠被採珠者所遺漏。比喻埋沒人才或被埋沒的人才。

範例 如今就業市場僧多粥少，面試時難免「滄海遺珠」。

滔滔不絕　近：口若懸河　反：拙口鈍辭

釋義 形容話多而連續不斷。

範例 他非常愛講話，一開口就「滔滔不絕」，經常讓我聽得耳朵都快長繭了。

不要誤用 「滔滔不絕」指說話流利，連續不斷；「呶呶不休」著重於說話嘮叨、囉嗦；「侃侃而談」則偏重於說話時的從容神態。

煙波萬頃（ㄧㄢ ㄅㄛ ㄨㄢˋ ㄑㄧㄥˇ）

近：煙波浩渺

釋義 指廣大的水面上瀰漫著朦朧的霧氣。形容煙霧瀰漫的廣闊水域。

範例 日月潭清晨那「煙波萬頃」的景致，如夢似幻，宛若仙境。

煥然一新（ㄏㄨㄢˋ ㄖㄢˊ ㄧˋ ㄒㄧㄣ）

近：萬象更新

反：一成不變

釋義 光彩耀眼，好像新的一樣。形容發出光彩，呈現嶄新的面貌或氣象。

範例 教室經過大家的重新布置，整個「煥然一新」，大家上課時精神似乎也更好了呢。

瑕瑜互見（ㄒㄧㄚˊ ㄩˊ ㄏㄨˋ ㄐㄧㄢˋ）

近：瑕瑜錯陳

反：白璧無瑕

釋義 形容物品本身優缺點並存。或指優劣的人事物並存。

範例 因為人不是機器，所以這批純手工的飾品難免有「瑕瑜互見」的狀況。

不要誤用 「瑕瑜互見」表示既有優點也有缺點；「瑕不掩瑜」則強調缺點遮不住優點。

當之無愧（ㄉㄤ ㄓ ㄨˊ ㄎㄨㄟˋ）

釋義 指接受某種稱號或榮譽，完全承當得起。

範例 他對捷運的建造歷程、運作原理、構造、路線、相關活動等無不瞭若指掌，捷運達人的封號，「當之無愧」。

當仁不讓（ㄉㄤ ㄖㄣˊ ㄅㄨˋ ㄖㄤˋ）

近：義不容辭

反：臨陣脫逃

釋義 表示遇到應該做的事，就要積極、主動地去做，毫不推辭。

範例 我是本校書法冠軍，這次要代表學校參加全縣比賽，自然「當仁不讓」。

不要誤用 「當仁不讓」是從情理上著眼，對事敢於主動承當，積極主動；「義不容辭」

是在道義上應該這樣做，推託不得；「責無旁貸」則偏重職責之內應當去做。

當務之急（ㄉㄤ ㄨˋ ㄓ ㄐㄧˊ）　**近：**當今之務　**反：**不急之務

釋義 當前所有應做的事中最緊要、急迫的。

範例 公司現今的「當務之急」，就是先解決人才流失的危機。

不要誤用 「當務之急」指目前最應該先做的要緊事；「燃眉之急」則形容目前的事極為急迫。

當機立斷（ㄉㄤ ㄐㄧ ㄌㄧˋ ㄉㄨㄢˋ）　**近：**毅然決然　**反：**舉棋不定

釋義 形容事情到了關鍵時刻，能毫不猶豫地作出決斷。

範例 身為公司負責人，必須要有「當機立斷」的本領，才不會延誤時機，造成損失。

不要誤用 「當機立斷」強調關鍵時刻果決地作出決定；「毅然決然」則側重行事時態度堅決。

當頭棒喝（ㄉㄤ ㄊㄡˊ ㄅㄤˋ ㄏㄜˋ）　**近：**暮鼓晨鐘

釋義 比喻給人嚴重的警告或打擊。

範例 媽媽的「當頭棒喝」，讓他驀然省悟，了解到自己過去的行為是多麼荒唐。

萬人空巷（ㄨㄢˋ ㄖㄣˊ ㄎㄨㄥ ㄒㄧㄤˋ）　**近：**人山人海

釋義 形容人潮湧出，非常轟動、熱鬧的情景。

範例 當年黃梅戲風行時，曾造成「萬人空巷」的盛況。

不要誤用 「萬人空巷」特指因為轟動而造成人群湧出；「人山人海」則形容人多塞滿某處的景象。

萬劫不復（ㄨㄢˋ ㄐㄧㄝˊ ㄅㄨˋ ㄈㄨˋ）　**反：**萬劫不朽

釋義 永遠不能恢復原狀、舊觀（多指人的行為、命運）。

範例 他沉迷賭博，已經到了「萬劫不復」的境地，就算剁掉手指，恐怕還能用腳趾擲骰子呢！

萬念俱灰（ㄨㄢˋ ㄋㄧㄢˋ ㄐㄩˋ ㄏㄨㄟ）　**近：**萬念皆灰

釋義 一切想法和打算都破滅了。形容失意或遭受沉重打擊後，極端灰心失望的心情。

範例 他得知自己再度落榜的消息，頓時「萬念俱灰」。

不要誤用 「萬念俱灰」多形容遭受極其沉重打擊後的失望心情，不宜形容一時的灰心失望；「心灰意懶」則可形容長期或一時的灰心失望。

萬眾一心（ㄨㄢˋ ㄓㄨㄥˋ ㄧ ㄒㄧㄣ）

釋義 千萬人同一條心。形容全國上下團結齊心。

範例 全國人民必須展現「萬眾一心」的團結意志，才能克服這個大難關。

萬無一失（ㄨㄢˋ ㄨˊ ㄧ ㄕ）

近：十拿九穩　**反**：百密一疏

釋義 形容絕對不會出差錯，非常有把握。

範例 不同時期的情況並不相同，別以為照著前輩經驗做就「萬無一失」。

萬紫千紅（ㄨㄢˋ ㄗˇ ㄑㄧㄢ ㄏㄨㄥˊ）

近：姹紫嫣紅

釋義 形容百花盛開的景象。

範例 春天時，士林官邸「萬紫千紅」的美景，吸引許多民眾前往賞花。

不要誤用 「萬紫千紅」指花種繁多、色彩繽紛；「姹紫嫣紅」偏重形容花朵的艷麗。

萬象更新（ㄨㄢˋ ㄒㄧㄤˋ ㄍㄥ ㄒㄧㄣ）

近：煥然一新　**反**：依然如故

釋義 一切事物或景象都呈現出新的樣子，變得煥然一新。

範例 春回大地，「萬象更新」，希望新的一年，每件事都有好的開始。

萬壽無疆（ㄨㄢˋ ㄕㄡˋ ㄨˊ ㄐㄧㄤ）

近：壽比南山　**反**：天不假年

釋義 祝賀人健康長壽。

範例 所有兒孫都回來祝賀爺爺「萬壽無疆」，讓過九十大壽的爺爺非常開心。

萬籟俱寂（ㄨㄢˋ ㄌㄞˋ ㄐㄩˋ ㄐㄧˊ）

近：鴉默雀靜　**反**：人聲鼎沸

釋義 萬物無聲。形容周圍環境非常寂靜。

範例 夜空下的擎天崗，「萬籟俱寂」，只有遙遠的星星，灑下清冷的微光。

不要誤用 「鴉雀無聲」偏重在表示人聲突然消失或人們都閉口不說話；「萬籟俱寂」則是指戶外自然環境安靜，沒有任何聲音。

節外生枝（ㄐㄧㄝˊ ㄨㄞˋ ㄕㄥ ㄓ）

近：橫生枝節
反：一帆風順

釋義 枝節上又生出杈枝。比喻在原有問題之外，又增加了新問題。

範例 事情牽涉越多人，就越可能「節外生枝」。

節衣縮食（ㄐㄧㄝˊ ㄧ ㄙㄨㄛ ㄕˊ）

近：省吃儉用
反：日食萬錢

釋義 節省衣服和飲食上的花費。形容生活非常節儉。

範例 他每天「節衣縮食」，就是希望能存錢買一棟屬於自己的房子。

節哀順變（ㄐㄧㄝˊ ㄞ ㄕㄨㄣˋ ㄅㄧㄢˋ）

釋義 勸喪家要抑制悲哀，順應變故。為吊唁之辭。

範例 事情既然已經發生了，就請您「節哀順變」，保重身體要緊。

置之度外（ㄓˋ ㄓ ㄉㄨˋ ㄨㄞˋ）

近：置之腦後
反：耿耿於懷

釋義 不放在考慮之中，即不把它放在心上。

範例 消防人員為了救災而將個人安危「置之度外」的精神非常偉大。

不要誤用 「置之度外」強調不列入考慮；「置之不理」強調不加以理睬；「置身事外」強調自己與事情無關；「置之腦後」強調忽視淡忘；「置若罔聞」強調明明聽到卻故意不作反應；「超然物外」則強調超脫現實塵世之外。

置若罔聞（ㄓˋ ㄖㄨㄛˋ ㄨㄤˇ ㄨㄣˊ）

近：充耳不聞

釋義 放在一邊不加理睬，好像沒有聽見。

範例 長輩的意見都是他們人

生經驗的累積，千萬不可「置若罔聞」。

不要誤用 「置若罔聞」偏重於不理睬，適用於對警告、請求、聲明、抗議、勸阻、批評等事的聽聞；「置之度外」則偏重於不考慮，適用於對安危、苦樂、生死等問題的思索決定。

罪有應得（ㄗㄨㄟˋ ㄧㄡˇ ㄧㄥ ㄉㄜˊ）

近：咎有應得

釋義 根據所犯的罪過，理應得到的結果或下場。表示受到的懲罰一點也不冤枉。

範例 他會落得眾叛親離的下場，完全是「罪有應得」。

罪魁禍首（ㄗㄨㄟˋ ㄎㄨㄟˊ ㄏㄨㄛˋ ㄕㄡˇ）

近：始作俑者

釋義 指領導作惡犯罪的壞人。現多指引起某件禍事的主要人物。

範例 造成這次大淹水的「罪魁禍首」，就是這一堆阻塞大排水溝的垃圾。

經年累月（ㄐㄧㄥ ㄋㄧㄢˊ ㄌㄟˇ ㄩㄝˋ）

近：累月經年

釋義 形容經歷了很長很長的時間。

範例 此處獨特的地形，是「經年累月」的風吹雨打造所成的。

義不容辭（ㄧˋ ㄅㄨˋ ㄖㄨㄥˊ ㄘˊ）

近：當仁不讓　**反**：推三阻四

釋義 在道義上不容許推辭，必須擔任。

範例 能幫上老師的忙是我的榮幸，我當然「義不容辭」。

不要誤用 「義不容辭」強調積極承擔、不容許推託；「義無反顧」則強調勇往直前、不退縮。

義無反顧（ㄧˋ ㄨˊ ㄈㄢˇ ㄍㄨˋ）

近：勇往直前　**反**：打退堂鼓

釋義 本著正義，通往直前，即使遭遇困難也絕不退縮。

範例 那些充滿熱血的年輕醫師「義無反顧」地投入偏鄉的巡迴醫療工作。

義憤填膺（ㄧˋ ㄈㄣˋ ㄊㄧㄢˊ ㄧㄥ）

近：義氣填胸

釋義 因正義而激起的憤怒充滿胸中。形容滿腔憤怒。

範例 那些故意阻礙救災的行為，總讓人「義憤填膺」。

不要誤用 「義憤填膺」指正義的憤怒充滿胸中；「悲憤填膺」則強調悲痛和憤怒充滿胸中，不一定是基於正義。

群龍無首（ㄑㄩㄣˊ ㄌㄨㄥˊ ㄨˊ ㄕㄡˇ）　**近：**一盤散沙

釋義 比喻一個團體或機構失去了領導人。

範例 自從老闆失蹤以後，這家公司就陷入「群龍無首」的狀態。

肆無忌憚（ㄙˋ ㄨˊ ㄐㄧˋ ㄉㄢˋ）　**近：**為所欲為　**反：**循規蹈矩

釋義 任意妄為，毫無顧忌和畏懼。

範例 就算再怎麼理直氣壯，這樣「肆無忌憚」的當面批評，絕對會引起對方反感。

腥風血雨（ㄒㄧㄥ ㄈㄥ ㄒㄩㄝˇ ㄩˇ）　**近：**血雨腥風　**反：**歌舞昇平

釋義 風中帶有腥味，鮮血四濺得像下雨一樣。形容殺戮的慘狀。

範例 武俠小說中許多武林高手，最後都希望能隱居山林，擺脫江湖上的「腥風血雨」。

腳踏實地（ㄐㄧㄠˇ ㄊㄚˋ ㄕˊ ㄉㄧˋ）　**近：**穩紮穩打　**反：**好高騖遠

釋義 比喻做事踏實穩健，實事求是，不浮誇。

範例 那位企業家能夠有今日的成就，完全是「腳踏實地」、刻苦不懈而來。

腦滿腸肥（ㄋㄠˇ ㄇㄢˇ ㄔㄤˊ ㄈㄟˊ）　**近：**腸肥腦滿　**反：**形銷骨立

釋義 形容生活優裕、飽食終日而無所用心的樣子。

範例 他每天都固定安排運動和讀書的時間，避免讓自己變得「腦滿腸肥」。

落井下石（ㄌㄨㄛˋ ㄐㄧㄥˇ ㄒㄧㄚˋ ㄕˊ）　**近：**下井投石　**反：**雪中送炭

釋義 比喻別人有危難時，趁機陷害。

範例 多年好友居然趁他生意失敗時「落井下石」，讓他大受打擊。

不要誤用 「落井下石」指趁別人遇到危險時故意加以打擊、陷害；「乘人之危」則泛指趁人遭到危險時運用要挾、脅迫、引誘等手段，希望達到個人目的。

落花流水 ㄌㄨㄛˋ ㄏㄨㄚ ㄌㄧㄡˊ ㄕㄨㄟˇ

釋義 花凋落，隨流水飄去。形容暮春時花朵衰敗凋殘的景象。也比喻零落殘亂，狼狽不堪的狀況。

範例 我隊由於實力堅強，三兩下就把對手打得「落花流水」，輕輕鬆鬆贏得這場比賽的冠軍。

不要誤用 「落花流水」表示不可收拾、衰敗零落的樣子，常形容花凋零或打敗仗等；「屁滾尿流」則誇大了狼狽不堪的窘態，常形容人驚慌恐懼的樣子。

落荒而逃 ㄌㄨㄛˋ ㄏㄨㄤ ㄦˊ ㄊㄠˊ

釋義 形容逃亡時十分匆促，無暇選擇道路。

範例 竊賊被屋主發現後，嚇得「落荒而逃」，連鞋子掉了都不知道。

葉落歸根 ㄧㄝˋ ㄌㄨㄛˋ ㄍㄨㄟ ㄍㄣ

近：狐死首丘

反：背鄉離井

釋義 比喻人客居異地，老而還鄉，不忘本源。

範例 在國外旅居多年，他的心願是年老時能「葉落歸根」，回到故土。

不要誤用 「葉落歸根」多用於要返回故土；「飲水思源」則多用於報答恩德。

裝腔作勢 ㄓㄨㄤ ㄑㄧㄤ ㄗㄨㄛˋ ㄕˋ

近：矯揉造作

反：天真爛漫

釋義 故意裝出一種腔調，作出一種姿態。形容人故意做作的姿態。

範例 大家都知道他那看似強悍的樣子不過是「裝腔作勢」而已。

不要誤用 「裝腔作勢」偏重於不真實；「矯揉造作」則偏重於不自然。

裝聾作啞（ㄓㄨㄤ ㄌㄨㄥˊ ㄗㄨㄛˋ ㄧㄚˇ） **近：**裝瘋賣傻

釋義 假裝耳聾口啞，什麼也沒聽見，什麼也不說。形容故意裝作不聞不問，置身事外。

範例 那位捲入緋聞事件的藝人每次被媒體問到關鍵性問題，就「裝聾作啞」。

詰屈聱牙（ㄐㄧㄝˊ ㄑㄩ ㄠˊ ㄧㄚˊ） **近：**艱深晦澀 **反：**琅琅上口

釋義 形容文句曲折艱澀，讀起來不順口。

範例 文章若「詰屈聱牙」，就會大大降低了傳達思想的效果。

誠惶誠恐（ㄔㄥˊ ㄏㄨㄤˊ ㄔㄥˊ ㄎㄨㄥˇ） **近：**戰戰兢兢

釋義 原是古代臣子對皇帝上奏章時常用的套語，表示他們既尊敬、服從，又恐懼不安的樣子。現在泛用以形容尊敬、服從或非常敬謹不安的樣子。

範例 他第一次在老闆面前做簡報，不免「誠惶誠恐」。

不要誤用 「誠惶誠恐」偏重於謹慎不安；「戰戰兢兢」則偏重於小心害怕。

話不投機（ㄏㄨㄚˋ ㄅㄨˋ ㄊㄡˊ ㄐㄧ）

釋義 形容談話時彼此意見不合，難以多言。

範例 他倆「話不投機」，同桌吃飯非常尷尬。

運籌帷幄（ㄩㄣˋ ㄔㄡˊ ㄨㄟˊ ㄨㄛˋ） **近：**決勝千里

釋義 在帳幕之內策畫軍事謀略。引申為籌畫、指揮。

範例 能幹的候選人背後，總是少不了善於「運籌帷幄」的幕僚。

遊刃有餘（ㄧㄡˊ ㄖㄣˋ ㄧㄡˇ ㄩˊ） **近：**運斤成風 **反：**手忙腳亂

釋義 比喻工作熟練，技巧嫻熟，能勝任愉快。

範例 我對做菜非常在行，這次的餐會交給我來辦是「游刃有餘」。

不要誤用 「游刃有餘」偏重指做事有經驗、能力強，輕而易舉就能完成；「應付裕如」偏重指對人對事很有辦法，應對從容；「綽綽有餘」則泛指應付寬裕。

遊手好閒　**近**：無所事事　**反**：夙興夜寐

釋義 形容人終日遊蕩、懶散，無所事事。

範例 年輕時若整天「遊手好閒」，將來年紀大了吃虧的是自己。

道貌岸然　**近**：一本正經　**反**：嬉皮笑臉

釋義 形容外貌嚴肅、正經的樣子。

範例 那位「道貌岸然」的官員，沒想到竟會捲入這起桃色醜聞。

不要誤用 「道貌岸然」偏於莊嚴、高傲，多指表情；「一本正經」則偏重在嚴肅、拘謹、認真，多指態度。

道聽塗說　**近**：街談巷語　**反**：耳聞目睹

釋義 從路上聽來的話又在路上轉告他人。指沒有根據的傳說。

範例 必須用自己的智慧去判斷是非，不要輕信「道聽塗說」的謠言。

不要誤用 「道聽塗說」是散播未經求證的消息；「以訛傳訛」則是散播錯誤的消息。

逼人太甚

釋義 比喻對人壓迫，毫不留餘地。

範例 做人必須留餘地，不能「逼人太甚」。

違心之論

釋義 違背原本心意的言論

範例 他說的話其實都是些「違心之論」，你千萬別被影響了心情。

遇人不淑

釋義 遇到個不善良的人。原指女子所嫁非人。後也泛指結交了不好的人。

範例 男怕入錯行，女怕嫁錯郎，「遇人不淑」將影響後半輩子的幸福。

過目不忘（ㄍㄨㄛˋ ㄇㄨˋ ㄅㄨˋ ㄨㄤˋ）

釋義 形容記憶力特別強。

範例 每個學生都希望能擁有「過目不忘」的本事，就不用害怕考試了。

過江之鯽（ㄍㄨㄛˋ ㄐㄧㄤ ㄓ ㄐㄧˋ）

釋義 形容趕時髦的人很多。也用來比喻來往的人很多。

範例 為了考上公職，捧鐵飯碗，每年在補習班進出的人多如「過江之鯽」。

過河拆橋（ㄍㄨㄛˋ ㄏㄜˊ ㄔㄞ ㄑㄧㄠˊ） **近：**忘恩負義 **反：**投桃報李

釋義 渡河後，就把橋拆除。比喻人忘恩負義。

範例 別忘記他上次「過河拆橋」的行為，你確定這次還要幫助他嗎？

文史趣談 **不得已把橋拆了**

《元史》記載：元順帝打算廢除科舉制度，有個叫許有王的大臣，是通過科舉才當官的，因此很反對這個做法。但皇帝非常堅持，強迫許有王也同意廢除，廢除典禮當天還故意把他排在第一位。人們就取笑許有王真是過了河就拆掉橋，自己通過科舉卻贊成廢科舉——其實在那個情況下，他也是不得已的呢。

過眼雲煙（ㄍㄨㄛˋ ㄧㄢˇ ㄩㄣˊ ㄧㄢ） **近：**曇花一現

釋義 原比喻身外之物，可以不加重視。後來比喻很容易消失的事物。

範例 那段無憂無慮的黃金的歲月，如今已成了「過眼雲煙」。

過猶不及（ㄍㄨㄛˋ ㄧㄡˊ ㄅㄨˋ ㄐㄧˊ） **反：**恰如其分

釋義 過頭與不及是一樣不得當的。

範例 不能因為雞蛋、牛奶很有營養就拚命吃，「過猶不及」呀！

遍體鱗傷（ㄅㄧㄢˋ ㄊㄧˇ ㄌㄧㄣˊ ㄕㄤ） **近：**體無完膚 **反：**安然無恙

釋義 滿身的傷痕像魚鱗一樣密。形容全身都是傷痕。

範例 那隻小狗被車撞得「遍

體鱗傷」，卻奇蹟似地活了下來。

不要誤用 「遍體鱗傷」的「體」僅指人或動物的身體；「體無完膚」的「體」則可指人的身體，也可指觀點、論點、文章，使用範圍較廣。

隔岸觀火（ㄍㄜˊ ㄢˋ ㄍㄨㄢ ㄏㄨㄛˇ）

近：袖手旁觀　**反**：拔刀相助

釋義 對岸失火，隔河觀望。比喻對別人的危難不加援救，而在一旁觀望。

範例 火災現場許多「隔岸觀火」的民眾，嚴重影響救災。

不要誤用 「隔岸觀火」比喻對別人的危難不但不幫忙，還在一旁看熱鬧；「見死不救」則指對於面臨存亡危機者，不肯施予救援。

隔靴搔癢（ㄍㄜˊ ㄒㄩㄝ ㄙㄠ ㄧㄤˇ）

近：膝癢搔背　**反**：鞭辟入裡

釋義 在靴子外面搔癢。比喻說話、作文不中肯、沒有把握住要點。也比喻做事不切實際、不中肯。

範例 這篇小說竟在關鍵處輕描淡寫的帶過，不免讓人有「隔靴搔癢」之感。

隔牆有耳（ㄍㄜˊ ㄑㄧㄤˊ ㄧㄡˇ ㄦˇ）

近：隔窗有耳　**反**：風雨不透

釋義 隔一道牆還有人在偷聽。比喻即使秘密商量，也會有洩露的可能。

範例 事關重大，這個案子我們換地方再談，以免「隔牆有耳」。

雷厲風行（ㄌㄟˊ ㄌㄧˋ ㄈㄥ ㄒㄧㄥˊ）

近：大刀闊斧　**反**：拖泥帶水

釋義 比喻辦事或執行政策、法令等嚴格、迅速、聲勢猛烈。

範例 新上任的董事長「雷厲風行」的改革，讓公司有了新的氣象。

雷霆萬鈞（ㄌㄟˊ ㄊㄧㄥˊ ㄨㄢˋ ㄐㄩㄣ）

近：摧枯拉朽　**反**：強弩之末

釋義 形容威力極為強大而無法阻擋。

範例 颱風挾「雷霆萬鈞」之

勢直撲而來，多處地區豪雨成災。

不要誤用 「雷霆萬鈞」是從勢的方面顯示聲勢猛烈；「排山倒海」則是從力的方面顯示威力強大。

電光石火 ㄉㄧㄢˋ ㄍㄨㄤ ㄕˊ ㄏㄨㄛˇ

近：風馳電掣
反：蝸行牛步

釋義 閃電和燧石的火光。比喻世事消逝快速，轉眼便消失無蹤。

範例 在那「電光石火」的瞬間，他彷彿看到人生風景一幕幕在眼前閃過。

不要誤用 「電光石火」多指事物瞬息即逝；「風馳電掣」則形容交通工具快速前進或人的行動極其迅速。

睚眥必報 ㄧㄚˊ ㄗˋ ㄅㄧˋ ㄅㄠˋ

近：睚眥殺人
反：豁達大度

釋義 連受人怒目而視那樣的小怨小忿，都一定要報復。

範例 他這樣「睚眥必報」的性格，必然經常捲入不必要的糾紛中。

十四畫

僧多粥少 ㄙㄥ ㄉㄨㄛ ㄓㄡ ㄕㄠˇ

近：供不應求
反：人浮於事

釋義 本來指人數眾多而吃的東西很少，不夠分配，現在多指職位少而求職的人多。

範例 這個職缺薪水高、工作內容有趣，卻「僧多粥少」，讓應徵者擠破頭。

不要誤用 「僧多粥少」多指職位或東西不夠分配；「供不應求」則偏重東西不足人們的需求。

兢兢業業 ㄐㄧㄥ ㄐㄧㄥ ㄧㄝˋ ㄧㄝˋ

近：朝乾夕惕
反：敷衍了事

釋義 形容做事小心謹慎，認真踏實。

範例 正因為那「兢兢業業」的工作態度，打下了他們公司良好的品牌形象。

嘔心瀝血 ㄡˇ ㄒㄧㄣ ㄌㄧˋ ㄒㄧㄝˇ

近：挖空心思
反：無所用心

釋義 比喻費盡心思地去想。

範例：那位雕刻家的「嘔心瀝血」之作，如今被放在市民廣場供民眾欣賞。

嗷嗷待哺（ㄠˊ ㄠˊ ㄉㄞˋ ㄅㄨˇ）

近：眾口嗷嗷　**反**：飽食暖衣

釋義：形容飢餓時急於求食的樣子。或形容天災人禍使人民飢餓哀號的慘狀。

範例：想到家中「嗷嗷待哺」的孩子，讓面臨失業的他非常煩惱。

塵埃落定（ㄔㄣˊ ㄞ ㄌㄨㄛˋ ㄉㄧㄥˋ）

釋義：比喻事情已成定局。

範例：經過多次討論，畢業旅行的地點終於「塵埃落定」。

墓木已拱（ㄇㄨˋ ㄇㄨˋ ㄧˇ ㄍㄨㄥˇ）

釋義：墓地種的樹已經長到可以雙手合抱那麼粗了。比喻人已去世很久（多用於慨嘆）。

範例：他學成歸國後想尋找多年前資助他的恩人，沒想到恩人「墓木已拱」，徒留遺憾。

壽終正寢（ㄕㄡˋ ㄓㄨㄥ ㄓㄥˋ ㄑㄧㄣˇ）

近：壽滿天年　**反**：死於非命

釋義：指年老時在家安然死去。也比喻事物的消亡。

範例：外婆以百歲高齡「壽終正寢」，她的音容笑貌將永遠留在兒孫心中。

寧缺毋濫（ㄋㄧㄥˊ ㄑㄩㄝ ㄨˊ ㄌㄢˋ）

近：寧遺勿濫　**反**：多多益善

釋義：寧可不足，也不願降低標準造成浮濫不當的情況。

範例：他因為堅持「寧缺毋濫」，所以收藏的古董個個是價值不菲的珍品。

寡不敵眾（ㄍㄨㄚˇ ㄅㄨˋ ㄉㄧˊ ㄓㄨㄥˋ）

近：眾寡懸殊　**反**：勢均力敵

釋義：少數抵擋不住多數。

範例：敵軍勢力龐大，我軍「寡不敵眾」，先撤退再做打算吧。

不要誤用　「寡不敵眾」指眾寡力量的對峙；「眾寡懸殊」則強調眾寡數量的對比。

寡廉鮮恥　近：恬不知恥

釋義　形容不知廉恥。

範例　做人千萬不能因為追逐名利而「寡廉鮮恥」。

不要誤用　「寡廉鮮恥」包含不廉潔、不知恥兩方面；「厚顏無恥」、「恬不知恥」只重在不知恥；「無恥之尤」則形容無恥的程度到了極點。

寥寥無幾　近：屈指可數　反：不計其數

釋義　形容數量非常稀少，沒有幾個。

範例　那座山峰地勢陡峭、氣候多變，能順利攻頂的登山客「寥寥無幾」。

實至名歸　近：實至名隨

釋義　有了實際的成就，就會有相應的聲譽。

範例　他至今已擁有上千項產品的發明專利，發明王的頭銜是「實至名歸」。

實事求是　近：有一得一　反：譁眾取寵

釋義　做事力求真切確實。

範例　不浮誇、不造假，「實事求是」才是從事研究應有的精神。

寢不安席

釋義　睡覺時不能安於枕席。形容有心事睡不著覺。

範例　今天的工作沒完成，讓他食不下嚥、「寢不安席」。

察言觀色　近：鑒貌辨色

釋義　觀察別人的言語和臉色來推測他的心意。

範例　懂得「察言觀色」，才能維持良好的人際關係。

對牛彈琴　近：語不擇人

釋義　對牛彈琴，牛根本聽不懂。用來諷刺說話或做事不看對象，白費功夫。

範例　你跟我這個運動白痴大談羽球技巧，根本是「對牛彈琴」。

對症下藥　近：對證用藥

釋義 醫生針對病症用藥。比喻針對事情的情況、癥結，制定解決的辦法。

範例 要改善現況必須「對症下藥」，不能盲目的全盤推翻舊規。

不要誤用 「對症下藥」偏重在針對某事某物採取措施，且多指治病或消除弊端；「有的放矢」則偏重在言行目的明確針對某事某物。

對簿公堂 ㄉㄨㄟˋ ㄅㄨˋ ㄍㄨㄥ ㄊㄤˊ

釋義 在官府受審或對質。

範例 兩個當事人將在下週「對簿公堂」，由法官判定誰是誰非。

屢見不鮮 ㄌㄩˇ ㄐㄧㄢˋ ㄅㄨˋ ㄒㄧㄢ

近：司空見慣
反：少見多怪

釋義 形容事物常常見到，並不稀奇。

範例 網路詐騙的例子「屢見不鮮」，大家必須提高警覺，不要輕易上當。

不要誤用 「屢見不鮮」偏重在常常見到，多用於事物；「層出不窮」則偏重在不斷出現，有時還含有變化多樣的意思。

屢試不爽 ㄌㄩˇ ㄕˋ ㄅㄨˋ ㄕㄨㄤˇ

釋義 經過多次試驗，結果都和預期的一樣。

範例 這幾種蔬菜在一起熬成濃湯味道特別好，「屢試不爽」。

嶄露頭角 ㄓㄢˇ ㄌㄨˋ ㄊㄡˊ ㄐㄧㄠˇ

近：脫穎而出
反：不露圭角

釋義 比喻才能和本領非常突出而顯露。

範例 靠著不懈的努力，他才二十出頭就在金融界「嶄露頭角」。

不要誤用 「嶄露頭角」指已非常突出地顯露；「初露頭角」、「初露鋒芒」則強調剛開始顯露。

慷慨解囊 ㄎㄤ ㄎㄞˇ ㄐㄧㄝˇ ㄋㄤˊ

近：樂善好施
反：一毛不拔

釋義 形容人豪爽，不吝嗇地拿出錢幫助別人。

範例 那位大企業家「慷慨解囊」的賑災行為，讓受災民眾都十分感激。

不要誤用 「慷慨解囊」偏重大方，不吝惜，多指用錢財救助別人；「仗義疏財」偏重講義氣，指樂於捐財行義；「博施濟眾」強調廣泛地施惠，不僅指錢財，也包括用各種辦法、措施救助眾人；「樂善好施」偏重在一向樂於做好事助人；「解衣推食」則是不顧自己地幫助別人。

慢條斯理 ㄇㄢˋ ㄊㄧㄠˊ ㄙ ㄌㄧˇ

近：不慌不忙

反：慌慌張張

釋義 形容說話或做事有條有理、不慌不忙，或指慢慢吞吞、從容遲緩的樣子。

範例 快趕不上火車了，動作加快些，別「慢條斯理」的。

慘不忍睹 ㄘㄢˇ ㄅㄨˋ ㄖㄣˇ ㄉㄨˇ

釋義 悲慘的情景，令人不忍看下去。

範例 那場火災的現場真是「慘不忍睹」，一片狼籍。

慘絕人寰 ㄘㄢˇ ㄐㄩㄝˊ ㄖㄣˊ ㄏㄨㄢˊ

釋義 形容人世上再沒有這麼悲慘的事了。

範例 那場「慘絕人寰」的大地震，不但奪走數百條人命，也讓大片明山秀水一夕間變得滿目瘡痍。

不要誤用 「慘絕人寰」重在表示悲慘的程度，多形容景象等由於殘酷手段或災難所造成的後果，不能用來形容人；「慘無人道」則用來形容人的殘暴行為，重在沒有人性。

截長補短 ㄐㄧㄝˊ ㄔㄤˊ ㄅㄨˇ ㄉㄨㄢˇ

近：取長補短

反：絕短續長

釋義 把長的部分割下來接補短的部分。比喻截取長處來彌補短處。

範例 他倆的個性和能力正好「截長補短」，多年來一直合作無間。

摧枯拉朽 ㄘㄨㄟ ㄎㄨ ㄌㄚ ㄒㄧㄡˇ

近：摧枝折腐
反：堅不可摧

釋義 摧毀腐朽的東西。形容極容易摧毀，比喻毫不費力。多指軍事行動。

範例 颶風帶來強風豪雨，一路「摧枯拉朽」，重創美國東岸，造成難以估計的損失。

不要誤用 「摧枯拉朽」比喻非常容易地摧毀人或事物，毫不費力，特別適於比喻打垮其他勢力；「勢如破竹」則泛指氣勢強大，強調節節勝利而毫無阻礙，除指軍事、比賽外，還可指一般事件，適用範圍較廣。

旗開得勝 ㄑㄧˊ ㄎㄞ ㄉㄜˊ ㄕㄥˋ

近：馬到成功
反：一觸即潰

釋義 形容軍隊戰鬥力強，一出兵就打勝仗。也比喻事情一開始就獲得成功。

範例 我隊「旗開得勝」，第一場就以五比零力克對手，也讓大夥的鬥志更為高昂。

不要誤用 「馬到成功」偏重於成功，多用於事業、工作；「旗開得勝」偏重於勝利，多用於比賽；「手到擒來」則偏重於拿到，較多指取得東西。

旗鼓相當 ㄑㄧˊ ㄍㄨˇ ㄒㄧㄤ ㄉㄤ

近：勢均力敵
反：天壤之別

釋義 比喻雙方勢均力敵，不相上下。

範例 他倆的口才「旗鼓相當」，致使這場辯論比賽格外精采。

不要誤用 「勢均力敵」多指競爭雙方勢力、實力相當；「旗鼓相當」則除了指力量相當外，還可指地位相當。

槍林彈雨 ㄑㄧㄤ ㄌㄧㄣˊ ㄉㄢˋ ㄩˇ

釋義 形容戰鬥激烈。

範例 模擬真正「槍林彈雨」的漆彈遊戲，是現在最熱門的團體活動之一。

滾瓜爛熟 ㄍㄨㄣˇ ㄍㄨㄚ ㄌㄢˋ ㄕㄡˊ

近：倒背如流

釋義 形容背誦得非常純熟流利。

範例 那位演員非常認真，每句臺詞都已經背得「滾瓜爛熟」了。

滴水穿石 ㄉㄧ ㄕㄨㄟˇ ㄔㄨㄢ ㄕˊ

近：磨杵成針

反：半途而廢

釋義 屋檐流下的水滴，時間長了能把石頭滴穿。比喻只要能堅持不懈，就一定能成功。

範例 長期的「滴水穿石」，在屋簷前的臺階上形成一條凹痕。

不要誤用 「滴水穿石」偏重在力量雖小，只要努力不懈也能完成艱難的事；「跬步千里」則偏重在積少可以成多。

漏網之魚 ㄌㄡˋ ㄨㄤˇ ㄓ ㄩˊ

反：甕中之鱉

釋義 比喻逃過懲處、制裁的罪犯或逃脫的敵人。

範例 警方這次全面出動，務必將毒犯全部逮捕歸案，不可有「漏網之魚」。

滿目瘡痍 ㄇㄢˇ ㄇㄨˋ ㄔㄨㄤ ㄧˊ

近：瘡痍彌目

反：欣欣向榮

釋義 形容戰亂或災荒後社會中殘破、淒涼的景象。

範例 望著眼前「滿目瘡痍」的景象，誰能想到這裡原本是座秀麗的山村？

不要誤用 「百孔千瘡」多用於建築物和較小的物件；「滿目瘡痍」則多用於放眼望見的大片景象。

滿城風雨 ㄇㄢˇ ㄔㄥˊ ㄈㄥ ㄩˇ

釋義 原來形容充滿了風雨。後比喻消息一經傳出，就到處轟動起來，喧鬧不安。

範例 這次塑化劑風波鬧得「滿城風雨」，也讓食品安全的問題再度浮上檯面。

不要誤用 「滿城風雨」是由於事件本身的出奇或重要而引起轟動，程度較重；「眾說紛紜」則僅指某一事件傳出多種說法，不一定是重大或出奇的事。

文史趣談 **滿城風雨敲門聲**

形容眾口喧騰的「滿城風雨」，最初真的是描寫風雨的景象呢。《冷齋夜話》記載：一年重陽節，宋朝窮詩人潘大臨接到好友來信，問他有沒有新作品。他回信說：「我聽到悅耳的風雨聲，就寫了『滿城風雨近重陽』。此時門外竟有官吏來催我繳稅，壞了詩興，所以只有這句。」靈感被打斷的詩人，心情應該很糟吧！

滿面春風（ㄇㄢˇ ㄇㄧㄢˋ ㄔㄨㄣ ㄈㄥ） **近**：喜氣洋洋 **反**：愁容滿面

釋義 滿臉笑容，喜氣洋溢的樣子。

範例 他上個禮拜剛當了新手爸爸，最近每天來上班，都是「滿面春風」。

滿腹牢騷（ㄇㄢˇ ㄈㄨˋ ㄌㄠˊ ㄙㄠ） **近**：牢騷滿腹

釋義 滿肚子的不滿情緒。

範例 商家霸占騎樓營業的情形，讓附近居民「滿腹牢騷」。

滿腹經綸（ㄇㄢˇ ㄈㄨˋ ㄐㄧㄥ ㄌㄨㄣˊ） **近**：學富五車 **反**：才疏學淺

釋義 比喻人才識豐富，很有治事才能。

範例 若空有「滿腹經綸」，但遇不到賞識自己的伯樂，也無法發揮所長。

不要誤用 「滿腹經綸」形容人有才幹，能處理大事；「學富五車」形容書讀得多，學問豐富；「學貫天人」偏重指知識淵博，高於他人；「見多識廣」則指見聞廣博。

滿載而歸（ㄇㄢˇ ㄗㄞˋ ㄦˊ ㄍㄨㄟ） **近**：滿車而歸

釋義 形容收穫很大。

範例 這趟歐洲旅行讓我開了眼界，「滿載而歸」。

漸入佳境（ㄐㄧㄢˋ ㄖㄨˋ ㄐㄧㄚ ㄐㄧㄥˋ） **近**：柳暗花明 **反**：每況愈下

釋義 比喻興味逐漸濃厚或境遇逐漸好轉。

範例 藉由網友的口碑相傳，這家蛋糕店的營運狀況終於「漸入佳境」。

文史趣談 **吃甘蔗的步驟**

吃東西的時候，你會把好吃

的先吃掉，還是留到最後呢？《晉書》記載：晉朝時有位畫家叫顧愷之，很喜歡吃甘蔗，但別人吃甘蔗都是從頭吃到尾，他卻是由尾吃到頭。有人問顧愷之為什麼和大家不一樣，他說：「因為甘蔗頭比較甜，我倒著吃才能『漸入佳境』呀！」後來人們就用「倒吃甘蔗」形容狀況越來越好了。

漫山遍野 ㄇㄢˋ ㄕㄢ ㄅㄧㄢˋ ㄧㄝˇ

釋義 遍布整個山坡與田野。形容分布很廣。

範例 春天時「漫山遍野」的杜鵑花充滿了盎然生氣。

漫不經心 ㄇㄢˋ ㄅㄨˋ ㄐㄧㄥ ㄒㄧㄣ

近：心不在焉
反：全神貫注

釋義 形容用心不專，不放在心上。

範例 他竟然犯下這樣張冠李戴的錯誤，也未免太「漫不經心」了。

不要誤用 「漫不經心」重在隨便、不留心；「漠不關心」則重在冷淡、不關心。

熙來攘往 ㄒㄧ ㄌㄞˊ ㄖㄤˇ ㄨㄤˇ

近：摩肩接踵
反：冷冷清清

釋義 人潮絡繹不絕，喧嚷不息的樣子。形容人來人往，非常熱鬧。

範例 每到過年前夕，這個市場總是「熙來攘往」，主婦都來這裡辦年貨。

爾虞我詐 ㄦˇ ㄩˊ ㄨㄛˇ ㄓㄚˋ

近：明爭暗鬥
反：肝膽相照

釋義 你騙我，我騙你。形容人彼此勾心鬥角、互相欺騙、玩弄手段。

範例 他對辦公室同事間「爾虞我詐」、勾心鬥角的行為感到心寒。

盡善盡美 ㄐㄧㄣˋ ㄕㄢˋ ㄐㄧㄣˋ ㄇㄟˇ

近：十全十美
反：破綻百出

釋義 形容事物完美到極點，沒有一點缺陷。

範例 那位畫家每天不眠不休，就是想將那幅壁畫修飾得

「盡善盡美」。

不要誤用 「盡善盡美」指美好到達極點，是人為努力可以做到的；「十全十美」則是各方面都美好，多為人力所不能及。

監守自盜 **近：**主守自盜

釋義 盜取自己所負責看管的財物。

範例 銀行職員的「監守自盜」，是這起搶案的導因。

碩果僅存 **近：**魯殿靈光

釋義 唯一留存下來的大果子。比喻經過時間的淘汰，唯一仍留存下來的人或物。

範例 那場水災，幾乎沖走他所有的家當，唯有一箱舊書「碩果僅存」，成為他往後最重要的精神支柱。

碩學名儒

釋義 指具有廣博學問的知名學者。

範例 現在大學為了吸引更優秀的學生，紛紛聘請「碩學名儒」駐校任職。

福壽雙全

釋義 福氣和長壽兩者都具備。賀人既有福氣，又能享有長壽。

範例 想要「福壽雙全」，一定平時就要多積陰德。

禍不單行 **近：**雪上加霜 **反：**鴻運當頭

釋義 不幸的事常常接二連三地發生。

範例 他才掉了手機，又被盜刷信用卡，真是「禍不單行」。

禍起蕭牆 **近：**同室操戈

釋義 事端或禍端發生在內部。

範例 輔選團隊內部有人對外亂放話，「禍起蕭牆」，讓候選人陷入大麻煩。

不要誤用 「禍起蕭牆」形容變亂是從內部興起的；「變生肘腋」則是指禍患發生在近

處。

禍從口出 **近**：言出禍從

釋義 災禍從口裡產生。指言語不慎，足以招致災禍。

範例 講話千萬要謹慎些，小心「禍從口出」，惹來麻煩。

禍從天降

釋義 災禍突然發生。

範例 樓上落下的花盆砸壞了路邊的汽車，真是名副其實的「禍從天降」。

稱體裁衣 **近**：因人制宜 **反**：削足適履

釋義 切合身體的長短大小裁衣服。比喻按照事情的實際情況來辦理。

範例 這齣戲完全是為女主角「稱體裁衣」。

竭澤而漁 **近**：焚林而獵 **反**：留有餘地

釋義 抽盡池水來捉魚。比喻做事不留餘地，只顧眼前利益，不顧長遠利益。

範例 因為一時缺錢把田地賣掉，這樣「竭澤而漁」的作法，實在不可行啊。

管窺蠡測 **近**：以管窺天 **反**：登山小魯

釋義 從竹管孔裡看天，用瓢測量海水，看到的、量到的不過是極小的一部分。比喻對事物的了解有限。

範例 這件事非常複雜，憑著「管窺蠡測」就妄下判斷，是極不謹慎的作法。

精打細算

釋義 在使用人力、物力上計算得很仔細。

範例 為了節省家用開支，媽媽每次買菜都要「精打細算」。

精益求精 **近**：刮垢磨光 **反**：敷衍了事

釋義 好了還要更加好。形容不斷求進步，以達到盡善盡美。

範例 不能因為暫時的成功感

到自滿，必須「精益求精」。

綽綽有餘 ㄔㄨㄛˋ ㄔㄨㄛˋ ㄧㄡˇ ㄩˊ

近：綽有餘裕
反：捉襟見肘

釋義 非常寬裕，一點也不匱乏。形容人力、財力寬裕，足以應付。

範例 以她的能力，獨立完成教室布置是「綽綽有餘」，不過幫著她一起做，我們也可以藉機多學到一點東西。

網開一面 ㄨㄤˇ ㄎㄞ ㄧˊ ㄇㄧㄢˋ

近：法外施仁
反：趕盡殺絕

釋義 開一面之網，給人留活路。比喻對犯錯的人從寬處理。

範例 既然他都已經誠心認錯了，你是否能「網開一面」，給他一個改過自新的機會呢？

綱舉目張 ㄍㄤ ㄐㄩˇ ㄇㄨˋ ㄓㄤ

近：提綱挈領

釋義 提出魚網的總繩一撒，所有的網眼就都張開了。比喻掌握住事物的主要原則就可以帶動其他細部環節。也比喻條理分明。

範例 這份活動企劃「綱舉目張」、條理分明，看來應該能順利執行。

聚沙成塔 ㄐㄩˋ ㄕㄚ ㄔㄥˊ ㄊㄚˇ

近：集腋成裘
反：功虧一簣

釋義 比喻聚少成多。

範例 每天抽一些時間讀書，「聚沙成塔」後也能有所成就。

聚精會神 ㄐㄩˋ ㄐㄧㄥ ㄏㄨㄟˋ ㄕㄣˊ

近：全神貫注
反：漫不經心

釋義 全部精神集中在一起。形容全神貫注、注意力集中。

範例 球場上近萬名的觀眾正「聚精會神」地觀賞這一場緊張的冠軍爭奪賽。

與日俱增 ㄩˇ ㄖˋ ㄐㄩˋ ㄗㄥ

釋義 隨時間的增長而增長。形容不斷地增長或增長速度很快。

範例 分別多日，我對他的思念「與日俱增」。

與世長辭 ㄩˇ ㄕˋ ㄔㄤˊ ㄘˊ

十四畫

釋義 和人間永遠告別。

範例 強烈冷氣團籠罩，讓幾位有心血管疾病的老人家在睡夢中「與世長辭」。

與世無爭 ㄩˇ ㄕˋ ㄨˊ ㄓㄥ

近：與世靡爭

釋義 不與世人爭執。指不慕名利，超凡脫俗的處世態度。

範例 他退休後就搬到鄉下，過著「與世無爭」的生活。

與眾不同 ㄩˇ ㄓㄨㄥˋ ㄅㄨˋ ㄊㄨㄥˊ

釋義 和大家不一樣。指人的性格、行為或作品的風格等獨具特色。

範例 一樣是襯衫、窄裙，她穿起來就是「與眾不同」。

蒙主寵召 ㄇㄥˊ ㄓㄨˇ ㄔㄨㄥˇ ㄓㄠˋ

釋義 靈魂脫離軀殼，被神明所招引。比喻死亡。

範例 記者正報導教宗「蒙主寵召」的新聞。

蓋棺論定 ㄍㄞˋ ㄍㄨㄢ ㄌㄨㄣˋ ㄉㄧㄥˋ

近：蓋棺事定

釋義 人的好壞、功過要到生命終了後才能下定論。

範例 他的這一生波瀾起伏，褒貶紛紜，是功是過，恐怕死後還是難以「蓋棺論定」。

蒸蒸日上 ㄓㄥ ㄓㄥ ㄖˋ ㄕㄤˋ

近：如日方升

反：每況愈下

釋義 形容事物一天天地向上發展，速度很快。

範例 藉由網友的口碑相傳，這家餐廳的業績也「蒸蒸日上」。

裹足不前 ㄍㄨㄛˇ ㄗㄨˊ ㄅㄨˋ ㄑㄧㄢˊ

近：踟躕不前

反：勇往直前

釋義 把腳包住不再前進。形容停止腳步不前進。

範例 因為考慮太多而「裹足不前」，經常會白白錯過大好機會。

不要誤用 「裹足不前」強調有顧慮而不敢前進；「畏縮不前」指因害怕而不敢前進；「踟躕不前」則偏重因猶豫而不敢前進。以上三者均用於人，而「停滯不前」則指發展停頓下來，不再前進，用於事物。

文史趣談 **又臭又怪的小腳**

說到裹足，很多人都會想到古代婦女裹小腳的習俗。關於裹腳最早起源何時，已不可考，但明朝已非常盛行，當時人甚至認為女子不纏足很丟臉，明太祖朱元璋的太太馬皇后就因為有雙大腳而被嘲笑。其實小腳是讓腳骨折、腐爛、萎縮後形成，非常殘忍且不健康，也限制婦女的行動，實在是種非常不文明的陋俗。

語重心長（ㄩˇ ㄓㄨㄥˋ ㄒㄧㄣ ㄔㄤˊ）

近：苦口婆心
反：冷嘲熱諷

釋義 語言懇切，情意深長。多指勸誡、勉勵等話語。

範例 面對公司最近發生的一些亂象，他在會議上「語重心長」地發出諫言。

不要誤用 「語重心長」指話語深刻誠摯，強調情意深長；「苦口婆心」則多用於規勸，偏重形容再三勸說、有耐心。

語焉不詳（ㄩˇ ㄧㄢ ㄅㄨˋ ㄒㄧㄤˊ）

反：不厭其詳

釋義 說話或文章內容含糊、不詳細。

範例 這篇新聞稿「語焉不詳」，恐怕有什麼不能說的隱情吧？

不要誤用 「語焉不詳」重在不詳細；「丟三落四」重在不完整；「言不盡意」則指意思沒有完全表達出來。

語無倫次（ㄩˇ ㄨˊ ㄌㄨㄣˊ ㄘˋ）

近：不知所云
反：有條有理

釋義 說話沒有頭緒、條理。

範例 他因為太過緊張，即使事前準備了講稿，一上臺還是「語無倫次」。

不要誤用 「語無倫次」只用於說話和寫文章；「顛三倒四」則既可用於說話和寫文章，還可用於形容人做事沒有次序。

說三道四（ㄕㄨㄛ ㄙㄢ ㄉㄠˋ ㄙˋ）

釋義 亂發議論。形容隨便議論、批評他人。

範例 他是個言語謹慎，絕不

隨便「說三道四」的人。

說來話長

釋義 事情曲折複雜，不是幾句話就能說清楚的。

範例 這件事「說來話長」，待下次見面時，我再慢慢告訴你吧。

貌合神離　**近**：同床異夢　**反**：同心同德

釋義 表面上關係很密切，而實際上各懷異心。

範例 他倆表面上是合作無間的好伙伴，私底下卻「貌合神離」，早已不滿對方。

不要誤用 「同床異夢」偏重指各有打算；「貌合神離」則形容感情冷淡。

賓主盡歡

釋義 主客聚會，彼此相處融洽，都能歡愉、盡興。

範例 這場接風酒宴，因為主人安排得細心妥當，所以能達到「賓主盡歡」的效果。

賓至如歸　**近**：掃榻以待　**反**：拒之門外

釋義 客人到這裡就像回到自己的家裡一樣。形容招待客人非常周到。

範例 為了讓每位客人都有「賓至如歸」的感受，這家高級旅館特別安排了隨房管家，貼心照顧房客的起居。

輕而易舉　**近**：易如反掌　**反**：難於登天

釋義 形容事情簡單、容易、毫不費力。

範例 以他豐富的參賽經驗，要拿下這次冠軍是「輕而易舉」。

輕描淡寫　**近**：蜻蜓點水　**反**：入木三分

釋義 原指繪畫時用淺淡的顏色輕輕描繪。比喻說話或寫文章時對某件事物輕輕帶過，不作深入描寫。也比喻不費事或不費力。

範例 當人問起被老闆開除的原因，他總是「輕描淡寫」地帶過。

輕舉妄動（ㄑㄧㄥ ㄐㄩˇ ㄨㄤˋ ㄉㄨㄥˋ）　**近：**恣意妄為　**反：**謹小慎微

釋義 不經慎重考慮便輕率地行動。

範例 現在情況混沌未明，你最好三思而行，不要「輕舉妄動」。

不要誤用 「輕舉妄動」著眼於行動的輕率；「恣意妄為」則是隨心所欲、胡作非為，著眼於無所顧忌地做事。

遙遙無期（ㄧㄠˊ ㄧㄠˊ ㄨˊ ㄑㄧˊ）　**反：**指日可待

釋義 形容事情一再拖延，距離達到目的、實現理想的時間還很遠。

範例 世界大同恐怕只是個「遙遙無期」的夢想。

韶光荏苒（ㄕㄠˊ ㄍㄨㄤ ㄖㄣˇ ㄖㄢˇ）

釋義 時間漸漸地過去。

範例 「韶光荏苒」，那段無憂無慮的美好的時光，都成了過去式。

魂不守舍（ㄏㄨㄣˊ ㄅㄨˋ ㄕㄡˇ ㄕㄜˋ）　**近：**失魂落魄　**反：**聚精會神

釋義 靈魂離開了軀殼。形容心志恍惚、精神不集中。

範例 他聽說母親住院的消息，整天都「魂不守舍」，恨不得立即放下手邊的工作趕回國去。

魂不附體（ㄏㄨㄣˊ ㄅㄨˋ ㄈㄨˋ ㄊㄧˇ）　**近：**魂飛魄散　**反：**泰然自若

釋義 靈魂脫離軀體走散了。形容非常害怕、驚慌，心神不能自主。

範例 遊樂場鬼屋裡逼真的布置，營造出的恐怖氣氛，讓所有遊客都嚇得「魂不附體」。

不要誤用 「魂不附體」指受到驚嚇而失措無主；「魂不守舍」指因受到刺激或心裡有事而精神恍惚的樣子；「魂飛魄散」則是受到極大驚嚇而感覺像瀕臨死亡。

鳳毛麟角（ㄈㄥˋ ㄇㄠˊ ㄌㄧㄣˊ ㄐㄧㄠˇ）　**近：**景星麟鳳　**反：**比比皆是

釋義 比喻罕見而珍貴的人才或事物。

範例 當上高官，還能一本初衷、真心為人民謀福利的人，實是「鳳毛麟角」。

鳳凰于飛

釋義 鳳和凰成雙地飛翔。比喻婚姻美滿，夫婦相親相愛。也用作祝人婚姻美滿之詞。

範例 那張印著「鳳凰于飛」的喜帖，不禁勾起他久遠的回憶。

文史趣談 鳳凰不是女生

我們常將「鳳凰」連稱，但其實「鳳」和「凰」是有區別的，前者為雄、後者為雌，互相搭配，所以才說「鳳求凰」、「鳳凰于飛」。但後來人們又將「百鳥之王」的鳳與「鱗蟲之長」的龍並列，而龍是陽性的象徵，所以鳳也變成陰性代表，才會出現「遊龍戲鳳」、「龍鳳胎」等以鳳指女性的詞彙。

蜚短流長　近：流言蜚語

釋義 指流傳於眾人口中的閒話，比喻無中生有，造謠中傷。

範例 身為公眾人物，就必須學會以智慧面對外界的「蜚短流長」。

十五畫

價值連城　近：無價之寶　反：一文不值

釋義 形容物品非常珍貴。

範例 這款高科技概念車全球只有一輛，可說是「價值連城」。

劍及履及

釋義 形容奮起速行，毫不鬆懈。

範例 他做事一向「劍及履及」，想到就會立刻去做，絕不拖延。

劍拔弩張　近：一觸即發　反：太平無事

釋義 劍從鞘裡拔出來了，弓

弦也拉開了。形容形勢非常緊張，一觸即發。也比喻書法氣勢雄健。

範例 這場選戰還未開打，兩黨候選人已是「劍拔弩張」。

文史趣談 「弩」的秘密小檔案

劍是大家所熟知的武器，那「弩」又是什麼樣的兵器呢？其實弩就是所謂的「十字弓」，大約在春秋時期就已出現，戰國時更有可以同時射出多支箭的「連弩」。因為弩的射程遠、容易瞄準、殺傷力大，所以成為戰爭中的重要武器，缺點就是裝箭的時間長，所以需要弓箭掩護。在明朝隨著火藥發明後，就沒落了。

噓寒問暖（ㄒㄩ ㄏㄢˊ ㄨㄣˋ ㄋㄨㄢˇ）

釋義 形容十分關心體貼別人的生活。

範例 校長親自到學生宿舍「噓寒問暖」，鼓勵同學們努力學習。

嬉笑怒罵（ㄒㄧ ㄒㄧㄠˋ ㄋㄨˋ ㄇㄚˋ）

釋義 形容人性情不拘小節，高興就笑，生氣就罵。後來形容文章不拘守規格，任意發揮寫成。

範例 那位評論家總以「嘻笑怒罵」的文字，一針見血地指出當今社會的亂象。

寬宏大量（ㄎㄨㄢ ㄏㄨㄥˊ ㄉㄚˋ ㄌㄧㄤˋ）

近：寬大為懷

反：小肚雞腸

釋義 形容人的胸襟度量很大，可包容事物。

範例 他是個「寬宏大量」的人，不會因為這點小事斤斤計較，你放心吧。

不要誤用 「寬宏大量」可以形容人本身的度量，也能形容對人對事的度量，多指對犯錯的人或處理案情的態度；「豁達大度」則只指人本身的胸懷、度量。

層出不窮（ㄘㄥˊ ㄔㄨ ㄅㄨˋ ㄑㄩㄥˊ）

近：生生不已

反：曇花一現

釋義 接連不斷地出現，形容

事物或言論變化多端。

範例 校園霸凌事件「層出不窮」，相關單位必須研擬應對措施，不要讓更多無辜學生受害。

履險如夷 ㄌㄩˇ ㄒㄧㄢˇ ㄖㄨˊ ㄧˊ

近：夷險一致

釋義 行走在險峻的地方像走在平地上一樣。比喻在困難、危險的處境中能保持鎮定，安然度過。

範例 那位特技專家在高空鋼索上，面不改色地做出種種高難度技巧，「履險如夷」，讓所有觀眾都看得目瞪口呆。

嶔崎磊落 ㄑㄧㄣ ㄑㄧˊ ㄌㄟˇ ㄌㄨㄛˋ

釋義 山勢高峻雄偉的樣子。形容人品非凡，胸襟坦蕩而有骨氣。

範例 這位青年行事「嶔崎磊落」，值得大家效法。

廢寢忘食 ㄈㄟˋ ㄑㄧㄣˇ ㄨㄤˋ ㄕˊ

近：夜以繼日 **反**：無所用心

釋義 不去睡覺，又忘記吃飯。形容專心致志地做某一件事情。

範例 他每天「廢寢忘食」地寫作，花費五年光陰，終於完成這套膾炙人口的科幻巨著。

德高望重 ㄉㄜˊ ㄍㄠ ㄨㄤˋ ㄓㄨㄥˋ

近：德隆望尊 **反**：德薄望輕

釋義 品德高尚，聲望很高，稱頌年長者道德高尚且有很高的聲望。

範例 「德高望重」的長者，常是平息鄉里紛爭的重要人物。

不要誤用 「德高望重」除了指道德高尚外還有很高的聲望；「年高德劭」則只側重於品德高尚。

憂心如焚 ㄧㄡ ㄒㄧㄣ ㄖㄨˊ ㄈㄣˊ

近：憂心忡忡 **反**：高枕無憂

釋義 憂愁得心裡像火燒一樣。形容非常憂愁、焦慮。

範例 距離放學時間已經過了三個小時，弟弟卻還沒有回家，媽媽「憂心如焚」，到處打電話尋找。

不要誤用 「憂心如焚」是比

喻內心焦慮不安的嚴重程度；「憂心忡忡」則是直述心中憂慮不安的樣子。

文史趣談 形容憂愁的成語

形容心裡非常憂愁，你會用什麼樣的詞彙呢？古人形容這種情緒，通常有幾種比擬：一說是像被火燒烤一樣焦慮，如「憂心如焚」、「憂心如惔」、「憂心如薰」。一是說像醉酒一樣鬱悶，如「憂心如醉」、「憂心如酲」。一說是像被捶擊一樣的難安，如「憂心如擣」。看看，古人的想像力與詞彙運用是不是很豐富呢？

憐香惜玉

近：惜玉憐香

釋義：比喻對美女溫存憐愛。

範例：他居然和女生打架，真是不懂得「憐香惜玉」。

憤世嫉俗

近：憤世嫉邪　反：隨俗浮沉

釋義：對當時的社會現狀不滿。

範例：許多「憤世嫉俗」的青年，藉由網路平臺，抒發他們胸中的不平之氣。

摩肩接踵

近：摩肩擦背　反：三三兩兩

釋義：肩頭相摩擦，腳跟相連接，形容人多而擁擠。

範例：每次資訊展最後一天，世貿展館裡總是「摩肩接踵」，擠滿想搶便宜的民眾。

摩拳擦掌

近：撩衣奮臂

釋義：形容行動前人們積極準備、躍躍欲試的樣子。

範例：聽到下一場將對上去年的冠軍隊伍，我隊球員個個「摩拳擦掌」，準備斷絕他們衛冕的希望。

摩頂放踵

近：鞠躬盡瘁　反：好逸惡勞

釋義：從頭頂到腳跟都磨傷了。形容人不辭勞苦、捨己救世的行為。

範例：戰國時期，墨子為了提倡和平，宣揚兼愛的學說而周遊列國，即使「摩頂放踵」也不在乎。

不要誤用 「摩頂放踵」有不顧身體、捨己為人的意思；「鞠躬盡瘁」則含有謹慎從事之意，多用在工作上。

撲朔迷離（ㄆㄨ ㄕㄨㄛˋ ㄇㄧˊ ㄌㄧˊ）　**近：**錯綜複雜　**反：**一目了然

釋義 原指兩兔併走，很難辨別是雄是雌，後來形容事情錯綜複雜、真相難辨。也形容景色迷濛。

範例 這個案件經過多年調查，依舊是「撲朔迷離」，疑點重重。

不要誤用 「撲朔迷離」著重指事物本身的情況難辨；「眼花撩亂」則強調一時的感受迷亂。

撥雲見日（ㄅㄛ ㄩㄣˊ ㄐㄧㄢˋ ㄖˋ）

釋義 撥開雲霧重見天日。比喻衝破黑暗，見到光明。

範例 經過他的提點，我們終於「撥雲見日」，發覺突破問題的關鍵。

撥亂反正（ㄅㄛ ㄌㄨㄢˋ ㄈㄢˇ ㄓㄥˋ）　**反：**養亂助變

釋義 治平亂世，回歸正道。也指除去禍亂，重新回歸正道。

範例 這個亂象橫生的社會，正需要有抱負的人出來「撥亂反正」。

撒手人寰（ㄙㄚ ㄕㄡˇ ㄖㄣˊ ㄏㄨㄢˊ）　**近：**撒手歸去

釋義 指放手世間的事情。比喻離開世間。

範例 經過連夜搶救，病患仍不幸「撒手人寰」，急診室裡也盤據著一團低氣壓。

敷衍塞責（ㄈㄨ ㄧㄢˇ ㄙㄜˋ ㄗㄜˊ）　**反：**一絲不苟

釋義 做事苟且草率，不認真負責，應付了事。

範例 他做事一向草率隨便，出了問題只會「敷衍塞責」，總要別人幫忙收爛攤子。

不要誤用 「敷衍塞責」重在隨便應付、搪塞責任；「敷衍了事」則重在草草了結。

數典忘祖（ㄕㄨˇ ㄉㄧㄢˇ ㄨㄤˋ ㄗㄨˇ）　**反：**飲水思源

釋義 比喻忘本。現在也用來

比喻對於本國歷史的無知。

範例 有些留學生喝了幾年洋墨水，就把故鄉批評得一無是處，「數典忘祖」的行徑，令人不敢苟同。

暮鼓晨鐘 ㄇㄨˋ ㄍㄨˇ ㄔㄣˊ ㄓㄨㄥ

近：朝鐘暮鼓

釋義 寺廟中早晚用以報時的鐘鼓。比喻使人覺醒、警悟的語言。

範例 老師的諄諄勸告如「暮鼓晨鐘」，讓差點誤入歧途的學生驀然醒悟。

暴虎馮河 ㄅㄠˋ ㄏㄨˇ ㄆㄧㄥˊ ㄏㄜˊ

近：有勇無謀

釋義 比喻有勇無謀，僅憑血氣之勇冒險行事。

範例 他憑著一時衝動，就想單槍匹馬追蹤歹徒的下落，實在是「暴虎馮河」，毫不足取。

文史趣談 打虎英雄馮婦

說到打老虎，大家都會想到《水滸傳》中的武松，其實在《孟子》中，就有個叫馮婦打虎勇士呢！馮婦是春秋時晉國人，有空手搏虎的本事，後來卻修養善行，不再打老虎了。一天，他見到許多人在野外追趕老虎，但沒人敢上前捉捕牠，大家看見馮婦出現，都高興地來迎接，馮婦只好又捲起袖子，上前和老虎搏鬥了。

暴殄天物 ㄅㄠˋ ㄊㄧㄢˇ ㄊㄧㄢ ㄨˋ

釋義 原指滅絕、殘害自然產生之物。後指任意糟蹋、損害物品。

範例 怎麼便當菜還剩那麼多就要丟掉呢？未免也太過「暴殄天物」了吧。

不要誤用 「暴珍天物」多指糟蹋糧食、衣物等；「鋪張浪費」多指追求排場，浪費人力、金錢；「日食萬錢」、「食前方丈」則形容生活奢侈、浪費。

暴跳如雷 ㄅㄠˋ ㄊㄧㄠˋ ㄖㄨˊ ㄌㄟˊ

近：大發雷霆

反：平心靜氣

釋義 大怒時像打雷一樣猛烈。形容盛怒的樣子。

範例 看到自己心愛的車子被

人刮壞，氣得他「暴跳如雷」、火冒三丈。

不要誤用 「暴跳如雷」是從動作上形容生氣的樣子；「大發雷霆」則是從聲音上來表現憤怒的情緒。

標新立異 ㄅㄧㄠ ㄒㄧㄣ ㄌㄧˋ ㄧˋ

近：別出新裁
反：因循守舊

釋義 特創新意，顯示自己與眾不同。

範例 那位龐克青年「標新立異」的髮型，讓所有路人都為之側目。

模稜兩可 ㄇㄛˊ ㄌㄥˊ ㄌㄧㄤˇ ㄎㄜˇ

近：不置可否
反：斬釘截鐵

釋義 摸著桌角向左右兩邊都可以。比喻人對事情沒有明確的看法。

範例 他每次給的答案都是「模稜兩可」，沒什麼幫助，你也不用去問他了。

不要誤用 「模稜兩可」偏重於有所表示，但說話不明確，只含糊帶過；「不置可否」則偏重於不做任何表態，不說話。

樂不可支 ㄌㄜˋ ㄅㄨˋ ㄎㄜˇ ㄓ

近：喜不自勝
反：哀痛欲絕

釋義 形容快樂到極點。

範例 對統一發票中了大獎，讓他「樂不可支」。

不要誤用 「樂不可支」重在不能支持；「欣喜若狂」則重在失去控制，語意更重。

樂不思蜀 ㄌㄜˋ ㄅㄨˋ ㄙ ㄕㄨˇ

近：樂而忘返
反：勿忘在莒

釋義 比喻樂而忘返，或沉迷安樂而不思振作。

範例 狄斯奈樂園中精彩的表演與有趣的遊樂設施，讓所有小孩子都玩得「樂不思蜀」。

文史趣談 一點都不想家

《三國志》記載：蜀漢亡國後，後主劉禪後被俘虜到魏國去。有一天，魏國大將軍司馬昭邀劉禪一起吃飯，還故意安排蜀地的藝人來表演，蜀國舊臣看了都很感傷，只有劉禪看得很高興。司馬昭就問劉禪：「你想不想念故鄉蜀地呢？」劉禪回答說：「在這裡很快樂，我一點都不想念故鄉呢！」唉，阿斗真是沒救了！

樂極生悲（ㄌㄜˋ ㄐㄧˊ ㄕㄥ ㄅㄟ）　**近**：泰極而否　**反**：否極泰來

釋義　快樂到極點，往往會轉而發生悲哀的事情。指行樂須有節制。

範例　他和同伴在公園打棒球，擊出生平第一支全壘打，沒想到「樂極生悲」，打破附近住家的玻璃，回去得挨罵了。

樂善好施（ㄌㄜˋ ㄕㄢˋ ㄏㄠˋ ㄕ）　**反**：一毛不拔

釋義　樂於做善事，喜好將財物施捨給他人。

範例　他雖然不富裕，卻是位「樂善好施」的大好人。

毅然決然（ㄧˋ ㄖㄢˊ ㄐㄩㄝˊ ㄖㄢˊ）　**近**：堅定不移　**反**：舉棋不定

釋義　形容意志堅強果決、毫不退縮。

範例　他為了學好英文，「毅然決然」地隻身前往美國遊學去了。

潛移默化（ㄑㄧㄢˊ ㄧˊ ㄇㄛˋ ㄏㄨㄚˋ）　**近**：潛移默運　**反**：積習難改

釋義　形容人的思想或性格，不知不覺受到環境或別人的影響而發生變化。

範例　人們常說：學音樂的孩子不會變壞，這就是「潛移默化」的效果。

文史趣談　**孟母愛搬家**

環境對人的影響不容小覷，小孩子的成長環境尤其重要。《列女傳》記載：孟子小時候原本住在墳墓附近，他和同伴經常玩埋葬的遊戲，孟母就決定搬家。搬到市場附近，孟子竟整天學商人叫賣。後來搬到學校附近，孟子就學著演練禮儀，孟母覺得這樣的環境才是對孩子好，決定定居，孟子長大後也成為大學者。

熟能生巧（ㄕㄡˊ ㄋㄥˊ ㄕㄥ ㄑㄧㄠˇ）　**近**：游刃有餘

釋義 事情做得熟練，自然能找到竅門，做得巧妙。

範例 雖然第一次下廚手忙腳亂，但多練習幾次，必定「熟能生巧」，做一桌菜也不成問題了。

盤根錯節 ㄆㄢˊ ㄍㄣ ㄘㄨㄛˋ ㄐㄧㄝˊ

近：錯綜複雜
反：迎刃而解

釋義 樹根盤屈，枝節交錯。比喻事情複雜、不易處理。

範例 經過檢調單位細心的抽絲剝繭，花了許多時間，這起「盤根錯節」的案件終於宣告偵破。

不要誤用 「盤根錯節」表示情況糾結複雜，難以處理，多指事情；「根深蒂固」表示基礎牢固，不容易動搖，多指觀念；「堅如盤石」則重在表示本身穩固，不可動搖，多形容建築物。

窮凶極惡 ㄑㄩㄥˊ ㄒㄩㄥ ㄐㄧˊ ㄜˋ

近：窮凶極虐
反：大慈大悲

釋義 形容人極端凶惡的樣子。

範例 那些「窮凶極惡」的地痞流氓，終於被依法究辦。

窮兵黷武 ㄑㄩㄥˊ ㄅㄧㄥ ㄉㄨˊ ㄨˇ

近：窮兵極武
反：偃武修文

釋義 用盡全部兵力，好戰無厭。

範例 獨裁者的「窮兵黷武」，經常是導致國庫空虛、民生凋敝的主要原因。

窮奢極欲 ㄑㄩㄥˊ ㄕㄜ ㄐㄧˊ ㄩˋ

近：窮奢極侈
反：克勤克儉

釋義 非常奢侈浪費，荒淫腐化。

範例 許多古代君王都因為「窮奢極欲」，荒廢朝政，而給敵人可乘之機。

窮途末路 ㄑㄩㄥˊ ㄊㄨˊ ㄇㄛˋ ㄌㄨˋ

近：日暮途窮
反：漸入佳境

釋義 形容無路可走、窮困絕望的情況。

範例 他為了女兒的病訪遍了全省名醫，如今已是「窮途末路」，無計可施了。

窮愁潦倒 ㄑㄩㄥˊ ㄔㄡˊ ㄌㄠˇ ㄉㄠˇ　**近：**捉襟見肘　**反：**富貴利達

釋義 形容一個人非常貧困、處境狼狽的樣子。

範例 沒有人相信街角那個「窮愁潦倒」的老人，竟是當年坐擁數家公司的大老闆。

緣木求魚 ㄩㄢˊ ㄇㄨˋ ㄑㄧㄡˊ ㄩˊ　**近：**刻舟求劍　**反：**探囊取物

釋義 爬到樹上去找魚。比喻方向、方法錯誤，徒勞無功。

範例 他不肯努力工作，只拚命簽樂透，想用這種方式改善生活，不過是「緣木求魚」。

不要誤用 「緣木求魚」比喻方向不對或方法錯誤；「刻舟求劍」、「膠柱鼓瑟」則比喻辦事刻板、頑固拘泥，絲毫不知變通。

緩不濟急 ㄏㄨㄢˇ ㄅㄨˋ ㄐㄧˋ ㄐㄧˊ

釋義 緩慢的行動幫助不了緊急需要。形容雖有解決的辦法，卻趕不上應用。

範例 孩子明天就要繳學費了，你現在才想去借錢，恐怕也「緩不濟急」。

膠漆相投 ㄐㄧㄠ ㄑㄧ ㄒㄧㄤ ㄊㄡˊ

釋義 比喻兩人友誼深厚，志向和興趣都很投合。

範例 我倆「膠漆相投」，聚在一起總有說不完的話。

蔚然成風 ㄨㄟˋ ㄖㄢˊ ㄔㄥˊ ㄈㄥ　**近：**靡然從風

釋義 形容一件事情逐漸發展盛行，成為一種風氣。

範例 近年來智慧型手機蓬勃發展，已經「蔚然成風」。

蓬蓽生輝 ㄆㄥˊ ㄅㄧˋ ㄕㄥ ㄏㄨㄟ　**近：**蓬屋生光

釋義 使貧家陋室增添光輝。多為獲贈字畫或客人來訪時的謙詞。

範例 我家客廳掛上您的山水大作，頓時「蓬蓽生輝」，整個屋子的感覺都不一樣了。

蓬頭垢面 ㄆㄥˊ ㄊㄡˊ ㄍㄡˋ ㄇㄧㄢˋ　**近：**囚首垢面　**反：**衣冠楚楚

釋義 頭髮很亂、臉上很髒。

形容人儀容不整的樣子。

範例：為了趕在月底前交件，他這幾天忙得廢寢忘食，更因為沒空打理儀容而「蓬頭垢面」。

談笑風生（ㄊㄢˊ ㄒㄧㄠˋ ㄈㄥ ㄕㄥ）

釋義：形容談話時有說有笑，風趣動聽。

範例：筵席上，大夥傳杯送盞，「談笑風生」，主客雙方都非常盡興愉快。

請君入甕（ㄑㄧㄥˇ ㄐㄩㄣ ㄖㄨˋ ㄨㄥˋ）

釋義：比喻用對方所使用的手段回過來對付他。

範例：對付這種小人，就只能用「請君入甕」之法了。

調虎離山（ㄉㄧㄠˋ ㄏㄨˇ ㄌㄧˊ ㄕㄢ）

近：引蛇出洞

反：縱虎歸山

釋義：設法使老虎離開山頭。比喻用計使對方離開原來的有利地勢，或使對方離開原來防守的地方，以達成某種目的。

範例：小偷用造假的領獎訊息「調虎離山」，預備趁主人不在家時闖空門。

賞心悅目（ㄕㄤˇ ㄒㄧㄣ ㄩㄝˋ ㄇㄨˋ）

近：動心娛目

反：慘不忍睹

釋義：欣賞美好的景色而使心情愉快。

範例：那件別具設計感的衣服，穿在美麗的模特兒身上，真是「賞心悅目」。

賞心樂事（ㄕㄤˇ ㄒㄧㄣ ㄌㄜˋ ㄕˋ）

釋義：使人心中感到歡樂、暢快的事。

範例：能與好友暢談理想，真是一樁「賞心樂事」。

適可而止（ㄕˋ ㄎㄜˇ ㄦˊ ㄓˇ）

近：恰到好處

反：欲罷不能

釋義：到了適當程度就停止下來，表示凡事恰到好處就好，不要過分。

範例：做人不可以得理不饒人，凡事要「適可而止」。

適得其反（ㄕˋ ㄉㄜˊ ㄑㄧˊ ㄈㄢˇ）

近：欲益反損

反：稱心如意

釋義：形容事情的結果恰好與

願望相反。

範例 一味地掩飾自己的錯誤只會「適得其反」，愈弄愈糟。

不要誤用 「適得其反」強調結果和願望恰好相反；「事與願違」則強調事情的發展與主觀願望有出入。

醉生夢死 ㄗㄨㄟˋ ㄕㄥ ㄇㄥˋ ㄙˇ

近：行尸走肉
反：奮發圖強

釋義 像喝醉酒和做夢那樣，昏昏沉沉、糊裡糊塗地生活著。

範例 他成天「醉生夢死」，不知今夕何夕，對自己的人生一點理想與規劃都沒有。

銷聲匿跡 ㄒㄧㄠ ㄕㄥ ㄋㄧˋ ㄐㄧ

近：匿影藏形
反：拋頭露面

釋義 不出聲，不露面。形容隱藏形跡，不公開露面。

範例 那位曾經大紅大紫的電視劇明星，去年卻突然「銷聲匿跡」，據揣測是因為賭博欠下大筆債務，躲到國外去了。

不要誤用 「銷聲匿跡」所要隱藏的是形跡，目的在於不為眾人所發現；「匿影藏形」所要隱藏的則是真相，目的在於不讓別人看出來。

鋪張揚厲 ㄆㄨ ㄓㄤ ㄧㄤˊ ㄌㄧˋ

釋義 原指鋪敘、宣揚。現多指極力鋪排、誇大，過於講究排場。

範例 漢代大賦通常具有「鋪張揚厲」的特色。

銳不可當 ㄖㄨㄟˋ ㄅㄨˋ ㄎㄜˇ ㄉㄤ

近：猛虎下山
反：望風披靡

釋義 形容來勢勇猛，不可阻擋。

範例 我方選手氣勢如虹，「銳不可當」，最終以直落二輕取對手，奪得這次網球比賽的冠軍。

鋒芒畢露 ㄈㄥ ㄇㄤˊ ㄅㄧˋ ㄌㄨˋ

近：脫穎而出
反：晦跡韜光

釋義 銳氣、才幹全部顯露出來。比喻人的傲氣、才幹完全顯露出來。

範例：年輕人不要太「鋒芒畢露」，以免招來妒忌，應該學會韜光養晦，人際相處一定更融洽。

震古鑠今 ㄓㄣˋ ㄍㄨˇ ㄕㄨㄛˋ ㄐㄧㄣ　**近**：光前耀後　**反**：遺臭萬年

釋義：形容事業或功績的偉大，超越古代，顯耀當代。

範例：電腦的發明可說是「震古鑠今」，現代人的生活，不可一日沒有它。

震耳欲聾 ㄓㄣˋ ㄦˇ ㄩˋ ㄌㄨㄥˊ

釋義：震得耳朵都要聾了。形容聲音很大。

範例：附近工地每天都發出「震耳欲聾」的聲響，讓學生們上課情緒大受影響。

養虎遺患 ㄧㄤˇ ㄏㄨˇ ㄧˊ ㄏㄨㄢˋ　**近**：放虎歸山　**反**：斬草除根

釋義：養著老虎不殺，卻是留下禍患。比喻縱容敵人，反而留下後患，使自己受害。

範例：你現在縱容他的行為，那是「養虎遺患」，將來一定會出大事的。

養尊處優 ㄧㄤˇ ㄗㄨㄣ ㄔㄨˇ ㄧㄡ　**近**：嬌生慣養　**反**：含辛茹苦

釋義：處於尊貴的地位，過著優裕的生活。

範例：他向來「養尊處優」，突然的家道中落，讓他無所適從。

不要誤用　「養尊處優」多指成年時的環境優裕，地位尊貴；「嬌生慣養」則偏重幼年時受到溺愛。

養精蓄銳 ㄧㄤˇ ㄐㄧㄥ ㄒㄩˋ ㄖㄨㄟˋ　**近**：養威蓄銳

釋義：養息精神，積蓄力量。

範例：今晚大家要好好地「養精蓄銳」，明天早上要對抗上一屆的冠軍隊伍呢。

不要誤用　「養精蓄銳」是養息精神、儲蓄力量的意思，多用於國力、軍力的培養或比賽前的準備；「休養生息」則是休息、保養，有助於繁殖的意思，用於大動亂或戰爭後恢復人民生產、元氣方面。

餘音繞梁（ㄩˊ ㄧㄣ ㄖㄠˋ ㄌㄧㄤˊ）　**近：**餘音裊裊　**反：**嘔啞嘲哳

釋義　形容音樂優美，使人回味不盡。

範例　那位美聲歌手「餘音繞梁」歌聲，彷彿能洗淨人的靈魂。

文史趣談　**音樂的力量**

你知道音樂可以有多大的力量嗎？《列子》中說，戰國時的韓娥，她悲傷或開心的歌聲，可以讓村裡的百姓隨著哭、隨著笑。《論語》記載孔子在齊國聽了《韶》樂，結果三個月吃飯都感覺不出肉的滋味。《禮記》則說音樂有移風易俗的作用，可以幫助君王教化百姓──音樂影響人心的力量還真是不可小看呢！

駕輕就熟（ㄐㄧㄚˋ ㄑㄧㄥ ㄐㄧㄡˋ ㄕㄡˊ）　**近：**輕車熟路　**反：**新手上路

釋義　趕著輕車去走熟路。後比喻對事情很有經驗，做起來得心應手。

範例　我有多次舉辦研討會的經驗，早已「駕輕就熟」，這次活動就放心交給我吧！

魯魚亥豕（ㄌㄨˇ ㄩˊ ㄏㄞˋ ㄕˇ）　**近：**烏焉成馬

釋義　因為字形相似，所以在抄寫時容易把「魚」寫成「魯」、「亥」為成「豕」。表示文字因形似而傳寫訛誤。

範例　從前書籍校對的品質低劣，「魯魚亥豕」的情況隨處可見。

鴉雀無聲（ㄧㄚ ㄑㄩㄝˋ ㄨˊ ㄕㄥ）　**近：**寂靜無聲　**反：**人聲鼎沸

釋義　形容原本吵鬧的人群，突然安靜下來。

範例　劇院燈光一暗下來，舞臺下吵鬧的觀眾，立刻「鴉雀無聲」，屏息以待。

墨守成規（ㄇㄛˋ ㄕㄡˇ ㄔㄥˊ ㄍㄨㄟ）　**近：**蹈常襲故　**反：**不主故常

釋義　形容按老規矩辦事，不求改進。

範例　做事千萬不能「墨守成規」，否則是不可能有進步的。

不要誤用 「墨守成規」偏重守舊，不求改進；「故步自封」則側重於停滯不前，不圖進取。

齒德俱尊（ㄔˇ ㄉㄜˊ ㄐㄩ ㄗㄨㄣ）

釋義 指年紀與德行皆很崇高。形容年紀增長時，德望也日漸尊崇。

範例 老教授「齒德俱尊」，後生晚輩都十分景仰他。

鋌而走險（ㄊㄧㄥˇ ㄦˊ ㄗㄡˇ ㄒㄧㄢˇ）　近：逼上梁山

釋義 形容無路可走而被迫採取冒險行動。

範例 在動亂的年代，許多人因為經濟壓力而被迫「鋌而走險」。

不要誤用 「鋌而走險」偏重於無路可走而冒險，這種冒險不一定指壞事；「逼上梁山」則指不得已而做某種事，多是違背意願或不該做的事。

十六畫

噤若寒蟬（ㄐㄧㄣˋ ㄖㄨㄛˋ ㄏㄢˊ ㄔㄢˊ）　反：暢所欲言

釋義 像冷天的知了那樣不能鳴叫。形容不敢作聲說話。

範例 看到老師嚴厲的臉色，學生們都「噤若寒蟬」，不敢喘一口大氣。

不要誤用 「噤若寒蟬」指一句話也不說；「仗馬寒蟬」則指不敢說話的人。

器宇軒昂（ㄑㄧˋ ㄩˇ ㄒㄩㄢ ㄤˊ）　近：器宇不凡　反：萎靡不振

釋義 形容人的胸襟、度量、儀表樣樣都高超不凡。

範例 那位「氣宇軒昂」的青年，就是今天婚禮的主角。

壁壘分明（ㄅㄧˋ ㄌㄟˇ ㄈㄣ ㄇㄧㄥˊ）

釋義 比喻對立的界限十分清楚。

範例 自從發生那個事件，他們兩邊就是這副「壁壘分明」的樣子了。

不要誤用 「壁壘分明」強調對立關係，用於雙方立場；「涇渭分明」則指兩種事物截然不同，區別清楚，可用於是非、好壞分明。

奮不顧身（ㄈㄣˋ ㄅㄨˋ ㄍㄨˋ ㄕㄣ）　**近：**赴湯蹈火　**反：**畏縮不前

釋義　奮勇向前，完全不顧個人安危。

範例　他「奮不顧身」的跳進湖裡，把溺水的孩子救上岸。

學以致用（ㄒㄩㄝˊ ㄧˇ ㄓˋ ㄩㄥˋ）　**反：**學非所用

釋義　把學到的知識實際運用，強調學習要能用於實際。

範例　讀書必須「學以致用」，千萬不能照本宣科。

戰戰兢兢（ㄓㄢˋ ㄓㄢˋ ㄐㄧㄥ ㄐㄧㄥ）　**近：**如臨淵谷

釋義　形容因為害怕而小心翼翼的態度。

範例　她第一次學開車，因此「戰戰兢兢」，每個步驟都小心翼翼，生怕出錯。

據理力爭（ㄐㄩˋ ㄌㄧˇ ㄌㄧˋ ㄓㄥ）　**近：**據理直爭

釋義　依據情理，盡力爭辯或爭取。

範例　這件事錯不在你，當然要「據理力爭」，不要輕易放棄自己的權利。

擇善固執（ㄗㄜˊ ㄕㄢˋ ㄍㄨˋ ㄓˊ）

釋義　選擇並堅持正確的道理，不輕易改變。

範例　做人要學會「擇善固執」，不能隨波逐流，盲目從眾而失去原則。

操之過急（ㄘㄠ ㄓ ㄍㄨㄛˋ ㄐㄧˊ）　**近：**急於求成　**反：**從長計議

釋義　形容辦事不衡量本末先後，太過急躁。

範例　我認為這件事不宜「操之過急」，我們還是一步一步來吧。

不要誤用　「操之過急」可指做成一件事，也可指解決一個問題；「急於事功」、「急於求成」則都指急著做成一件事，不能指解決一個問題。

曇花一現（ㄊㄢˊ ㄏㄨㄚ ㄧˊ ㄒㄧㄢˋ）　**近：**過眼雲煙　**反：**萬古長青

釋義　原來比喻事物不常見。後比喻事物一出現很快就消失。

範例 她那「曇花一現」的笑容，讓許多男士神魂顛倒。

不要誤用 「曇花一現」偏重表示出現一下就消失，強調消失之迅速，可用於人；「過眼雲煙」則強調消失之容易，多用於容易被忽視的事物，不可用於人。

橫七豎八（ㄏㄥˊ ㄑㄧ ㄕㄨˋ ㄅㄚ）

近：亂七八糟　**反**：井然有序

釋義 有的橫，有的豎。形容雜亂不整齊的樣子。

範例 學生們打掃完，掃具「橫七豎八」的丟了一地，讓老師很生氣。

橫生枝節（ㄏㄥˊ ㄕㄥ ㄓ ㄐㄧㄝˊ）

近：旁生枝節

釋義 指中途出現問題。形容原有的事情尚未解決，卻又產生新的問題。

範例 這件事需要盡快處理，避免夜長夢多，「橫生枝節」。

不要誤用 「橫生枝節」強調意外又出現了的新問題；「節外生枝」則強調在原有的問題外又衍生出新的問題。

橫行霸道（ㄏㄥˊ ㄒㄧㄥˊ ㄅㄚˋ ㄉㄠˋ）

近：胡作非為　**反**：安分守己

釋義 形容壞人胡作非為，蠻不講理。

範例 那位黑道出身的議員在地方上「橫行霸道」，讓附近居民敢怒不敢言。

橫眉豎目（ㄏㄥˊ ㄇㄟˊ ㄕㄨˋ ㄇㄨˋ）

釋義 聳眉瞪眼。形容生氣或兇狠的樣子。

範例 瞧他「橫眉豎目」的樣子，不知道是誰惹他生氣了？

樹大招風（ㄕㄨˋ ㄉㄚˋ ㄓㄠ ㄈㄥ）

近：名高喪人

釋義 比喻個人的名聲太大往往惹人注意，招來別人的嫉妒或攻擊。

範例 這件事之所以會引發軒然大波，都是因為他名氣太響，「樹大招風」。

機關用盡（ㄐㄧ ㄍㄨㄢ ㄩㄥˋ ㄐㄧㄣˋ）

近：處心積慮

釋義 形容費盡心機。

範例 那位候選人為了爭取選票「機關用盡」，反而給民眾負面觀感。

不要誤用 「機關用盡」僅指心機計謀，不能指本領；「黔驢技窮」則多指本領，含本來的伎倆有限的意思，也可指心機、計謀。

歷歷在目（ㄌㄧˋ ㄌㄧˋ ㄗㄞˋ ㄇㄨˋ）

近：歷歷可見

釋義 事物分明、清楚地出現在眼前。

範例 過往的美好記憶，依舊「歷歷在目」，而當時談笑風生的夥伴們，卻早已魚沉雁杳。

燈紅酒綠（ㄉㄥ ㄏㄨㄥˊ ㄐㄧㄡˇ ㄌㄩˋ）

近：花天酒地
反：簞食瓢飲

釋義 形容奢侈、靡爛的腐化生活。

範例 在這「燈紅酒綠」、紙醉金迷的大都會裡，仍有許多衣不蔽體、飢不飽餐的窮苦民眾，在黑暗的角落裡為生存奮鬥。

燃眉之急（ㄖㄢˊ ㄇㄟˊ ㄓ ㄐㄧˊ）

近：迫在眉睫
反：從容不迫

釋義 像火燒眉毛那樣的緊急。比喻事情非常急迫。

範例 此事已成「燃眉之急」，你怎麼不趕快設法解決，還在那兒優哉游哉？

不要誤用 「燃眉之急」重在緊急，一般用來形容心情、事情或狀態等；「迫在眉睫」則重在急事逼近；「十萬火急」一般用來形容書信、命令或行動等。

獨占鰲頭（ㄉㄨˊ ㄓㄢˋ ㄠˊ ㄊㄡˊ）

近：首屈一指
反：名落孫山

釋義 舊時科舉進士發榜時，規定狀元站在宮殿門前玉臺階上的巨鰲浮雕前迎榜，因此中狀元稱為「獨占鰲頭」。後來比喻居於首位。

範例 學校各種大小考試，都是她「獨占鰲頭」，可見她平時在家一定也很用功。

不要誤用 「獨占鰲頭」指取

得第一名；「金榜題名」則只指考中而不論名次。

獨善其身（ㄉㄨˊ ㄕㄢˋ ㄑㄧˊ ㄕㄣ）　**近：**明哲保身　**反：**兼善天下

釋義 原形容人專力修養自己的品德。現指只顧自己好，不顧團體或別人的事。

範例 現代人大多「獨善其身」，對公眾事物漠不關心。

不要誤用 「獨善其身」指只顧好自己而不管別人；「明哲保身」則是善於保全自己的生命，避免陷入危險。

獨樹一幟（ㄉㄨˊ ㄕㄨˋ ㄧ ㄓˋ）　**近：**自成一家　**反：**亦步亦趨

釋義 單獨打起一面旗號。比喻能自成一家，開創一個新的局面。

範例 那位老師「獨樹一幟」的教學方式，獲得學生一致的好評。

不要誤用 「獨樹一幟」比喻風格特出而自成一派；「標新立異」則指故意創新以顯示與人不同。

瞠乎其後（ㄔㄥ ㄏㄨ ㄑㄧˊ ㄏㄡˋ）　**近：**望塵莫及　**反：**迎頭趕上

釋義 瞪眼看著落在後面。形容差距很大，趕不上。

範例 那位企業家的成就之大，眾人望塵莫及，只有「瞠乎其後」的份。

瞠目結舌（ㄔㄥ ㄇㄨˋ ㄐㄧㄝˊ ㄕㄜˊ）　**近：**目瞪口呆

釋義 瞪著眼睛說不出話來。形容驚訝、恐懼的樣子。

範例 他那身詭異的裝扮，讓所有路人「瞠目結舌」。

瞞天過海（ㄇㄢˊ ㄊㄧㄢ ㄍㄨㄛˋ ㄏㄞˇ）

釋義 比喻用欺騙的手段在暗中進行活動。

範例 那個偷渡客以為變造護照就能「瞞天過海」，卻依然被海關攔下。

磨杵成針（ㄇㄛˊ ㄔㄨˇ ㄔㄥˊ ㄓㄣ）　**近：**有志竟成　**反：**磨磚成鏡

釋義 比喻只要有毅力、有恆心，肯下功夫，一定能克服困難有所成就。

範例 不要看輕自己，被困難嚇倒，只要努力不懈，將來總有一天會成功，這就是「磨杵成針」的道理。

文史趣談 詩人的小秘密

《方輿勝覽》中，記載了大詩人李白的小秘密——就是他小時候不愛唸書，甚至還曾逃學呢！但就在李白棄學離開的路上，看到一位老婆婆在小溪邊的石頭上磨著鐵棒，邊說要把它磨成繡花針。李白聽了，大為震動，從此發憤學習，後來終於大有成就。看來要成為名詩人，不只靠天才，領悟力和努力也不可少呢。

積非成是（ㄐㄧ ㄈㄟ ㄔㄥˊ ㄕˋ）

釋義 長期形成的錯誤，久而久之，反會被大眾誤認為是正確的。

範例 今日很多錯別字都因為「積非成是」，反而比正確用法更為民眾所接受。

積重難返（ㄐㄧ ㄓㄨㄥˋ ㄋㄢˊ ㄈㄢˇ）

近：積習難改
反：宿弊一清

釋義 長時間形成的習慣不易改變。多指惡習、弊端發展已久，難以革除。

範例 令人不敢苟同的紅包文化，必須明令禁止，以免「積重難返」。

積勞成病（ㄐㄧ ㄌㄠˊ ㄔㄥˊ ㄅㄧㄥˋ）

近：積勞成疾

釋義 長期過度勞累而得病。

範例 他每天工作超過十六小時，終於「積勞成病」。

興利除弊（ㄒㄧㄥ ㄌㄧˋ ㄔㄨˊ ㄅㄧˋ）

近：興利剔弊

釋義 興辦有利的事情，革除有害的弊端。

範例 新政府團隊上任的首要任務就是「興利除弊」。

興味索然（ㄒㄧㄥˋ ㄨㄟˋ ㄙㄨㄛˇ ㄖㄢˊ）

近：索然無味
反：興致勃勃

釋義 完全沒有興趣、情致。

範例 這部電影劇情單調，演員演技生澀，又毫無拍攝技巧，實在讓人「興味索然」。

興風作浪 ㄒㄧㄥ ㄈㄥ ㄗㄨㄛˋ ㄌㄤˋ

近：掀風鼓浪

反：息事寧人

釋義 刮起大風，掀起波浪。現比喻製造事端，引起是非。

範例 每次選舉前，總有一些名嘴趁機「興風作浪」，企圖左右選情。

不要誤用 「興風作浪」偏重在無事生非，煽動人心；「興妖作怪」則偏重在暗中破壞、搗亂。

蕭規曹隨 ㄒㄧㄠ ㄍㄨㄟ ㄘㄠˊ ㄙㄨㄟˊ

近：因循守舊

反：改弦易轍

釋義 比喻依照原先的規定辦事，而不創新。

範例 部門經理新上任，一切「蕭規曹隨」，大家不用太過擔心。

融會貫通 ㄖㄨㄥˊ ㄏㄨㄟˋ ㄍㄨㄢˋ ㄊㄨㄥ

反：一知半解

釋義 把各方面的知識或道理融合貫穿起來，得到全面而徹底的理解。

範例 為學不能囫圇吞棗，必須「融會貫通」，否則是白花力氣。

親痛仇快 ㄑㄧㄣ ㄊㄨㄥˋ ㄔㄡˊ ㄎㄨㄞˋ

釋義 指行為上的不妥當，使親人痛心，使仇敵高興。

範例 我們隊伍內部一定要團結，不能自亂陣腳，否則只會「親痛仇快」。

諱疾忌醫 ㄏㄨㄟˋ ㄐㄧˊ ㄐㄧˋ ㄧ

近：拒諫飾非

反：知過必改

釋義 隱瞞病情不加治療。比喻有了錯誤、缺點，卻不喜歡接受別人的批評、規勸。

範例 別人的批評是讓自己進步的動力，千萬不能「諱疾忌醫」。

不要誤用 「諱疾忌醫」偏重在害怕別人的批評而不接受規勸；「文過飾非」則重在找藉口來掩飾自己的錯誤。

諱莫如深 ㄏㄨㄟˋ ㄇㄛˋ ㄖㄨˊ ㄕㄣ

近：守口如瓶

反：和盤托出

釋義 形容把事情深藏、隱瞞，唯恐別人知道。

範例：這件事說來讓人笑話，他向來「諱莫如深」，從不談論此事。

踵事增華　**近：**發揚光大

釋義：在前人創造的基礎上再增加一些光彩。指繼承前人的事業並加以發展，使之更趨完善、美好。

範例：他不但克紹箕裘，更能「踵事增華」，創造了公司事業的第二個高峰。

遺臭萬年　**近：**遺臭萬代　**反：**流芳百世

釋義：惡名流傳到後世，永遠受人唾罵。

範例：廣行善事、造福鄉里，必然流芳百世，多行不義、為惡不悛，將會「遺臭萬年」。

錦上添花　**近：**美上加美　**反：**雪上加霜

釋義：在錦緞上面再繡上花。比喻好上加好，美上加美。

範例：這件禮服已經很華麗了，就不需要再「錦上添花」了吧。

錦衣玉食　**近：**鮮衣美食　**反：**粗衣惡食

釋義：指衣食都極精巧、華麗。形容奢侈、豪華的生活。

範例：他雖然過著「錦衣玉食」的生活，卻仍不忘時時幫助那些家徒四壁的窮人。

不要誤用　「錦衣玉食」強調衣食精美，形容生活奢侈、豪華；「豐衣足食」則只強調衣食富足，形容生活舒適。

錙銖必較　**近：**斤斤計較

釋義：形容非常吝嗇，極小的地方都要計較。

範例：因為這個月的薪水還沒發下來，所以對日常用度必須「錙銖必較」才行。

隨心所欲　**近：**為所欲為　**反：**身不由己

釋義：完全順著自己的心意去做。

範例：你以為這是什麼場合，

可以由得你「隨心所欲」？

隨波逐流 ㄙㄨㄟˊ ㄅㄛ ㄓㄨˊ ㄌㄧㄡˊ　**近：**與世沉浮　**反：**特立獨行

釋義 隨著波浪起伏，跟著流水飄蕩。比喻自己沒有正確的主見或堅定的立場，只是聽任外力的影響。

範例 即使大部分的人都認為他是怪咖，他依然堅持自己的作法，不肯「隨波逐流」。

不要誤用 「隨波逐流」指隨著一般人、時勢而走；「同流合汙」則是隨著壞人走，一起做壞事。

隨遇而安 ㄙㄨㄟˊ ㄩˋ ㄦˊ ㄢ　**近：**安常處順

釋義 不管遇到什麼環境，都能安然自得。

範例 他這種「隨遇而安」的性格，到哪裡都很容易就融入環境，不會適應不良。

不要誤用 「隨遇而安」表示能適應任何環境，不一定指遇到什麼事；「安之若素」則多指遭遇困窘而能平靜如往常。

隨機應變 ㄙㄨㄟˊ ㄐㄧ ㄧㄥˋ ㄅㄧㄢˋ　**近：**見機行事　**反：**照本宣科

釋義 隨著情況的變化而靈活、機動地應付。

範例 我們必須學會「隨機應變」，不能完全照著書上的步驟去做。

險象環生 ㄒㄧㄢˇ ㄒㄧㄤˋ ㄏㄨㄢˊ ㄕㄥ

釋義 指險情不斷出現。

範例 颱風過後的山路，落石不斷，車輛經過時是「險象環生」。

雕梁畫棟 ㄉㄧㄠ ㄌㄧㄤˊ ㄏㄨㄚˋ ㄉㄨㄥˋ　**近：**畫棟雕梁

釋義 彩繪裝飾的房梁和屋棟。形容建築物精美華貴。

範例 這座「雕梁畫棟」的建築，據說已經有兩百多年歷史。

雕蟲小技 ㄉㄧㄠ ㄔㄨㄥˊ ㄒㄧㄠˇ ㄐㄧˋ

釋義 比喻微不足道的技能。多指文字技巧。

範例 消防隊員連抓蛇、抓鱷魚都不成問題，摘蜂窩不過是「雕蟲小技」。

文史趣談 小小技能救一命

即使是微不足道的技能，有時也能救人一命呢！《史記》記載：秦王囚禁齊國公子孟嘗君，準備殺他。孟嘗君手下有位食客就扮成狗，偷了珍貴的白狐皮衣賄賂秦王的寵姬，孟嘗君才被釋放。逃到關門前時，又有個食客假裝雞叫，騙開城門，孟嘗君才能回到齊國。可見即使是雞鳴狗盜般的小技能，有時也有大用處呢。

頭角崢嶸 **近**：頭角嶄然

釋義 形容青少年才氣出眾。

範例 看他小小年紀就如此機伶，將來一定能「頭角崢嶸」，有所成就。

頭頭是道 **近**：有條有理 **反**：顛三倒四

釋義 原指佛教道法無所不在。後來用以形容說話或做事有條有理，清楚明白。

範例 別聽他好像講得「頭頭是道」，仔細分析起來，自相矛盾的地方還不少呢！

頤指氣使 **近**：目使頤令 **反**：低首下心

釋義 形容人驕縱傲慢、任意指揮別人。

範例 班長是為同學服務而存在的，怎能對大家「頤指氣使」？

默默無聞 **近**：沒沒無聞

釋義 不為人所知。

範例 很多名作家，剛出道時也都經過很長一段「默默無聞」的時間。

黔驢技窮 **近**：鼯鼠技窮 **反**：神通廣大

釋義 比喻有限的本領用完了，已無技可施。

範例 串場的團員已快「黔驢技窮」了，下一個節目怎麼還不趕快開始呢？

龍爭虎鬥

釋義 強龍和猛虎爭鬥。比喻雙方勢均力敵，或競賽激烈，分不出高下。

範例 兩位劍道高手「龍爭虎鬥」，你來我往，比賽非常精采。

龍飛鳳舞 ㄌㄨㄥˊ ㄈㄟ ㄈㄥˋ ㄨˇ　**近**：浮雲驚龍　**反**：信筆塗鴉

釋義 原來形容氣勢雄壯、奔放。後來也形容書法筆勢生動、絕異。今多指字跡潦草。

範例 他那一手「龍飛鳳舞」的字跡，經常讓人看不懂他到底在寫些什麼。

文史趣談 兒子的傑作

我們戲稱潦草的字跡是「龍飛鳳舞」，隨手亂畫則稱為「塗鴉」，原來「塗鴉」是源自唐朝詩人盧仝的故事呢。一天，盧仝看書看到睡著，迷糊中聽到一陣童稚的笑聲，睜眼一看，原來小兒子正拿著他的毛筆，在書本上亂塗亂畫。盧仝詩興大發，連忙寫下：「忽來案上翻墨汁，塗抹詩書如老鴉」，「塗鴉」正是這麼來的。

龍蛇混雜 ㄌㄨㄥˊ ㄕㄜˊ ㄏㄨㄣˋ ㄗㄚˊ

釋義 比喻壞人、好人混雜在一起。

範例 此區「龍蛇混雜」，獨自在外租屋，可得多加小心。

龍潭虎穴 ㄌㄨㄥˊ ㄊㄢˊ ㄏㄨˇ ㄒㄩㄝˋ　**近**：刀山火海

釋義 比喻非常險惡的地方。

範例 警察直闖「龍潭虎穴」，就是為了一舉搗毀製毒集團的大本營。

龍蟠虎踞 ㄌㄨㄥˊ ㄆㄢˊ ㄏㄨˇ ㄐㄩˋ　**近**：虎踞龍蟠

釋義 像龍蹲繞在東面，像虎蹲在西面。形容地勢雄偉、險要。

範例 此處「龍蟠虎踞」，自古就是重要的軍事要地。

十七畫

優柔寡斷 ㄧㄡ ㄖㄡˊ ㄍㄨㄚˇ ㄉㄨㄢˋ　**近**：躊躇不決　**反**：當機立斷

釋義 形容缺乏決斷力。

範例 面對重大的抉擇時必須謹慎，但不能「優柔寡斷」，否則往往會坐失良機，到頭來一事無成。

不要誤用 「優柔寡斷」多從人的性格上說他行事不果決；「舉棋不定」、「猶豫不決」則多指面對具體事件、問題時拿不定主意。

勵精圖治（ㄌㄧˋ ㄐㄧㄥ ㄊㄨˊ ㄓˋ）

近：奮發圖強
反：縱逸酣嬉

釋義 振奮精神，整治國家。

範例 這位新上任的領導人決心「勵精圖治」，革除舊有的種種亂象。

孺子可教（ㄖㄨˊ ㄗˇ ㄎㄜˇ ㄐㄧㄠˋ）

釋義 稱讚年輕人有潛力、值得造就。

範例 他總能舉一反三，讓所有師長都稱讚是「孺子可教」。

應有盡有（ㄧㄥ ㄧㄡˇ ㄐㄧㄣˋ ㄧㄡˇ）

近：一應俱全

釋義 應該有的統統有，形容非常齊全。

範例 這部百科內容非常豐富，各方面的知識「應有盡有」。

不要誤用 「應有盡有」可指物，也可指人；「一應俱全」則多指物，一般不指人。

應接不暇（ㄧㄥ ㄐㄧㄝ ㄅㄨˋ ㄒㄧㄚˊ）

近：窮於應付
反：應付自如

釋義 原指景物繁多使人來不及欣賞，後來也形容事情很多，使人來不及應付。

範例 母親節上餐廳慶祝的家庭眾多，讓服務生頗感「應接不暇」。

應運而生（ㄧㄥˋ ㄩㄣˋ ㄦˊ ㄕㄥ）

近：應運而起

釋義 原指順應天意而降生。現指適應時代潮流、趨勢而產生或出現。

範例 民眾工作忙碌，讓超商的代收業務「應運而生」。

應對如流（ㄧㄥˋ ㄉㄨㄟˋ ㄖㄨˊ ㄌㄧㄡˊ）

近：應對不窮
反：期期艾艾

釋義 應答像流水一樣，形容人答話非常敏捷、流利。

範例 他因為事前準備充分，所以不管口試委員提出什麼問題，都能「應對如流」。

擢髮難數　**近：**罄竹難書

釋義 拔下頭髮來數都數不清。形容罪行多得無法計算。

範例 那個通緝犯無惡不作，犯下的罪行「擢髮難數」。

櫛風沐雨　**近：**餐風露宿　**反：**養尊處優

釋義 以風梳髮，以雨洗頭。形容辛勞奔波，不避風雨。

範例 臺電人員經常得「櫛風沐雨」，四處維修損壞的電纜與路燈。

不要誤用 「櫛風沐雨」形容在野外奔走、風吹雨打的辛勞；「餐風宿露」則著眼於食宿的艱苦。

濟濟多士

釋義 許多懷有學識及專才的人。形容人才非常的多。

範例 這個器官移植團隊「濟濟多士」，完成許多國際知名的案例。

濫竽充數　**近：**魚目混珠　**反：**貨真價實

釋義 比喻沒有本領的人混進來冒充，占據某一職位。

範例 他其實不會唱歌，在合唱團裡根本是「濫竽充數」。

不要誤用 「濫竽充數」指沒有本領的人冒充有本領，差的充作好的；「魚目混珠」則指用假的冒充真的。

文史趣談　摸魚大王

現在有人上班渾水摸魚，其實據《韓非子》記載，在宮廷樂隊中，也有打混的人呢。原來戰國時的齊宣王喜歡聽竽樂合奏，有一位南郭先生不會吹竽，卻裝模作樣的混在三百人的樂隊中，吃香喝辣。結果後來換齊湣王繼位，他卻喜歡聽樂工輪流獨奏，南郭先生自知混不下去，就趁夜逃走了。「濫竽充數」實在做不得呀！

瞬息萬變　**近：**變化無常　**反：**一成不變

釋義 在很短的時間內發生了很多的變化。形容變化快而多。

範例：今日資訊科技的發展「瞬息萬變」，稱得上是一日千里。

不要誤用：「瞬息萬變」著重指變化多而快；「變化無常」則著重指變化亂，沒有規律。

瞭如指掌 ㄌㄧㄠˇ ㄖㄨˊ ㄓˇ ㄓㄤˇ

近：一清二楚
反：一無所知

釋義：比喻對事物了解得非常清楚。

範例：他對園藝非常有研究，哪種花草該用什麼方式種植，他都「瞭如指掌」。

不要誤用：「瞭如指掌」多指對情況的了解，可包括事物和人的情況，偏重在了解清楚；「洞若觀火」則多指對事理的觀察，偏重在觀察徹底。

矯枉過正 ㄐㄧㄠˇ ㄨㄤˇ ㄍㄨㄛˋ ㄓㄥˋ

近：任直必過
反：恰如其分

釋義：為要把彎曲的東西扭直，結果又歪向另一方。比喻糾正錯誤而超過了應有的限度。

範例：他為了怕上學遲到，每天都要設定十個鬧鐘，也未免太「矯枉過正」了。

矯揉造作 ㄐㄧㄠˇ ㄖㄡˊ ㄗㄠˋ ㄗㄨㄛˋ

近：裝模作樣
反：天真爛漫

釋義：形容故意做作，過分矯飾，不自然。

範例：只有真心能換得別人的誠意相待，這樣「矯揉造作」，是交不到真朋友的。

縱虎歸山 ㄗㄨㄥˋ ㄏㄨˇ ㄍㄨㄟ ㄕㄢ

近：養虎遺患
反：斬草除根

釋義：把老虎放回山上去。比喻放過惡人，讓他再度危害社會。

範例：讓那個作惡多端的歹徒假釋，「縱虎歸山」，恐怕將有更多受害。

不要誤用：「縱虎歸山」強調放走敵人；「養虎遺患」則強調縱容敵人。

繁文縟節 ㄈㄢˊ ㄨㄣˊ ㄖㄨˋ ㄐㄧㄝˊ

近：繁禮多儀
反：省繁從簡

釋義 繁多、無意義的儀式或禮節。比喻繁瑣多餘的事情。

範例 現代婚禮講究簡單隆重，應該省去不合時宜的「繁文縟節」。

罄竹難書 ㄑㄧㄥˋ ㄓㄨˊ ㄋㄢˊ ㄕㄨ

近：擢髮難數

釋義 用盡終南山的竹子，也寫不完他的罪行。形容罪行極多、罪惡極大。

範例 那個連續殺人犯，惡行「罄竹難書」，千萬不能讓他逍遙法外。

不要誤用 「罄竹難書」著眼於寫不完；「擢髮難數」則著眼於數不盡。

聲名狼藉 ㄕㄥ ㄇㄧㄥˊ ㄌㄤˊ ㄐㄧˊ

近：身敗名裂

反：名滿天下

釋義 形容名聲壞到極點。

範例 那位知名演員，因為私生活不檢點而「聲名狼藉」。

不要誤用 「聲名狼藉」只指名譽很壞，既可以用於個人，也可以用於團體；「身敗名裂」則還有喪失地位的意思，只能用於個人。

聲色犬馬 ㄕㄥ ㄙㄜˋ ㄑㄩㄢˇ ㄇㄚˇ

近：燈紅酒綠

釋義 指玩樂之物。形容人沉迷於歌舞女色、鬥狗賽馬等玩樂之中，生活非常靡爛。

範例 那位富家子終日沉迷於「聲色犬馬」，最後終於坐吃山空，流落街頭。

聲色俱厲 ㄕㄥ ㄙㄜˋ ㄐㄩˋ ㄌㄧˋ

近：疾言厲色

反：和顏悅色

釋義 形容人面容嚴肅，講話聲音嚴厲。

範例 老師「聲色俱厲」地斥責同學破壞公物的行為。

聲東擊西 ㄕㄥ ㄉㄨㄥ ㄐㄧ ㄒㄧ

釋義 軍事上出奇制勝、使對方產生錯覺的一種戰術，即表面上攻打這邊，實際上卻攻打那邊。形容人行為變化莫測。

範例 警察巧妙運用「聲東擊西」的策略，誘使歹徒落入圈套，終於一舉成擒。

不要誤用 「聲東擊西」指聲

張的和行動不一致，用宣傳來迷惑人；「圍魏救趙」則指用進攻敵人後方的策略使敵人撤兵，以解救友方的危機。

聲淚俱下 ㄕㄥ ㄌㄟˋ ㄐㄩˋ ㄒㄧㄚˋ　**近：**涕淚交集

釋義 邊訴說，邊哭泣。形容非常沉痛悲傷。

範例 他向朋友陳述自己悲慘的遭遇，說到傷心處不免「聲淚俱下」。

聲嘶力竭 ㄕㄥ ㄙ ㄌㄧˋ ㄐㄧㄝˊ　**近：**力竭聲嘶　**反：**輕聲細語

釋義 聲音嘶啞，氣力用盡。形容拚命呼喊的樣子。

範例 那位攤販喊得「聲嘶力竭」，引起許多顧客的好奇心，紛紛過去瞧個究竟。

不要誤用 「聲嘶力竭」指因喊叫使聲音變嘶啞；「歇斯底里」則指舉止失常，言行錯亂，行為失去控制。

膽大包天 ㄉㄢˇ ㄉㄚˋ ㄅㄠ ㄊㄧㄢ　**近：**膽大於身

釋義 形容膽量極大。

範例 那個竊賊居然敢偷剪路燈電纜線，真是「膽大包天」。

膾炙人口 ㄎㄨㄞˋ ㄓˋ ㄖㄣˊ ㄎㄡˇ

釋義 比喻詩文等作品受到大眾的讚美和傳誦。

範例 那部「膾炙人口」的電視劇，風靡全臺，連五歲小孩都能背上幾句經典對白。

臨陣脫逃 ㄌㄧㄣˊ ㄓㄣˋ ㄊㄨㄛ ㄊㄠˊ　**近：**臨陣退縮

釋義 臨到上陣殺敵卻逃跑了。謂事到緊急關鍵時刻，卻退縮逃避。

範例 那個選手在出賽前「臨陣脫逃」已經不是第一次了。

臨陣磨槍 ㄌㄧㄣˊ ㄓㄣˋ ㄇㄛˊ ㄑㄧㄤ　**近：**江心補漏　**反：**未雨綢繆

釋義 到了陣前快打仗時，才開始磨刀槍。比喻事到臨頭才倉促準備。

範例 與其熬夜「臨陣磨槍」，當初為什麼不提早準備呢？

臨淵羨魚 ㄌㄧㄣˊ ㄩㄢ ㄒㄧㄢˋ ㄩˊ　**近：**臨淵之羨　**反：**退而結網

釋義 比喻只空想而不實行。

範例 他總是一味「臨淵羨魚」，從不肯為改善現況而努力。

臨渴掘井（ㄌㄧㄣˊ ㄎㄜˇ ㄐㄩㄝˊ ㄐㄧㄥˇ）

近：大寒索裘　**反**：曲突徙薪

釋義 口渴時才去掘井。比喻不早作準備，事到臨頭才想辦法，無濟於事。

範例 平常就要好好準備，不能「臨渴掘井」，否則事情絕對做不好。

舉一反三（ㄐㄩˇ ㄧ ㄈㄢˇ ㄙㄢ）

近：觸類旁通　**反**：一竅不通

釋義 比喻從已知的一點，類推而知道其他的。形容善於類推，能觸類旁通。

範例 老師最喜歡能「舉一反三」的學生，教起來特別有成就感。

不要誤用 「舉一反三」著重在從懂得的一點，類推而知其他；「觸類旁通」則著重於能對同類事物互相融會貫通。

舉手投足（ㄐㄩˇ ㄕㄡˇ ㄊㄡˊ ㄗㄨˊ）

近：舉手搖足

釋義 一抬手一踏腳。形容輕而易舉，毫不費力。

範例 第一名模氣質非凡，「舉手投足」間都充滿韻味。

舉目無親（ㄐㄩˇ ㄇㄨˋ ㄨˊ ㄑㄧㄣ）

近：形影相弔

釋義 放眼望去沒有一個親人。形容人地生疏，沒有親人可以依靠。

範例 多虧大家的幫忙，這對「舉目無親」的小兄妹，才有了安身之處。

舉足輕重（ㄐㄩˇ ㄗㄨˊ ㄑㄧㄥ ㄓㄨㄥˋ）

近：非同小可　**反**：無足輕重

釋義 一挪腳就影響兩邊的分量輕重。形容對全體有極大影響的舉動。也形容所處地位的重要。

範例 他在國內政壇有「舉足輕重」的地位，每次發言都能引起話題。

不要誤用 「舉足輕重」重在實力強大，能左右局勢；「炙手可熱」則重在有權有勢，不可一世。

舉案齊眉（ㄐㄩˇ ㄢˋ ㄑㄧˊ ㄇㄟˊ） **近：**相敬如賓 **反：**絕情反目

釋義 漢代梁鴻的妻子為他送飯時，總是把端飯的托盤高舉至眉。比喻夫妻間相敬如賓。

範例 夫妻要能白頭偕老，彼此應該維持「舉案齊眉」的互動。

舉棋不定（ㄐㄩˇ ㄑㄧˊ ㄅㄨˋ ㄉㄧㄥˋ） **近：**首鼠兩端 **反：**當機立斷

釋義 下棋時猶豫不決。比喻沒有主見，拿不定主意。

範例 到底要去英國還是去美國留學？父母的不同意見，讓他「舉棋不定」。

不要誤用 「舉棋不定」指對某事如何處理拿不定主意；「首鼠兩端」則指兩種情況不知選擇哪一種為好。

薪火相傳（ㄒㄧㄣ ㄏㄨㄛˇ ㄒㄧㄤ ㄔㄨㄢˊ）

釋義 遞相傳授點燃的火把。比喻血統、種族、文化的傳承，綿延不盡。

範例 許多傳統美食，在數代「薪火相傳」之後，都能展現新的滋味。

螳臂當車（ㄊㄤˊ ㄅㄧˋ ㄉㄤ ㄔㄜ） **近：**蚍蜉撼樹 **反：**量力而行

釋義 螳螂舉起臂膀阻擋車子，比喻不自量力。

範例 憑你一個新進員工，就想改革公司長久以來的弊端，那不是「螳臂當車」嗎？

豁然貫通（ㄏㄨㄛˋ ㄖㄢˊ ㄍㄨㄢˋ ㄊㄨㄥ） **近：**茅塞頓開 **反：**百思不解

釋義 忽然開通、全盤領悟某種事理。

範例 加上這條資料佐證資料，整個推理就「豁然貫通」了。

趨之若鶩（ㄑㄩ ㄓ ㄖㄨㄛˋ ㄨˋ） **近：**如蠅逐臭

釋義 像鴨子一樣成群地、爭先恐後地跑去。比喻成群的人爭相追逐某項事物。

範例 那款瘦身產品，因為有名人背書，讓許多愛美女性「趨之若鶩」。

不要誤用 「趨之若鶩」雖含

貶義，但追逐的目標不一定全是壞事物；「如蠅逐臭」、「如蟻附羶」亦是貶義成語，但追逐的目標均為壞事物。

趨炎附勢（ㄑㄩ ㄧㄢˊ ㄈㄨˋ ㄕˋ） **近：**攀龍附鳳

釋義 比喻依附、奉承有權勢的人。

範例 那些「趨炎附勢」的人，一旦無法再得到利益，就會轉移目標。

避重就輕（ㄅㄧˋ ㄓㄨㄥˋ ㄐㄧㄡˋ ㄑㄧㄥ） **反：**任勞任怨

釋義 避開較重的責任，只選擇輕鬆、容易的來承擔。也指躲開要害問題，只談無關緊要的事。

範例 對於這個敏感話題，那位官員總是「避重就輕」，顧左右而言他。

鍥而不捨（ㄑㄧㄝˋ ㄦˊ ㄅㄨˋ ㄕㄜˇ） **近：**持之以恆 **反：**一暴十寒

釋義 不斷地鏤刻。比喻努力不懈。

範例 經過考古人員「鍥而不捨」的挖掘，終於找到證明那個時代工藝技術程度的關鍵證據。

鍾靈毓秀（ㄓㄨㄥ ㄌㄧㄥˊ ㄩˋ ㄒㄧㄡˋ） **近：**地靈人傑

釋義 天地間靈秀之氣所聚，而孕育出傑出的人才。

範例 在這個「鍾靈毓秀」的地方住久了，似乎連人都顯得更有靈氣了。

鞠躬盡瘁（ㄐㄩ ㄍㄨㄥ ㄐㄧㄣˋ ㄘㄨㄟˋ） **近：**殫精竭力 **反：**敷衍塞責

釋義 比喻竭盡心力，不辭勞苦。

範例 這個公司福利好，有展望，老闆又很開明，所以員工們都願意為它「鞠躬盡瘁」。

鴻篇巨帙（ㄏㄨㄥˊ ㄆㄧㄢ ㄐㄩˋ ㄓˋ）

釋義 篇幅很長、規模很大的大部頭著作。

範例 《四庫全書》是史上著名的「鴻篇巨帙」。

鴻鵠之志（ㄏㄨㄥˊ ㄏㄨˊ ㄓ ㄓˋ）

釋義 鴻鵠飛行高遠。比喻遠大的志向。

範例：懷有「鴻鵠之志」的人，絕不會甘心長久屈居在這個小地方。

點石成金 ㄉㄧㄢˇ ㄕˊ ㄔㄥˊ ㄐㄧㄣ　**反：**點金成鐵

釋義：原指道教法術中點石成金的法術。後比喻把別人不好的作品改為好的。

範例：經過導演的「點石成金」，原本冗長拖沓的小說，竟能變成如此精采緊湊的電影。

十八畫

擲地有聲 ㄓˋ ㄉㄧˋ ㄧㄡˇ ㄕㄥ

釋義：形容一篇文章非常有分量、有價值。

範例：那位名教授曾發表過好幾篇「擲地有聲」的學術論文。

斷章取義 ㄉㄨㄢˋ ㄓㄤ ㄑㄩˇ ㄧˋ　**近：**斷章截句　**反：**照本宣科

釋義：形容引證文章或談話，只截取合乎己意的一句或一段，不顧作者原意。

範例：讀古書不能「斷章取義」，否則很容易鬧出笑話。

甕中捉鱉 ㄨㄥˋ ㄓㄨㄥ ㄓㄨㄛ ㄅㄧㄝ　**近：**探囊取物　**反：**水中撈月

釋義：比喻要得到的對象已在掌握之中。形容很有把握。

範例：警方將逃犯逼到死巷，準備來個「甕中捉鱉」。

不要誤用　「甕中捉鱉」偏重於做事有把握；「甕中之鱉」則指欲捉的對象已無法脫逃。

瞻前顧後 ㄓㄢ ㄑㄧㄢˊ ㄍㄨˋ ㄏㄡˋ　**近：**思前想後　**反：**輕舉妄動

釋義：看看前面，又看看後面。形容做事謹慎，考慮周到。或形容顧慮過多，猶豫不決。

範例：他做事一向謹慎，但有時太過「瞻前顧後」，反而白白錯失大好機會。

不要誤用　「瞻前顧後」重在猶豫不決，此外還可以形容考慮周密；「畏首畏尾」則重在膽小怕事，遲疑退縮。

禮尚往來 ㄌㄧˇ ㄕㄤˋ ㄨㄤˇ ㄌㄞˊ

近：投桃報李
反：來而無往

釋義 待人禮節貴在有來有往。現在也指你對我怎麼樣，我就對你怎麼樣。

範例 收了別人的禮，自然也要找機會回報一番，「禮尚往來」嘛！

穠纖合度 ㄋㄨㄥˊ ㄒㄧㄢ ㄏㄜˊ ㄉㄨˋ

釋義 大小肥瘦都恰到好處。形容人或物的曲線比例恰當。

範例 只有正常的作息才能維持「穠纖合度」的身材。

繡花枕頭 ㄒㄧㄡˋ ㄏㄨㄚ ㄓㄣˇ ˙ㄊㄡ

釋義 比喻虛有外表而無真才實學的人。

範例 那位武術選手一身真功夫，絕非「繡花枕頭」。

翻雲覆雨 ㄈㄢ ㄩㄣˊ ㄈㄨˋ ㄩˇ

近：覆雨翻雲
反：始終如一

釋義 比喻反覆無常或善於耍手段、弄權術。

範例 政客「翻雲覆雨」的手段、反覆無常的嘴臉，常搞得政壇一片烏煙瘴氣。

舊雨新知 ㄐㄧㄡˋ ㄩˇ ㄒㄧㄣ ㄓ

釋義 指新朋友與老朋友。商場上指新舊顧客。

範例 老店重新開張，許多「舊雨新知」都前來捧場。

舊調重彈 ㄐㄧㄡˋ ㄉㄧㄠˋ ㄔㄨㄥˊ ㄊㄢˊ

近：陳腔濫調
反：推陳出新

釋義 陳舊的調子又彈了一遍。比喻把舊時的理論、主張重新提及或重新再做。

範例 論文若不能有所創新，只是「舊調重彈」，那學術價值就很低了。

不要誤用 「舊調重彈」形容將過時的或已被淘汰的東西再拿出來宣揚；「老生常談」則偏重在翻來覆去地總是講相同的內容。

覆水難收 ㄈㄨˋ ㄕㄨㄟˇ ㄋㄢˊ ㄕㄡ

釋義 比喻事情已經成定局，很難再挽回。

範例 這段感情早已「覆水難收」，你怎麼又再提起呢？

謹小慎微（ㄐㄧㄣˇ ㄒㄧㄠˇ ㄕㄣˋ ㄨㄟ）

近：臨深履薄
反：粗枝大葉

釋義 形容態度非常謹慎。現在多指對於細小的事情過分謹慎，深怕犯錯，以致流於畏縮。

範例 他為人優柔寡斷，處世「謹小慎微」，事事都得三思而後行。

不要誤用 「謹小慎微」現多形容過分謹慎、膽小怕事；「謹言慎行」則僅指言行謹慎，沒有畏縮、怕事的意思。

轉危為安（ㄓㄨㄢˇ ㄨㄟˊ ㄨㄟˊ ㄢ）

近：化險為夷
反：福過災生

釋義 把危險的情況轉化為平安。

範例 靠著醫師不眠不休的搶救，他的病況才能穩定下來，「轉危為安」。

不要誤用 「轉危為安」偏重指由危險變安全；「否極泰來」則偏重指由壞變好。

離情別緒（ㄌㄧˊ ㄑㄧㄥˊ ㄅㄧㄝˊ ㄒㄩˋ）

釋義 形容分開時與離別後的種種情緒。

範例 一張薄薄的信箋，怎麼道得盡這份深重的「離情別緒」？

離鄉背井（ㄌㄧˊ ㄒㄧㄤ ㄅㄟˋ ㄐㄧㄥˇ）

近：遠走他鄉
反：安土重遷

釋義 離開家鄉到外地去。

範例 他從小就「離鄉背井」到外地求學，因此對家鄉的事物顯得生疏。

離經叛道（ㄌㄧˊ ㄐㄧㄥ ㄆㄢˋ ㄉㄠˋ）

反：循規蹈矩

釋義 不遵從經書的道理，背離儒家的道統。比喻言行、著作背離正道。

範例 他從小就是問題兒童，現在又做出這種「離經叛道」的事，讓父母非常頭痛。

雜亂無章（ㄗㄚˊ ㄌㄨㄢˋ ㄨˊ ㄓㄤ）

近：橫三豎四
反：井井有條

釋義 混亂而沒有條理。

範例 她三兩下就把這一堆「雜亂無章」的舊報紙整理得井然有序。

雙管齊下（ㄕㄨㄤ ㄍㄨㄢˇ ㄑㄧˊ ㄒㄧㄚˋ）

近：左右開弓　**反**：單刀直入

釋義 比喻兩件事情同時進行，或兩種方法同時採用。

範例 想瘦身的人必須「雙管齊下」，同時調整飲食和養成運動習慣。

不要誤用 「雙管齊下」可指兩件事情同時進行，也可指一件事同時採用兩種辦法進行；「並行不悖」指事物同時進行，彼此沒有矛盾；「齊頭並進」則僅指多方面同時進行。

文史趣談 筆下神功

唐朝名畫家張璪擅長畫山水、松樹和石頭，作品都非常生動。據說他畫松樹的技巧最為神奇：張璪可以一隻手抓住兩枝筆同時作畫，一枝筆畫的是生意盎然的綠枝條，另一枝筆畫的是乾枯的樹枝，完全不同的形象，同時完成。他這種「雙管齊下」的畫技，往往讓旁觀者看得目瞪口呆——這真是太神奇了！

雞毛蒜皮（ㄐㄧ ㄇㄠˊ ㄙㄨㄢˋ ㄆㄧˊ）

近：無關緊要　**反**：舉足輕重

釋義 比喻無關緊要的輕微瑣事或毫無價值的東西。

範例 他很愛計較，經常為了「雞毛蒜皮」的事與人爭得臉紅脖子粗。

雞犬不留（ㄐㄧ ㄑㄩㄢˇ ㄅㄨˋ ㄌㄧㄡˊ）

近：趕盡殺絕　**反**：秋毫無犯

釋義 連雞和狗都不放過，形容趕盡殺絕，不留活口。

範例 戰爭過後，許多村落都是「雞犬不留」，只剩下一片斷垣殘壁。

雞犬不寧（ㄐㄧ ㄑㄩㄢˇ ㄅㄨˋ ㄋㄧㄥˊ）

近：雞飛狗跳　**反**：雞犬不驚

釋義 形容騷擾十分厲害，連雞狗都不得安寧。

範例 樓下那戶租給幾個玩樂團的青年，他們天天打鼓飆歌，搞得左鄰右舍「雞犬不寧」。

雞犬升天（ㄐㄧ ㄑㄩㄢˇ ㄕㄥ ㄊㄧㄢ）

近：雞犬俱升
反：連帶處分

釋義 比喻一個人發達了，他的家人、朋友或其他有關係的人也跟著得到好處。

範例 他當了大官，隨著「雞犬升天」的人也不在少數。

文史趣談 **雞仙、犬仙滿天飛**

你有聽說過雞和狗也能成仙的嗎？據晉朝葛洪的《神仙傳》記載：漢朝的淮南王劉安，很喜歡研究仙術，並且招攬了很多善長仙術的方士。後來劉安吃下了自己煉成的仙丹，飛上了天，還有一些剩下的仙丹殘渣在碗裡，家裡的雞和狗吃了，也都跟著升天成仙了。這麼神奇的故事，你相信嗎？

雞皮鶴髮（ㄐㄧ ㄆㄧˊ ㄏㄜˋ ㄈㄚˇ）

近：鶴髮雞皮

釋義 形容老年人滿頭髮白、皮膚皺紋多的龍鍾老態。

範例 因為長期的藥物濫用，作息失調，他才四十出頭就已經「雞皮鶴髮」了。

鞭長莫及（ㄅㄧㄢ ㄔㄤˊ ㄇㄛˋ ㄐㄧˊ）

近：綆短汲深
反：力所能及

釋義 雖然鞭子很長，但不及馬腹。比喻威力有所不及。

範例 政府推行政策，對於偏遠地區常有「鞭長莫及」之感。

鞭辟入裡（ㄅㄧㄢ ㄅㄧˋ ㄖㄨˋ ㄌㄧˇ）

近：入木三分
反：浮光掠影

釋義 原指做學問非常深刻、切實。現在多用以形容言辭或文章的見解很深刻、透澈。

範例 他的論文寫得「鞭辟入裡」，得到口試委員一致的肯定。

騎虎難下（ㄑㄧˊ ㄏㄨˇ ㄋㄢˊ ㄒㄧㄚˋ）

近：進退維谷
反：進退自如

釋義 現在的形勢，正像騎在猛虎身上，不把老虎打死就不能半途下來。比喻做事迫於形勢而無法停止。

範例 我們現在陷入「騎虎難下」的狀況，只能硬著頭皮把事情做完了。

騎驢找馬 ㄑㄧˊ ㄌㄩˊ ㄓㄠˇ ㄇㄚˇ　**近：**騎驢覓驢

釋義 比喻一面接受現有的，一面另找更好的。也比喻忘記自己已有，還到處去找。

範例 他抱著「騎驢找馬」的心態，所以經常換工作。

十九畫

懲前毖後 ㄔㄥˊ ㄑㄧㄢˊ ㄅㄧˋ ㄏㄡˋ　**近：**前車可鑒　**反：**重蹈覆轍

釋義 把以前的錯誤當作教訓，使自己以後能謹慎小心，不再犯類似的錯。

範例 懂得「懲前毖後」，才不會總是犯同樣的錯誤。

懵懵懂懂 ㄇㄥˊ ㄇㄥˊ ㄉㄨㄥˇ ㄉㄨㄥˇ

釋義 糊裡糊塗，不明事理。

範例 在我們「懵懵懂懂」的孩提時候，都要靠父母教我們辨明是非。

攀龍附鳳 ㄆㄢ ㄌㄨㄥˊ ㄈㄨˋ ㄈㄥˋ　**近：**接貴攀高　**反：**不附權貴

釋義 原指人臣跟從英明君主而建立功業。現多比喻巴結或投靠有權勢的人。

範例 他過去常說自己看不起那些趨炎附勢的人，沒想到如今他也加入「攀龍附鳳」的行列。

不要誤用 「攀龍附鳳」僅指巴結、依附權勢者的意思；「依草附木」則可用來喻指依附、假冒有某種名聲的人。

曠日持久 ㄎㄨㄤˋ ㄖˋ ㄔˊ ㄐㄧㄡˇ　**近：**曠日引月　**反：**一時半刻

釋義 荒廢時間，拖延很久。

範例 希望新市長上任後，能解決這個「曠日持久」的問題。

穩如泰山 ㄨㄣˇ ㄖㄨˊ ㄊㄞˋ ㄕㄢ　**近：**安如磐石　**反：**危如累卵

釋義 牢固得就像泰山一樣。形容事物的堅固、穩定、不可動搖。

範例 不論身邊同學如何追逐吵鬧，她依舊「穩如泰山」地在座位上看自己的書。

不要誤用 「穩如泰山」著重在形容安穩，既可以用來形容建築的堅固，也可形容人處事的態度、地位等很穩當；「四平八穩」則指物體擺得平穩或做事穩當。

繪聲繪影（ㄏㄨㄟˋ ㄕㄥ ㄏㄨㄟˋ ㄧㄥˇ）

近：繪情繪景

釋義 形容敘述和描寫生動逼真。

範例 他「繪聲繪影」的描述自己撞鬼的經過，聽得我們毛骨悚然。

藕斷絲連（ㄡˇ ㄉㄨㄢˋ ㄙ ㄌㄧㄢˊ）

近：意惹情牽　**反**：一刀兩斷

釋義 藕已折斷，絲還連著。比喻沒有徹底斷絕關係，多指男女間情意未絕。

範例 他認為情人分手之後，就不應該再「藕斷絲連」了。

蠅頭微利（ㄧㄥˊ ㄊㄡˊ ㄨㄟˊ ㄌㄧˋ）

近：涓滴微利　**反**：一本萬利

釋義 如蒼蠅頭般的小利益。形容很微薄的利潤。

範例 他靠著經營小本生意，賺點「蠅頭微利」來養家。

蠅營狗苟（ㄧㄥˊ ㄧㄥˊ ㄍㄡˇ ㄍㄡˇ）

近：抗塵走俗

釋義 如蒼蠅那樣鑽營，似狗那樣苟且偷生。比喻追求名利，不顧廉恥，無所不為。

範例 我絕不為了富貴名利而「蠅營狗苟」，喪失人格。

不要誤用 「蠅營狗苟」偏重指運用下流、無恥的手段；「抗塵走俗」則偏重表示庸俗、鑽營的樣子。

譁眾取寵（ㄏㄨㄚˊ ㄓㄨㄥˋ ㄑㄩˇ ㄔㄨㄥˇ）

反：實事求是

釋義 用誇張的言行引起人們興奮，以博得人們的喜愛。形容故意賣弄才能，以博取大眾的支持和讚揚。

範例 那些「譁眾取寵」的文章，一定很快就會被人遺忘。

識途老馬（ㄕˋ ㄊㄨˊ ㄌㄠˇ ㄇㄚˇ）

釋義：比喻對某種事情非常熟悉的人。

範例：他是饒河夜市的「識途老馬」，跟著他逛必定能大飽口福。

文史趣談：人跟馬都很重要

根據《韓非子》記載：春秋時代，齊桓公和宰相管仲在春天去攻打孤竹國。回國時已經是冬天了，白雪掩蓋了道路，大隊人馬就這樣迷失在荒郊野外。這時管仲派人挑選幾匹老馬，放牠們走在前面，軍隊隨後跟著，最後終於平安回到國內。原來老馬有認路的本領，管仲則有知道要利用老馬的智慧呢！

辭不達意（ㄘˊ ㄅㄨˋ ㄉㄚˊ ㄧˋ）

釋義：文章的詞句不能表達出主題。形容文章中的字句和主題不相干。

範例：現在許多學生國文程度低落，寫作文經常「辭不達意」。

鏡花水月（ㄐㄧㄥˋ ㄏㄨㄚ ㄕㄨㄟˇ ㄩㄝˋ）　**近**：空中樓閣

釋義：鏡子裡的花，水裡的月亮。比喻虛幻的景象。

範例：言情小說中那種「鏡花水月」式的戀情，竟感動許多懷春少女的心。

難以捉摸（ㄋㄢˊ ㄧˇ ㄓㄨㄛ ㄇㄛ）

釋義：很難去揣測或估量。

範例：高山上的天氣「難以捉摸」，登山嚮導必須有豐富經驗才不會出意外。

難兄難弟（ㄋㄢˋ ㄒㄩㄥ ㄋㄢˋ ㄉㄧˋ）　**近**：不相上下　**反**：大相徑庭

釋義：共度患難的兄弟。比喻共同面對困境，度過難關的人。也諷刺兩人一樣差勁，半斤八兩。

範例：他們一起在商場上打拚，是相互扶持的「難兄難弟」。

不要誤用：「難兄難弟」重在形容遭遇或困境相同；「患難之交」則指互相扶持、交情深厚的朋友，側重情誼之堅定。

難言之隱 近：難於啟齒 反：和盤托出

釋義 難以說出口的事情或原因。

範例 對於為何遲遲不結婚這件事，他似乎有「難言之隱」。

難能可貴 反：不足為奇

釋義 不容易做到的事竟然做到了，因而值得重視、珍惜。

範例 能夠拒絕外在誘惑，堅持朝自己的理想前進，是十分「難能可貴」的。

霧裡看花 近：隔霧看花 反：洞若觀火

釋義 原來形容老眼昏花。現在也比喻對事物了解得不真切。

範例 那些政治人物反覆無常的言行，常讓民眾「霧裡看花」。

靡靡之音 近：鄭衛之音 反：正聲雅音

釋義 柔弱、頹廢、淫靡不振的音樂。

範例 古人通常把鄭國的樂曲視為「靡靡之音」。

韜光養晦 近：不露鋒芒 反：露才揚己

釋義 比喻隱藏才能，不為外人所知。

範例 他自從卸下公司董事長職務後，便「韜光養晦」，隱居鄉下。

顛三倒四 近：倒四顛三

釋義 形容說話語無倫次。或指辦事次序錯亂。

範例 身為組織領導人，說話千萬不能「顛三倒四」，否則會給人不好的觀感。

顛沛流離 近：流離轉徙 反：安居樂業

釋義 形容戰亂使人民流落異鄉，家破人亡。

範例 那段「顛沛流離」的日子，讓他和許多朋友都斷了音訊。

顛撲不破　**近**：牢不可破　**反**：漏洞百出

釋義　形容言論或義理正確，不能被推翻。

範例　孔子早在幾千年前，就提出許多教育及人生中「顛撲不破」的真理。

不要誤用　「顛撲不破」強調不能推翻，多適用於言論、學說、道理；「牢不可破」則強調牢固，範圍較廣，還可用於友誼、觀念等。

鶉衣百結　**近**：衣衫襤褸　**反**：衣冠楚楚

釋義　形容衣服非常破爛、補綻很多。

範例　許多名人衣服絕不穿第二次，可曾想到世界上還有許多「鶉衣百結」的困苦民眾？

鵲巢鳩占　**近**：鵲巢鳩居

釋義　喜鵲的巢被斑鳩占住。原指女子出嫁，以夫家為家。後比喻強占別人的住處或產業。

範例　正人君子實在不應該做出「鵲巢鳩占」這種坐享其成的事。

鵬程萬里　**近**：前程似錦

釋義　比喻前程遠大（多用以祝福他人）。

範例　希望大家畢業之後都能「鵬程萬里」，展翅高飛。

鎩羽而歸

釋義　受挫而回。

範例　那位候選人自以為能高票當選，沒想到卻「鎩羽而歸」。

二十畫

嚴陣以待　**近**：枕戈待旦　**反**：高枕無憂

釋義　指以充分準備、整齊嚴正的陣勢，等待著敵人。或指事前做好準備工作，等待事情來到。

範例　各級防災單位「嚴陣以待」，就是希望能將這個強烈颱風可能帶來的災害減到最低。

不要誤用 「嚴陣以待」重在形容整個軍隊的陣勢，指做好了充分準備，等待來犯的敵人；「厲兵秣馬」重在形容人員各自準備的行動；「枕戈待旦」則著重急切、全神戒備的樣子。

寶刀未老（ㄅㄠˇ ㄉㄠ ㄨㄟˋ ㄌㄠˇ）

近：老當益壯

釋義 比喻人雖老，精神、體力或本領仍不減當年。

範例 那位大廚師年近古稀，依舊「寶刀未老」，現場做出滿桌好菜。

懸崖勒馬（ㄒㄩㄢˊ ㄧㄞˊ ㄌㄜˋ ㄇㄚˇ）

近：浪子回頭

反：執迷不悟

釋義 比喻到了危險的邊緣及時醒悟回頭。

範例 誤入歧途的人若能「懸崖勒馬」，就能避免陷入更嚴重的錯誤境地。

懸梁刺股（ㄒㄩㄢˊ ㄌㄧㄤˊ ㄘˋ ㄍㄨˇ）

近：懸頭刺股

釋義 將頭髮繫於屋梁，以錐子刺大腿。形容人發憤讀書。

範例 他效法古人「懸梁刺股」的精神，每天都苦讀到深夜。

懸壺濟世（ㄒㄩㄢˊ ㄏㄨˊ ㄐㄧˋ ㄕˋ）

釋義 指掛牌行醫以救助世人的苦難。

範例 成為「懸壺濟世」的醫師，是我小時候的夢想。

文史趣談 醫生的葫蘆賣什麼藥

為什麼醫生要掛著葫蘆呢？《後漢書》記載：漢朝有個叫費長房的人，發現市場裡有個替人看病的老翁，每次賣完藥，都會跳進自己手杖上掛的葫蘆裡消失不見。費長房猜想他一定是個仙人，於是就找機會拜老翁為師，學習醫術，後來也像老翁一樣行醫救人。他總在自己的竹杖上掛著葫蘆，那是為了紀念老師呢。

爐火純青（ㄌㄨˊ ㄏㄨㄛˇ ㄔㄨㄣˊ ㄑㄧㄥ）

近：出神入化

反：初學乍練

釋義 今比喻技術或學問達到成熟、完美的境界，功力十分深厚。

範例 那位師傅的雕刻技巧已「爐火純青」，做出來的雕像無不栩栩如生。

繼往開來 ㄐㄧˋ ㄨㄤˇ ㄎㄞ ㄌㄞˊ　**近：**承先啟後　**反：**空前絕後

釋義 繼承前人既有的事業，為後人開闢新局面。

範例 公司在這任董座手上達成「繼往開來」的任務，步入新的局面。

觸目驚心 ㄔㄨˋ ㄇㄨˋ ㄐㄧㄥ ㄒㄧㄣ　**近：**觸目駭心　**反：**司空見慣

釋義 眼睛看到的，使內心受到很大的震動。形容景象恐怖，令人害怕。

範例 龍捲風肆虐後，滿地斷垣殘壁令人「觸目驚心」。

觸景生情 ㄔㄨˋ ㄐㄧㄥˇ ㄕㄥ ㄑㄧㄥˊ　**近：**即景生情　**反：**無動於衷

釋義 看到眼前的景象因而引起內心某種感情。

範例 當下的「觸景生情」，讓詩人留下千古不朽的傑作。

觸類旁通 ㄔㄨˋ ㄌㄟˋ ㄆㄤˊ ㄊㄨㄥ　**近：**聞一知十　**反：**一竅不通

釋義 懂得或掌握了某一事物的知識或規律，對同類的其他事物就能類推了解。

範例 不可能所有生活上的問題都在書上找到解答，必須「觸類旁通」。

二十一畫

纏綿悱惻 ㄔㄢˊ ㄇㄧㄢˊ ㄈㄟˇ ㄘㄜˋ

釋義 形容文詞、情景或文學作品中的故事情節哀婉動人。

範例 這部電影的劇情「纏綿悱惻」，讓許多人感動不已。

蠢蠢欲動 ㄔㄨㄣˇ ㄔㄨㄣˇ ㄩˋ ㄉㄨㄥˋ　**近：**躍躍欲試

釋義 形容歹徒或敵人有所企圖或活動。

範例 鄰國軍隊「蠢蠢欲動」，似有準備進犯的跡象，我國軍隊立即加強邊防，嚴陣以待。

躊躇不前 ㄔㄡˊ ㄔㄨˊ ㄅㄨˋ ㄑㄧㄢˊ

釋義 猶豫不決，不敢前進。

範例 上次失敗的教訓，讓他後來再遇到相同的狀況都「躊躇不前」。

躊躇滿志 ㄔㄡˊ ㄔㄨˊ ㄇㄢˇ ㄓˋ　**近：**志得意滿　**反：**灰心喪氣

釋義 形容心滿意足、神態從容自得的樣子。

範例 完成登上世界最高峰的壯舉，他不禁「躊躇滿志」。

躍然紙上 ㄩㄝˋ ㄖㄢˊ ㄓˇ ㄕㄤˋ　**近：**呼之欲出

釋義 活躍地顯現在紙上。形容描寫、刻畫得非常逼真、生動。

範例 他的繪畫技巧高明，筆下的蟲魚鳥獸都「躍然紙上」。

不要誤用 「躍然紙上」只能用於文字描寫或繪畫等；「栩栩如生」則可用於畫面之外的形象刻畫。

躍躍欲試 ㄩㄝˋ ㄩㄝˋ ㄩˋ ㄕˋ　**近：**摩拳擦掌

釋義 心動而想要試一試的樣子。

範例 經過主持人的說明，現場民眾都「躍躍欲試」，想嘗試這款新電腦的功能。

不要誤用 「躍躍欲試」偏重形容想動手一試的急切；「蠢蠢欲動」形容壞人準備出來為害作亂；「摩拳擦掌」則偏重做事前興奮的樣子。

轟轟烈烈 ㄏㄨㄥ ㄏㄨㄥ ㄌㄧㄝˋ ㄌㄧㄝˋ

釋義 氣勢浩大貌。形容氣勢浩大而壯烈。

範例 愛情用不著「轟轟烈烈」，要能夠走得長長久久才重要。

鐵石心腸 ㄊㄧㄝˇ ㄕˊ ㄒㄧㄣ ㄔㄤˊ　**近：**鐵腸石心

釋義 像鐵和石頭一樣的心腸。原形容人稟性堅強，不動感情。現多指人心腸狠硬。

範例 那些「鐵石心腸」的虐童父母，受到輿論的譴責。

鐵面無私 ㄊㄧㄝˇ ㄇㄧㄢˋ ㄨˊ ㄙ　**近：**大公無私　**反：**徇私枉法

釋義 形容公正嚴明，不畏權勢，不講私情。

範例 身為球賽裁判，就必須做到「鐵面無私」，不能被金錢利誘。

不要誤用 「鐵面無私」偏重在嚴明、不畏懼權勢；「公正無私」偏重在公平、不偏袒；「剛正無私」則偏重在剛直、不迎合。

文史趣談 貴族的剋星

官吏如果執法嚴明，鐵面無私，就連貴族也會畏懼呢，東漢時的洛陽縣令董宣就是這樣的人。《後漢書》記載：當時公主的家僕犯了罪，董宣依法懲治，公主很生氣，向皇帝告狀，要董宣賠罪。董宣很剛直，寧願被砍頭也不肯道歉，讓皇帝大為讚賞，他也繼續治理地方，洛陽貴族聽到了董宣的名號，都非常害怕呢。

鐵畫銀鉤（ㄊㄧㄝˇ ㄏㄨㄚˋ ㄧㄣˊ ㄍㄡ）

釋義 形容書法筆力的剛健、遒勁。

範例 那位書法家的作品「鐵畫銀鉤」，字如其人。

不要誤用 「鐵畫銀鉤」僅指筆力的剛柔相濟；「神來之筆」則形容畫面、文章的意境和技法出奇。

鐵證如山（ㄊㄧㄝˇ ㄓㄥˋ ㄖㄨˊ ㄕㄢ）

釋義 證據真實可信，不可推翻。

範例 因為監視器拍得一清二楚，「鐵證如山」，竊賊只好俯首認罪。

露出馬腳（ㄌㄡˋ ㄔㄨ ㄇㄚˇ ㄐㄧㄠˇ）

釋義 比喻洩漏出真相。

範例 這個計畫千萬要保密，別在他面前「露出馬腳」，否則到時就失去驚喜感了。

不要誤用 「露出馬腳」指隱蔽的真相或漏洞洩露出來；「東窗事發」則側重於陰謀、犯行被揭露。

文史趣談 小心，不能露出「馬」腳

一般人都以為「露馬腳」一

詞，是源自朱元璋的妻子馬皇后沒有裹小腳，有雙大腳，穿長裙遮掩時被風吹起，因而被人看到。但也有人認為，「露馬腳」應該產生於更早的年代，人們在慶典等時候會把馬打扮成其他動物的樣子，如果沒有裝扮好就會露出破綻來，被路人看到馬腳。其實，不管是哪一種說法，都很有意思呢！

響遏行雲（ㄒㄧㄤˇ ㄜˋ ㄒㄧㄥˊ ㄩㄣˊ）　**近：**穿雲裂石

釋義 聲音高入雲霄，把流動著的雲也阻止了。形容歌聲響亮、美妙。

範例 原住民歌手「響遏行雲」的大合唱，震撼聽眾的心靈。

不要誤用 「響遏行雲」多用來形容歌聲高亢優美；「響徹雲霄」則可廣泛形容各種聲音的響亮。

顧名思義（ㄍㄨˋ ㄇㄧㄥˊ ㄙ ㄧˋ）

釋義 看到名稱，就會聯想到它的含義。

範例 黃昏市場，「顧名思義」就是在黃昏時候才營業的市場。

顧此失彼（ㄍㄨˋ ㄘˇ ㄕ ㄅㄧˇ）　**近：**掛一漏萬　**反：**面面俱到

釋義 顧了這個，卻照應不了那個。形容能力有限，無法全面照顧。

範例 同時帶三胞胎出門，那位新手爸爸不免「顧此失彼」，顯得有些手忙腳亂。

不要誤用 「顧此失彼」泛指應付了這邊，卻應付不了那邊，應用範圍較廣；「捉襟見肘」則側重於短缺，多指金錢方面；「左支右絀」一般只用在形容財力或能力不足而應付狼狽。

顧影自憐（ㄍㄨˋ ㄧㄥˇ ㄗˋ ㄌㄧㄢˊ）　**近：**孤芳自賞

釋義 自己對著影子，自己憐惜自己。形容孤獨失意的情狀。也指自我欣賞的樣子。

範例 那位模特兒「顧影自憐」的樣子，成了攝影家鏡頭下的焦點。

不要誤用 「顧影自憐」一般

偏重在自我憐惜，形容孤獨、失意的情狀；「孤芳自賞」則多偏重在自我欣賞，形容清高、孤傲的心態。

鶯聲燕語（ㄧㄥ ㄕㄥ ㄧㄢˋ ㄩˇ）

釋義：鶯聲嬌媚，燕語呢喃。形容女子流利柔和的聲音。

範例：千萬不能被電話中陌生女子的「鶯聲燕語」欺騙而去操作提款機。

鶴立雞群（ㄏㄜˋ ㄌㄧˋ ㄐㄧ ㄑㄩㄣˊ）

近：出類拔萃　**反**：相形見絀

釋義：像鶴站在雞群中一樣。比喻一個人的才能或儀表十分出眾。

範例：他從小就長得特別高，不管走到哪裡都顯得「鶴立雞群」。

不要誤用　「鶴立雞群」可指儀表，也可指品德、才能的突出；「出類拔萃」則只能形容一個人的品德、才能超越平常，不用在身材上。

黯然神傷（ㄢˋ ㄖㄢˊ ㄕㄣˊ ㄕㄤ）

釋義：形容因失意而神態感傷、消沉的樣子。

範例：想到與好友即將遠別，不知何時能再見面，她不禁「黯然神傷」。

二十二畫

囊空如洗（ㄋㄤˊ ㄎㄨㄥ ㄖㄨˊ ㄒㄧˇ）

近：一文不名　**反**：腰纏萬貫

釋義：口袋裡什麼都沒有，就像剛用水沖洗過的一樣。形容身無一文錢。

範例：要不是因為沉迷賭博，他哪會落到今日「囊空如洗」的地步？

不要誤用　「囊空如洗」常形容一時的手頭拮据；「家徒四壁」、「家貧如洗」、「一貧如洗」則都表示生活非常窮困。

文史趣談　囊裡乾坤，五花八門

很多人都以為，古人總是把

隨身用品藏在袖子裡，其實他們還會用小包來裝雜物，這個小包就叫做「囊」。囊是皮革或絲織品製成，可以裝錢、手巾、小刀、扇子、打火石等，也有裝香料的，男女都能佩帶。至於官員則有專門裝官印或符信的佩囊，例如唐朝的「魚袋」。所以不要以為古人什麼東西都往袖子裡塞喔。

囊螢映雪（ㄋㄤˊ ㄧㄥˊ ㄧㄥˋ ㄒㄩㄝˇ） **近：**聚螢映雪

釋義：以布囊裝螢火蟲發光，或利用雪的反光讀書。形容在極端困難條件下勤奮苦讀。

範例：比起古人「囊螢映雪」的苦讀，我們現代學生真是幸福多了。

文史趣談 古人自製電燈

古代沒有電燈，古人晚上想唸書都必須點蠟燭或油燈。但是晉朝時候的車胤和孫康，他們家裡太窮，晚上讀書買不起照明工具，車胤就把許多螢火蟲裝在囊袋中來照明，孫康則利用雪光來照明。其實在微弱的螢光下看書非常傷眼睛，雪光還會造成「雪盲症」呢！如今我們晚上念書有方便的電燈，實在太幸福了。

權宜之計（ㄑㄩㄢˊ ㄧˊ ㄓ ㄐㄧˋ） **反：**長籌遠路

釋義：為了應付某種情況而暫時採取的辦法。

範例：這是為了度過難關的「權宜之計」，只能勉為其難地答應了。

權衡輕重（ㄑㄩㄢˊ ㄏㄥˊ ㄑㄧㄥ ㄓㄨㄥˋ）

釋義：稱量輕重，比喻分清主次得失。

範例：組織領導者要懂得「權衡輕重」，並能當機立斷，做出最好的裁決。

歡天喜地（ㄏㄨㄢ ㄊㄧㄢ ㄒㄧˇ ㄉㄧˋ）

釋義：感覺全世界都是充滿歡樂喜悅的。形容很高興。

範例：小朋友「歡天喜地」地觀看馬戲團的表演。

歡聲雷動（ㄏㄨㄢ ㄕㄥ ㄌㄟˊ ㄉㄨㄥˋ）

釋義：歡呼的聲音像打雷一樣

響亮。形容熱烈的歡樂氣氛。

範例 當那位選手擊出安打，觀眾席頓時「歡聲雷動」。

疊床架屋（ㄉㄧㄝˊ ㄔㄨㄤˊ ㄐㄧㄚˋ ㄨ）

近：畫蛇添足
反：簡明扼要

釋義 床上加床，屋下架屋。比喻重覆而累贅。

範例 若不明白成語的用法，經常會「疊床架屋」，造成文章冗長、文意累贅。

聽天由命（ㄊㄧㄥ ㄊㄧㄢ ㄧㄡˊ ㄇㄧㄥˋ）

近：聽其自然
反：事在人為

釋義 順應天意和命運。

範例 你都還沒盡力去試呢，怎能全然「聽天由命」？

不要誤用 「聽天由命」多用於自身方面，強調態度消極；「聽其自然」則可指自身，也可指他人他事，形容態度很豁達樂觀。

鑑往知來（ㄐㄧㄢˋ ㄨㄤˇ ㄓ ㄌㄞˊ）

近：數往知來
反：重蹈覆轍

釋義 了解過去就可以推知未來。

範例 歷史具有「鑑往知來」的功能，是眾所周知的。

鑑貌辨色（ㄐㄧㄢˋ ㄇㄠˋ ㄅㄧㄢˋ ㄙㄜˋ）

近：察言觀色

釋義 觀察對方的表情，看清對方的臉色。形容根據他人的態度決定相應的行動。

範例 從事推銷工作必須懂得「鑑貌辨色」，體察顧客心理。

驕奢淫佚（ㄐㄧㄠ ㄕㄜ ㄧㄣˊ ㄧˋ）

近：窮奢極侈
反：克勤克儉

釋義 形容生活奢侈放蕩，荒淫無度。

範例 年輕的生命，絕不能在「驕奢淫佚」中消磨掉。

二十三畫

竊竊私語（ㄑㄧㄝˋ ㄑㄧㄝˋ ㄙ ㄩˇ）

近：交頭接耳
反：大聲疾呼

釋義 暗地裡低聲談話。

範例 她這番出人意表的發言，惹來眾人的「竊竊私語」。

不要誤用 「竊竊私語」指在

暗中或背地裡低聲講話；「交頭接耳」則僅指小聲說話的樣子。

變化多端 ㄅㄧㄢˋ ㄏㄨㄚˋ ㄉㄨㄛ ㄉㄨㄢ　**近：**千變萬化　**反：**一成不變

釋義 指各式各樣的變化。形容有很多種樣式。

範例 天上「變化多端」的白雲，總能讓人做出各種不同的聯想。

變本加厲 ㄅㄧㄢˋ ㄅㄣˇ ㄐㄧㄚ ㄌㄧˋ　**近：**日甚一日

釋義 原指比原來更進步發展。現在形容情況比原來更加嚴重。

範例 最近此區的噪音汙染問題不但沒改善，反而「變本加厲」，讓民眾十分困擾。

不要誤用 「變本加厲」表示變得比原來的更加嚴重；「再接再厲」則表示勇往直前，一次又一次地努力。

變生肘腋 ㄅㄧㄢˋ ㄕㄥ ㄓㄡˇ ㄧㄝˋ　**近：**禍起蕭牆

釋義 比喻事變發生在近處，常指親信者背叛自己。

範例 即使做好萬全的準備，但「變生肘腋」卻常是無法預料的。

顯而易見 ㄒㄧㄢˇ ㄦˊ ㄧˋ ㄐㄧㄢˋ　**近：**一目了然　**反：**霧裡看花

釋義 形容事情、道理明白清楚，一看就知道。

範例 這個組織分裂的原因是「顯而易見」的，重要的是如何化解紛爭，恢復舊貌。

不要誤用 「顯而易見」指事情很明顯，側重於可以推知；「不言而喻」則指不需要說明，著重於已經清楚明瞭。

驚弓之鳥 ㄐㄧㄥ ㄍㄨㄥ ㄓ ㄋㄧㄠˇ　**近：**心有餘悸

釋義 曾被箭驚嚇的鳥，聽到弓聲就會害怕。比喻受過驚嚇的人遇事就心生膽怯。

範例 有了被狗咬傷的經驗，讓他看到狗就如「驚弓之鳥」，一定退避三舍。

驚天動地 ㄐㄧㄥ ㄊㄧㄢ ㄉㄨㄥˋ ㄉㄧˋ　**近：**震天撼地

釋義 形容聲勢十分驚人。

範例 那個小孩不小心跌倒，

發出「驚天動地」的哭聲。

不要誤用 「驚天動地」多用於事件；「震天動地」則多用於聲音。

驚心動魄（ㄐㄧㄥ ㄒㄧㄣ ㄉㄨㄥˋ ㄆㄛˋ） **近：**震撼人心

釋義 原來形容作品的文字運用得好，使人感受極深，震動極大。後來也形容事情非常驚險、緊張。

範例 電影中那個「驚心動魄」的畫面，至今依然留在我的腦海裡。

驚世駭俗（ㄐㄧㄥ ㄕˋ ㄏㄞˋ ㄙㄨˊ） **反：**循規蹈矩

釋義 形容一個人的言論、行為與眾不同，使人感到特別驚奇、訝異。

範例 那位藝人總是語不驚人死不休，衣著打扮也十分「驚世駭俗」。

驚惶失措（ㄐㄧㄥ ㄏㄨㄤˊ ㄕ ㄘㄨㄛˋ） **近：**手足無措 **反：**泰然自若

釋義 形容驚慌、害怕得不知如何是好。

範例 千萬別「驚慌失措」，冷靜一下，讓我們一起思考解決問題的辦法。

驚濤駭浪（ㄐㄧㄥ ㄊㄠ ㄏㄞˋ ㄌㄤˋ） **近：**狂風巨浪 **反：**風平浪靜

釋義 洶湧的大風浪。也可比喻險惡的環境或遭遇。

範例 克服了「驚滔駭浪」的阻撓，探險隊終於發現傳說中的新大陸。

驚鴻一瞥（ㄐㄧㄥ ㄏㄨㄥˊ ㄧˋ ㄆㄧㄝ） **近：**曇花一現

釋義 像驚飛而起的鴻鳥，只匆匆看到一眼就不見了。比喻某人某物只短暫出現，一下子就不見了。

範例 她那「驚鴻一瞥」的美麗身影，是他心中最難忘的回憶。

體無完膚（ㄊㄧˇ ㄨˊ ㄨㄢˊ ㄈㄨ） **近：**遍體鱗傷 **反：**完好無損

釋義 形容遭受傷害，全身沒有一塊完好的皮膚。現也比喻論點被批評得不留餘地。

範例 他那篇七拼八湊的報告，果然被教授批得「體無完膚」。

鱗次櫛比（ㄌㄧㄣˊ ㄘˋ ㄐㄧㄝˊ ㄅㄧˋ）　**近：**櫛比鱗次

釋義 如魚鱗和梳子的齒那樣整齊、密集地排列著。現多形容房屋等建築多而排列整齊、密集。

範例 那一片「鱗次櫛比」的歐式別墅，是這條河畔最美麗的風景。

不要誤用 「鱗次櫛比」多指建築物排列緊密、有序；「星羅棋布」則強調事物排列範圍廣而繁密，使用面較廣。

二十四畫

蠶食鯨吞（ㄘㄢˊ ㄕˊ ㄐㄧㄥ ㄊㄨㄣ）　**近：**瓜剖豆分　**反：**金甌無缺

釋義 指不同形式的侵略行為，或緩和如蠶食或猛烈如鯨吞食物。

範例 列強的「蠶食鯨吞」，讓清朝國力更加衰弱。

不要誤用 「蠶食鯨吞」指國土被外來侵略者一步步侵占；「瓜剖豆分」則指國土被分裂，可能是內部引起，也可能是外來入侵。

文史趣談 蠶神的故事

中國人很早就懂得養蠶織布，據說黃帝的夫人嫘祖是最早懂得養蠶的人，也被大家奉為蠶神。一說在上古時候，有位少女誓言誰能救回失蹤的父親，就要以身相許，沒想到卻是家裡養的白馬把爸爸帶回來。父親聽說，生氣地把馬殺了剝下皮，馬皮竟然自動捲起少女，飛到桑樹上變成蠶，就是蠶神「馬頭娘」的由來。

二十五畫

躡手躡腳（ㄋㄧㄝˋ ㄕㄡˇ ㄋㄧㄝˋ ㄐㄧㄠˇ）　**近：**輕手輕腳

釋義 放輕腳步走路的樣子。

範例 夜歸的他怕吵醒家人，「躡手躡腳」的回房間，換了衣服後再去廚房吃泡麵。

不要誤用 「躡手躡腳」偏重在腳的動作；「輕手輕腳」則

偏重在手的動作。

二十八畫

鸚鵡學舌（ㄧㄥ ㄨˇ ㄒㄩㄝˊ ㄕㄜˊ）

釋義：鸚鵡學人說話。比喻不經自己頭腦思索，毫無主見地人云亦云。

範例：人必須有主見，不能一味地「鸚鵡學舌」。

不要誤用：「鸚鵡學舌」僅指重覆別人的話；「拾人牙慧」大多是重覆別人的話，也可以是襲取別人的觀點。

文史趣談：救了自己的鸚鵡

鸚鵡學說話，並不了解話的意思，但古人常將鸚鵡描寫成可以對話的對象。《淮南子》中曾敘述某富商因事入獄，回家後對鸚鵡說：「我在監牢裡半年，身不由己，真是痛苦，哪像你每天有人餵養，真是幸福。」鸚鵡說：「你才關半年就叫苦，我被關了好幾年呢。」富商領悟，立刻把鸚鵡放了。這隻鸚鵡真是聰明呢。

二十九畫

鬱鬱寡歡（ㄩˋ ㄩˋ ㄍㄨㄚˇ ㄏㄨㄢ）

近：怏怏不樂
反：興高采烈

釋義：悶悶不樂的樣子。

範例：看她一副「鬱鬱寡歡」的樣子，讓朋友們非常擔心。

三十畫

鸞翔鳳集（ㄌㄨㄢˊ ㄒㄧㄤˊ ㄈㄥˋ ㄐㄧˊ）

近：人文薈萃
反：龍蛇雜處

釋義：鸞在上空盤旋，鳳凰成群地停歇。比喻優秀的人才聚集在一起。

範例：這家科技公司召募了各路菁英，「鸞翔鳳集」，難怪能在市場上雄霸一方。

文史趣談：選美亞軍就是我

若說鳳是百鳥中的選美冠軍，那亞軍是誰呢？應該就是「鸞」了吧。據說身有五彩的鸞，是天下太平的象徵，因此古人指稱美好的事物，經常用

「鸞」來形容。例如「鸞尾」、「鸞翼」分別借指美麗的鞋子、裙子，對別人的藏書則敬稱「鸞函」，形容走路步伐有威儀就說是「鸞蹌」——看來這位亞軍也挺有實力呢。

鸞鳳和鳴（ㄌㄨㄢˊ ㄈㄥˋ ㄏㄜˊ ㄇㄧㄥˊ）

釋義 鸞和鳳彼此和諧的叫著。比喻夫妻感情篤厚（常被用作結婚賀詞）。

範例 祝福新郎新娘能「鸞鳳和鳴」，白頭到老。

不要誤用 「鸞鳳和鳴」重在形容夫妻感情和睦；「舉案齊眉」、「相敬如賓」則重在形容夫妻間相互尊敬的樣子。

文史趣談 鸞鳳的真面貌

我們用「鸞鳳和鳴」賀人新婚，「乘鸞跨鳳」比喻締結良緣，「鸞鳳儔」指夫妻，「離鸞別鳳」指離婚，所以提到「鸞鳳」的成語都是形容男女關係嗎？那可不一定。例如「鸞翔鳳集」、「鳳靡鸞吪」中的鸞鳳，就是指賢俊之士，而「鳳綵鸞章」、「鳳吟鸞吹」、「驚鸞回鳳」則分別形容文章、歌聲、書法的美妙，千萬喔。

精編簡明成語辭典 / 五南辭書編輯小組編著.

——初版. ——臺北市：五南，民 102.07

面；公分.——（攜帶中文系列）

ISBN 978-957-11-7157-9（平裝）

1.漢語詞典　2.成語

802.35　　102011035

國家圖書館出版品預行編目資料

悅讀中文31

精編簡明成語辭典

編　　著　五南辭書編輯小組
總 編 輯　王翠華
執行主編　黃文瓊
編　　輯　盧文心
美術設計　吳佳臻

出 版 者　五南圖書出版股份有限公司
發 行 人　楊榮川
地　　址：台北市大安區 106
　　　　　和平東路二段三三九號四樓
電　　話：○二—二七○五五○六六（代表號）
傳　　真：○二—二七○六六一○○
郵政劃撥：○一○六八九五—三
網　　址：http://www.wunan.com.tw
電子信箱：wunan@wunan.com.tw

顧　　問　林勝安律師事務所　林勝安律師

版　　刷　中華民國一○二年七月初版一刷

訂　　價　三五○元